20
세기
문화
이미지

20세기 문화 이미지

윈도우를 열고
몸으로 만나
대중이 되다

이성욱 지음

문화과학사

동요만 있었던 것은 아니다.

새로운 현실변화는 나에게 갓난 새에게 비쳐지는

세상같이 신기함으로 다가왔고⋯⋯

새로운 문화를 비롯한 현실 전반과 여물게 몸을 섞고 싶다는

욕망의 살집을 부풀렸다.

—이성욱, 2000

한 '문화기술자'의 삶을 추모하며

이동연 (문화평론가)

현실과 상상의 경계에서 살다

98년 가을쯤이었던가, 내가 모 대학의 전임강사로 있으면서 순천에서 자취 생활을 하고 있을 무렵, 한밤에 성욱이형에게서 전화 한 통을 받았다. 혹시 한 달 정도 순천에서 신세질 수 없냐는 부탁이었는데, 혼자 있기 심심하기도 하고 주말이면 서울에도 올라가야 해서 흔쾌히 그러겠노라고 했다. 이유를 묻지 말라는 말에 혹여나 실연의 상처를 달래기 위해서는 아닐까, 아니면 형 특유의 방랑기가 돈 것일까, 혼자 이리저리 궁금해하다 다음날 저녁 반가운 형의 얼굴을 마주했는데, 뜻밖에도 소설 집필 차 내려오게 되었다는 말을 듣게 되었다.

형이 그날 밤에 늘어놓은 소설의 토픽은 70년대 이후 대한한국의 건달들의 세계에 대한 것이었다. '부산갈매기' 출신답게 형은 부산 건달들의 역사를 줄줄 풀어나갔고, 태촌이파와 양은이파의 역학관계, 이들로부터 파생되어진 건달 세계의 계보에 대해 반쯤은 과장된 어투로 이야기해 주었다. 이 소설만 완성되면 『인간시장』 이후 최고의 베스트셀러가 될 거라며 흥분을 감추지 못했다. 그날 밤 나는 형에게로부터 부산 건달들의 이야기와 자기가 부산에서 양아치로 논 이야기, 같이 놀았던 부산 친구들 이야기를 제법 길게 들었다. 형은 평소에도 술자리에서 취기가 오르면 곧잘 자신이 소시적 놀았던 이야기를 은근히 자랑하기도 했는데, 그때마다 나는 이야기의 7-80%는 가짜라고 생각했었다. 그러나 그날 밤 온전히 이 주제 하나만으로 형의 풀 스토리를 듣다보니 나도 모르게 사건의 전모에 신뢰감을 보이게 되었다. "아, 이 형이 진짜로 놀았나보다." 그리고 생각해보니 형이 주절거렸던 부산 건달들의 이야기가 아마도 곽경택 감독의 〈친구〉의 이야기와 흡사하지 않았을까 싶다.

어쨌든 고등학교 때 머리를 기르고 밴드생활을 한 이야기며, 부산에서 제일 큰 나이트클럽 '대연각'에서 실시한 디스코 경연대회에 출전해 입상했던 이야기며, 나이 많은 대학생 언니들과 나이트클럽에서 부킹했다는 이야기를 들으면서 평소 "내가 논 이야기들은 그 자체로 문화담론이며 평론이다"라는 형의 말이 살갑게 들렸다. 설마 그렇게 리얼하게 나에게 썰을 풀지는 않았겠지.

일주일 만에 쇼부를 보겠다던 형의 야심만만한 포부와 달리 소설쓰기는 며칠 만에 쫑나고 말았다. 경험과 구상의 얼개를 짜내려가는 일이 그렇게 만만치 않았던 모양이었다. 하루 정도 더 머리를 쥐어짜더니, 원고쓰기와 휴전을 벌이고는 그 다음날부터 나와 송광사, 선암사, 남해 일대를 돌아다니며 즐거운 시간을 보내는 것으로 선회했다. 그리고 일주일 만에 형은 부산 친구들과 모임이 있다며 부산으로 훌쩍 떠나버렸다. 그 다음 주 서울에서 형을 다시 만났어도 나는 그 건달 이야기에 대해 말을 꺼내지 않았다. 원고 진행이 얼마나 되었는지 궁금할 만도 했으나, 그건 '형을 두 번 죽이는 꼴'이 될 것 같아 그냥 넘어갔다. 형과 처음이자 마지막으로 진솔하게 보냈던 시간들이 갑작스런 형의 죽음으로 다시 소환되었지만, 나는 그 때의 모든 일들을 온전히 기억하지는 못한다. 다만 지금 내가 기억하기로 한 200매쯤 써내려간 원고가 어디 있을까 궁금할 뿐이고, 그 원고의 곳곳에 숨어있을 법한 청년시절 형의 '감성적 아우라'가 그리워질 뿐이다.

문화평론가들에게는 때때로 명쾌한 논리나 이론보다는 경험과 감성이 중요할 때가 있다. 경험이 없으면서 가방끈이 긴 대부분의 범생 출신 평론가들에게는 소위 현장 날라리들의 리얼 스토리에 콤플렉스가 있다. 그래서 과거 놀아본 적이 있었던 자들은 70년대 향수파들이건, 90년대 문화키드들이건 늘 글 속에 자신들의 전사를 은근히 맛깔스럽게 자랑하기도 한다. 몇몇 사람들의 이야기들은 그 속을 까보면 청년시절 날것 그대로의 야사가 나름대로 꿈틀거리기도 하지만, 어떤 이들은 이 꿈틀거리는 야사를 소환하는 것을 두려워하기도 하고, 또 어떤 이는 그 야사의 진실이 아닌 '느낌의 구조'만을 소환해서 글쓰기의 자원으로 활용하기도 한다. 범생 출신인 나는 꿈틀거리는 야사가 있다는 것만으로도 이 세 가지가 모두 부럽지만, 특히나 생생한 경험을 커밍아웃하고 싶어하는 형의 담론을 듣거나 읽다보면 소위 "총체적 삶의 방식"으로서의 문화담론에 괜한 소외감을 느끼게 된다.

야사의 경험에 대한 소외감이 강하게 발동할 때면 나는 가끔 형의 이야기들이 과연 진짜일까 하는 의구심에 빠지곤 한다. 그런데 최근 내가 형의 유고집을 편집하는 실무 책임 때문에 유고들을 다시 읽어보는 기회를 갖게 되면서 소위 "희미한 옛사랑의 그림자"로 압축된 내러티브 진실에 대한 당초의 의구심은 새로운 문제의식으로 이전되었다. 그것은 형의 일상적인 생활과 글쓰기에는 현실과 상상의 경계를 넘나드는 묘력이 있었다는 것이다. 사실 그것이 디테일하게 진실이 아니면 어떠냐? 아니 더 리얼한 '생생쇼'가 텍스트 위로 복원되지 않았던들 무슨 대수겠는가? 때로는 한 줌의 사실을 한 말로 과장해서 썰을 푸는 능력 속에는 늘 현실을 상상하여 상상이 현실이 되게 하는 힘이 있는데, 그것이 그 세대에서만이 느낄 수 있는 묘한 아우라라 한다면, 그리고 그것이 대단히 포악한 거짓이 아니라면, 현실과 상상의 경계에서 줄타기를 하는 형의 내러티브는 잊을 수 없는 우리의 근대적 문화향수의 리터러시를 욕망하고 있다. 오히려 과장하고 뻥을 튀길 때 맛이 제대로 우러나는 내러티브 말이다.

현대 안의 근대의 문화기술자

간혹 형은 동료나 후배 평론가들의 글에 대해 '가짜', '사기'라는 말을 하곤 했다. 공격당하는 상대들은 대체로 두 경우에 해당되었는데, 하나는 상황을 잘 모르면서도 마치 그 토픽의 전문가인 양 쓰는 사람들이었고, 다른 하나는 현실적인 문제의식이나 글을 문화적 맥락 없이 쓰는 문화적 자유주의자들이었다. 전자는 몸에 현실의 부재를 말한 것이라면, 후자는 인식에 대한 현실 부재를 말한 것이다. 그렇다면 본인의 글들은 이러한 자기비난으로부터 자유로울 수 있을까?

평론가로서 형의 전력은 생전에 나왔던 형의 유일한 책의 제목에서 기표화되었듯이 리베로적인 삶으로 요약할 수 있지 않을까 싶다. '자칭 양아치로 살았던 70년대 부산갈매기'이자 '혁명을 꿈꾸었던 80년대의 문화운동가'라는 이중의 전력, 또는 포스트모던한 자유주의작가들의 저격수였던 '문학평론가'이자 문학적 엄숙주의, 경전주의에 대해 혐오했던 '문화평론가'라는 이중의 전력에서 문화의 론그라운드를 전방위로 헤집고 다니는 리베로를 상상하게 된다. 때로는 맨체스터 유나이티드의 '반 니스텔루이'와 같은 킬러로 적대적인 문화의 요새에 정확히 포격하는 맛이 야무지고, 때로는 레알 마드리드의 루이스 피구처럼 날렵한 감각으로 동시대 대중문화의 문전에 적절한 크로스를 올리는 타이밍이 적절하고, 때로는 AC 밀란의 중앙 수비수인 네스타처럼 동시대 문화필드의 든든한 후방을 책임지기도 한다.

반미문학, 노동문학에의 애정, 나약한 지식인의 표절행위에 대한 고발, 김추자, 쇼쇼쇼, 선데이서울, 게다가 대연각과 남포동으로 이어지는 '부산갈매기 이야기', 『문화과학』과 문화연대에 참여하면서 갖기 시작한 새로운 문화운동에 대한 고민, 춤과 월드컵에 대한 각별한 관심, 연세대 대학원을 다니며 문학과 근대 도시공간에 대해 가졌던 연구의욕, 그리고 대중문화의 한 세기 궤적을 지도 그려보려는 야심 등등의 전력들을 보면 문화 리베로라는 말만큼 적절한 언어가 없을 것 같다. 물론 문화평론가들 치고 멀티플레이어 아닌 사람들이 없다고들 하지만, 관심의 스펙트럼이나 내러티브의 생생한 증언과 인식에 있어 이성욱만큼 리베로에 값하는 인물은 없을 것이다. 그래서 나는 앞서 형이 우리 시대의 지적사기꾼들과 문화적 자유주의자들의 글에 대해 비판했던 것이 단지 지적 냉소주의만은 아닐 것이라는 생각을 해본다.

그러나 축구에서 리베로는 창조적이고 자유로운 플레이를 펼치지만, 그래도 자신의 정체성을 정박하고 있는 분명한 장소가 있다. 그것은 바로 전방보다는 후방의 중앙에 거점을 두고 있다는 점이다. 요컨대 베컨바우어, 카푸, 홍명보와 같은 리베로들은 후방의 중앙에서 전황을 두루 살피다가 적절한 시기에 적절한 자기역할을 하는 것이 제 임무이다. 리베로서의 문화비평가, 이성욱의 글쓰기는 동시대에 대한 많은 관심에도 불구하고 여전히 근대적 문화 중앙의 감성적 아우라를 희망하고 있다. 그 시대는 그가 살았던 젊은 시절의 시간들이기도 하다. 한국의 문화가 본격적으로 자본주의 단계로 접어들기 시작한 70년대, 문화는 유신의 폭압에도 불구하고 근대화된 문화적 욕망과 감각들이 최초로 본격적으로 꿈틀대던 시기였다. 문화적 낭만주의는 미국의 대중문화로부터 수혈을 받긴 했지만, 몸으로 체화된 후로는 '제3세계적' 미미크리(mimicry)의 창조적 적혈구를 만들어냈다. 고고와 디스코, 장발과 청바지, 김기수와 이회택, 김추자와 쇼쇼쇼···. 70년대의 문화적 아우라들은 근대적 문화의 완성이자, 후기근대적인 잡종의 출발이 되었다.

분명한 현실인식을 바탕으로 하면서도, 글쓰기의 경계가 다중적이었던 이성욱의 글은 90년대에 들어와 빛을 발하지만, 그의 글의 뿌리는 70년대의 근대주의의 문화적 낭만주의에 있다고 생각한다. 현대적인 감각으로부터 자극받았던 글쓰기이지만, 형의 글들은 늘 과거회귀적이면서 과거지향적이었다. 90년대에 대해 쓴 글들을 보아도 그의 이야기에는 70년대의 향수를 느낄 수 있으며 때로는 70년대적 감수성을 통해서 80년대와 90년대를 관찰하기도 한다. 많은 글을 쓰지는 않았지만, 80년대-90년대 초 문학비평 글들은 겉으로 보기에는 70년대적 감수성의 부정처럼 보일지 모르겠지만, 돌이켜보면 그것의 자양분으로 받쳐줄 만큼 화통한 열정을 계승하고 있고, 90년대에 대한 문화비평 글들도 70년대의 문화적 진정성이란 자양분 속에서 쓰여졌다고 말할 수 있다. 70년대의 향수주의에 기반을 둔 이러한 글쓰기가 모든 글에 다 적용될 수는 없겠고, 때로는 퇴행적인 글쓰기라는 비난을 감수해야 할지도 모르겠지만, 적어도 이성욱의 글쓰기는 한국의 문화연구에서 제대로 된 근대성연구가 부재하다는 문제의식과 현대의 문화가 근대의 문화의 이행과정임을 이해하는 데 적절한 시사점을 던져주는 것은 분명하다. 복잡한 현대를 알기 위해 자신의 문화적 향수를 반추해 보는 근대의 문화기술자, 이것이 이성욱의 미션이 아니었을까?

운동의 유산, 생활의 발견, 문화의 계보

주로 90년대 문화환경의 변화와 당대의 문화현상을 기술한 글들을 묶어서 만든 이 책은 근대의 문화기술자로서 이성욱의 면모를 유감없이 보여주는 화술서이다. 여기서 말하는 '문화기술자'는 당대의 문화이야기를 기록하는 사람이라는 의미도 있지만, 자신이 말하는 이야기들을 즐거운 화술과 통렬한 시점으로 구성할 줄 아는 문화적 테크니션을 의미하기도 한다. 이성욱의 글들은 토픽의 설정에 있어 기발한 것들이 많고, 문학평론의 습속에서 감지되는 고어풍 문체들을 동원하기도 하는 바, 읽는 재미를 더하게 만든다. 대중문화의 계보학자로서, 그리고 문화적 토픽발견과 독특한 문체를 겸비한 테크니션으로서, 이성욱은 90년대의 문화현실에 대해 자신만의 시각과 방법을 가지고 있었다.

그것이 무엇일까? 나는 그의 문화비평을 세 가지 언어로 말하고 싶다. 바로 '운동의 유산', '생활의 발견', '문화의 계보'가 그것이다. 80년대 민중문화운동의 현장에서 활동했던 전력들은 90년대 대표적인 대중문화 비평가로서의 변신과 이질적인 것 같아 보이지만, 사실은 당대 문화현상을 분석하는 기본 시각에는 항상 '운동으로서의 문화'에 대한 여진 같은 것들이 발견된다. 또한 90년대 달라진 문화환경에 걸맞는 문화운동의 전화를 주장하는 글 속에서도 80년대 문화운동의 유산을 계승하고 싶어하는 의지를 엿볼 수 있다. 민중운동과 신세대 문화의 '크로스오버'를 기대하는 바램 역시 문화운동의 유산이 당대 문화현실의 진보에 자양분이 되기를 소원하는 것이겠다. 그의 글들이 대체로 관심의 폭이 넓고 난삽한 일상사에 의존하고 있다 해도, 글의 행간 여기저기에 운동의 유산을 재생하려는 노력들을 엿볼 수 있다.

운동의 유산은 평범하지는 않은 그의 일상적 경험들과 문화지식의 우

12

회로를 거쳐 담론의 공간으로 안착했다. 운동의 유산이 90년대 문화현실의 변화로 인해 '생활의 발견'으로 전화된 것이다. 이성욱의 문화글쓰기가 빛을 발하는 곳은 다름아닌 저널공간에서이다. 90년대 중반부터 죽을 때까지 쓴 글들의 상당수가 일간지와 주간지, 그리고 다양한 저널매체에 실린 것들이다. 그의 글들의 상당 부분은 일상의 관심에서 비롯된 것이다. '복고', '판타지', '몸', '휴대폰', '공주병', '체게바라'와 같은 세기말의 문화 키워드를 탐색하는 글들은 대중들의 일상에서 발견될 수 있는 문화생활의 라이프스타일을 기록하고 있고, 축구와 월드컵, 보신탕, 아프카니스탄, 황수정, 유승준, 강준만 이야기들도 생활 속의 문화, 문화 속의 생활을 말하고 있다.

생활의 발견은 다시 시대를 가로질러가는 이미지의 발견으로 이어진다. 결국 아쉽게도 미완의 원고로 남아있는 20세기 문화이미지에 대한 글쓰기는 그가 살고 있는 당대의 문화현실의 다층적인 퇴적물들을 탐사하고자 하는 문화지질학적인 계보학이라 할 수 있다. 인천부두 개항, 미국, 냉전, 검열, 헝그리정신, 맑스, 마이크로소프트, 그리고 축구공 등 한 세기를 표상하고 있는 문화이미지들은 그의 글쓰기를 통해 반성의 거울로, 쾌락의 기호로, 냉소의 시선으로, 해방의 기획으로 우리에게 다가온다. 이 책에 기록된 문화이미지들은 때로는 오리엔탈리즘의 상징기호들로 때로는 일상의 도구들로 회귀하면서 우리의 대중문화의 '정치적 무의식'을 텍스트 바깥으로 끌어내게 만드는 지표가 된다. 그리고 그러한 이미지의 발견은 한국 대중문화의 100년의 기억을 되짚어 보려는 기획을 통해서 한국 대중문화의 온전한 형질연구로 계승된다. 미완이고 잘 다듬어지지는 않았지만, 그의 글쓰기 기획이 의미있게 다가오는 것은 바로 이 때문이다.

더 늦게 갔으면 좋았을 것을…

　그래서 형의 이른 죽음은 너무 아깝다. 문화연대에서 회의를 하던 도중 도정일 선생님으로부터 형이 임종을 했다는 소식을 들었으니 확인을 해달라는 말을 듣고 처음에는 평소 간암을 앓고 있는 성욱이 형의 형님의 죽음으로 오인했지만, 결국은 내 손으로 형의 죽음을 주변에 알려야 했다. 연이은 가족의 죽음을 보아야 했던 주변 분들에게 형의 죽음은 불행한 한 가족사의 종지부를 확인하는 순간만은 아니었을 게다. 그것은 또한 앞길이 창창한 한 문화평론가가 당한 불행만도 아니었을 게다. 그것은 그 누구도 하기 쉽지 않은 '근대의 문화기술자'가 사라졌다는 안타까움일 것이다.

　형의 시신을 화장하고 돌아오면서 동행했던 모 주간지 기자와 이야기를 나누던 중에 이성욱 만한 필자를 앞으로 찾을 수 있을지 모르겠다는 말을 들었다. 좋은 문화평론가들이 재생산이 되지 않은 환경에서 좋은 필자 구하기가 어려운 기자의 심정을 십분 이해할 수 있었다. 물론 그분은 단순히 필자 한 사람이 갑자기 사라진 것에 대한 아쉬움만을 토로하지는 않았을 거다. 오랫동안 고정 칼럼의 원고를 받아오고, 그 글들을 읽고 교정을 보면서 가졌던 생각이었을 거다.

　그러한 아쉬움의 흔적들은 형의 유고집을 준비하기 위해 읽은 원고 곳곳에서 배어나왔다. 형의 원고를 정리하면서 아쉬웠던 것은 노트북 속에 저장된 원고들 중에 미완의 프로젝트가 많았다는 점이다. 『리뷰』에 연재되었던 "희미한 옛사랑의 그림자" 역시 완성을 보지 못했고, 여러 일간지에 기고했던 "한국대중문화사100년" 역시 미완성인 채로 있고, "축구이야기", "20세기 문화이미지론"도 단행본으로 묶을 수 있는 재미있는 토픽들이지만, 결국 미완성 원고들은 고인의 손에서 멀어지고 말았다. 형이

14

계속 살아서 남은 작업을 했더라면 한국의 대중문화 연구자들에게 적잖은 도움을 주었을텐데 하는 생각을 해본다. 그나마 어렵게 끝맺었던 박사학위 논문이 인쇄본으로 남아있어 다행이지만, 학위는 수여할 사람 없이 기록으로만 남아 있게 되었고, 더 발전할 수 있을 법한 많은 연관 주제들이 사장될 수밖에 없음이 안타까울 뿐이다. 조금 있으면 형의 유고집이 4권으로 나온다. 미완이지만, 형이 구상했던 프로젝트의 일부가 세상에 공개되는 것이다. 더 늦게 갔으면 좋았을 것을…

2004년 5월

목 차

1장,
문화의
시대

문화정치를 생각해 보자

1

문화정치를 문화적 실천 혹은 문화정책으로 읽을 수도 있고 우리에게 가장 낯익은 문화운동이라는 용어와 마찬가지의 것으로 읽어도 그리 큰 차는 없다.

나에게 주어진 과제는 현 조건에서 수행될 수 있는 문화정치의 매뉴얼을 제시해 보라는 것이다. 이 문화정치를 문화적 실천 혹은 문화정책으로 읽을 수도 있고 우리에게 가장 낯익은 문화운동이라는 용어와 마찬가지의 것으로 읽어도 그리 큰 차는 없다. 그런데 우리에게 낯익은 종래의 문화운동은 그 용어에 걸맞은 운동 대상이나 내포 및 외연을 가지고 있어야 할 터인데, 그 문화운동의 실질은 다름 아닌 예술운동 혹은 문예운동이었다는 점은 근자에 누차 지적된 바 있다. 그에 연해 명실상부한 문화운동으로 확대 및 전환하자는 논의도 수차 있었다. 그러나 그것이 현실에서는 실제 어떤 모양으로 혹은 어떤 내용과 형식으로 나타날 수 있을지에 대해서는 많은 이들이 궁금해 하기도 하고 또 어떤 이들은 그런 전환의 주장을 이론주의적 편향의 소산으로 보기도 한다. 물론 그 전환의 주장이 현실에서 알심을 가지고 풍부한 실제적 내용을 필요충분하게 제시하고 있다고는 말 못한다. 하지만 그런 주장이 가지고 있는 문제의식을 깊이 가려 보기도 전에 눈에 보이게끔 확실한 '현금'부터 내놓으라는 식의 자세 또한 바람직하지 못함은 물론이다. 예의 주장이 내포하는 문화운동은 가파르게 변화하는 우리 사회의 제조건 속에서 계속 실험되고 검증되어야 할 성질의 것이지 완벽히 마련된 시스템으로 현실에 하나하나 적용할 성질의 것은 아니기 때문이다.

2

그러면 먼저 종래 문화운동(문예운동)의 성격을 거칠게나마 간단히 되짚어 보자.

기존 문화운동의 기본적 목적은 '예술' 작품을 통해 감동을 자아내고 그 감동을 계급적 각성으로 전이시키는 데 있다. 말하자면 예술(적 기제)을 여러 의식화 방법 중의 특정한 용매제로 사용한 것이라 할 수 있다. 따라서 이런 문제틀 하에서 이루어지는 문화운동의 '내재적 최대강령'은 지극히 감동적인 작품을 생산해내는 것이다. 이는 달리 말해 소위 선전선동론에 입각해 있는 방식이라 할 수 있다. 대중들의 요구 특히 계급관계에서 발생하는 여러 차원의 요구를 예술을 통해 표현한다는 것도 기존 문화운동의 문제설정에 내포된다. 이는 표현의 민주주의라는 취지를 바탕에 깔고 있으며 그 취지의 많은 부분은 인간의 '전인성' 발현이라는 문제의식에서 출발하는 경우가 많다.

이런 문화운동이 하나의 '역사적' 형태이며 나름의 성과를 축적해 왔음은 물론이다.

그러나 그런 성과는 인정한다 하더라도 가령 그 운동 방식이 지배계급의 재생산 장치와 동일한 문제틀인 '예술적인 것' 안에서의 다른 소프트웨어 생산 운동이었다는 측면을 가지고 있었음은 부인하지 못한다. 가령 문학, 음악, 노래 등등 각 장르 및 매체의 형식은 지배/피지배 양측의 동일한 생산수단으로 위치하는 반면 중요한 것은 그 내용의 계급성이라고 보았다는 것이다. 그러다 보니 그런 장르/매체가 이를테면 특정한 사회구성체의 재생산 효과의 일종이라는 성질에 대해서는 그다지 깊은 문제의식을 보이지 못했으며, 따라서 그런 효과의 생산메커니즘이나 역으로 그런 메커니즘의 산물인 '이데올로기적 형태로서의 예술(적 기제)에 대한 근본적 수준 혹은 전혀 다른 차원에서의 문제제기가 지체 혹은 봉쇄되는 취약점을 가지게 되었던 것이다. 서둘러 언급하자면 이런 예술(적인 것)의 생산 또는 제도화 메커니즘이나 그것에서 비롯되는 효과의 안정성 및 예술형태에 대한 이해방식을 비판하고, 사회의 다른 영역과의 관계맺기를 통해 예술이라는 것의 위상이나 존재 형태를 위치이동시켜 보는 것도 문화정치의 유력한 방략 하나가 되는 것이다. (마찬가지로, 문화라는 '통념' 생산의 지속성과 안정성의 근거 그리고 그 통념의 지시대상으로서의 문화적인 것들 혹은 문화현실을 문화운동의 구성요소나 대상으로 간주하는 사고를 비판·해체하는 것도 이론차원에 뿐만 아니라 실질적인 문화정치 차원에서도 중요한 작업이 된다 하겠다.)

예술(적인 것)의 생산 또는 제도화 메커니즘이나 그것에서 비롯되는 효과의 안정성 및 예술형태에 대한 이해방식을 비판하고, 사회의 다른 영역과의 관계맺기를 통해 예술이라는 것의 위상이나 존재 형태를 위치이동시켜 보는 것도 문화정치의 유력한 방략 하나가 되는 것이다.

3

문화정치 혹은 문화운동의 새로운 전략 구상은 가령 문화의 물질화 문제에서도 하나의 자기 조건을 갖는다. 현대에 들어 문화의 물질화 수준은 점차 고도화된다는 측면을 전제하면서 이런 점을 생각해보자. 예술을 무에서 유를 창조하는 창작행위로 간주하는 종래 시각에서 볼 때 작가는, 말하자면 아우라 가득한 자신만의 예술작품 즉 소프트웨어 생산자인 셈이었다. 그 생산 행위에는 알게 모르게 근본적으로 근대의 손노동적 성격이 깃들어 있었으며 따라서 그 소프트웨어 생산 조건의 물질화 수준은 대다수의 경우 개인적 차원의 문제였다. 하지만 생산의 많은 공정이 개인의 공력(상상력을 포함하여)으로 이루어지는 예술 행위가 여전히 나름의 가치를 가지고 존재하기는 한다 하더라도, 대중들의 감성틀을 조직/재조직하는 영역이 전통적인, 즉 예술적이라 이름하던 것에서 다른 지반으로 옮겨가는 현상이 나타나고 그것이 오히려 현상적으로는 예술이라는 것이 차지하던 지점을 대체하는 듯한 경향을 보이고 있는 시점에서 작가의 '참혹한 고뇌'를 통한 진품의 출산이라는 명제는 존립근거를 상당히 위협받고 있는 실정이다.

이를테면 소프트웨어 및 그것을 생산·복제하는 하드웨어의 놀라운 발전, 이 소프트웨어, 하드웨어의 급격한 대중화를 통한 예술 혹은 문화 향수의 대중화 및 '민주화' 등등의 현상이 아우라 가득 깃든 예술 작품의 전통적 위상을 다시금 생각하게 만든다는 말이다. 이는 곧 대중문화에서 볼 수 있다시피 문화의

문화정치 혹은 문화운동의 새로운 전략 구상은 가령 문화의 물질화 문제에서도 하나의 자기 조건을 갖는다.

24

물질화 수준이 대단히 비등했음을 일러주는 지표이다. 이처럼 문화지형이 재구성되는 측면, 한편으로는 예술만 놓고 보더라도 그것의 위상이나 현실적 효과가 재고(再考)되는 시점이라는 측면을, 다른 한편으로는 문화적 대중매체의 물질화 수준이 비약하고 있다는 측면을 공히 생각해 본다면 우선 기존의 문화운동 방식으로는 온전한 대응을 하기 힘들다는 점이 확인될 수 있으며, 반면에 대중문화의 생산관계나 그것의 소프트웨어 생산방식에 대한 개입이 중요해진다 하겠다. 이 개입이 문화정치의 한 양상이 될 터인데 그 중 한 가지 사례를 살펴보면서 글을 마치자.

우선 기존의 문화운동 방식으로는 온전한 대응을 하기 힘들다는 점이 확인될 수 있으며, 반면에 대중문화의 생산관계나 그것의 소프트웨어 생산방식에 대한 개입이 중요해진다 하겠다.

가령 백화점을 보자. 백화점은 기본적으로 경제행위의 공간이지만 작금에 들어 그것에는 문화적 요소가 경제적 요소에 버금가게 깃들어 있다. 물론 여전히 수익성을 둘러싼 경제적 요소가 백화점 존립의 기축을 이루는 것이기는 하지만 도시지형을 구성하는 데 있어 백화점이 차지하는 문화적 역할은 가령 백화점의 인테리어나 그것의 상품미학적 안배에 따른 그 건축물의 기호적 위상, 그 안에서 나날이 이루어지는 욕망의 페스티발, 각종 이벤트를 연출하는 세련된 문화향수 공간으로서의 기능 등등에서 확연히 목도된다. 백화점이 이처럼 소비와 문화향수의 베이스 캠프로서, 특히나 하나의 문화적 텍스트로서 도시 대중들과 관계 맺을 때 그 공간은 더 이상 소유주의 독점적 권리만 행사되는 곳으로 한정되지는 않는다. 그 공간은 이제 백화점 사용자들 사이의 갈등과 투쟁의 공간으로 변신하는 것이다. 이는 문화적 영역의 공공성을 둘러싼 새로운 투쟁 형태의

출발점이 되겠다. 그 까닭은 이렇다. 백화점은 소비/서비스/유통/문화 부분이 동거하는 복합공간으로서 사용자는 대체로 세 영역으로 나누어질 수 있다. 소유주, 피고용인, 소비자 등이다. 먼저 소유주는 백화점 공간이 자신의 소유이기는 하지만 그 공간이 사회 공익을 위한 공공 역할을 해야 한다는 사회적 압력에 부딪치고 거꾸로 백화점 공간의 공공성을 강화시키는 것이 수익성의 증대를 위한 방편이라는 새로운 운영 전략을 터득하게 된다. 반면 소비자는 백화점을 사용한다는 것이 이전 재래 시장에서 물건을 사는 것과는 다르게 백화점에서의 상품 구매에는 공간 사용료가 포함되어 있다는 사실과 아울러 그 공간 내에서의 동선(動線)에는 새로운 문화 개념(백화점 사용 자체가 새로운 문화개념의 생산처가 되고 있다)으로 설명되는 문화적 행위가 내포되어 있음을 인식한다. 따라서 소비자는 백화점 공간의 공공성을 더욱 더 요구하게 되는 것이다. 현상적으로는 어떤 부분에 있어 소유주와 소비자의 이해관계가 합치되는 순간이라 하겠다. 그러나 그것은 현상일 뿐 본질은 동상이몽으로서 그 공간 점유의 방식과 내용을 둘러싼 갈등은 복잡하게 점증된다. 여기에다 피고용인의 위치 즉 '문화적' 공간이 자신의 근무조건에 포함된다는 피고용인의 이해관계까지 겹치면 공간의 재조직화를 둘러싼 갈등의 복잡성은 더해지기 마련이다. 그런 점에서 이런 영역이 문화정치의 새로운 장으로 부상함은 당연하다 하겠다. (가령 백화점 안팎의 공간을 대상으로 한 수용자 운동 같은 것도 그런 문화정치의 한 요소가 될 수 있겠다.)

백화점이라는 대상에는 이런 문화정치적 요소뿐만이 아니라 다른 층위의 운동적 요소도 착종되어 있음을 상기해 볼 때, 그런 요소들과 문화정치적 요소가 서로 이러저러한 모양으로 관계 맺을 경우 새롭고도 수다한 운동 방법이 나올 수 있으리라는 예상은 단지 머리 속의 기대치만이 아닐 것이다. 여기서 그것의 구체적인 사례를 다 언급할 여유는 없으나, 하여간 백화점 경우만 보더라도 종래 문화(예)운동 방식으로는 그 백화점을 대상으로 해서 이루어지는 문화정치적 의미를 파악, 실천하기 힘들다는 점과 반면에 새로운 문화정치의 방략이 긴하게 요구된다는 점은 확인되었다고 할 수 있을 터이다. (1994년)

민족·민중 문화운동과
신세대문화의 '크로스 오버'

1

민족·민중 문화운동과 신세대문화. 나는 오늘 이 양쪽이 과연 만날 수 있는가를 알아보라는 주문을 받았다. 그런데 양자가 같이 묶여 있는 것은 어찌 보면 대단히 이질적인 것이 동거하는 듯한 불편한 풍경으로 보일 수도 있다. 그런 점에서 부분적이나 양자의 '크로스 오버'의 가능성을 타진해 보는 것은 무리수로 여겨질 법도 하다. 하지만 그것은 표면적으로 주어져 있는 신세대문화의 형상만을 자료로 삼은 생각일 수도 있다는 점 또한 유의해야 한다.

이 글에 주어진 주제로 곧바로 들어가기보다, 먼저 내가 개인적으로 근자에 경험한 사실을 이야기해 보는 것도 좋을 듯하다. 그것이 얼마나 보편적일까 하는 문제는 일단 논외로 치자. 첫 번째, 작년에 사단법인이 된 〈민족예술인총연합〉이라는 조직이 있다. 아다시피 이 조직은 기존 민족·민중 예술 혹은 진보적 예술운동을 해온 집단과 개인들의 모임이다. 한편 이 조직 산하에 있는 〈문예아카데미〉에서는 지난 3여년간 일반 시민이나 대학생 등을 대상으로 문화·예술 강좌를 계속 열어 왔다. 이전에는 주로 전통적인 예술 장르 구분에 따라 각 장르 별로 강좌를 열었었는데 이번 강좌의 특징 중 하나는 대학생을 주 대상으로 삼은 별강 형식의 '현대 문화이론의 이해'라는 과목의 개설이다.

민예총이라는 단체의 성격이 그렇듯이 이 문화이론 강좌 내용 역시 대개가 진보적(?) 관점에서 이루어질 것이라는 예상은 그다지 틀린 예상이 아니다. 그런데 흥미로운 사실은 정원 100명 모집에, 무려 2-3백여명의 '신세대'들이 몰려들어 수강자를 제한할 수밖에 없는 지경에 이르렀으며, 해서 많은 '신세대'들이 속절없이 돌아가야 했다는 사연이다. 물론 이런 현상은 90년대 들어 문화에 대한 관심이 전에 없이 증폭되면서 문화이론이 상한가 경향을 맞이하고 있다는 사정에 연루되는 것이기도 하지만, 그렇다 하더라도 '진보의 새로운 기획'이라는 명찰을 달고 나온 이 문화이론 강좌에, 진보나 사회의식 혹은 역사의식과는 상관없는 집단인 것처럼 회자되던 그 문제의(?) '신세대'가 그렇게 많이 몰려들었다는 사실은 꽤나 흥미로운 관찰거리가 아닐 수 없다.

두 번째, 작년 가을 학기 때 이른바 신세대론이 대학가의 중요한 이슈로 등장하면서 신세대 문제에 대한 강연이나 심포지엄이 각 대학에서 계속 열리고 학보나 교지에서 이 문제를 다루

'진보의 새로운 기획'이라는 명찰을 달고 나온 이 문화이론 강좌에, 진보나 사회의식 혹은 역사의식과는 상관없는 집단인 것처럼 회자되던 그 문제의(?) '신세대'가 그렇게 많이 몰려들었다는 사실은 꽤나 흥미로운 관찰거리가 아닐 수 없다.

지 않은 학교가 없을 정도였다. 그런데 이 강연이나 심포지엄 혹은 기사를 준비했던 학생들의 주요한 의도는 무엇보다도 저널리즘에서 무차별적으로 단죄되고 혹은 상품화 차원에서 호도되는 이 신세대 문제를 제대로 갈래잡고 진지하게 천착해 보자는 것이었다. 나도 이런 강연이나 심포지엄에 몇 번 불려 다니면서 나름의 견해를 피력한 적이 있었는데 그런 자리에서 인상 깊게 확인한 사실은 예의 신세대들이 가진 불만이었다. 그 신세대들은 이구동성으로 다음과 같이 항변했다. "왜 책권이나 읽었다는 사람들이나 또는 사실 확인도 제대로 해 보지 못한 언론사의 기자들은 신세대들을 무슨 동일하고 균질적인 성격을 가진 집단인양 그렇게 일반화시키고 제 멋대로 꼬리표를 달고 난리냐"고. 이 불만은 정당한 이유에서 출발한다. 그들은 신세대에도 각각의 처지나 조건에 따라 세계관이나 이데올로기들이 다를 수 있고, 그 다름이 또한 각각 상이한 생활양식이나 행동을 만들어 내는 것임에도 불구하고 신세대(문화)를 그냥 일반화시켜서 '도매금'으로 넘겨버렸던 '어른'들의 불성실에 대해 분개했던 것이다.

이런 경험에서 만약 하나의 의미를 발견할 수 있다면, 그것은 아마도 기왕에 펼쳐지던 신세대(문화)에 대한 각급의 진단이 더 이상 표피적이 되어서는 곤란하다는 점과 동시에 진보적 문화의 프로젝트를 꿈꾸고 있는 문화운동진영에서 예의 신세대문화를 어떻게 생각하고 나아가 그것과 어떻게 연대하며 아울러 그것의 역동성을 어떻게 '포섭'할 것인가 하는, 실로 만만치 않은 과제의 확인일 듯싶다.

2

지난 시기 계속되어 오던 진보적 문화운동과 신세대문화의 상관성을 모색해 보기 위해서는 먼저 이즈막 문화지형의 변화 양상을 고려하지 않으면 안된다. 이것은 한편으로 문화지형 혹은 문화현실이 변화한다는 것, 그것은 문화운동의 구성 요건에 낙차 큰 변화가 온다는 사실을 일러주는 대목인데, 그 점은 문화운동 전체 구조의 현실적합성을 타진해 보기 위해 문화운동 방법을 다시금 현실에 조회해 보아야 하는 필요성을 요구하기 때문이다. 말하자면 문화적 구성 요건의 변화, 그 변화를 야기하는 여러 조건들이 형성하는 관계망 등은 문화운동의 새로운 구성과 방법의 모색을 추동하는 전제가 되기 때문이라는 말이다. 다른 한편 신세대문화의 거개가 이 달라진 문화지형 특히나 폭발적인 대중문화의 확산에 자기 본적을 두고 있는 경우가 많기 때문에 문화현실의 변화에 대한 정확한 이해는 문화운동과 신세대문화 각각의 조건을 이해하는 데에 뿐만이 아니라 양자의 부분적

절합 가능성을 타진해 보는 데에 현실적 준거가 되기 때문이다.

　문화상품의 대량생산과 대량소비, 문화상품 소비 능력의 제고, 그로 인해 계속 치솟는 문화산업의 부가가치, 또 거기서 연유하는 대중문화의 폭발적 증대, 생활수준 향상에 따른 여가시간의 증대, 도시공간의 급격한 변화 및 전국 대다수 공간의 도시적 형상으로의 꼴바꿈, 대중매체나 도시공간의 이미지화를 통해 다양한 수위로 조절되기도 하고 또 스스로 복제되기도 하는 욕망구조의 변화, 전산화 시스템을 통한 상품유통 및 마케팅 구조의 혁신, 이른바 과학기술혁명으로 인한 표현 매체 및 영역의 확장(뉴미디어의 계속적인 등장이나 컴퓨터그래픽, '샘플링' 등으로 설명되는 예술생산기법도 테크놀로지의 발전에 기초하고 있음은 물론이다) 등등은 과거와는 질적으로 다른 우리의 정서구조 나아가 지각구조에 대한 형성규준이 아닐 수 없다. 이런 현상에 너무 화들짝 반응을 보일 필요는 없지만 그렇다고 하더라도 테크놀로지나 대중문화의 발달에 연동된 감성구조의 변화는 문화지형의 변화 맥락이나 문화운동의 관점에서도 깊이 주목해야 할 지표들이 아닐 수 없다.

　그런데 주지하다시피 기존 문화운동은 기실 예술장르운동이었다 해도 그다지 틀린 말이 아니다. 그러다보니 기존의 문화운동방식은 예의 변화하는 문화현실에 대해 전면적으로 대응하기 힘든 사정을 안고 있는 셈이다. 따라서 기존 문화운동이 현실의 변화에 민감히 반응하고 대응하기 위해서는 예술운동 고유의 방법과 에너지는 온존시켜야 하지만 거기서 더 나아가 자기 확장을 통해 명(名)과 실(實)이 상부하는 문화운동이 되어

테크놀로지나 대중문화의 발달에 연동된 감성 구조의 변화는 문화지형의 변화 맥락이나 문화운동의 관점에서도 깊이 주목해야 할 지표들이 아닐 수 없다.

야 하는 것이다. 이런 문제는 신세대문화와의 관계에도 걸리는 문제이다. 왜냐하면 앞에서 이야기한 바처럼 신세대문화가 새로운 문화적 요소가 강하게 깃들어 있는 문화지형의 변화 맥락에 깊이 연루되어 있다는 판단이 맞다면 예술운동을 중심으로 하던 기존 문화운동으로는 그 신세대문화에 대해 온전히 이해하거나 대응하는 것이 여간 힘들지 않기 때문이다. 물론 신세대문화에 대한 이해나 대응이 문화운동 방법의 전환에 주요 동기가 되는 것처럼 이해되어서는 곤란하지만, 반면에 문화운동의 실질적인 당대성 확보가 신세대문화에 대한 이해 및 대응 혹은 '포섭'을 가능하게 하는 일임은 부인할 수 없는 사실이다.

3

생각해 보면 신세대문화는 이미 충분히 유행하고 있다. 그런데 문제는 신세대문화이든 신세대 자체이든 그것을 거론하는 여러 형태의 담론들이 저지르고 있는 잘못이다. 그 잘못은 이를테면 신세대들 사이에 존재하는 분할적 영역이나 혹은 미세한 차이의 변별성을 유념하지 못한 채 다만 신세대를 하나의 유적인 모델로 간주하여 '해부'하는 경향에서 드러난다. 그것은 흡사 소잡는 칼로 닭을 잡고 있는 형국과 진배없는 것이다. 신세대 일반에 대한 신세대 일반론이 있을 수 없음은 당연하다. 신세대라는 담론 혹은 그 현상 안에도 계급적, 세계관적, 이데올로기적, 심미적, 취향적 가치를 둘러싼 각축이 항존하고 있기 때문이다. 그런 측면은 모두에서 이야기한 것이나 신세대문화를 다루고 있는 각 대학의 교지나 학보 혹은 글들을 조금만 주의깊게 관찰해 보면 금방 확인되는 사실이다.

일반인들에게는 잘 알려져 있지 않지만, 서울 시내 각 대학의 신세대들이 모여서 문화·예술을 연구하고 올바른 문화실천을 모색하는 〈광기〉나 〈좌표〉 같은 모임이 있다. 거기서 발간하는 『오늘예감』이나 『좌표·대학문화』 등의 책을 보면 그들이 올바른 신세대문화에 대해서 얼마나 고민하고, 한편으로는 신세대문화의 잠재적 가능성은 제대로 보지 못한 채 그것을 '도매금'으로 매도하는 저널리즘이나 무책임한 논자에게 얼마나 비판적인가를 확연히 목도할 수 있다.

작년에 많은 이들의 관심을 끌었던 〈미메시스〉에 대한 태도도 그렇다. 〈미메시스〉가 가진 긍정적 요소는 인정하지만 반면 그들의 유아론적 자세나 비현실적 미래 설계에 대해서는 혹독하리 만치 비판적이다. 〈서태지와 아이들〉을 보는 시각도 마찬가지이다. 그들의 실험정신이나 장인정신은 지향해야 할 미덕으로 인정하지만 그들이 스스로 상품화되기를 자처하는 대목에 대해서는 준열히 비판하고 있는 바이다. 적어도 예의 〈광기〉나 〈좌표〉의 신세대 구성원들은 신세대문화를 고민하되 그것의 '현실적' 좌표를 정확히 그려보려는 노력을 게을리 하지 않으며 동시에 자기 세대의 문화에 깃들어 있는 이기적 성격을 탈피하려는 노력 역시 아끼지 않고 있는 것이다. 이처럼 신세대문화라는 형상 안에도 진보적인 미래를 꿈꾸면서도 현실에서의 '유체이탈'을 예방하는 요소와 인물들이 있다면, 진보적 문화운동은 당연히 그 요소 및 인물들에 대해 여러모의 안배를 해야 할 것

작년에 많은 이들의 관심을 끌었던 〈미메시스〉에 대한 태도도 그렇다. 〈미메시스〉가 가진 긍정적 요소는 인정하지만 반면 그들의 유아론적 자세나 비현실적 미래 설계에 대해서는 혹독하리 만치 비판적이다. 〈서태지와 아이들〉을 보는 시각도 마찬가지이다. 그들의 실험정신이나 장인정신은 지향해야 할 미덕으로 인정하지만 그들이 스스로 상품화되기를 자처하는 대목에 대해서는 준열히 비판하고 있는 바이다.

•

신세대문화라는 형상 안에도 진보적인 미래를 꿈꾸면서도 현실에서의 '유체이탈'을 예방하는 요소와 인물들이 있다면, 진보적 문화운동은 당연히 그 요소 및 인물들에 대해 여러모의 안배를 해야 할 것이며 적극적인 연대를 피해야 할 것이다.

이며 적극적인 연대를 꾀해야 할 것이다.

4

신세대문화가 제기하는 여러 문제의식은 문화운동을 긴장시키는, 그래서 문화운동의 당대성 확보라는 과제를 수행하는 데 있어 일정한 역할을 하는 효과를 가지고 있기도 하다. 일전 80년대 한국 맑스주의 이론의 전개과정을 분석한 글을 읽은 적이 있다. 거기서 개진된 논지 중 하나는, 만약에 80년대 맑스주의 혹은 진보이론과 대립적으로 경합을 벌이는 그래서 긴장관계를 유지할 수 있는 시민적, 합리적 차원의 부르주아 이론이 존재했었다면 진보이론에서 왕왕 불거졌던 교조주의적 요소가 상당 부분 예방되었을 것이라는 점이다. 똑같은 맥락은 아니다 하더라도 이런 문제의식을 문화운동의 장소로 옮겨와 새겨봐도 꽤 쓸모가 있다. 왜냐하면 신세대문화에 함축되어 있는 문제의식은 기존 문화운동에 반성적 텍스트 노릇을 할 수 있을 뿐만 아니라 문화운동의 자기교정에 긴요한 계기를 마련해 주는 측면을 다분히 가지고 있기 때문이다.

신세대 중의 상당한 블럭은 기존의 질서나 가치관 등을 통틀어, 아무튼 기성의 것에 대해 끊임없이 시비를 벌이는 세대적 특성을 가지고 있다. (60년대 독일학생운동이 한창 고조되었을 때 한 여학생이 강의하러 들어 온 독일 지성의 '상징' 아도르노의 대머리를 자기 유방에 끌어당겨 비비면서 그에게 '야지'를 놓았던 에피소드는 그 특성을 드라마틱하게 보여 주는 대목이 아

신세대문화에 함축되어 있는 문제의식은 기존 문화운동에 반성적 텍스트 노릇을 할 수 있을 뿐만 아니라 문화운동의 자기교정에 긴요한 계기를 마련해 주는 측면을 다분히 가지고 있기 때문이다.

자기 표현에 대한 자신감과 억압에 대한 저항이나 반란의 '전투적' 태도는 상당한 문화적 잠재력을 내포하고 있다.

닐 수 없다.) 나아가 자기 표현에 대한 자신감과 억압에 대한 저항이나 반란의 '전투적' 태도는 상당한 문화적 잠재력을 내포하고 있다. 물론 사회전체에 대한 적실성 있는 대안적 기획이 부재한 상태 속에서의 저항이나 반란 일반만으로는 현실적 한계에 직면하겠지만, 그렇다 하더라도 그 자체만으로도 안정적인, 그래서 알게 모르게 이완되어 있는 현실의 여러 지반과 부면을 뒤흔들어 놓거나 이모저모의 긴장을 유발시키는 효과를 발휘한다. 신세대문화의 이런 효과는 기존 문화운동 진영에도 어김없이 적용될 수 있는 것이다.

예의 문화적 잠재력이 잠재 수준에서 그치느냐 아니면 현실성으로 육화되느냐 하는 것은 신세대만이 책임질 일이 아니다. 그런 잠재성을 현실화시키기 위해서는 진보진영의 탄탄한 능력 그리고 그에 합당한 정세적 조건 등등이 꼭 필요하기 때문이다. 짐 모리슨이나 제니스 조플린 같은 당대 미국 신세대문화의 독전관들이 마약으로 죽어갈 수밖에 없었던 것은 많은 부분 "돌파"하려 해도 혼자만으로는 돌파되지 않는, 그러나 외롭게 혼자 돌파해야 했던 미국 사회의 정세 그리고 신세대의 급진적인 문제의식을 거두어들이고 그것을 현실적 변혁의 기제로 전환시킬 수 없었던 진보블럭의 무능력에서 기인하는 측면이 많다. 마약과 죽음으로 귀결될 수밖에 없었던 미국 신세대의 비극적

투항은 이런 연유 때문에 필연적일 수밖에 없었다. 말하자면 이전 기성의 질서에서는 금제시되던, 그래서 사회제도적으로 이데올로기적으로 금압되던 것을 근본적으로 전복하려 들고 돌파하려 했던 미국 신세대의 도전은 고립적인 리사이틀이 될 수

밖에 없었다는 말이다. 무라카미 하루키의 소설 주인공 같은, 나른한 무기질 청년으로 변질되어 가는 일본 신세대들의 추락도 역시 미국과 유사한 조건을 전제해 볼 때 예정된 수순이었다. 반면 영화 〈네 멋대로 해라〉를 만든 장 뤽 고다르가 속해 있던 프랑스 신세대가, 그래도 꽤나 굵직한 역사적 궤적을 남겼던 것은 프랑스 진보 진영에 남아 있던 자기 비판이나 교정 능력에 힘입은 바 크기 때문이라는 사실에 우리는 주목해야 한다.

오늘 우리 사회의 신세대문화는 분명 기존의 사회적, 정치적, 문화적 천착 대상이나 수준을 넘어서기 위하여 새로운 깃발을 올리고 있다. 그들의 문제의식이나 반항의 표정이 비록 아직까지 여물지 못한 감성의 수준에 머물러 있다 하더라도 그 넘어섬의 모색은, 대단히 급진적이지만 또 그래서 근원적이다. 우리 사회의 진보진영이 또는 진보적 문화운동이 그들 문화에 대한 '호출'을 게을리 하거나 거기에 잠재되어 있는 진보의 요소를 걷어올리는 일을 회피할 때 우리 신세대문화의 잠재적 가능성은 개화되지 못한 채 다만 미국이나 일본의 그것처럼 묵은 역사의 페이지로 그치고 말 것이다. (1994년)

문화운동은 바뀌어야 한다

1. 문화운동의 부진

문화의 시대라는 말이 제 증거를 대듯 문화는 바야흐로 난만의 때를 유감없이 보내고 있다. 하지만 80년대적 문제라고 치부되는 계급 문제는 여전히 해결을 기다리고 있으며 거기에 여성, 생태 같은 비계급적 문제들이 보태지면서 사회적 과제는 더욱 복잡하고 힘에 겨운 무게로 우리 앞에 대기 중이다. IMF의 경제신탁통치를 받게 되는 향후 몇 년간은 어쩌면 기존 한국 사회의 제반모순들의 결절점이 새로운 형태로 불거지는 과정이 될 것 같다. 또한 그 과정은 그간 노동자를 비롯한 민중들의 희생으로 축적된 최소한의 사회적 재부가 공적 복지와 민주적 시스템의 계발에 사용되기는커녕 또다시 새로운 희생을 통한 자본의 재편과정으로 귀결될 것 같다. 한편 문화예술 분야에 있어 대중들의 일상은 문화예술의 과잉상태에 이르고 있고(IMF 변수에 의해 앞으로 얼마간은 그 강도가 엷어지겠지만) 예술생

향후 몇 년간은 노동자를 비롯한 민중들의 희생으로 축적된 최소한의 사회적 재부가 공적 복지와 민주적 시스템의 계발에 사용되기는커녕 또다시 새로운 희생을 통한 자본의 재편과정으로 귀결될 것 같다.

38

산방식은 이전에 보지 못하던 각종 다양한 요소와 방식을 탑재하면서 나날이 그리고 빠른 속도로 변화하고 있다. 이는 동시에 문화예술에 대한 대중들의 감각, 지각, 이해, 수용, 향수 각각의 층위에 있어 중대한 변화의 동인으로 작용하고 있다.

사회적 해결과제의 심화와 복잡화, 문화예술의 팽창과 빠른 대중화는 문화운동의 새로운 인식과 실천을 요구하는 조건들이자 과제임에 분명하다.

　사회적 해결과제의 심화와 복잡화, 문화예술의 팽창과 빠른 대중화는 문화운동의 새로운 인식과 실천을 요구하는 조건들이자 과제임에 분명하다. 그런 일반론에 따르면 이즈음 문화운동이 당연히 상당한 활성기에 들어서 있어야 한다. 하지만 현실에 있어 문화운동은 상당한 침체에 빠져있고 고유의 생기와 역동성은 마치 먼 날의 추억처럼 여겨진다. 그렇다고 문화운동이 필요없다고 하는 사람은 없다. 기존 문화운동에 관련되는 조직, 사람들은 여전히 문화운동 중이다. 그럼에도 불구하고 침체를 크게 벗어나지 못하는 것은 무슨 이유 때문인가. 물론 변혁운동의 전반적인 약화도 중요한 이유 중에 하나이지만 보다 중요하게는 달라진 상황에 대한 문화운동의 대응전략 부재 때문이라고 보는 것이 타당하다. 문화운동이 달라져야 한다는 이야기는 기실 90년대 초부터 제기되어 왔다. 그러나 그런 문제제기에 조응하는, 이를테면 문화운동의 형질변화까지 감당하는 전환의 실제는 아직 유보되고 있다. 더 정확히 이야기하면 전환의 필요성은 어느 정도 공감하면서 그것의 방법이나 타당성에 대한 개념적, 실천적 실험은 아직 대기 중인 형편이다. 문화지형에 대한 타당성 있는 분석이 문화운동 관련자들 사이에서 충분히 이루어지지 못하고 그로 인해 운동방법론 혹은 새로운 실천양식의 전환에 대한 다양한 모색은 계속 미루어지고 있다.

문화운동의 침체의 요인을 요약하면 다음과 같지 않을까 싶다. 첫째 문화개념을 여전히 본질론적으로 이해하고 있다. 둘째 전통적인 예술개념이나 장르론에서 아직 크게 벗어나지 못하고 있다. 셋째 그로 인해 변화하는 문화예술생산방식 및 확장되는 문화예술의 너비와 체적을 감당하지 못하고 있다. 넷째 달라진 문화예술생산양식에 적절한 조직이 정초되어야 하는데 기존 문화운동 조직은 여전히 장르운동 중심에 기초하고 있다.

도식화의 위험을 무릅쓰고 예의 침체의 요인을 요약하면 다음과 같지 않을까 싶다. 첫째 문화개념을 여전히 본질론적으로 이해하고 있다. 둘째 전통적인 예술개념이나 장르론에서 아직 크게 벗어나지 못하고 있다. 셋째 그로 인해 변화하는 문화예술생산방식 및 확장되는 문화예술의 너비와 체적을 감당하지 못하고 있다. 가령 공간, 환경, 여성 등도 중요한 문화운동의 조건이자 기반인데 관행적 사고와 실천양식에 의해 그것은 여전히 외부의 영역으로 치부되고 있는 형편이다. 넷째 달라진 문화예술생산양식에 적절한 조직이 정초되어야 하는데 기존 문화운동 조직은 여전히 장르운동 중심에 기초하고 있다. 나는 이러한 문화운동의 부진 요인을 유념하면서 이 글에서는 문화운동이 이제 방법을 바꾸지 않고서는 제 역할을 온전히 수행할 수 없다는 생각으로 몇 가지 제안을 하고자 한다.

2. 문화개념의 재구성

전통적인 문화 개념이나 문화의 영역화는 현실사회를 정치, 경제, 문화로 3분화하고 그것을 자율성의 이름으로 고착화했던 관행적 분류에 대한 통념적 추인이라는 것, 또 문화예술의 상대적 자율성도 그런 영역구분의 인식론적, 제도적 관습을 본질적인 것으로 인정하는 가운데 승인받는 것이라는 점에서 진작에 문제되어 왔다. 비록 맑스 역시 문화에 대한 기존 관념을 전면적으로 극복한 것은 아니지만 그래도 예의 세 영역의 단락(short circuit)을 제시한 것은 문화가 개별공화국처럼 독립적으로 존재하는 것이 아니라 사회전체과정에 있어 하나의 절합적 효과로 드러나는 것이라는 점을 지적한 것에 다름 아니고, 해서 그것은 관념론적 문화개념에 대한 오래된 그리고 근원적 비판이었던 셈이다. 그러나 그런 점을 상기하지 않는다 하더라도 문화산업을 통해 지배블럭은 그런 3분법을 이미 위반했으며 한편으로 현대에 들어 더욱 부각되는 문화정치의 함의는 문화가 전체 사회과정의 구성요소들이 중층결정된 것의 산물이라는 점을 확연히 일러주고 있는 바이다.

기존 문화개념에 따르면 무엇보다 문화, 경제, 정치의 내적 관계의 복잡성 및 통합성의 경향을 설명하지 못한다. 기존의 문화운동론이 경제, 정치 등은 언제나 문화 외부에 있는 것으로 보았다. 따라서 외접의 관점에서 그 외부의 표면에 얼마나 가까이 가서 정치적 발전에 여하히 기여할 수 있는가를 노상 고민한 것도 그런 이해방식에 따랐기 때문이다.

기존 문화개념에 따르면 무엇보다 문화, 경제, 정치의 내적 관계의 복잡성 및 통합성의 경향을 설명하지 못한다. 기존의 문화운동론이 경제, 정치 등은 언제나 문화 외부에 있는 것으로 보았다. 따라서 외접의 관점에서 그 외부의 표면에 얼마나 가까이 가서 정치적 발전에 여하히 기여할 수 있는가를 노상 고민한 것도 그런 이해방식에 따랐기 때문이다. 사실 외접의 관점에 따르면 문화의 발전은 언제나 단계론적, 진화론적으로 설명된다. 정치, 경제의 발전이 문화의 전면적 발전을 가져온다는 이해가 그것이다. 기존의 문화운동론, 그리고 전통적인 변혁운동에서의 문화운동 역시 그랬다. 생산력 발전이 충분해진 공산주의 단계에 이르면 노동자가 낚시꾼도 화가도 병행할 수 있다는, 다시 말해 실질적 문화생활이 그때야 가능하다는 맑스의 예언도 그런 맥락 위에 놓인다. 물론 문화의 발전이 정치, 경제 발전의 추동요인이 될 수도 있지만 근본적으로는 문화는 정치 발전 이후에 따라오는 사후 효과로서 간주되었다. 문화운동이 정치도구론에 의해 왜곡되기 쉬운 것은 그런 관점이 우세

현실과정에서 문화, 정치, 경제의 관계는 조건에 따라 외접의 형태를 띠기도 하지만 그런 경우에도 동시적인 내접관계로서 중첩되어 있다. 이 중첩된 내접의 관계에서 보면 정치, 경제는 더 이상 문화의 외부가 아니다. 그 역도 마찬가지이다. 외접의 관점에 따른 문화운동이 외접과 내접에 대한 절합의 관점으로 전환되어야 한다는 주장은 그 때문에 제출되는 것이다. 이 내접의 조건은, 해서 외접의 관점에 의해 해석, 배치되는 문화예술(가)의 사회적 위치, 정체성 및 기능 등에 대해 질적으로 다른 시각을 요구하는 근거가 된다.

할 때이다. 그러나 현실과정에서 문화, 정치, 경제의 관계는 조건에 따라 외접의 형태를 띠기도 하지만 그런 경우에도 동시적인 내접관계로서 중첩되어 있다. 이 중첩된 내접의 관계에서 보면 정치, 경제는 더 이상 문화의 외부가 아니다. 그 역도 마찬가지이다. 외접의 관점에 따른 문화운동이 외접과 내접에 대한 절합의 관점으로 전환되어야 한다는 주장은 그 때문에 제출되는 것이다. 이 내접의 조건은, 해서 외접의 관점에 의해 해석, 배치되는 문화예술(가)의 사회적 위치, 정체성 및 기능 등에 대해 질적으로 다른 시각을 요구하는 근거가 된다.

3. 문화예술생산양식의 변화

문화예술이 마치 형질변화하는 듯한 현상은 결국 새롭게 획득된 형질에서 비롯되는 자가변환과정이기도 하다. 그렇다면 우리는 그 획득형질이 무엇인지 그리고 그 획득된 형질이 기존의 문화예술 성질과 만나 어떤 변화를 야기하는지를 알아볼 필요가 있다. 현재의 대중들이 생각하는 '문화적인 것'은 무엇이며 그들이 직접 향수하고 소비하는 문화예술의 요목이 무엇인가를 표피적으로나마 살펴보는 것도 그런 질문에의 대답이 될 수 있다. 물론 이런 방식이 혹여 오르테가나 프랑크푸르트학파의 관점 혹은 계몽주의적 태도를 가진 사람들에게는 대중추수주의적인 태도로 보일 수도 있지만 대중의 문화예술적 경험은 당대의 문화예술 지형과 성격에 대한 리트머스 시험지가 된다는 점에서 그리고 그것에 대한 관찰이 문화예술의 당대적 성격을 이해하는 데에 중요한 기초자료가 된다는 점에서 가벼이 볼 일은 아니다.

　오늘날 대중이 이해하고 향수, 소비하는 문화예술에는 지배적인 것과 새로운 것의 두 영역이 나란히 병존하고 있다. 전통적인 의미의 문화예술이 여전히 수용되고 유통되는 것이 전자의 측면이다. 그 중에서도 기술발전과 미디어 변화 양상의 영향력을 다른 매체나 장르에 비해 상대적으로 덜 받는 문학에의 수용과정은 가장 전통적인 문화예술적 이해방식 하에 놓여 있다. 또 기존 문화 개념에 깃들어 있는 교양의 의미 역시 어느 정도 받아들여지고 있다. 하지만 그에 못지 않게, 아니 실제에 있어 양적으로는 새로운 것, 다시 말해 비전통적 문화예술이 훨씬 더 많이 대중의 문화예술경험의 바탕을 이루고 그들 일상의 구성물이 되고 있다. 이로 인해 개념적 차원에서는 전통적인 문화예술 범주에 포함되지 않던 요소 및 형태들이 대중의 경험적 층위에서는 문제없이 문화예술적인 것으로 이해되고 수용되고 있는 형편이다. 이런 현상은 소비사회의 중요한 견인력 중 하나인 일상의 스타일리즘화 및 미학화 경향의 가속화에 뒷심을 받으면서 더욱 전면화되고 있다. 레저나 각종 비노동시간의 문화예술화뿐만 아니라 도시공간을 비롯해 일상의 가시적, 비가시적 영역 모두가 문화예술적인 것의 생산요소가 되는 동시에 문화예술적 내·외장을 강력히 요구하고 있다는 사실에서 확인된다. 또한 더욱 증가되는 문화산업의 각종 상품은 이른바 멀티미디어적 특성으로 대중들의 감각을 재조직하고 있다. 그를 통해 대중들은 새로운, 이를테면 복합적인 감각, 감수성을

전통적인 문화예술 범주에 포함되지 않던 요소 및 형태들이 대중의 경험적 층위에서는 문제없이 문화예술적인 것으로 이해되고 수용되고 있는 형편이다. 이런 현상은 소비사회의 중요한 견인력 중 하나인 일상의 스타일리즘화 및 미학화 경향의 가속화에 뒷심을 받으면서 더욱 전면화되고 있다. 레저나 각종 비노동시간의 문화예술화 뿐만 아니라 도시공간을 비롯해 일상의 가시적, 비가시적 영역 모두가 문화예술적인 것의 생산요소가 되는 동시에 문화예술적 내·외장을 강력히 요구하고 있다는 사실에서 확인된다.

대중들이 향수, 소비하는 '문화적'인 요목들은 이전에 존재하지 않던 새롭게 출현한 형질이 아닐 수 없다. 그런 과정 속에서 대중의 문화예술적 경험은 지배적인 것과 새로운 조건에서 획득된 형질 혹은 올드미디어와 뉴미디어가 한쪽에 의한 다른 한쪽의 대체양상이 아닌, 이를테면 상호 병존, 경합의 선상에 놓여 있는 셈이다.

확인하고 재생산하고 있다. 결국 대중들이 향수, 소비하는 '문화적'인 요목들은 이전에 존재하지 않던 새롭게 출현한 형질이 아닐 수 없다. 그런 과정 속에서 대중의 문화예술적 경험은 지배적인 것과 새로운 조건에서 획득된 형질 혹은 올드미디어와 뉴미디어가 한쪽에 의한 다른 한쪽의 대체양상이 아닌, 이를테면 상호 병존, 경합의 선상에 놓여 있는 셈이다.

현실이 이런 변화 와중임에도 불구하고 기존의 문화예술 개념 그리고 그 개념에 의해 설명되는 문화예술행위에 대한 집착은 지배, 반지배 블록 할 것 없이 여전하다. 하지만 오늘날 '문화적인 것'들의 실제 요목 중 많은 부분은 문화산업, 멀티미디어 혹은 문화와 정보의 결합 양상 등에서 알 수 있듯이 그런 개념 밖에서 생산되고 활동하는 실정이다. 이는 문화예술의 생산, 유통, 소비, 향수 전 층위에 있어 공히 그러한데, 다시 말해 위에서 언급한 것처럼 대중의 일상에서 문화적인 것의 접촉, 향수, 소비는 많은 경우 기존 문화예술 범역 밖에서 이루어지고 나아가 확대, 과잉되어 가고 있는 형국이라는 말이다. 여기서 우리는 기존 문화예술 범주로는 그런 변화를 설명하고 대응하기 힘들어진다는 점을 어렵지 않게 확인할 수 있다. 특히 과학기술의 발전에 의한 새로운 표현매체의 등장 및 다양한 표현방법의 지평 확대는 예술생산력에 일대 혁신을 가져왔는데, 이를 기존의 문화예술 개념과 제도로 온전히 포섭하기는 기대난망이다. 이런 대목은 종래의 생산관계가 발전하는 생산력을 감당하지 못할 경우 발생하는 소위 생산관계와 생산력의 모순명제와 비유될 수도 있다. 예술 생산기술과 생산력은 발전하는데 예술제도 및 그것의 하위범주들이 스스로를 완강하게 고수하고자 할 때 상호 충돌할 수밖에 없다는 점에서 그렇다. [1]

문화예술의 형질변화는 한편으로 과학기술의 발전에 의한 것이면서 동시에 예술생산양식의 변화를 추동하는 힘으로 작용한다. 그렇기에 그 변화는 크게 보아 기술발전 그로 인한 미디어 환경 변화와 밀접한 관계에 놓여 있는 셈이다. 각종 매체기술의 발전과 확장은 예술행위의 확장을 불러오게 되는데 아날로그적인 기계복제기술에서 디지털적인 전자복제기술로 옮겨간 과정에서 이전에 경험하지 못하던 표현방법 및 영역을 발견하게 되는 것이 그런 맥락이다. 수작업에서 기계복제로 거기서 다시 디지털 기술로 환원되는 전자복제기술로의 이동과정은 몇 가지 중요한 변화를 낳게 되는데 전통적인 재현론과 그 범주 안에서 창조자로 존재하던 예술가의 정체성 및 위치의 변화가 그에 해당된다 하겠다.

전자복제기술의 등장은 전통적인 재현론 혹은 반영론과는 아주 다른 묘사의 시스템을 출현시킨다. 실제와 재현의 관계가 서로 대척적이기 때문이다. 전통적인 재현론에서의 이미지는 실제의 재현을 통한 가상으로서 현현하는 반면 전자복제과정에서 이미지는 실제를 필요로 하지 않는 단계에 이른다. 디지털 기술은 실제에서 이미지를 복제, 추출해 내는 것이 아니라 한 이미지에서 다른 이미지를 복제하는 혹은 기존 이미지의 종합화를 통해 다른 이미지를 생산하는 시스템을 만들어 내는데, 이런 디지털적 이미지 생산과정에서의 이미지는 실제 혹은 원판이 복제나 가상으로 생성되고 현현되는 것과는 질적으로 다

1) 이런 맥락은 기존 문화개념의 외연을 확장하는 차원에서 소화될 수 있는 성질의 것들이 아니라 아예 문화예술 개념의 질적변화를 추동하는 요소들로 작용한다.

른 과정과 의미를 지닌다. 실제/재현, 모방, 원본/모사의 관계에서 실제 혹은 원본이 없더라도 이미지를 생산하게 되는 관계로 전이된 것이다. 이때 그 이미지는 실제세계의 반영이나 재현이 아니라 자기 자신을 모사의 원판으로 삼는, 말하자면 자기지시적인 과정을 통해 생산된 이미지이다. 그렇기에 그것은 재현의 최종심급인 실제가 없더라도 하나의 모델 혹은 이미지를 보고 다른 모델을 생산할 수 있는, 다시 말해 모델로서의 이미지가 무한급수적으로 증식되는 과정에 들어서 있는 것이다. 이 무한과정에 들어서면 실제가 없더라도 현실 속에 무수히 존재하는 이미지를 통해 새로운 이미지 생산이 가능하게 되는 것이다. 최근 일본이나 미국에서 만들어진 디지털 배우나 가수 등도 그런 사례에 속한다. 재현론에 위배되는 문화예술적 요소의 생산은 시각적 이미지뿐만 아니라 테크노 음악에서의 사례처럼 음악 혹은 사운드 영역에서도 마찬가지로 실행되고 있다. 음악의 경우 기존 음악작품의 각종 요소들(음색, 선율, 리듬, 화성, 비트, 악기편성 등등)이 D-Base에 정보처리되어 있고 그 정보를 합성, 재배치하는 방법으로 새로운 음악을 만들어 내기도 하는데, 표절의 기술적 지원처로 여겨지고 있는 샘플링 기법 같은 것도 크게는 그런 맥락에 포함된다 하겠다.

컴퓨터, 디지털, 자동화기술, 정보처리기술의 급격한 발전이 가져온 미디어의 변화, 발전은 한편으로 인간 감각의 복합화, 중첩화에 대한 유인, 수용의 객관적 기초가 된다. 청각이나 시각 등 단일 감각을 기반으로 하던 수용, 전유과정이 다층적이고 복합적인 감각 및 지각의 작동과정으로 전환되는 것이다.

이때 그 이미지는 실제세계의 반영이나 재현이 아니라 자기 자신을 모사의 원판으로 삼는, 말하자면 자기지시적인 과정을 통해 생산된 이미지이다. 그렇기에 그것은 재현의 최종심급인 실제가 없더라도 하나의 모델 혹은 이미지를 보고 다른 모델을 생산할 수 있는, 다시 말해 모델로서의 이미지가 무한급수적으로 증식되는 과정에 들어서 있는 것이다. 이 무한과정에 들어서면 실제가 없더라도 현실 속에 무수히 존재하는 이미지를 통해 새로운 이미지 생산이 가능하게 되는 것이다.

46

이미지, 사운드, 정보 등을 통합하는 소위 멀티 미디어 환경이 그런 것일 터이다. 상호 이질적인 감각의 내적 결합을 통해 통합적 효과를 생산하는 멀티미디어 환경 속에서 그 복합미디어가 생산하는 복합적 문화예술요소의 수용 양상 역시 복합감각적인 활동의 과정이란 점은 자명한 사실이 된다.

멀티미디어 환경에서 문화예술생산물의 생산과 유통이 복합화 혹은 복합감각을 기반으로 이루어지는 것이라면 이는 당연히 단일감각을 기반으로 존립하고 있던 전통적인 장르구분이나 매체구분법과 길항하는 동시에 그 분류법을 벗어나는 조건으로 작용한다. 그 길항과 이탈 과정에서 시각, 청각 등의 단일 감각에 기반을 두고 있던 단일 장르 구분법은 한편으로 새로운 재분류 혹은 통합의 과정에 들어서게 된다. 비유하자면 둔중한 하드웨어로서의 IBM적 장르체제를 유연한 소프트웨어로서의 MS적 방식이 통합, 재편하는 식이다.

과학기술의 발전이 문화예술 생산과정과 방식에 새로운 요소로 외삽되는 형국은 무엇보다 문화예술 생산양식을 바꿔내고 그를 통해 창작자로 존재하던 예술가의 정체성 및 위치에 큰 변동을 가져온다.

과학기술의 발전이 문화예술 생산과정과 방식에 새로운 요소로 외삽되는 형국은 무엇보다 문화예술 생산양식을 바꿔내고 그를 통해 창작자로 존재하던 예술가의 정체성 및 위치에 큰 변동을 가져온다. 우선 창작 개념의 변화가 발생하기 때문이다. 무에서 유를 창조한다는 고전적인 의미에서의 창작 그리고 실제에서 상상력을 통한 재현적 형상화를 꾀한다는 창작방법은 전자복제기술 혹은 멀티미디어 환경에서의 생산과정 및 생산물의 성격에는 더 이상 유효하지 않기 때문이다. 가령 멀티미디어적 예술 생산과정에는 이미 다른 사람들과 다른 메커니즘에 의해 만들어진 기성품, 이를테면 소프트웨어, 콘텐츠웨어, 프로그램 시스템 등이 개입된 것이기에, 그것은 무에서 유로의 과정이 아니라 유에서 다른 유로의 확대재생산이 된다. 여기서 주목할 점은 소프트웨어나 콘텐츠웨어가 기존 예술생산과정에서의 단순한 생산도구와 같은 성격도 띠지만 한편으로는 그것과 아주 다른 성질로서 예술생산과정에 인입된다는 측면이다. 가령 목탄이나 붓은 회화의 내용과 메시지 생산에 직접 개입하지는 않지만 예의 소프트웨어 같은 것은 비록 부분적이나마 직접적이고도 강한 개입력을 가지고 있다. 소프트웨어가 예술생산물 전체의 내용이나 메시지의 생산에 있어 한 부분으로만 기능하는 것은 사실이지만 동시에 그 소프트웨어의 성질여부에 따라 내용이나 메시지가 적지 않은 영향을 받기 때문이다. 이는 인터액티브 픽션이나 비디어 아트에서의 소프트웨어 역할을 생각해 보면 알 수 있다. 또 미술만 하더라도 설치미술이나, 작품 및 전시에 테크놀로지아트 개념에 적극적으로 활용되는 대목에서도 그런 측면을 확인할 수 있다.

소프트웨어, 프로그램 시스템 혹은 제어 기술의 발전은 예술생산 공정의 많은 부분을 예술가의 손에서 자동화기술의 몫으로 이동시키는 결과를 낳게 된다. 이에 따라 창작의 전 과정을 장악하고 있던 예술가, 즉 창작자의 위치가 동요를 맞이하는 것은 당연하다.[2] 아울러 고급예술 범역 안에서 예술가의 고유한 정체성이 주어지던 조건도 변화를 맞이한다. 전자복제기술 혹은 멀티미디어의 확산은 예술생산과 수용에 있어 빠른 속도의 대중화 과정을 동반한다. 이로 인해 순수예술 범주에 내포되어 있던 특별한 능력의 소유자로서의 창작자, 그 특별한 능

2) 이때 중요한 것은 그런 조건 속에서의 예술가의 태도일 터이다. 변화하는 생산조건을 거부하고 기존의 생산양식만을 고수하느냐 아니면 새로운 생산양식과의 적극적인 조우를 통해 자신의 위치를 재조정하면서 새로운 창조성의 확대와 혁신을 꾀하느냐 하는 것이다.

력의 구현물로서의 고급예술품 범주는 더 이상 기존의 헤게모니와 사회적 위치를 고수하기 어렵게 된다. 멀티미디어적 예술생산품의 유통은 실상 대중들에게 새로운 문화예술의 전유, 향수 그리고 새로운 복합적 감각의 수용조건으로 작용하고 있는데, 그런 조건은 현실에서 대중문화와 고급문화 혹은 고급예술의 간극을 상당히 좁아들게 하거나 심한 경우 해체의 압력을 행사하기도 한다. 고급문화의 안전지대 안에서 보존되던 예술가의 정체성은 더 이상 이전 같지 않게 된다. 창작자와 수용자의 관계양상에도 변화가 오게 되는데 쌍방향 미디어를 통한 것이 그런 예이다. 인터액티브 픽션을 가능케 하는 예술생산수단의 변화는 수용자가 생산과정이나 공정의 한 위치에 들어설 수 있는 조건을 제공함으로써 수용자가 전면적인 수용의 객체가 아니라 창작과정에 일부분 간섭하게 되는 체제가 성립하는 것이다. 창작자로서의 예술가가 맞이하는 정체성의 동요는 결국 창조 혹은 재현의 전과정을 관할하고 통어하던 정신적 주체로서의 위치가 비재현적 예술생산과정 앞에서 어떤 기능과 역할로 바뀌어야 하는가라는 문제, 다시 말해 기능변화의 문제로 귀결된다. 바꿔말하면 예술가의 새로운 기능과 임무 및 과제에 대한 사고의 전환이 필요한 시점이라는 것이다.

앞에서 언급한 것처럼 예술생산방식에 전자복제기술, 자동화기술 등이 중요한 요인으로 외삽·융해된다는 사실은 한편으로 그 기술이 문화예술생산과정의 한 부분을 맡기에 그 부분은 예술가의 관할 영역이 아니게 된다는 말이고 다른 한편으로 소프트웨어나 프로그램 시스템의 기술력과 내용성이 예의 생산과정

예술생산방식에 전자복제기술, 자동화기술 등이 중요한 요인으로 외삽·융해된다는 사실은 한편으로 그 기술이 문화예술생산과정의 한 부분을 맡기에 그 부분은 예술가의 관할 영역이 아니게 된다는 말이고 다른 한편으로 소프트웨어나 프로그램 시스템의 기술력과 내용성이 예의 생산과정에서 중요해졌다는 말이 된다.

에서 중요해졌다는 말이 된다. 재현의 주체이자 통어자이던 기존 예술가가 예술생산과정의 전반을 관할하지 못한다는 사실은 그가 단지 공정 내의 중요한 위치로 혹은 한 위치로 재조정되었다는 사실을 이르는 말이다(이를 컨베이어 벨트의 부속처럼 생각할 필요는 없다). 사정이 여기에 이르면 예술행위 주체가 구상에서부터 실행 혹은 생산 전반을 통어하고 있던 과정에서 구상과 실행의 간극이 발생하기 시작한다. 소프트웨어 같은 것이 실행의 한 부분을 맡기에 그것은 예술가의 구상 단계와는 상관없이 다른 영역에서 다른 동기에 의해 생산되는 것이기 때문이다. 다른 한편으로 예술가가 제어기술 혹은 소프트웨어에 대한 지식을 파악하지 못한 이유로 생산수단과의 간극이 발생할 수 있다. 요약하면 새로운 예술생산양식은 기술의 영향력이 커지게 되었으며 그로 인해 실행과 구상의 간극이 발생하는 동시에 기술에 대한 예술가의 의존도가 커지게 된 것이다.[3]

여기서부터 새로운 문화예술생산양식 하에서 작업하는 예술가에게 새로운 과제가 임무로 주어진다. 그것은 예술생산의 많은 부분이 기술공학적 과정에 긴밀해지는 데에서 오는 과제이다. 우선 예의 기술공학적 지식에 대한 이해와 습득이 필요해지게 된다. 예컨대 하이퍼텍스트 문자도 당연히 알아야 한다는 요청에 직면한다. 또한 근자에 자주 보게 되는 웹 디자인이나 사이버 갤러리 같은 것도 결국은 특정한 지식으로 만들어지는 소프트웨어나 프로그램 시스템을 경유할 수밖에 없는데 예술가의 입장에서 자신의 작품(여기서 어디까지가 예술가의 작품이냐 하는 의문도 가능하다)의 내용을 일정부분 선행 결정하는 그 시스템의 생산방식과 성격을 그냥 넘어갈 수는 없다. 여기서 우리는 예의 소프트웨어의 구상과 생산 단계에 예술가가 어떤 방식으로든지 직접 관여하는 경우와 그 프로그램을 단지 사용하는 사용자의 처지에 국한되는 경우의 차이를 예상해 볼 수 있다. 가장 바람직한 것은 당연히 직접 관여하는 경우이다. 말하자면 새로운 예술생산양식에서 소프트웨어나 프로그램시스템이 중요한 요소가 된다면 그것의 초기 생산단계에 개입하는 것이 예술가가 작업의 전체성을 꾀하는 데에 중요한 사안이 됨은 당연하다 하겠다. 그것을 위해서라도 기술공학적 지식이 필요하게 된다는 말이다.

하지만 사실 기술공학적 지식과 예술가의 관계를 생각해보면 여러 어려움이 상존한다. 예술가에게 자동화기술이나 소프트웨어 생산기술에 관한 지식을 알아야 한다는 주문은 여간 난망한 일이 아닐 수 없기에 그렇다. 예술가가 예술생산공정에 관여되는 모든 지식을 아는 것은 현실적으로도 힘든 일이다. 하지만 그렇다 하더라도 문화예술생산양식이 엄연히 변화 중인 이상 예술가에게 그런 지식이 필요없다는 주장은 더 무책임한 태도이다. 새로운 지식을 모두 습득할 수 없다는 생각이 달라진 문화예술 생산양식 하에서 예술가는 어떡하든지 그 지식에 접근해야 한다는 과제를 무화시키지는 못한다. 예의 습득해야 하는 지식이 어디까지인가는 불확정적이되 그렇다고 그런 불확정성이 새로운 생산양식에 가동되는 지식의 획득 방법을 모색해 보자는 생각의 반박근거가 될 수는 없기 때문이다.

여기서 우리는 문화예술생산에 필요한 지식의 형태를 새롭게

새로운 예술생산양식에서 소프트웨어나 프로그램시스템이 중요한 요소가 된다면 그것의 초기 생산단계에 개입하는 것이 예술가가 작업의 전체성을 꾀하는 데에 중요한 사안이 됨은 당연하다 하겠다. 그것을 위해서라도 기술공학적 지식이 필요하게 된다는 말이다.

생각해 볼 필요가 있다. 예술가에게 기술공학적 지식습득이 필요해지게 된 까닭은 위에서 언급했다. 하지만 그런 요청이 정당하다 해도 그것을 예술가 한 개인이 모두 감당한다는 것은 여간 어려운 일이 아니다. 그러나 기술공학의 중요성으로 인해 예술생산 초기에 예술가가 개입하는 일이 중대해졌다는 당위성 역시 부인할 수는 없다. 여기서 오늘날의 새로운 문화예술생산이 복합적 과정이라는 점을 상기할 필요가 있다. 구상과 실행의 간극이 발생하는 것도 결국은 실행 단계에 다양한 멀미디어적인 기술이 인입되기 때문인데 그 때문에 필요한 지식, 다시 말해 예술가가 자신의 작업에서 실행의 프로그램을 활용할 때 필요한 지식의 생산과 관리, 체계화도 복합적 미디어 기술에 버금가는 복합적 관점에 기초할 필요가 있다는 것이다. 그런 과정에 필요한 지식을 우리는 기획적 지식, 복합적, 통합적 지식이라 부를 수 있다.

여기서 기존 예술가와 비예술가의 새로운 관계가 발생하며 그것의 내용은 결국 예술가 고유의 능력과 비예술가 고유의 능력의 접합이다. 가령 게임 소프트웨어를 예로 들어보자. 가장 흔한 접합 양식은 삼국지 같은 기존의 서사를 프로그래머가 활용하는 것이다. 여기서 삼국지 게임은 프로그램의 논리에 따라 원판 삼국지대로 전개되기도 하고 전혀 다른 내러티브로 전개되기도 한다. 유비가 삼국을 통일할 수도 있고 장비와 관우가 싸우는 황당한 사건도 만날 수 있는 것이다. 이른바 MUD 사례이다. 다른 경우로 서사 전문가와 프로그래머가 특정 프로젝트를 중심으로 처음부터 만날 수도 있다. 이 경우 양자는 작업 초

여기서 오늘날의 새로운 문화예술생산이 복합적 과정이라는 점을 상기할 필요가 있다. 구상과 실행의 간극이 발생하는 것도 결국은 실행 단계에 다양한 멀미디어적인 기술이 인입되기 때문인데 그 때문에 필요한 지식, 다시 말해 예술가가 자신의 작업에서 실행의 프로그램을 활용할 때 필요한 지식의 생산과 관리, 체계화도 복합적 미디어 기술에 버금가는 복합적 관점에 기초할 필요가 있다는 것이다. 그런 과정에 필요한 지식을 우리는 기획적 지식, 복합적, 통합적 지식이라 부를 수 있다.

52

기 단계부터 특정내러티브에 가장 적당한 프로그램을 또 거꾸로 특정 프로그램의 기초 설계에 가장 적당한 내러티브를 고민하는 가운데 두 영역의 특징과 고유한 성격을 적절하게 접합하는 방식을 만들어 낼 수 있다. 그 과정을 통해 서사전문가는 소프트웨어 프로그램 고유의 성질을, 프로그래머는 서사 고유의 성질을 자신의 영역에 용해시켜 보는 일을 천착하게 될 것이다. 이런 복합적인 작업과정이 이루어진다면 그런 과정에 소용되는 지식의 내용과 형태가 필요하게 된다. 말하자면 그 지식은 게임소프트웨어를 생산하는 전반을 기획하는 지식이고 다른 영역과의 통합을 꾀해가는 지식이다. 이런 지식은 자신의 영역에 관한 지식에 다른 영역의 지식을 단순히 빼고 보태고 식의 지식이 아니라 특정 기획 안건이나 프로젝트의 생산과정에 적합하게 사용되는 제 3의 지식형태가 된다. 그 지식의 생산과정이 곧 여러 매체, 여러 장르, 여러 영역들이 복합적으로 접합되는 생성적 과정인 것이다. 이렇게 된다면 서사전문가 혹 예술가가 단지 소프트웨어의 사용자로만 전락하는 사태를 넘어설 수 있으며 따라서 자신의 예술적 구상에 적당한 실행의 수단과 도구를 스스로 관할할 수 있는 가능성이 발견되는 것이다. 결국 기술에의 종속 그리고 사용자로의 전락을 막기 위해서라도 예의 기획적, 복합적 지식생산 과정에의 참여는 예술가에게 대단히 중대한 일이 되는 셈이다. 이런 과정은 1대 1의 관계만이 아니라 프로젝트의 성질에 따라 다 대 다, 바꿔 말해 수많은 영역의 상호 내적 교차와 접합의 관계설정을 통해 얼마든지 이루어질 수 있다. 결국 여기서 강조할 점은 새로운 문화예술생산양식은 그 자체로 통합적이고 기획적인 성격을 갖는 것이며 거기에 참가하는 예술가 역시 거기에 조응할 수 있는 새로운 지식의 형태를 생산, 소유하고 있어야 한다는 것이다.

이런 대목은 넓은 의미의 각종 문화생산에도 적용된다. (꼭 기술이 강한 조건으로 작용하지 않은 사안에도 그렇다.) 서두에서 이야기했다시피 문화개념은 전체 사회과정의 한 효과로서 존재하는 역사적인 것이며 더욱이 오늘날의 문화과정은 이전에 경험하지 못하던, 다양한 영역과 요소들이 역동적이고 중층적으로 결합한 산물에 다름 아니다. 요컨대 문화생산과정과 생산물의 성격 자체가 지극히 복합적 사실 그 자체이다. 그런 까닭에 예의 문화생산과정에 참가하는 예술가 혹은 문화관련자에게도 마찬가지로 앞의 기획적, 복합적 지식과 실천방식은 필수적 요건이 된다. [4] 몇 가지 사례를 들어보자. 과학기술의 발전과 응용은 다양한 공간구성과 구획에도 적용되고 있다. 테크노파크나 인텔리전스 빌딩 같은 것이 그런 것이다. 영국의 사이언스파크나 일본의 테크노파크 혹은 테크노폴리스[5] 등도 대표적인 사례이며 비록 거품현상의 일종으로 치부되기는 하지만 우리도 향후 4-5년 내에 30여개의 테크노파크를 건설하기 위한 각종 계획이 입안, 기획 중이다. 이 계획 중 많은 경우가 인프라의 미비나 현실성 있는 기획의 부재로 지지부진하기는 하지만 그 계획 자체는 하나의 공간구성에 있어 아주 복합적인 작업과정과 그에 준하는 인력과 전문성을 필요로 하는 일로 자리매겨진다. 따라서 산업시설과 주거시설, 문화시설 그리고 상업시설 등이 조화롭게 조성되기 위해서는 각 영역의 전문가와 연구

4) 한편 새로운 문화예술생산양식은 기존의 개념으로는 예술(가)로 보지 않던 직능(가)을 문화예술생산과정에 포함하게 된다. 기존의 문화예술가와 비문화예술가들은 달라진 문화예술 생산의 지평에서 상시적으로 서로 접합의 과정을 밟게 되는데 그때 문화예술가는 비문화 예술가가 되어야 하고 비문화예술가는 문화예술가가 되어야 한다는 요구에 맞닥뜨린다. 그 조우의 지점은 일종의 기동대적인 예술의 탄생지역이자 예술가의 지평이 확대되는 지대가 된다고 하겠다.

5) 이 테크노폴리스는 기실 1957년 구소련의 아카뎀고도록에서 벌써 시작되었으며 미국의 실리콘밸리도 대표적인 예이다. 물론 이 도시들이 처음 기획될 때는 하이테크놀로지산업을 기반으로 하여 거기에 상업기능, 금융기능 등을 추가하는 정도였지만 이후 주거기능이 결합되면서 도시 전체가 새로운 일상을 구성하는 총체적 공간개념으로 변경되고 있다.

능력이 결합되어야 함은 당연
할 터이다. 그런데 여기서 중
요한 것은 문화예술생산자에
게도 마찬가지이지만 참가자
들 모두에게도 기획 단계에서
부터, 단지 자신의 전문성으
로만 고정된 대상에 참가, 기
여하는 방식이 아니라 다른
방식이 필요해진다. 요컨대
그 전문성을 단지 하나의 소
프트웨어로만 삼아 이미 주어
진 하드웨어에 장착되는 것에
그치는 것이 아니라 기획과정
에서 각각의 전문성을 일종의
생산자료로 삼아 그 도시의 하
드웨어 건설과 소프트웨어 프로그래밍을 위한 기획 및 실행에
적용되는 지식과 방법이라는 생산물을 만들어 내는 것이 중요
해진다. 그때 새롭게 생산된 지식은 기존에 자신이 가지고 있
던 전문적 지식 및 특성과는 변별된다. 이런 과정과 방식은 테
크노파크 뿐만 아니라 테마파크, 각종 이벤트, 도시재건축, 영
상프로그램을 비롯해 중앙정부 및 지방정부의 문화정책 등 수
없이 많은 영역에서 적용될 수 있고 또 현실은 그것을 요청하고
있다.

　이른바 학제간 연구나 얼마 전 끝난 광주비엔날레 같은 행사

에도 이런 방식과 관점이 필요하다. 근자에 왕성히 제기되는, 이를테면 대학개혁을 위해서도 대학교과과정에 학제간 연구나 통합적 사고가 필요하다는 것은 이제 누구나 인정하는 사실이다. 그러니 그것이 단지 다른 전공지식을 알아야 된다는 취지가 아님은 당연하다. 학제간 통합성을 가능케 하기 위해서는 그것에 일종의 프로그래밍이 요구되고 따라서 그 프로그래밍에 적합한 지식과 방법이 요구된다 하겠다. 그 프로그램을 위해 모여드는 기존의 문화예술, 사회과학, 인문학, 공학 등 역시 예의 프로그램 생산을 위한 생산자료가 되어야 한다. 그럴 경우 그 생산자료를 통해 새로운 패러다임이라는 생산물을 만들어 내는 과정, 다시 말해 생산과정에 필요한 지식과 방법 역시 문제로 떠오른다. 그것이 곧 기획적 지식이며, 그렇기에 이는 생산자료로 투입된 기존의 학문패러다임과는 질이 다른 새로운 지식형태가 되는 것이다. 그런 점에서 기획적 지식과 과정은 마치 용광로 혹은 거푸집의 역할을 하며 동시에 그런 것을 만드는 지식기술 같은 것일는지 모른다.

그 생산자료를 통해 새로운 패러다임이라는 생산물을 만들어 내는 과정, 다시 말해 생산과정에 필요한 지식과 방법 역시 문제로 떠오른다. 그것이 곧 기획적 지식이며, 그렇기에 이는 생산자료로 투입된 기존의 학문패러다임과는 질이 다른 새로운 지식형태가 되는 것이다. 그런 점에서 기획적 지식과 과정은 마치 용광로 혹은 거푸집의 역할을 하며 동시에 그런 것을 만드는 지식기술 같은 것일는지 모른다.

광주비엔날레 같은 경우도 예술가 혼자만의 작업이 아니라 예술가와 지식인, 창작과 비평, 순수예술과 대중문화, 예술과 인문학과 테크놀로지, 문화와 정치 등속의 패러다임과 관련자들이 상호 개방적인 관계 속에서의 접속을 통해 그 프로젝트의 기획, 실행, 관리 등을 수행할 필요가 있다. 그때 그 접속은 프로젝트의 기획, 실행, 관리에 필요한 지식과 방식을 새롭게 생산해 내는 과정에 다름 아니게 된다(외부의 조언과 조력을 구하는 것과는 다른 차원의 일이다). 이는 광주 비엔날레뿐만 아니라 엑스포, 영화, 애니메이션 페스티벌을 위시로 한 각종 행사에서도 마찬가지이다.

　지금까지의 논의를 정리하자면 다음과 같다. 문화예술생산양식이 변하고 있다. 기존의 문화운동방식으로는 그것에 제대로 대응을 할 수가 없다. 양식 변화는 우선 예술생산과정에 기술공학적 요소가 외삽됨으로 인해 예술가와 예술의 범주 및 정체성에 변동이 온다. 때문에 예술가에게는 종래와는 다른 새로운 임무와 과제가 주어지는데 하나는 예의 기술공학에 관련된 지식의 습득이며 다른 하나는 예술적 요소와 그 범역 밖의 요소들의 접합과정에 대한 지식, 요컨대 기획적 지식과 실천력이다. 이는 넓은 의미의 각종 문화적 실천에 모두 적용된다. 이런 과정을 경유하는 문화예술생산양식과 실천은 문화공학적 성격을 띤다. 따라서 우리의 문화운동도 문화공학적 방식을 취할 필요가 있다.[6] 이는 달라진 예술생산양식이 기술공학적 요소를 바탕으로 한다는 의미에서부터 그 생산과정에 예술가가 공정의 한 부분을 차지하고 있다는 것 그리고 여러 장르, 매체, 영역이 접합되면서 재조직되는 새로운 성격의 지식과 예술생산물의 생산과정이 공학적 메커니즘을 밟는다는 의미에서 그렇다. 이를 요약하면 기존의 예술적 생산물과 생산방식 그리고 지식은 일종의 생산자료가 된다. 그 자료는 특정한 과정을 경유하면서 새로운 형태와 질을 가진 지식과 생산물로 전환되는데 그 처음(pre-production)에서 사후효과(post-production)까지 이르는 과정 전반이 문화공학적 과정이 된다.[7]

6) 문화공학적 상상력에 대해서는 이미 오래전에 브레히트가 언급한바 있다. B. Brecht, 앞의 글 참조

7) 물론 현존하는 모든 문화예술적 실천과 행위가 그렇다는 것은 아니다. 여전히 전통적인 예술행위는 존재하며 또 그것만의 고유한 기능과 효과는 아직 유효하다. 하지만 새로운 조건과 환경 속에서 이루어지는 예술생산과 형태, 다시 말해 문화공학적 예술은 양에 있어서나 대중들의 감수성에 대한 영향력의 차원에서나 날로 확대되어 가고 있다.

4. 조직방식이 변해야 한다

문화공학적 문제설정에 포함되는 의미는 결국 예술 개념, 예술가, 장르, 예술생산양식 전 부면에 걸쳐 변화가 왔다는 것이며, 그렇기에 이런 조건 속에서는 문화운동의 방식이 바뀌어야 한다는 대전제를 낳는다. 조직방법도 그 대전제를 통해 구상되어야 한다. 문화공학을 감안할 경우 문화운동의 조직대상의 폭은 예술가에 한정되지 않고 대단히 확대된다. 문화적, 예술적 생산물에 관계되는 모든 사람들이 조직의 대상이자 활동의 기반이 되기 때문이다. 그렇게 되면 기존의 관점으로 보아 비예술가 혹은 예술 밖의 직능 종사자로 간주되던 사람들도 프로젝트의 성격에 따라 조직의 대상이자 기초가 되어야 한다. 가령 위에서 예로 든 테크노파크의 경우를 생각해 보자. 그 프로젝트의 성격 자체가 복합적, 통합적 구상 및 실행의 성격을 지니기에 거기에는 문화예술가를 비롯해 도시PD, 건축가, 생태학자, 엔지니어, 조경학자 등이 참가할 것이다. 그리고 애초에는 자기 영역의 전문성을 통해 연대하는 방식을 취할 것이고, 물론 자기 전문성을 중심으로 다른 영역과의 협업을 구상할 것이다. 그러나 앞에서 언급한 문화공학적 작업과정에 들어가면 그 전문성은 프로젝트 수행에 필요한 지식과 방법의 생산자료가 되어야 하고 그를 통해 새로운 지식과 작업방식을 강구해야 한다. 그 경우 애초의 자기 정체성에 일단의 변화가 오게 된다. 적어도 예의 프로젝트의 조건 속에서는 생태학자가 문화예술가적 마인드와 정체성을, 문화예술가가 엔지니어적 마인드와 정

그러나 앞에서 언급한 문화공학적 작업과정에 들어가면 그 전문성은 프로젝트 수행에 필요한 지식과 방법의 생산자료가 되어야 하고 그를 통해 새로운 지식과 작업방식을 강구해야 한다. 그 경우 애초의 자기 정체성에 일단의 변화가 오게 된다. 적어도 예의 프로젝트의 조건 속에서는 생태학자가 문화예술가적 마인드와 정체성을, 문화예술가가 엔지니어적 마인드와 정체성을 가질 필요가 생긴다. 문화예술가의 입장에서 볼 때 다른 영역의 전문가는 그 프로젝트에 투여되는 문화예술적 작업의 중요한 조직 및 연대의 대상이 되는 것이다.

58

체성을 가질 필요가 생긴다. 문화예술가의 입장에서 볼 때 다른 영역의 전문가는 그 프로젝트에 투여되는 문화예술적 작업의 중요한 조직 및 연대의 대상이 되는 것이다. 문제를 이렇게 보면 새로운 문화예술생산양식 하에서의 조직 방식은 중심의 구심력에 의한 집중과 분배의 형태를 띠는 것이 아니라 보다 유연하고 기동성있는 다른 방식이 필요하게 된다. 이런 맥락을 문화예술운동에 적용시켜 볼 경우 민예총이 적당한 사례가 된다.

지금까지 민예총은 하부에 대한 장악력과 실행력이 여하했던지 간에 실제 조직 방식은 어쨌건 중앙집중식이었다. 하부에 각 분과가 위치하고 민예총 중앙은 사안에 따라 그 분과를 동원하고 일을 분배하는 식이었다. 하지만 달라진 문화예술생산양식 하에서는 그런 중앙집중식 방식은 더 이상 효율성을 발휘하지 못한다. 주어지는 작업마다 필요한 지식과 방법은 모두 다를 수 있다. 그 경우 기존 장르나 특정기구에서 감당하지 못하는 일이 문화운동의 대상으로 주어질 수도 있다. 그러나 지금까지 민예총은, 비유컨대 모든 문화운동 대상에 적당한 지식과 방법을 모두 저장한 일종의 은행 같은 형태로 존재했었다. 기존의 문화운동론에 의한 조직구상이 그랬으며, 따라서 어떤 작업 사안이 생기면 그에 적절한 지식과 방법 그리고 인력을 인출해 주는 식으로 사고, 운용되어 왔다. 그러나 기존 문화운동 밖의 사안, 다시 말해 달라진 문화예술생산양식에 의해 발생하는, 전혀 새로운 작업대상이 등장하게 되면 그에 조응하는 지식, 방법, 인력을 인출해 줄 수가 없다. 그런 것은 은행금고에 없기 때문이다.

그런 까닭에 민예총으로 대표되는 집중적, 경성적 조직은 좀더 분산적, 연성적 조직으로 바뀌어야 한다. 위의 비유를 계속 쓰자면 문화운동 대상으로 판단되는 특정 프로젝트나 사안에 필요한 지식과 방법의 생산에 동원될 수 있는 기초 자료(각각의 전문성, 패러다임, 지식 등)는 현실 여기저기에 산재해 있다고 보아야 한다. 그때 민예총은 우선 그 분산, 산포되어 있는 영역과 전문성 중 해당 프로젝트에 적당한 것을 묶어 내면서 그 연대를 통해 예의 프로젝트에 필요한 지식과 방법 그리고 인력 계발의 생산을 위한 초기 조건과 틀을 마련해 주는 역할을 해야 한다. 그것은 장르와 장르, 예술가와 소프트웨어, 콘텐츠웨어 프로그램 개발단위, A부문운동과 B부문운동 혹은 C, D, E, F 부문운동 사이에 모두 적용되어야 하며 그렇기에 그것은 곧 네트워킹의 건설과 그에 대한 노하우 축적에 다름 아니다. 그것을 위해서 문제 해결의 기초자료들이 어디에 있는가를 정확히 파악하는 노웨어(know-where)의 능력 역시 수반되어야 함은 물론이다.

다시 비유하면 민예총이 상대로 하는 직능과 영역은 모두 일종의 그물로 연계되어 있으며 민예총은 그 그물 사이의 그물코를 사안에 따라 밀착케 하는 일종의 그물채 혹은 그물을 짜는 그물바늘이 되어야 한다는 것이다. 이런 형태를 다른 말로 표현하면 아마 프로젝트의 성격에 따라 거기에 가장 적당한 각 영역을 묶어내는 기획조정실 같은 것이 된다. 이 조정 역할을 통해 민예총은 문화운동에 필요한 영역과 능력들을 연계시키는 컨설턴트 엔지니어나 컨소시엄이 될 필요가 있는 것이다. 이는 각 영역의 논리와 주장 및 특장을 조정하고 동시에 서로 만나 자신의 영역 논리 이상의 대안과 방략 생산에 필요한 기획적 지식과 지평 확대를 촉진시키는 기능이다. 상기한 것처럼 이는 각 장르나 매체에 대해서도 그렇지만 각 부문운동에 대해서도 마찬가지이다. 예를 들어보자. 가령 원천적으로 보면 노동운동과 생태운동은 상호 대립적이다. 생태운동의 입장에서 볼 경우 예컨대 자동차 공장의 생산력은 급격히 줄어들거나 혹은 극단적으로 이야기하면 소멸되어야 한다. (이는 가정이 아니라 생태운동론자들의 실제 주장이다. 그들은 지속가능한 발전론을 원천적으로 부정한다.) 그러나 노동운동의 입장에서 보면 생태운동의 그런 주장은 곧 노동자들의 일자리와 생계를 결정적으로 위협하는 것이 된다. 하지만 노동과 자본의 적대 그리고 인간과 자연의 적대는 현실에 있어 어느 것 하나 다른 것을 위해 과소평가될 수 없는 중대한 사회적 해결과제이다. 그렇기에 여하간 양 부문운동의 대립논리를 해소시키면서 상호 공존할 수 있는 대안과 운동방법이 강구되어야 한다. 민예총 같은 문화운동조직이 만약 노동자문화운동과 생태문화운동을 자신의 운동 대상으로 생각한다면 바로 그 대립의 지점에 개입할 필요가 있는 것이다. 문화운동이 넓은 의미로 인간의 총체적 삶의 방식에 대한 대안모색의 과정이라면, 그런 관점에 따라 문화운동, 노동운동, 생태운동이 서로 연계될 수 있는 계기와 지점을 민예총 문화운동의 중대과제로 삼아야 한다. 그때 세 영역의 연대작업은 세 부문운동의 고유 논리가 그대로 제출되어 일종의 타협을 꾀하는 것이 아니다. 이 역시 우선 각각의 지식, 논리, 세계관, 운동방법 등은 복합적, 통합적 지식과 방법을 필요로 하는 새로운 기획과 대안생산에서의 생산자료로 투입되는 것이다. 그러한 투입과 생산과정을 통해 발견된 이론, 지식, 방법 등이 얼마나 실효성이 있을지는 예상할 수 있는 것은 아니지만 어쨌든 그런 방식은 기존의 방식 및 형태와는 다른 새로운 연대운동론으로 기능할 수 있을 것이다. 민예총은 이렇듯 한편으로는 예의 작업공정의 인프라를 형성, 제공해 주면서 다른 한편으로는 자신 스스로를 예의 대안 생산에 필요한 생산자료로 투입시켜야 한다. 이런 과정이 모두 문화공학적 방법임은 앞에서 이야기한 바 있다.

5. 새로운 문화예술에 필요한 아방가르드적 실천

예의 새로운 문화예술생산양식 하에서의 예술가 집단과 개인은 한편으로 근대적 예술행위를 계속 수행하게 되겠지만 다른 한편으로는 이전과 상당히 다른 임무와 과제에 직면하며, 그렇기에 활동방식과 예술정신은 실로 혁신을 요구한다. 이 혁신의 태도와 방법을 나는 아방가르드 정신의 현재화라고 하고 싶다. 역사적 아방가르드의 지난 이력과 그것이 실패로 끝났다는 평결을 상기하는 사람들은 아방가르드의 새삼스러운 제기를 마뜩찮게 볼 수도 있다. 아방가르드가 문학의 경우 19세기에는 부르주아지배문학에 대한 반발성을 띠기는 했지만 동시에 20세기 초에는 대중문학과 중급문학에 대한 반동, 이를테면 순수문학

의 호민관을 자처하는 가운데 배태되면서 엘리트주의, 예술지
상주의적, 기교중심주의적 편향을 보여준 바 없지 않기에 그런
혐의에서 마냥 자유롭지는 못하다. 포스트모더니즘의 전도사
피들러가 문학의 기존 성격과 특징을 비판하면서 새로운 문학
을 주장하는 대목은 일견 아방가르드적인 외관으로 비쳐질 수
도 있다. 해서 포스트모더니즘의 무대책에 질린 사람은 예의
아방가르드의 제기가 혹여 피들러의 아류가 아니냐는 생각을
할 수도 있다. 하지만 피들러는 우선 후기산업사회에서는 아방
가르드가 더 이상 살아 남을 수 없다고 강변한다. 반면에 「경계
를 넘고, 간극을 메우며」에서 고급문학과 대중문학 사이에는
확연한 경계가 있는 것이 아니라는 주장을 하면서 고급문학
(highbrow literature)과 하급문학(lowbrow literature)의 중간지
대에 위치하는 중급문학(middlebrow literature)을 제창하는 대
목에 이르면˙ 자기식의 새로운 전복적 아방가르드를 제출하는
것처럼 보일 수도 있다. 그러나 그것은 단지 기존 분류법의 문
제설정 안에서 이루어지는 단순변형에 머무른 것이기에 아방가
르드와는 무관하다. 오히려 그의 주장과는 반대로 후기산업사
회의 문화지형은 더욱 아방가르드적인 방식과 실천을 요구하는
조건이라고 보는 편이 옳다. 또한 아방가르드의 입체파, 미래
주의, 표현주의, 다다, 초현실주의, 네오아방가르드, 포스트아
방가르드, 해프닝, 퍼포먼스, 플럭서스 등의 계보나 그것들의
부정, 저항, 반란, 파격의 에너지와 의식도 더 이상 새롭지도
않을 뿐더러 현실의 예술제도에도 더 이상 충격을 가하지 못한
다고 규정되어 왔다. 현대에는 아방가르드가 오히려 제도예술

후기산업사회의 문화지형은
더욱 아방가르드적인 방식
과 실천을 요구하는 조건이
라고 보는 편이 옳다.

에 공손히 포섭되거나 후기산업사회의 상품미학적 요소로 양육되고 있는 점을 보면 아방가르드의 실효성에 대한 기각 사유는 얼마든지 타당하다. 말하자면 아방가르드 정신은 이미 오래 전에 사망선고를 받은 것으로 이해될 법하다는 것이다.

그러나 아방가르드의 현재화를 제기하는 것, 다시 말해 새로운 아방가르드가 필요하다는 것은 꼭 정신과 태도의 측면에 한정해서 하는 이야기가 아니다. 새로운 문화예술생산양식은 기존 장르, 매체, 영역을 횡단하는 동시에 새로운 매체 및 예술작업 환경과 접속되는 형태이기에 그것은 불가피하게 기존의 것에 대한 인식론적, 방법론적 절단과 전환을 꾀할 수밖에 없다.

그러나 아방가르드의 현재화를 제기하는 것, 다시 말해 새로운 아방가르드가 필요하다는 것은 꼭 정신과 태도의 측면에 한정해서 하는 이야기가 아니다. 새로운 문화예술생산양식은 기존 장르, 매체, 영역을 횡단하는 동시에 새로운 매체 및 예술작업 환경과 접속되는 형태이기에 그것은 불가피하게 기존의 것에 대한 인식론적, 방법론적 절단(rupture)과 전환을 꾀할 수밖에 없다. 아울러 기존의 문화예술 개념 및 제도로는 오늘날 새로운 지평을 열고 있는 문화예술생산양식을 어차피 포섭할 수 없으며 오히려 균열과 동요 그로 인한 재구성의 대상이 되고 있는 것이 현실이다. 이 모두는 결국 현재 유지되고 있는 문화예술제도에 상당한 전복과 충격의 함의로 작용하는데 바로 그런 측면이 아방가르드와 다른 것이 아니라는 말이다.

아방가르드를 일견 극한적인 낭만주의 혹은 낭만주의의 단말마로 보았던 것처럼 새로운 아방가르드 역시 그렇게 볼 수도 있을 터이다. 그러나 그런 낭만주의는 종래의 예술가 상이 전제되는 가운데 언급된 것이지 예술가의 위상과 역할이 달라지는 문화예술생산양식에서 그런 판단은 적합하지 않다(예술가의 위상과 정체성은 앞에서 설명했다). 다시 말해 새로운 문화예술생산은 그 작업방식 자체가 이미 아방가르드적이며 거기에 개입되는 주체 역시 그런 작업 성격에 조응해야 한다는 것이다.

흔히 아방가르드의 혁신적 성격과 의미가 내용에서 오느냐 아니면 형식에서 오느냐는 질문이 제기되지만 오늘날의 아방가르드는 내용, 형식, 표현, 질료 모두를 새로운 문화예술생산양식으로 주조한다는 의미에서 그 혁신성은 전 층위에 다 걸쳐져 있다고 보아야 한다.

흔히 아방가르드의 혁신적 성격과 의미가 내용에서 오느냐 아니면 형식에서 오느냐는 질문이 제기되지만 오늘날의 아방가르드는 내용, 형식, 표현, 질료 모두를 새로운 문화예술생산양식으로 주조한다는 의미에서 그 혁신성은 전 층위에 다 걸쳐져 있다고 보아야 한다.

하지만 그런 이론적인 측면과 달리 우리 현실에서 막상 아방가르드를 제기하게 되면 먼저 우리 역사에 아방가르드 경험이 거의 부재하다는 사실과 아방가르드에 대한 설명하기 힘든 억압과 외면의 심리가 존재함을 알 수 있다. 이는 유독 문학 쪽에서 더한데, 문학이 그간 문화예술의 중심 역할을 해온 바를 생각하면 아방가르드에 대한 문학의 대응이 곧 아방가르드에 대한 사회전체의 대응으로 환원될 법도 한 것이다. 여기서 우리는 왜 우리에게는 아방가르드의 경험이 부재하며 또 여전히 불편한 응대를 받는가 하는 점을 물어 볼 수 있다.

아방가르드의 부재 이유를 우리는 몇 가지로 추정해 볼 수 있다. 우선 리얼리즘에 대한 이상(異常)적 강박이다.[8] 이 강박은 한편으로 구체적인 정치상황의 산물이라는 점에서 이해될 법도 하다. 식민지, 분단, 파쇼적 정치 현실은 문학으로 하여금 긴급한 사회적 과제에 대한 즉각적 대응을 요청하는 조건이 될 수밖에 없었고 또 그에 대한 응답은 당연한 것이다. 하지만 그런 응답의 방법이 단순화되다 보니(가령 문학의 인식론적 편향) 문학 혹은 예술의 정치성은 매우 폭좁게 이해되어 왔다. 이런 경향은 카프(KAPF), 민족문학, 민중문학을 비롯해 문화운동 전반에 면면히 계승되는 것이었다. 사실 한국에서의 다다이

8) 리얼리즘과 아방가르드가 적대적이지만은 않다는 것은 당연하다. 그러나 우리 예술사에 전개되어 온 도식적 리얼리즘은 그런 적대지형의 지반 위에서 지속되어 왔다.

즘은 카프에 의해 최초로 수용되었다. 암울한 민족현실과 계급 적대 앞에 서 있던 카프계열 시인들에게 다다이즘은 일종의 복음서 같은 것이었다. 20년대 카프계열 시인이었던 고한용이 다다이즘에 강한 관심을 내보인 것도 그런 복음에 대한 기대 때문이었다.[9] 다다이즘에 대한 당시의 이해와 수용의 온당함 여부는 별도로 당시 카프계열 작가들은 다다이즘을 역사유물론에 연관시키면서 그것이 가진 기본체제 및 문화에 대한 전복적 성격에 깊은 인상을 받았던 것이다. 서구에서 아방가르드가 '미학적 볼셰비키즘'으로 여겨졌던 것처럼 식민지 조선에서도 다다이즘 같은 아방가르드적 경향은 부르주아 예술과 체제에 대한 '볼셰비키 분견대'로 여겨졌던 것이다. 물론 이후 다다이즘이 현실과는 무관한 기교적 장난으로 빠지기도 하지만, 어쨌든 그런 아방가르드적인 성격은 곧 이어 사회주의리얼리즘이라는 공식적 예술방법론에 의해 접수, 해체되어 버렸다. 이런 대목은 사실 러시아의 경험에 영향받은 것이기도 하다. 마야코프스키로 대표되는 아방가르드적인 예술행위가 리얼리즘적 전통과 병존하면서 새로운 문화예술 건설과 정치적 역할을 수행하기도 했지만 레닌은 자신의 취향 그리고 새로운 체제의 건설과 관리에 마야코프스키류의 아방가르드보다 고리키 류의 리얼리즘이 더 적당하다고 보았고 그로 인해 아방가르드의 개입적, 생성적 성격은 점차 배제되었다. 반면 리얼리즘은 레닌 이후 수구의 성격이 강화되는 스탈린 체제에 들어 사회주의 리얼리즘으로 변모되면서 더욱 관변화되는 과정을 겪게 되는 것이다.

한국에서의 아방가르드에 대한 백안시는 이처럼 러시아의 경

마야코프스키로 대표되는 아방가르드적인 예술행위가 리얼리즘적 전통과 병존하면서 새로운 문화예술 건설과 정치적 역할을 수행하기도 했지만 레닌은 자신의 취향 그리고 새로운 체제의 건설과 관리에 마야코프스키류의 아방가르드보다 고리키 류의 리얼리즘이 더 적당하다고 보았고 그로 인해 아방가르드의 개입적, 생성적 성격은 점차 배제되었다. 반면 리얼리즘은 레닌 이후 수구의 성격이 강화되는 스탈린 체제에 들어 사회주의 리얼리즘으로 변모되면서 더욱 관변화되는 과정을 겪게 되는 것이다. 한국에서의 아방가르드에 대한 백안시는 이처럼 러시아의 경험을 중요하게 참조했던 과정의 영향 탓이기도 하다.

9) 김준오, 「우리시와 아방가르드」, 『현대시 사상』, 1994년 가을.

험을 중요하게 참조했던 과정의 영향 탓이기도 하다. 하지만 다른 한편으로 보자면 아방가르드를 주장하던 예술가들이 실은 정치문제에 대한 부담과 회피를 의사모더니즘이나 예술지상주의적 태도에 기초한 표피적, 기교적 아방가르드를 통해 면책받고자 했던 것의 대응물이기도 하다. 그런 현실도피적 아방가르드가 내보인 철저한 현실적, 정치적 무기력함을 오랫동안 목격한 결과가 아방가르드에 대한 폄하와 무시로 이어졌다는 말이다.

아방가르드의 부재는 예의 맥락과 더불어 한국사회 고유의 유교이데올로기 전통에 연루된다. 유교전통 예술행위를 하는 문사는 곧 선비 혹은 지사와 다름없었다. 그런 유형의 인사는 움직임이 태산같아 경하지 않아야 하고 바위같이 점잖아야 했다. 소위 군자의 풍모와 태도를 취해야 한다는 요구에서 자유롭지 못했던 것이다. 선비 전통에 허균, 김시습, 김병연 같은 이단의 존재들이 있기는 했으나 그들은 주류적 선비 전통에 의해 언제나 배제, 격리되는 존재들이었을 뿐이다. 유교, 군자, 문사, 지사의 형상이 만들어내는 상승효과가 아방가르드적인 실험을 경박하고 불편한 것으로 보았으리라는 점은 어렵지 않게 예상된다. 이런 경향은 단순히 전통사회에서의 과거사가 아니라 지금까지도 여전하다. 그런 점이 문학 쪽에서 더욱 강한 것은 문학이 곧 문사 전통의 적자로 이어지기 때문이다.

이런 대목을 19-20세기 초 유럽 전체가 새로운 예술 운동에 많은 관심을 보일 때 독일에서만 유독 초현실주의나 아방가르드가 주목받지 못하고 오히려 거부, 배제되었던 경험과 비교해 보면 흥미롭다. 엘리자베트 링크는 그 이유를 독일의 정신사적 차원에서 설명한다. 여기서 링크는 독일의 경우 오랜 계몽주의적 전통, 다시 말해 이성적 의식을 바탕으로 하는 계몽적 전통이 그 어떤 혁명성을 갖지도 못한 채 독재적이고 권위적인 것만을 옹호했을 뿐이며 그것에 저항하는 반계몽적, 낭만주의적, 초현실주의적 정신은 항상 배제했다고 본다. 파시즘을 초래한 독일문화의 역사적 모순은 바로 그런 독일전통에 의해 재생산된다고 덧붙이고 있는 것이다. 한국에서의 아방가르드 부재사유는 물론 아주 복합적이다. 근대적 예술 전통과 이력의 일천함부터 시작하여 리얼리즘에 대한 이상적 강박 등 여러 요인들이 있겠다. 하지만 유교문화와 그와 관련된 이데올로기로서의 엄숙주의가 아방가르드에 대한 억압과 배제에 있어 아주 심층적으로 작동하고 있다는 생각은 아주 지나친 비약은 아닐 듯싶다.

아방가르드에 대한 거부는 결국 급진적인 혹은 새로운 양식이나 형태에 대한 혐오로 요약되는 문화적 보수주의와 언제나 연결된다. 그것은 좌파 미학이든 우파 미학이든 마찬가지이다. 브레히트는 루카치의 리얼리즘론에 대한 언급에서 다음과 같이 이야기한다. 즉 몽타주의 결합을 통해 제3의 몽타주를 만들어내는 기법을 비난하는 리얼리스트들에 대해 당신들은 뭔가를 잘라내고 배제하는 것으로 미학의 신념을 확인하지만 진정한 리얼리즘은 이것저것을 서로 충돌시켜 뭔가를 새롭게 만들어내는 것이라고. 브레히트는 특히 정치적으로는 급진적이되 미학적으로는 보수주의적인 인사들에게 이른바 '정통파'(Rechtgläubigen)라는 별호를 얹어 주면서 비아냥거린다. 브레히트의 유명한 주

아방가르드에 대한 거부는 결국 급진적인 혹은 새로운 양식이나 형태에 대한 혐오로 요약되는 문화적 보수주의와 언제나 연결된다. 그것은 좌파 미학이든 우파 미학이든 마찬가지이다.

장인 "좋은 오래된 것보다, 나쁜 새로운 것이 좋다"라는 말도 문화적 보수주의에 대한 비판인 동시에 아방가르드적 경향에 대한 가능성의 모색에 다름 아니다.

오늘날 우리 현실에서 아방가르드를 다시 제기하는 것은 위에서 이야기한 것처럼 문화예술생산양식의 새로운 성격 때문이기도 하지만 정치적 진보성과 문화적 보수성이 어정쩡하게 혼재된 모습으로는 더 이상 진보의 프로젝트를 감당하기 힘들다는 생각 때문이다. 벤야민, 브레히트, 장 뤽고다르를 비롯해 60년대의 좌파 지식인들이나 뗄껠 그룹, 그리고 맑스주의와 정신분석학의 접합을 기획하던 혹은 맑스주의의 전환을 모색하던 일군의 이론가들이 모두 예의 아방가르드 정신과 경향에 빚지고 있는 바 많다는 점은 새로운 문화운동을 모색하고 있는 오늘의 우리들에게 많은 시사점을 던져주는 일이 아닐 수 없다.

∞ 보론 ∞

문화운동의 영역, 대상 조직방법 등에 관한 논의점은 아직 많이 남아 있지만 지면 사정으로 이상의 논의에 그칠 수밖에 없다. 하지만 남아 있는 여러 논의 대상 중 청소년과 노동자문화운동에 대한 논의는 특히 중요하고도 시급한 대목이다. 청소년을 문화운동의 중요한 문제설정으로 삼는 일은 기존의 문화운동론과는 아주 다르게 세대문제가 끼어든다는 말이다. 지금까지의 문화운동에서 청소년 범역은 부분적 대상으로 여겨졌지만 오늘 이야기한 새로운 문화예술환경과 그것의 생산양식을 전제

청소년과 노동자문화운동에 대한 논의는 특히 중요하고도 시급한 대목이다. 청소년을 문화운동의 중요한 문제설정으로 삼는 일은 기존의 문화운동론과는 아주 다르게 세대문제가 끼어든다는 말이다.

로 하면 거기에 가장 밀착되어 있는 존재가 바로 청소년들이다. 그들의 감수성과 감각은 대중문화를 경유하는 복합미디어와 장르에 익숙하고 또 그것에 의해 주조되고 있다. 그런 점에서 청소년들은 수용자로서나 아니면 가까운 시일내에 문화예술생산의 주체로서나 대단히 중요한 위치를 점하게 된다. 또한 그들의 새로운 감각, 스타일, 취향 등은 향후 문화예술생산에 있어 대단히 중요한 기반이 될 뿐만이 아니라 그들이 성인으로 성장하는 과정은 전통문화와 새로운 문화가 생산적으로 교통할 수 있는지 단절될는지 하는 문제의 분기점이 된다. 미국이나 프랑스 등에서 다음 세기의 문화정책을 구상하면서 청소년문화 정책을 적극적으로 모색하는 것도 청소년문화가 그 사회의 문화예술 발전에 대단히 역동적인 기능을 한다는 사실을 인정하기 때문이다. 우리의 문화운동 역시 나름의 청소년문화운동을 통한 정책의 모색과 실천을 꾀할 필요는 그래서 상당한 이유가 있는 셈이다.

한편 노동자문화운동에 대한 새로운 대안이 필요한 것은 현재 노동 영역에서 문화운동이 부진하기 짝이 없다는 현상적 이유(민주노총이든 단위사업장의 노조문화부 등 모두 새로운 문화운동의 필요성에 대해서는 별다른 이해를 보이지 않고 있는 현실이다)에서만이 아니라 이전의 문화운동방식, 즉 감동의 전달을 통한 의식화의 우회로를 트는 방식은 더 이상 과거와 같은 실효성을 얻지 못하기 때문이다. 오히려 지금은 그들의 일상문화를 우선 정확히 이해하는 일이 선행되어야 한다. 그들의 감수성의 결, 취향은 더 이상 계급결정론적이지 않다. 때문에 노

노동자문화운동에 대한 새로운 대안이 필요한 것은 현재 노동 영역에서 문화운동이 부진하기 짝이 없다는 현상적 이유에서만이 아니라 이전의 문화운동방식, 즉 감동의 전달을 통한 의식화의 우회로를 트는 방식은 더 이상 과거와 같은 실효성을 얻지 못하기 때문이다. 오히려 지금은 그들의 일상문화를 우선 정확히 이해하는 일이 선행되어야 한다. 그들의 감수성의 결, 취향은 더 이상 계급결정론적이지 않다. 때문에 노동자문화운동도 노동자의 계급정 정체성에만 주목하는 관행에서 벗어날 필요가 있다.

동자문화운동도 노동자의 계급정 정체성에만 주목하는 관행에서 벗어날 필요가 있다. 아무튼 이런 문제들은 기회가 되면 다시 자세하게 논할 것이다. (1997년)

문화정책과 사회의 발본적 혁신

　　우리는 지금 험한 강을 건너고 있다고 한다. 아닌게 아니라
그 강은 많은 사람들을 족히 집어삼킬 만한 기세로 으르렁거리
고 있다. 새로운 지도자는 몸소 다리가 될 터이니 자신의 등을
밟고 넘어가라고 한다. '국난극복'의 역사는 반복되는지 전 매
스컴은 우리가 위기에 강한 국민임을 연일 선무하고 상기시키
고 있다. 있는 자들은 일대 위기 앞에서, 물 난리 통에 돼지 줍
는 횡재 만난 듯 제 주머니가 더욱 부풀어오르는 역설의 달콤함
을 즐기지만, 조금밖에 없는 자 혹은 없는 자들은 위기 극복의
대열에 동참하고자 돌반지를 터는 눈물겨운 그러나 참담함에
스스로를 던지고 있다. 여기까지는 수수하게 이해할 수 있다.
한데 거기서 좀더 나아가 그 위기를 바라보는 눈과 타개책의 사
회적 합의 내용을 차갑게 바라보면 그게 조금은 이상해지고 있
다. 언젠가 우리가 경험했던, 기억하기 싫은 슬로건을 점차 닮
아 가고 있기 때문이다. '사회의 지도층'들이나 모모한 학자들
이 내놓는 위기 극복의 비책은 '일사불란', '수출만이 살길이다'

로 요약된다. 지난 몇십년간 주야장창 외쳤던 비책 아닌 비책을 다시 중탕하고 있는 바이다. 어쨌거니와 그렇게 하면 이 재난은 극복되는가? 달러를 다시 재우고, 해서 국가 신인도(실은 외환보유신인도)가 높아지면 문제는 해결되는가? 상기해 보건대 외환쌓기 총력전을 위해 신발 끈을 다잡고 '잘 살아 보세'라는 원한에 찬 앙다짐이 전 사회를 도배하던 그때 그 시절, 일사불란의 국훈을 흐트러뜨리는 생각이나 행동은 용납되지 않았다. 다사(多絲)는커녕 실끝 하나 삐져 나오는 것도 용서하지 않았다. 그 삐져 나오는 실끝은 언제나 사회불안 세력으로 척결되었다. 모든 것은 일사불란을 위해 존재해야만 했다. 요컨대 생각도 하나, 사상도 하나, 상상력도 하나, 모든 것이 '하나'로만 존재해야 했다. 강철 같은 일사불란 문화로서.

수출만이 살길이기에 전국의 모든 대학은 학문적 타당성 여부를 따지기 앞서 무역학과를 무조건 그리고 바삐 세워야 했다. 또 막강한 '수출전사'들을 집중 배출해 내고자 전사회적 동력을 모았다. 그들은 무엇보다 '회사인간', '수출인간'이자 무엇보다 돌격대여야 했다. 전 사회적 뒷배와 집중적인 훈련에 힘입어선지 무역 전장에서 그들의 전투력은 실로 일당 백을 방불했다. 나날이 해외로부터의 승전보가 타전되었다. 그들의 눈물나는 헌신에 힘입어 우리의 GDP 수치는 날로 높아만 갔다. 이른바 개발도상국들은 이런 놀라운 아시아의 '맹룡'(猛龍)을 자신들의 전범으로 삼고자 앞다투어 수신사들을 보내곤 했다. 그러나 우리는 이제 그런 이력을 원인무효 당한 채 다시금 험한 강을 넘어야 하는 기막힌 처지에 놓여 있다. 원하지 않던 '맹룡과강'(猛

龍過江)의 신세이다. 물론 그 강을 제대로 넘을는지, 아니면 넘으려다 익사의 변을 당할는지 그 누구도 알 수는 없다. 그런데 우리는 여기서 다시 한번 생각할 필요가 있다. 우리 사회에서 한 목소리로 모아지는 처방대로 하면 문제가 '사라'지는지 아니면 문제가 '해결'되는지. 또는 이즈음 우리가 넘어야 할 강은 엄중한 대하임에도 한갓 실개천 정도로 보는 것은 아닌지. 거꾸로 경황이 없는 중이기에 혹여 실개천을 넓디 넓은 강으로 착각하고 있지는 않은지.

문제가 사라지는 것과 해결되는 것은 다르다. 사라지는 것이 해결에 가까워지는 것일 수도 있지만 단지 잠복일 수도 있기 때문이다. 만일 잠복이라면 우리는 얼마 안가 또다시 '국난극복'의 역사를 반복해야 한다. 또한 우리 앞에 도둑같이 내습한 위기를 어떻게 해석하느냐에 따라 대하가 실개천으로 보이기도 거꾸로 실개천이 대하로 보이기도 한다.

단도직입적으로 말하면 지금의 국면은 단지 금융위기, 경제위기 정도가 아니라 총체적 위기라 해야 옳다. 한 발짝 물러서서 이야기한다면 이즈막 난리는 미구에 발발한 전면적 위기에 대한 심각한 경보음이다. 우리가 넘어야 할 강이 단지 외환보유량 증가로 또는 경제의 구조조정이라는 다리로 넘을 수 있는 강이라면 강이 아니라 실개천 정도이다. 하지만 우리는 지금 실개천을 목전에 두고 있는 것이 아니다. 전사회 작동 시스템을 전부 뜯어 고쳐야 하는, 요컨대 험하고 넓디넓은 강을 넘어야 하는 일을 앞에 두고 있다. 경제의 투명성 확보, 구조조정, 수출증대 정도로 지금 문제가 해결된다고 보면 오산이다. 그것은 사회의 본질적 문제의 잠복만 가져올 뿐 근원적 해결의 방도로 이어지는 것이 아니다. 그런 해결에의 태도와 실천은 단지 덩치가 좀더 커진 60-70년대로 돌아가는 것일 뿐이고 그에 대한 해결책 역시 수출과 부국강병만을 지선으로 간주하던 종래의 패러다임에 대한 새로운 열중일 뿐이다.

혹자는 지금의 재난을 전세계적 과잉생산에 의한 공황의 출현양상으로 보기도 하지만 우리는 오히려 정신공황에 더 깊이 빠져있다고 보는 것이 옳다. 만약 우리의 정신문화가 성숙의 경지를 유념했다면 지금처럼 모든 것이 결딴난 것처럼 자괴에 빠지지 않아도 되었을지 모른다. 경제위기가 경제위기로 이해되지 않고 국가와 사회의 전면적 위기로 여겨지는 것은 예의 정신문화의 경박함과 비도덕성을 뒤늦게 확인했기 때문이다. 민주성, 합리성, 투명성, 창조성, 공공성 등의 부재가 작금의 위기를 불렀다는 때늦은 진단과 후회는 정신문화의 부박함 나아가 문화적 역량의 두터움이 부재했다는 자각과 다른 것이 아니다.

단기적으로 볼 때 경제적 처방에 주력하는 대중요법은 당연히 긴요하다. 하지만 그것이 다시금 반복되지 않기 위해서 우리는 사회운영의 패러다임을 근원적으로 바꾸는 일에 나서지 않으면 안된다. 비록 가난에의 사무침 때문이었다 하더라도 인간의 모든 역량을 수출과 생산력주의로만 집결시키는 일이 되풀이되어서는 안된다. 인간과 사회의 다면적인 능력과 자질을 발양시키는 자리에 다시금 수출인간, 경제인간으로서의 자질만이 독방차지로 들어앉을 때, 설혹 고기 근은 다시 구워 먹을 수

경제위기가 경제위기로 이해되지 않고 국가와 사회의 전면적 위기로 여겨지는 것은 예의 정신문화의 경박함과 비도덕성을 뒤늦게 확인했기 때문이다. 민주성, 합리성, 투명성, 창조성, 공공성 등의 부재가 작금의 위기를 불렀다는 때늦은 진단과 후회는 정신문화의 부박함 나아가 문화적 역량의 두터움이 부재했다는 자각과 다른 것이 아니다.

있고 보신 관광은 재차 즐길 수 있을지 몰라도, 제2, 제3의 경제공황, 정신공황의 재도래는 불가피하다.

경제발전(이도 참된 의미의 경제발전인가 따져 보아야 하지만)을 인간발전 및 사회발전과 동의어로 보는 이해 수준은 이제 졸업해야 한다. 진정한 IMF 졸업은 1-2년만에 이루어지지 않는다. 경제발전은 인간발전의 바탕 위에서만 이루어진다는 생각이 공유될 때 비로소 가능해진다. 말이 그렇다면 우리는 작금의 사태가 온전한 인간발전을 꾀하지 못하고 나아가 예의 발전에 터하는 건전한 사회발전의 경로에 접속되지 못한 사태의 결과라 할 수 있다. 더불어 사회의 모든 에너지와 관심이 오로지 경제적 속도전, 물량전으로 모아지고, 따라서 그에 합당한 인간형, 사회시스템, 물질적·문화적 간접자본만을 경배하던 우상숭배의 역사가 낳은 불가역의 산물이라 할 수 있다.

IMF가 우리의 급소(진작에 널리 경고되고 논의되어 왔지만)를 백주에 드러내는 망외의 효과를 낳았다면, 이미 공개된 그것은 더 이상 급소가 아니다. 드러난 상처와 통점은 공개적으로 치유되어야 한다. 그것을 치유하는 방법 가운데 유력한 하나는 인간의 발전 개념을 다시금 생각하는 것이다. 그로부터 사회 발전과 운영의 패러다임을 근본적으로 쇄신하고자 하는 노력이다. 우리 사회의 신생은 거기서부터 시작해야 한다. 이런 것이 국가 운영에 필요한 정책의 기본방향이 되어야 한다.

인간의 발전 개념을 다시금 규정해 보자는 이야기는 인간의 다면적 능력을 인정하고 그 다면성·다양성을 '다사다난'하게 촉진하는 동시에 그것을 사회 시스템에도 적용시켜야 한다는

인간의 발전 개념을 다시금 규정해 보자는 이야기는 인간의 다면적 능력을 인정하고 그 다면성·다양성을 '다사다난'하게 촉진하는 동시에 그것을 사회 시스템에도 적용시켜야 한다는 말이다.

인간발전의 관점과 소프트웨어 생산은 인간을 복합적인 열망과 욕망, 다시 말해 민주주의와 자유에의 열망, 자기 계발의 욕망, 감각과 감수성의 다중적 경험 및 표현에의 욕구, 지식에의 탐구심 등을 인간의 자원으로 보면서 나아가 그 자원을 현실 사회운영의 필수적인 자원으로 동원해야 한다는 관점에서 출발한다. 국가와 사회 정책의 과제도 그것이어야 한다. 이런 일의 수행은 문화를 삶의 전체로 보는 넓은 의미의 관점이든, 예술로 보는 좁은 의미의 관점이든 당연히 문화적 역량의 문제와 긴밀히 연결된다.

말이다. 이는 지금까지 인간의 발전을 경제적 관점으로만 보는 단일한 시각의 전면적 교정을 요청한다. 인간발전의 관점과 소프트웨어 생산은 인간을 복합적인 열망과 욕망, 다시 말해 민주주의와 자유에의 열망, 자기 계발의 욕망, 감각과 감수성의 다중적 경험 및 표현에의 욕구, 지식에의 탐구심 등을 인간의 자원으로 보면서 나아가 그 자원을 현실 사회운영의 필수적인 자원으로 동원해야 한다는 관점에서 출발한다. 국가와 사회 정책의 과제도 그것이어야 한다. 이런 일의 수행은 문화를 삶의 전체로 보는 넓은 의미의 관점이든, 예술로 보는 좁은 의미의 관점이든 당연히 문화적 역량의 문제와 긴밀히 연결된다. 만일 우리가 새로운 의미의 생산력을 생각한다면 예의 문맥에 바탕해야 한다.

인간발전에 대한 관점의 변화는 인간의 확장과 더불어 문화적 확장을 약속한다. 이 확장은 우리의 잠재력 다시 말해 그간 사회적 강압이나 관습, 편견 등에 의해 매장되어 있던 비가시적 자원의 다른 이름이다. 새롭게 채굴되고 그로 인해 확대되는 사회구성원의 감수성, 상상력, 표현력, 사고력 등은 대단히 중요한 사회적 자원이 아닐 수 없다. 그것은 사회적 현상, 문제 등에 대해 깊게, 넓게 보고 느낄 줄 아는 능력이며 중층적으로 생각할 줄 아는 역량이다. 그 경우 이는 개인의 창조성이자 사회적 창조성의 지반확대와 관계한다. 요즘 말로 해 생산력과 경쟁력이 벤처적 태도와 창조성에서 출발한다면 새로운 인간개발에의 사고는 생산력의 확장에 필수불가결한 것이다. 요컨대 인간의 감성적 능력, 지성적 역량, 도덕적 반성력이 전면적으로 계발되지 않는 사회는 결코 공명한 사회, 건강한 집단, 자유로운 개인을 키울 수 없을 뿐더러 그런 곳에서 생산력을 기대하기란 절집에서 새우젓 찾기이다. 요약하면 문화적 역량의 두터움은 인간의 다면적 발전 속에서 이루어지며 그것이 한 사회의 공공성이자 인프라로 형성될 때 비도덕, 비합리 등의 경제적 표현인 국가부도는 원인치유를 받을 수 있다. 이 '공자님 말씀'이 죽은 개 취급당한 과거는, 아무려나 일단 과거였다고 치자. 그렇지만 그것이 더 이상 죽은 개가 되어서는 곤란하다.

예의 문화적 역량의 드높임과 성숙은 어디서 프로그래밍되고 사회적 차원의 실행은 어떤 방식으로 되어야 하는가 하는 질문이 주어진다. 문화부(문체부가 어떻게 재편되고 그 명칭이 어떻게 될지는 모르지만) 몫이 바로 그것이다. 반복해 이야기하자면 문화적 두터움과 경제적 건강함이 따로 노는 것이 아님은, 행정부처 모두가 자각하고 정책의 바탕으로 삼아야 할 일이지만 구체적으로는 문화부의 정책기조와 기본방향이 되어야 한다. 김영삼 정권에서의 문체부는 어떠했는가. 여사여사한 아이디어도 많았지만 가장 기본적인 시각은 우리의 문화를 경쟁력 있게 만들자는 것이었다. 문화를 잉여가치의 중요한 획득수단으로 보는 문화산업의 논리, 다시 말해 문화예술을 경제의 장식물로 생각하는 논리와 이른바 세계화 논리가 그런 문화경쟁력 논의의 밑동이었다.

주부도 농부도 과학자도 자신의 세계경쟁상대를 이겨야 된다고 줄창 되뇌이던 지난 정권 하에서의 소위 '경쟁력'은 아무리 잘 봐주어도 집단제국주의의 아류로서의 개별 제국주의에 다름

김영삼 정권에서는 문화를 잉여가치의 중요한 획득수단으로 보는 문화산업의 논리, 다시 말해 문화예술을 경제의 장식물로 생각하는 논리와 이른바 세계화 논리가 그런 문화경쟁력 논의의 밑동이었다.

아니었다. 경쟁력은 타자의 꼭지 위에 서는 것이 아니다. 설혹 그런 것이라 해도 작금의 우리 능력으로 그것을 강조한다면 그것은 적어도 사기 아니면 주술이다. 우리가 생각해야 할 것은, 경쟁력은 다름 아니라 자생력의 다른 이름이라는 점이다. 문화이든 자본이든 외래의 것이 들어오고 그것이 우리의 일상 속에서 무상히 활약한다 해도 우리 것, 바꿔 말해 세계 전체의 관점으로 보면 한반도 지역의 문화적, 민족적, 지역적 정체성의 특수함, 그로 인한 우리 삶의 독특한 바탕과 색깔을 지켜낼 수 있는 것이 경쟁력이다. 그렇다면 경쟁력은 밖이 아니라 안으로 시선을 돌려야 할 사항이다. 문화적 자급자족의 수준과 직결되기 때문이다. 식량 자급도가 25%밖에 안 된다는 데에서 우리 삶의 자생의 터는 본질적으로 위협받는다. 비교우위론이라는 철지난 이론에 입각한 교언이 우리 삶의 마지막 터전을 두루 망쳐 놓았듯이 문화 역시 그러지 말란 법이 없다. 생각해 보자. 넓은 의미의 문화를 생각할 때 우리의 문화자급도는 얼마인지, 식량자급도만큼도 못한 것은 아닌지.

우리 문화역량의 부박함, 그것은 곧 문화 IMF를 불러온다. 만약 문화 IMF가 발동한다면 그것은 경제적 모라토리움 정도가 아니라 민족, 모국어, 모문화의 멸절을 의미한다. 경제위기는 수량화되는 경제지표나 외환보유고 여부를 통해 눈에 넣기 쉬울지 모른다. 해서 그것에의 경고와 대책은 상대적으로 수월할지도 모른다. 그러나 문화 IMF는 그리 쉽게 경보음을 보내지 않는다. 치료 불능의 상태에 이르러서야 자신의 모습을 드러낸다. 문화의 속성 때문이다. 그것은 마치 소리 없이 진행되다가

우리 것, 바꿔 말해 세계 전체의 관점으로 보면 한반도 지역의 문화적, 민족적, 지역적 정체성의 특수함, 그로 인한 우리 삶의 독특한 바탕과 색깔을 지켜낼 수 있는 것이 경쟁력이다. 그렇다면 경쟁력은 밖이 아니라 안으로 시선을 돌려야 할 사항이다.

간기능이 다한 후에야 비로소 그 치료불가능성이 확인되는 질환처럼 파산이 완료된 후에야 우리 앞에 드러난다.

주부의, 농부의, 과학자의 경쟁력도 좋고 세계화도 좋다. 그러나 그것이 자신의 문화적 역량과 그에 바탕하는 사회적 건강함이 없고서는 모두 허망한 나르시스트일 뿐이다. 문화역량의 드높임은 경제적 IMF와 문화적 IMF의 예방에 필수불가결한 일이다. 문화정책의 중요성과 막중함은 그렇게 시사된다. 문화정책은 단지 문화예산 늘리는 일, 행정부에서 문화부의 서열을 끌어올리는 일에 국한되지 않는다. 문화정책은 사회질환의 원인(遠因)을 발견하는 능력이고 문화적 인프라 나아가 사회적 건강체질을 단련시키는 프로그램의 계발이다.

미국의 예술·인문학 대통령위원회가 클린턴 대통령에게 보내는 보고서인 〈창조적 아메리카Creative America〉는 이렇게 말한다. "예술과 인문학은 시민사회의 추진기관이며, 사회의 창조성, 다양성 그리고 자발성과 자유의 핵심"이다라고. 그들은 문화예술, 인문학의 온전한 생육과 번성이 민주주의와 미국의 경제적 번영에 있어 양보할 수 없는 관건이라고 확신하고 있다. 미국의 다음 세기 프로젝트인 '밀레니엄 이니셔티브'를 위해서는 문화예술 정책이 그 프로젝트의 핵심이 되어야 한다고 재차 강조하고 있다. 여기서 우리는 그들의 대외 정책이 여하하든지 간에 적어도 국내적으로는 건강한 사회, 합리적 시스템, 이성적 공동체, 인간의 다면적 발전에 문화예술과 인문학이 핵심이 되고 바탕이 되어야 한다는 사실에 대한 그들의 자연스러운 합의를 읽는다.

문화정책은 단지 문화예산 늘리는 일, 행정부에서 문화부의 서열을 끌어올리는 일에 국한되지 않는다. 문화정책은 사회질환의 원인(遠因)을 발견하는 능력이고 문화적 인프라 나아가 사회적 건강체질을 단련시키는 프로그램의 계발이다.

●

"예술과 인문학은 시민사회의 추진기관이며, 사회의 창조성, 다양성 그리고 자발성과 자유의 핵심"이다.

IMF 정국은 우리 사회에 오랫동안 창궐해 온 졸부근성, 허장성세, 비합리성, 비민주성, 획일주의, 보신주의, 각종 인연주의, 가족주의 등이 경제적으로 폭발한 것에 다름 아니다. 달리 말하면 이승만 정권 때에나 있는 줄 알았던 '사바사바'가 여전히 우리의 목줄을 죄고 있었다는 것이 일거에 폭로된 것이다. 만일 지난 정권까지 행여 온전한 문화정책이 존재했다면 사정은 무척 달라졌을지 모른다. 그러나 유감스럽게 문화정책이라 이름하던 것조차 그런 온갖 몰염치한 제도와 관습 위에서 놀아나고 제 목숨을 유지했던 셈이다. 그런 점에서 이제까지 우리에게 문화정책은 당연히 없었다고 보아야 할는지 모른다. 정권은 바뀌었다. 새롭고도 합리적인 문화정책이 기대됨은 당연하다. 어쩌면 차기정부 5년의 시간은 새로운 정책은커녕 지난 수십년간 뒤틀리고 오염된 문화정책의 관성을 곧추 세우는 데에도 역불급의 시간일지 모른다. 하지만 금방 눈에 보이는 문화정책 성과를 보이지 않아도 좋다. 중요한 것은 문화정책의 사회적 중요성, 다시 말해 한 사회의 문화적 역량이 그 사회를 죽일 수도 있고 살릴 수도 있음을 자각하고 그것을 사회적으로 설득하는 일이다. 문화에 대한 관점, 철학 등을 바꾸는 일은 그래서 시급하다. 그 변화가 가능하면 그것은 우리 사회 시스템 전체의 변화를 불러일으키는 추진기관이 될 수도 있기에 그렇다. 우리 사회가 이제 패러다임의 근본적 변화를 생각한다면 문화정책에의 철학과 관점, 수행방식의 변화는 예의 근원적 변화의 동력이 될 수도 있다. 문화정책의 온당한 수행은 문화적 역량과 성숙을 기하기 마련이다. 우리가 만약 사회 전체의 생산력

문화에 대한 관점, 철학 등을 바꾸는 일은 그래서 시급하다. 그 변화가 가능하면 그것은 우리 사회 시스템 전체의 변화를 불러일으키는 추진기관이 될 수도 있기에 그렇다. 우리 사회가 이제 패러다임의 근본적 변화를 생각한다면 문화정책에의 철학과 관점, 수행방식의 변화는 예의 근원적 변화의 동력이 될 수도 있다.

을 강조한다면 그 생산력은 인간의 다면적 발전과 그에 연하는 문화 역량의 두터움 위에서 비로소 가능하다는 사실을 절실히 인식해야 할 것이다. 새로운 정부가 어쩌면 우리 사회 '최초'의 문화정책을 실행할지 모른다는 기대를 나만 가지고 있는 것은 아니다. 그러기 위해 문화부가 가장 먼저 해야 할 일은 바로 앞에서 이야기한 관점의 혁신이 아닐 수 없다. (1998년)

문화의 시대

옛날 옛적의 일이다. 그러니까 수년 전 우리는 내남없이 유럽으로 몰려갔다. 넘쳐 나는 달러를 어쨌든 써야 했기에 그랬다. 관광버스 안에서 열꽃 피어나던 육신을 흔들어대던 아줌마 아저씨들도, '나이트'나 락카페에서 열심히 문화예술적 실천을 수행하던 우리의 20대 언니 오빠들도 모두 '세계화' 규준에 맞는

자아 확장을 위해 유럽 행 비행기에 몸을 실었다. 유럽의 고적지에서 여행사 깃발 따라 다니던 아줌마 아저씨들의 사연은 지나가자. 우리의 대학생

들은 유로패스 덕으로 유럽 대륙 각국을 훑고 다녔다. 그 노정에서 유럽 문화예술의 실물을 생생히 보았고, 그 과정에서 한편으로 왕창 혹은 약간의 충격과 자존심에 금이 가는 일을 겪어야 했다. 두텁게, 두껍게 온축된 그들의 문화예술적 스펙터클과 그것의 현란한 도열 앞에서도 그랬지만, 무엇보다 그들의 일상 곳곳에 마련해 놓은 문화예술적 숨구멍 장치, 다시 말해 수많은 문화예술적 '아가미'의 존재는 우리 일상에서의 그것을 살짝 아니면 혹자에 따라 준열히 돌아보게 만들었던 것이다. 서유럽이야 그렇다고 칠 수 있었다. 어차피 돈 많은 '선진국' 아닌가. 문제는 돈이야, 지원이든 보존이든 창작이든, '문화생활'이든 어쨌든 일단 돈이 있으니까 그것이 가능한거야라는 손쉬운 생각과 타협이 가능했다. 하지만 그런 자위나 주관적 알리바이의 효력은 독일에서 체코 혹은 헝가리의 국경선을 넘어갈 때, 그리고 기차가 우리를 부다페스트나 프라하에 부려 놓았을 때 원인무효되기 시작했음을 알기 시작했다. 이른바 GNP에 관한 한 우리보다 한 수 아래인, 그래서 문화소비나 문화향유의 경제적 조력은 분명 우리보다 아랫 길이라 생각되던 그 동유럽 사회 혹은 도시들, 그리고 그 속에서 안분자족하는 그들의 문화예술적 수준? 높이? 두터움? 하여간 그 무엇 하나나 역시 우리의 자존심을 직직 그어놓기에 충분했다. 우리처럼 아르마니나 폴로를 즐겨 입는 것도 아니고 현란한 피카소 거리나 화끈한 락카페가 무더기로 있는 것도 아니고 그래서 문화상품이 범람하는 것도 아니거니와, 다시 말해 적어도 외양으로는 문화산업적 부유함과는 거리가 멀고 그들의 행색 또한 남루하기도 한데, 문제

우리의 공식, 이를테면 재부와 문화예술의 비례적 함수관계에 대한 오래된 믿음이 더 이상 현실적이지 못하다는 사실을 확인하게 된 것이다.

를 '문화예술적 그 무엇'으로 옮겨 놓으면 우리보다 한참 윗길인 것처럼 보였던 것이다. 그때부터 우리의 공식, 이를테면 재부와 문화예술의 비례적 함수관계에 대한 오래된 믿음이 더 이상 현실적이지 못하다는 사실을 확인하게 된 것이다. 이런 대목이 건네주는 전언은 물론 간단하다. 돈 있다고 다 되는 것이 아니라는 것, 문화예술을 통한 삶의 질의 고양이 문화상품의 많고 적음으로 가늠되지 않는다는 것 등등. 이런 대목이야 길게 이야기해서 그렇지, 우리 주위에서 쉽게 보는 사연들 아닌가. 부동산 졸부가 돈벼락 덕에 유수의 '매스터피스'를 산다 해도 그 걸작이 그런 맥락에서는 '키치'의 운명을 벗어나지 못한다는 사실 등을 통해서 말이다.

이야기를 이즈막으로 되돌려 보자. 지금 우리의 '문화예술 애호가'들은 심각한 불안과 노이로제에 시달리고 있다. 사회적 분위기가 육신의 양식이 급한 판에 영혼의 양식이 다 무에냐 하는 쪽으로 흘러간다고 보기 때문일 터이다. 말인즉슨 틀리지 않다. 인심만 곳간에서 나는 것이 아니라 문화예술 역시 부분적으로는 곳간에서 나기에 그렇다. 문화예술영역에의 현금줄이 막히면 문화예술생산이 왕성해지기는 힘든 것도 사실이다. 돈 가뭄에 따른 문화 영역의 위축은 나 같이, 거품경기 덕에 CD도 사고, 공연도 보고, 외국여행도 다니면서 문화예술적 생활을 만끽하던 사람을 하루아침에 은행 잔고 3만원짜리 인생으로 만들어버리기에 충분한 조건이 되었다. 그렇기에 지난 90년대, 요컨대 '문화의 시대'라는 대규모 파도 위에서 경쾌한 서핑을 해왔던 나를 비롯한 '문화애호가'(생산에 관련된 사람이든, 소비에 관련된 사람이든)는 불안해지지 않을 수 없다. 불안은 영혼을 잠식한다. 영혼의 소출물인 문화예술 역시 잠식되는 것처럼 보이는 것이다.

해서 우리는 좋았던 그 시절을 그리워한다. 그러나 그 시절은 이제 복구되기 힘들다. 재건된다 하더라도 거기까지 하 세월이 걸릴지 모르게 되었다. 허면 문화의 시대는 야만의 시대로 이행하고 그 시대를 떠받치던 문화애호가들은 이제 집잃은 미운오리새끼로 밀려나는가. 전혀 아니올시다이다. 하지만 아니라는 강한 부인이 심정적 반발이 아니라 현실성 있는 부인으로 성립되기 위해서는 우선 '문화의 시대'라는 담론에 묻혀 있던 예의 '문화'라는 그것과 문화애호가들이 애호하던 그 문화예술적 대상의 재구성이 강하게 요구되는 법이다. 요컨대 문화라는 것과 애호의 대상을 여하히 선택·구성하고 우리의 문제틀과 좌표를 어떻게 마련하느냐에 따라 전혀 다른 문화시대의 개창과 문화애호가들의 대거 활약이 가능해질 수도 있다는 것이다.

90년대의 저 '문화의 시대'라는 시대적 조류 앞에서 현자들은 일찍이 경고했다. 소비를 문화예술 확장의 계기로 삼는 방식은 곤란하다고 그것은 문화예술을 통한 지배의 그물망에 나포되는 것이라고. 또한 경제논리를 토대다지기의 공법으로 삼는 문화예술은 자생성의 취약함으로 인해, 그 토대가 무너지는 날 같이 도괴할 수밖에 없다고. 물론 그 경고야 모든 시대에 다 적용될 수 있는 언사이다. 그래서 공자님 말씀에 그치는 것일 수도 있다. 하지만 이제는 그런 말씀이 현실이 되었거니와, 그래서 문화예술이 소비 이데올로기의 초장 속에서 방목되던 현실이

90년대의 저 '문화의 시대'라는 시대적 조류 앞에서 현자들은 일찍이 경고했다. 소비를 문화예술 확장의 계기로 삼는 방식은 곤란하다고 그것은 문화예술을 통한 지배의 그물망에 나포되는 것이라고. 또한 경제논리를 토대다지기의 공법으로 삼는 문화예술은 자생성의 취약함으로 인해, 그 토대가 무너지는 날 같이 도괴할 수밖에 없다고.

한갓 신기루가 되어 버린 지금에 와서는 누구 말대로 문화 역시 이제 바뀌어야만 살 수 있게 되었다. 과제는 어떻게 바꾸어야 하는가이다. 그러나 그 과제의 모색 이전에 다시 반복해서는 안될 것이 있다. 세간의 새로운 통합 이데올로기인 '우리 다시 뜁시다'가 그것이다. 다시 뛰어 보았자 이전 방법의 반복이고 그것은 악무한의 궤도를 다시 연결하는 일일 뿐이다. 말하자면 그것은 "우선 먹고 사는 것이 문젠데 환경은 무슨 환경! 돈지랄 하지 말라 그래!" 같은 유서 깊고 익숙한 논법의 반복일 뿐이다. 공장 굴뚝 연기가 그려내는 환상적인 미래 투시도 앞에서는 그 어떤 것도 모두 희생양이 될 수 있다던 논리가 이제 환경 재앙으로 우리에게 가차없는 복수의 비수를 들이대고 있는 것은 부인할 수 없는 현실이 되었다. '다시 뜁시다'를 우리가 온순히 받아들이는 순간 그것은 금방 "문화는 무슨 문화! 지금 때가 어느 땐데"로 둔갑할 수밖에 없다. 그리고 우리를 다시 찍어누를 것이다.

적어도 문화예술은 다시 뛰어서는 안된다. 다만 다르게 뛰어야 한다. 우리가 다르게 뜀으로 이루고자 하는 것은 지난 시기, 소비 강박의 구심력으로 편제되고 수행되던 문화예술적 과정의 재생이 아니라 문화가 사회 성숙의 터가 되는 일이다. 그러나 그 성숙에의 지향점이 지난 80년대적 문화와 정서의 거푸집이 었던 파리한 진지함 혹은 억압적 엄숙함은 당연히 아니다. 다만 즐거운 진지함 경쾌한 엄숙함으로 속살을 이루는 성숙이 그 지향의 도착점이다. 비록 지난 90년대 우리 사회의 문화예술과 정이 막무가내식의 소비로 이루어진 것이라도 해도 그 과정을

적어도 문화예술은 다시 뛰어서는 안된다. 다만 다르게 뛰어야 한다. 우리가 다르게 뜀으로 이루고자 하는 것은 지난 시기, 소비 강박의 구심력으로 편제되고 수행되던 문화예술적 과정의 재생이 아니라 문화가 사회 성숙의 터가 되는 일이다. 그러나 그 성숙에의 지향점이 지난 80년대적 문화와 정서의 거푸집이 었던 파리한 진지함 혹은 억압적 엄숙함은 당연히 아니다. 다만 즐거운 진지함 경쾌한 엄숙함으로 속살을 이루는 성숙이 그 지향의 도착점이다.

통해 우리는 감각의 복합성과 표현의 확장을 체험하고 수확할
수 있기는 했다. 문제는 이제 그런 확장의 평면에 깊이의 굴착
기를 들이대는 일일 터이고 그 공사의 성공 여부가 결국 예의
새로운 '문화의 시대'의 성공 여부를 좌우할 것이다. (1998년)

2장,
세기말
문화
키워드의
단상

판타지의 유혹

이즈음 두 가지 신드롬이 우리 사회를 뒤덮고 있다 한다. 소위 '천년 신드롬'과 '애인 신드롬'이 그것. 두 가지는 서로 동떨어진 것처럼 보이지만 사실은 같은 뿌리이다. 그 같은 뿌리는 다름 아닌, 현실에 대한 이모저모의 불만이 반영된 것의 결과이다. 이 불만은 사실 모든 예술의 시원이다. 예술가를 흔히 불만의 주체라 하는 것은 그런 까닭에서이다. 물론 현실을 살아가는 모든 사람이 불만 없이 생활하는 것은 아니지만 예술가의 그것은 정도가 유다르다. 이른바 예술가라는 존재는 불만의 거푸집인 현실에 대해 일상인보다 좀더 민감하고도 격렬히 반응한다. 또 그 반응은 단지 개인적 마찰의 정도가 아니라 그 불만을 특유의 상상력으로 다듬어서 하나의 사회적 환기물로 바꾸어 낸다는 점에서 사회적 성격을 획득한다. 이를테면 그 환기물이 일상인들에게 호응받는 순간 불만을 재료로 해 나타난 일군의 작품들은 강한 사회적 파장을 일으키는 것이다. 그래서 불만의 강도와 예술가의 현실 저항적 강도는 비례한다고 볼 수 있다.

예술을 좀더 넓게 해석해서 드라마도 하나의 대중예술이라 한다면 요즘 많은 화제를 불러일으키고 있는 드라마 〈애인〉도 다름 아닌 현실에 대한 불만의 생산물이다. 먼저 눈에 들어오는 불만은 남편에 대한, 그리고 아내에 대한 것이다. 일만 아는 남편과 지루한 일상의 고수자일 뿐인 아내에게서 그 어떤 변화의 자극이나 촉진제도 찾아지지 않는 것은 분명 불만임에 분명하다. 그러나 눈에 보이지 않는 불만도 있다. 스스로에 대한 불만이 그것일 터이다. 이 자아에 대한 불만은 해명하기 곤란한 것이기도 하다. 현실의 안정을 위해 결혼을 하게 되고 하나의 가정을 이루지만 그것이 자아 표현이나 욕망 실현의 최선책은 아니라는 점을 스스로 잘 알고 있다. 항상 욕망은 그 이상을 원하고 있기에 그렇다. 그 욕망은 현실의 원칙이나 규범 등에 대개는 눌려지내지만 틈틈이 삐져 나오기도 한다. 그러나 문제는 그 욕망이 스스로 해명하기 힘든 무의식이나, 일상적 지식 밖의 한 눈에 보이지 않는 뿌연 안개 같은 것이라는 사실이다. 하지만 그것은 분명 자신을 유혹하는, 그러나 현실에서는 금지되어 있는, 그래서 항상적인 불만을 만들어 내는 거처인 것이다.

그러나 대개의 사람들은 이런 불만을 곧이곧대로 해소할 수 없다고 생각한다. 그것을 날 것으로 드러낼 때 자신에게 돌아올 결과가 두렵기 때문이다. 무자비한 사회적 지탄이 그것 중의 하나일 터이다. 불륜이니 가정파괴니 하는 무시무시한 죄목으로 〈애인〉을 비판, 매도하는 것도 그런 양상이다. 반면 유부남 유부녀의 미세한 심리나 현실적 욕망을 잘 드러내고 있다고

욕망은 현실의 원칙이나 규범 등에 대개는 눌려지내지만 틈틈이 삐져 나오기도 한다. 그러나 문제는 그 욕망이 스스로 해명하기 힘든 무의식이나, 일상적 지식 밖의 한 눈에 보이지 않는 뿌연 안개 같은 것이라는 사실이다. 하지만 그것은 분명 자신을 유혹하는, 그러나 현실에서는 금지되어 있는, 그래서 항상적인 불만을 만들어 내는 거처인 것이다.

하는 환영의 태도는 자신의 불만을 그 드라마가 잘 대변해주고 있다는, 말하자면 그 드라마가 동일화의 모범적 케이스가 되고 있다는 생각 때문에 나타난다. 하지만 그 호응은 대개 소극적이거나 속으로만 수용하는 것이지, 가령 그 드라마가 자신의 불만을 잘 드러낸다고 해서 그 〈애인〉의 전개 양상대로 자신도 다른 남자나 여자를 바로 만나는 행동을 실행하는 것은 아니다. 그대로 따를 경우 곧바로 초래될 현실의 복수가 무서운 것이다. 현실의 복수는 여러 가지이다. 이혼의 협박, 그로 인한 경제적, 인간적 파국, 비도덕적이라는 사회적 지탄, 매장 당하더라도 동정의 여지가 없다는 상식 아닌 상식적 판단 등이 그런 것 중에 몇 가지일 터이다.

〈애인〉의 메시지에 강한 공감을 받기는 하지만, 그렇다고 그대로 따라하지는 못하는 것, 이것은 드라마의 이야기가 일견 현실에서 일어날 법한 사연인 것처럼 생각하지만 그것이 시청자 자신의 현실 그 자체가 되기에는 힘들다는 측면에서 드라마의 현실이 일상의 현실 그 자체는 아닌 것이다. 여기서 이런 복잡한 관계를 설명하는 데에 판타지라는 것이 원용될 수 있다. 부연하면 드라마의 구성이나 인물은 현실에서도 얼마든지 일어날 법한 이야기로 인정되기도 하지만 드라마의 주인공들이 만들어 내는 사연은 시청자의 판타지적 수용조건을 통해서야, 다시 말해 실제로는 저렇게 하지 못한다 하더라도 환상이나 상상 속에서는 저럴 수 있다는 심리를 통해 설득력이 있는 대목으로 화한다는 것이다. 후자가 바로 판타지적 수용 조건인 셈이다. 그렇기에 〈애인〉은 일견 사실주의적 이야기 구조를 가지고 있는 듯하지만 동시에 판타지적 구조와 맞물려 있는 것이다. 그런 점에서 사실주의적 외관 속에서의 판타지는 현실에 대한 불만, 그리고 그 불만을 직접적으로 표출하지 못하는 사회상황 등의 맥락에서 표현되고 살아가는 것이다. 결국 불만과 그 불만의 요인인 금기 사이에서 판타지는 숨쉬고 있는 것이다. 요약컨대 불만에의 드러냄을 금지하는 현장에서 판타지가 포태되는 것이다. 물론 예술을 포함한 모든 표현양식에서 판타지를 그런 식으로만 일반화시켜서 이야기할 수는 없지만 불만과 판타지가 서로 상호보완 관계임을 부인할 수는 없다.

그래서 판타지와 사실주의는 모순되지만은 않는다. 이 대목을 불만과 판타지의 관계에 연결시켜 논할 경우 도식적이나마 마르께스라는 작가의 작품을 용례로 들 수 있다. 우리에게도 『백년동안의 고독』으로 잘 알려진, 노벨상 수상작가이자 남미 문학의 큰 봉우리인 그의 문학의 특징을 일러 곧잘 '마술적 리얼리즘'이라고 한다. 그런데 이 표현은 상식적으로 보아 서로 모순되는, 따라서 성립할 수 없는 표현이다. 마술은 기본적으로 판타지 혹은 판타지적 상상력을 동력으로 한다. 그러나 사실주의는 현실의 사실성을 있는 그대로 표현한다는 점에서 현실을 일그러지게 혹은 굴절시켜 표현할 우려가 있는 환상성을 거부한다. 하지만 그의 문학에서는 판타지적 수법이 사실주의

94

적 효과를 얼마나 드높일 수 있는가 하는 점을 웅변적으로 드러낸다. 그의 소설은 사실주의가 눈에 보이는 것 그 자체의 재현이나 드러내기가 결코 아니며 현실이라는 것도 가시적, 비가시적 영역 모두를 포함한, 그래서 그 비가시적 영역의 침전물들, 이를테면 환상이나 꿈이나 몽롱한 관념 등을 포함하는 대단히 불확정적이고 복잡한 과정이라는 점을 성공적으로 역설했던 바이다. 기실 예술에서 판타지 수법은 전통적인 사실주의 수법으로는 이를 수 없는 삶의 비의나 진실에 다다르는 유력한 방편이었다는 점에서 마르께스의 수법이 새삼스러울 것도 없다고 할 수 있다. 다른 한편 마르께스의 마술적 리얼리즘은 그 탄생배경이 드라마틱하다. 그가 살던 남미는 유례없이 가혹한 군사독재 정권 하에 있었다. 군사정권은 소설을 비롯해 현실의 모순과 문제를 발굴해 내는 모든 표현방식에 대해, 심지어 살인까지를 포함하는 만가지 억압을 자행하던 형국이었다. 이런 살벌한 상황에서 마르께스가 택한 것은 일종의 우회로였다. 현실을 그대로 묘사하는 것보다 환상적 분위기나 문체를 원용하여 현실에 대해 발언하는 것이었다. 그런 문제의식이 바로 환상적인 것과 사실적인 것의 성공적 혼혈을 낳았던 것이며 그것을 통해 우리는 환상 혹은 판타지의 사실주의적 역할을 확인할 수 있었던 셈이다. 결론적으로 말해 군사독재에 대한 격렬한 불만과 비판의식을 사실주의적으로 곧바로 묘사할 수 없었던 조건이 예의 마술적 리얼리즘의 산실이었던 바이다.

판타지를 불만의 맥락으로만 접근해서 그것이 가지고 있는 폭넓은 문제군을 배제하는 듯하지만 일단 이 문맥을 계속 이어

나가자면 앞에서 이야기한 '천년신드롬'도 같은 궤도의 논리로 설명된다. 양귀자의 소설 『천년의 사랑』, 영화 〈은행나무 침대〉, 〈귀천도〉, 룰라의 〈천년후애〉, 드라마 〈8월의 신부〉나 이와 유사한 맥락에서의 전생, 환생 증후군 등이 하나의 트렌디로 등

장하는 것은 지극히 현실적 조건에서 기원한다. 먼저는 먹고 살만한 생활이 된 것이 그런 요인이다. 아다시피 80년대 이전의 생활은 기본적인 의식주 충족에 생활의 전모가 걸려 있었다. 그때 중요한 것은 바로 오늘이다. 과거를 되돌아 볼 여유도 미래를 위해 축적해 놓을 그 무엇도 없었다. 겨울이 오면 김장과 연탄을 먼저 들여다 놓아야 했다. 오늘 현실의 계절감이 생존과 감각의 기초였던 것이다. 그러나 사시사철 따뜻함을 제공하는 우리의 생활환경은 이제 겨울이 와도 겨울답지

않게 만들었다. 아파트나 단독주택의 기름 혹은 가스보일러는 매 겨울 연탄 들여놓기의 겨울 행사를 더 이상 하지 않아도 되는 요인이 되었다. 80년대 말부터 현실화되기 시작한 일상적 삶의 풍성함은 우리에게 시간적 관념을 바꾸어 놓은 셈이다. 달리 말하자면 기본적인 의식주가 더 이상 문제되지는 않는다. 이제 문제되는 것은 같은 의식주라도 그것을 소비하는 스

타일이자 브랜드이다. 이런 양상은 우리의 생존조건을 생각하는 방식과 소비하는 방식을 바꾸어 놓았다. 위의 겨울에 대한 예가 그러하며 이른바 라이프스타일이 그러하다.

시간에 대한 넉넉한 대응방식도 마찬가지이다, 이제 우리에게는 오늘 당장이 문제되는 것이 아니다. 속된 말로 먹고 살 만해지니까 과거와 미래를 돌아보고 예측해 볼 수 있는 정신적 여유나 물질적 조건이 가능해지기 시작한 것이다. 이제 과거는 더 이상 고통이나 지긋지긋한 기억이 아니다. 지금 역시 추운 방안에서 과거를 생각한다면 그 과거 역시 추운 기억일 뿐이지만 따듯하고 안락한 거실에서 회고하는 과거는 흐뭇한 기억일 뿐이다. 드라마나 먹거리 등에 일종의 노스탤지어 산업이 번창하는 것도 그런 조건이 받쳐주기 때문이다. 이런 것은 곧 시간에 대한 소비의 폭이 넓어지는 것을 의미한다. 말하자면 이전의 경우 시간은 현재의 생존을 위해 노동해야 하고 지불해야 하는 오늘 당장의 현실적 시간만 중요했지만 이제 그런 질의 시간은 상대적으로 줄어들고 상상과 환상을 통한 미학적, 존재적 만족을 건네주는 시간의 질이 필요해진 것이다. 그런데 그 시간대는 당연히 현실의 시간이 아니다. 판타지라는 다리를 통하지 않고서는 이를 수 없는 곳이다.

한편 천년신드롬의 원인은 이와 반대되는 조건으로부터도 출발한다. 그것은 시간이 주는 억압에의 불만이다. 하루 24시간이 물샐틈없이 조직되는 현대생활의 비인간성. 이전보다 물질적 풍요는 한결 나아졌지만 나날의 도시생활은 가속적인 시간의 소비를 강요하고 또한 모든 미덕이 바쁘게 뛰어다니는, 즉 시간을 잘게 쪼개서 치밀하게 사용해야 능력있는 현대인으로 인정되는 삶의 현실은 시간이 인간에게 가하는 억압 이외의 다른 것이 아니게 되었다. 불만의 스타트 라인이다. 현실이 고단하고 억압적이면 억압적일수록 그것으로부터의 탈출 욕망은 비등한다. 그러나 현실은 그 탈출을 감행할 수 없게 만든다. 결국 택하는 것은 비현실적인 것, 그러나 가상이나마 욕구를 만족시켜줄 수 있는 프로그램이나 소프트웨어이다. 천년을 무상히 넘나들고 전생과 후생을 거리낌없이 통과할 수 있는 것은 얼마나 놀라운 경험이고 만족거리인가. 그런 과정에서는 현실의 억압적 시간은 간단히 무시되거나 너무나 자잘한 관심거리일 뿐이

다. 그것이 비록 판타지에서 오는 것이라 해도 그 판타지가 자신을 억압하는 시간에 대한 복수인 점에서 얼마나 통쾌한 일인가. 물론 조그만 액세서리에서 커다란 이미지까지 인간의 생활에서 차용되는 대개의 판타지는 현실에서는 이룩되지 않는 기원의 반영이다. 그러나 그것이 현실 생활이 강요하는, 눌리고 숨막히는 상황을 넘어설 수 있는 유일한 창구로 남아 있는 사회나 현실 속에서는 판타지는 영원히 반복적으로 열리고 닫히는 출구일 수밖에 없다.

위에서 예로 든 것처럼 우리 사회에서 판타지적 요소가 확대되고 대중적 호응을 얻는 것은 물론 여러 가지로 설명가능하다. 무척이나 화급했던 사회적 문제나 과제가 이제는 어느 정도 풀리고, 그에 따라 개인의 취향이나 호불호가 사회생활의 중요한 관심대목이 된 점 등을 예의 신드롬에의 관심이나 사회적 논의를 가능케 하는 기반으로 칠 수도 있다. 또한 판타지가 가지고 있는 순기능, 이를테면 인간의 비사실적 상상력이 현실의 문제를 지적하고 교정하는 데에 중요

한 자원이 될 수 있다는 인정이 광범위해진 것도 그런 기반일
수 있다. 하지만 유념해야 할 것은 판타지이든 그 어떤 상상력
이든 그것이 현실적인 것과의 균형성을 무시하거나 배제하는
순간 그것은 단지 미학의 소비 혹은 상상의 과소비 차원으로 전
락할 수밖에 없다는 사실이다. 근자의 천년신드롬은 과연 그런
균형, 요컨대 판타지적 시간대와 현실적 시간대의 균형을 어떻
게 취하고 있을까? 유감스럽게도 판타지의 순기능보다 역기능
이 더 도드라진다는 점에서 그리 권장할 만한 일은 아닌 것으로
보인다. (1996년)

몸을 상상하다

1

여름이 되면 한편으로는 눈이 즐겁고 다른 한편으로는 마음
이 아프다. 생고무같이 탄탄한 종아리를 내놓고 다니는 목하
청춘들을 보면 그렇다는 것이다. 미끈하고 시원하고 그래서 보
는 이로 하여금 일종의 건강한 쾌감을 제공하는 종아리이기에
즐거움과 이웃하지만 다른 한편으로는 나는 이제 저렇지 못하
다는 일종의 상실감과 질투의 념이 그 아픔의 거푸집이 된다는
점이 그런 이중의 느낌을 만들어 내는 것이다. 그래서 여름은
그런 이중적인 감상을 요구하는 계절이 된다.

다른 면에서 보자면 여름은 육체의 중요성이랄까 혹은
그 육체의 의미가 어떻게 유통되고 있는가를 가장 도드
라지게 내비치는 계절이다. 현대 들어 육체가 상품, 권
력, 감수성, 나르시시즘, 미학, 자아의 정체성 등의 기
준이자 조회처가 되었다는 것은 이제 새삼스러운 일이

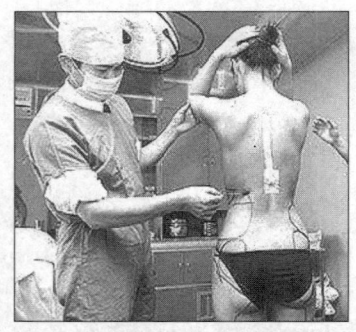

아니다. 쉬운 예는 얼마든지 있다. 여름이 오기 몇 개월 전부터 육체 조형관련 산업들은 이른바 대목을 맞는다. 여성들은 다이어트에 돌입하고 안되면 강제로라도 살을 빼는 지방흡입술을 선택한다. 남자들은 고액을 내고서라도 헬스클럽에 등록하여 열심히 근육을 조련한다. 모두 여름에 쓸 모 있는 육체를 만들기 위해서이다. 클론은 한마디로 말해, 섹시한 몸으로 한 몫 보려는 가수이다. 여름용 노래를 부르기는 하지만, 노래 실력이야 어떻든 섹시함을 자기 활동의 지선지미로 삼아 그것을 세일즈 포인트로 잡고 대중들에게 어필하려 한

다. 이렇듯 여름은 전국이 육체의 미학으로 도포되는 계절이 된다.

그러면 늘어진 배, 처진 가슴, 물렁한 허벅지를 가진 사람들은 어떻게 되는가? 돈이 없어 지방흡입도 못하고 헬스클럽에 등록도 못하는 사람은 어떻게 되는가? 그들도 육체를 가진 존재이기는 마찬가지이다. 하지만 그들에게는 육체에 투자할 돈과 여력이 없기 때문에 육체에 대한 미학적 조형을 가할 수 없

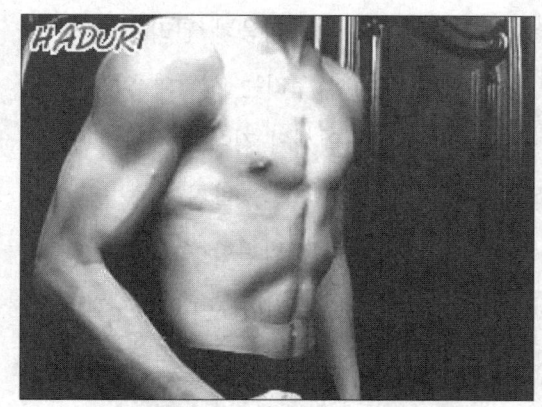

다. 그렇다면 결국 돈이 육체를 만든다는 이야기가 된다. 각종 매스컴과 기업들은 특정한 형식과 미학으로 조형된 육체의 모델을 제공한다. 가장 이상적인 육체라고. 그러나 그 육체를 자기 것으로 하기 위해서는 돈이 필요한 것이다.

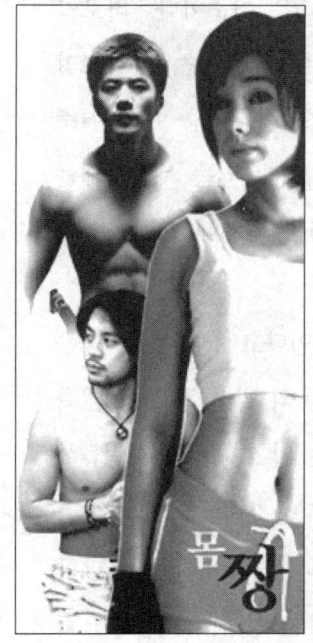

그렇기에 이즈음 육체에 대한 이야기는 좀더 사려 깊은 이해방식을 수반해야 한다. 현대에 들어 육체에 대한 온존한 이해와 권리를 강조하는 것은 결코 특정한 방식으로 조형되고 그것이 표준적인 형태로 제시되며 나아가 사람들이 그 표준적 육체 형상을 본으로 삼아야 한다는 이야기가 아니다. 그것은 오히려 육체에의 옹호 원칙과 가장 심하게 위배된다. 그것은 육체의 복권을 인간의 가능성 영역을 확장하고 그것으로 인간해방에의 길을 좀더 넓혀보자는 정당한 육체론이 아니라 육체를 벌거벗은 상품성의 함정에 밀어 넣는 일에 다름 아니기 때문이다.

사람이 만인만색이듯이 육체의 형태와 질도 그렇다. 젊은이의 탄탄한 육체가 있다면 풍상 속에 조금씩 삭아가는 노년의 육체도 있고 아직 여물지 않은 아이들의 육체도 있다. 남자라 하더라도 터미네이터형의 근육질이 있다면 섬세하고 부드러운 육질이 있다. 그것은 모두 제나름의 아름다움과 권리를 가지고 있다. 노인들의 주름 잡힌 살에서 우리는 생기와 약동의 이미지는 발견하지 못하더라도 대신 인생의 깊이와 세월의 엄중함을 느낀다. 약동하는 힘에서 아름다움을 발견할 수 있는 것처럼 깊이에서도 얼마든지 아름다움을 발견할 수 있다. 다른 형태의 육체에서도 마찬가지이다. 그러나 현대의 육체관 혹은 육체에 대한 아름다움의 기준은 모두 젊음으로만 대입되고 등치된다. 이건 정말 폭좁고 속좁은 기준이다. 바로크식 건물도 아름답지만 한옥의 고유함이나 맵시는 바로크의 아름다움으로는 해석되지 않는 독자적인 아름다움이다. 건축물에 대한 아름다움을 바로크식으로만 알고 있는 사람에게는 한옥의 아름다움이 보이지 않는다. 이는 육체에서도 마찬가지이다.

요즘 유행하는 말로 아는 것만큼 보인다고 한다. 보인다는 것은 아는 것이고 그 아는 것은 아름다움의 발견 경로이다. 육체에 대한 아름다움은 육체를 아는 혹은 알고자 하는 사람들에게만 보인다. 그 앎의 폭과 깊이가 두터운 사람들에게는 아름다운 육체는 무수히 산재해 있고 동시에 자신의 육체에 대한 표현방식도 무수해진다. 모델, 탤런트 등 한 형태로 조형되는 육체의 모습을 자신의 육체에 열심히 복사하려는 사람들이 사실은 육체의 다양한 아름다움에 맹목인 사람이며 육체에 대해 무지한 자인 것은 그 때문이다. 우리의 육체는 언젠가 늙어간다. 노후 대책은 예금통장에만 있는 것이 아니다. 발상의 전환이나 풍요로움에도 있는 것을 잊지 말자.

2

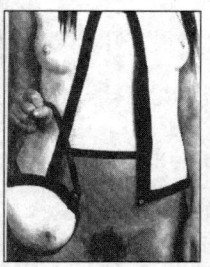

이은정, 〈꿈의 의상〉, 2000

이른바 신세대 예술가들의 작품에는 몸 혹은 육체가 중요한 화두로 등장한다. 어떨 때는 몸 그 자체가 직접적인 주제로 등장하기도 하지만 또 다른 때는 여성성 혹은 섹슈얼리티 문제를 에움길로 하여 드러난다. 육체의 문제가 이 여성성을 하나의 교두보로 삼아 주장되고 탐구된다는 사실은 대단히 중요한 의미를 포함한다. 사실 몸이 사회적 관심의 한 융기점을 이룬다는 사실은 그간 이 몸에 대한 이야기가 제대로 없었다는 사실을 반증한다. 물론 몸 자체를 소재 삼은 것이야 수없이 있었지만 몸을 그 중요성에 버금가는 수준으로 진지하게 그리고 정직하게 사회적 공론의 장에 올려놓은 바는 거의 없다. 이야기가 없었다는 것은 대개 두 가지 이유 때문으로 추측할 수 있다. 하나는 진짜 중요하지 않아서이고 다른 하나는 중요함에도 불구하고 그것의 공공연한 논의를 억압하는 어떤 요인이 있었기 때문일 터이다. 아무래도 후자의 이유 때문이라고 보는 것이 온당하다. 말하자면 몸에 대한 관심을 일부러 분산시키거나 억제하는 사회적 강압이 있었다는 말이다.

단도직입적으로 말하면 몸에 대한 억압의 현실을 드러내는 것은 여러모로 문제를 발생시키기에 그러하다. 그러면 문제는 몸이 그 어떤 것에 의해 억압을 받는다는 사실인데 여기서 몸은 그냥 남녀를 구분하지 않는 몸 일반이 아니다. 물론 남자의 육체도 억압받지만 보다 중요한 억압은 여성의 육체 대해 그리고 여성의 육체를 통해서이다. 그 억압의 양상은 무엇보다 지금까지의 역사가 남성 지배의 역사였다는 사실에서 연원한다. 지배자 혹은 지배세력은 항상적으로 현실의 질서나 가치규범을 자신의 이념과 취향에 짜맞추게 마련이다. 흔히 우리는 현실이 여성을 상품화시킨다고 한다. 이를 더 정확하게 표현하면 여성의 몸을 상품화하는 것이다. 상품화의 요체는 대상을 정신적 주체로 보지 않는다는 것이다. 여기서 우리는 무언가 다시 생각해 볼 필요를 느낀다. 여성이 남성 지배 사회에서 상품의 위치를 벗어나려면 무엇보다 여성을 정신적 주체로 보아주는 사회적 여건이 조성되어야 하거나 아니면 여성 스스로가 그런 위치를 장악해야 한다. 다시 말해 상품화 논리를 통한 여성의 몸에 대한 억압과 왜곡을 극복하려면 여성의 정신적 주체성이 바로 서야 한다는 것이다. 이 대목에서 우리는 비로소 몸과 정신이 왜 통일적 관계를 이루어야 하는가를 알 수 있다. 요컨대 몸이 억압으로부터 해방되기 위해서는 결코 몸 자체만에 대한 어떤 새로운 가치나 규정만으로 되는 것이 아니라 이른바 몸에 대한 그리고 현실 자체에 대한 여성의 새로운 사유가 절실하기 때문이다. 그 사유의 결과는 여러 가지 일을 할 수 있다. 남성 중심의 시선으로 규정되는 여성미를 새로운 규준으로 재조직하는 것도 그 중 하나이다.

'여성의 적은 여성이다'라는 세간의 우스개 소리가 마냥 우스개소리가 아닌 것은 남성적 시선이 만들어 놓은 여성미를 중간에 놓고 서로 경합 혹은 적대의 감정을 곤두세우고 그것을 하나의 상식으로 받아들이는 여성들의 태도 때문이다. 우스개소리 하나 더 하면 여성의 처지에서 몸과 마음이 가장 편하게 만날 수 있는 상대가 남성 동성애자라고 한다. 그것이 편할 수 있는 것은 그 사이에는 남성 시선 중심의 미적, 도덕적 기준이 부재하기 때문이란다. 여성들이 몸과 마음이 편해지기 위해서라도 우리 사회의 모든 질서를 틀잡고 있는 남성성에 도전할 필요가 있다. 몸에 대한 새로운 사고가 여성의 정신적 주체성에 대한 환기를 불러온다면 그것의 결과는 여성운동으로 귀결된다. 여성운동은 하다못해 몸 하나 편해지기 위해서라도 그렇게 필요한 것이다. (1997년)

신드롬은 체질과 관계한다

　　신드롬에 대한 이야기는 아무래도 체질 혹은 체력에 관련될 듯 싶다. 말하자면 어떤 사람에게 나타나는 신드롬이라는 것이 결국은 당사자의 체질에 일종의 병리현상이 발생했다는 것의 신호이기에 그렇다. 이는 사회 전체의 체질이나 체력에도 마찬가지로 적용될 터이다. 우리 말로는 증후군으로 명해지는 이 신드롬은, 바꿔말하면 원인 모를 일들의 무상한 발생이나 혹은 그것이 복수의 다양한 방식과 형태로 동시병존하고 있는 것 등을 가리킨다.

　　우리 사회에 신드롬으로 칭해지는 그 무엇들이, 까닭이야 어찌되었건 전에 없이 활성화되고 있다는 사실은 결국 우리 사회의 체질 혹은 내구력이나 체력에 어떤 심각한 문제가 발생한 것이 아닌가 혹은 전에 없던 어떤 새로운 문제가 생긴 것은 아닌가 하는 생각을 들게 한다. 신드롬의 발발 빈도나 유포 범위가 더하면 더 할수록 더욱 그렇다.

　　사례를 통해 더듬어 보자. 애인 신드롬이라는 것이 있었다.

드라마 〈애인〉에서 유부남 유동근과 유부녀 황신혜가 서로에게 빠지는, 그러나 옛말 식으로 표현하면 바람난 유부녀 유부남들이 백주에 애정 행각을 벌이는 것이 내용이다. 이 내용이 신드롬을 일으키는 것은 우리 사회의 밑바닥에 잠재되어 있거나 봉쇄되어 있던, 하지만 현실적으로 존재하고 있던 어떤 문제를 건드렸기 때문이라 보면 옳다. 그것의 핵심은 여성의 욕망 혹은 좁혀 말하면 여성의 성적 욕망에 관한 문제이다.

유부녀 황신혜는 사실로 말하면 '아줌마'이다. 따져보면 우리 사회에서 여성이 또는 처녀가 아줌마로 자신의 존재영역을 이동하는 순간 대개 그 존재의 의미나 영역은 지극히 축소되거나 사상된다. 그리해서 가정에서나 사회에서나 아줌마는 언제나 잉여적인 그리고 보조적인 존재로 자신의 자리를 배당 받는다. 아줌마 역시 인간이 소유할 수 있는 모든 종류의 욕망 그리고 하나의 자연적인 성적 존재로서의 여성이 소유할 수 있는 욕망을 마찬가지로 가질 수 있으나 많은 경우 그것은 배제되거나 탈색을 강요당한다. 현모양처라는 단수의 존재로만 살아갈 것을 명령받는 것이다. 현모양처 역시 하나의 미덕이자 생존방식일 수는 있으되 그렇다고 그것이 여성의 다른 욕망, 요컨대 다른 것을 욕망하는 여성 존재의 의미를 묵살할 권리는 없다. 그러나 우리 사회에서 아줌마는 어김없이 묵살당한다. 그래서 그들은 대개 성적 존재의 차원에서는 중성적인 존재, 성적 욕망의 담지자 차원에서는 언제나 수동적인 위치로 강등당한다. 요컨대 우리 사회에서 유부녀 혹은 아줌마는 거개 소수자, 잉여인간, 남편과 자식에 대한 보조장치의 인간으로 존재하게 된다는 것이다.

이것은 일종의 아줌마에게 가하는 사회적 억압이다. 〈애인〉에 대한 놀라웠던 반향은 정확히 말해 여성, 그 중에서도 아줌마들의 열렬한 반향이었음을 알아야 할 필요가 있다. 〈애인〉 신드롬이 만들어 낸 2차 신드롬인 애인갖기 신드롬은 그 애인 갖기 실제 차원에서 이루어졌던, 상상적 만족의 차원에서 이루어졌던 우리 사회의 약한 고리, 다시 말해 아줌마를 온전한 인간적 존재로 포괄하지 못하는 우리 사회의 허약한 체질의 반영이었던 셈이다.

황수관의 신바람 건강법 신드롬은 어떤가? 기실 황수관씨가 이야기하는 건강의 비결은 비결(秘訣)의 자격이 없다. 그것은 비의스러운 방법이나 묘책을 담고 있는 것이 아닌 지극히 상식에 입각한 것이기에 그렇다. 그럼에도 그것이 일종의 비결로 오인되고 있음은 A를 A로 보지 않고 굳이 B로 보고 싶어하는 집단 강박 혹은 강박적 몽혼 상태가 야기한 결과이다. 무엇이 강박과 몽혼을 불러일으키는 것일까? 그것은 결국 젊음 이데올로기 그리고 건강 이데올로기이다.

사실 건강과 비건강을 구분하는 일에 대한 특권은 그 누구에게도 없다. 만인이 만색이듯이 만인의 건강과 비건강의 차이도 만가지일 수 있다. 그러나 현대의 의학은 건강의 모든 기준을 자기 기준에 맞추고자 하는 권력을 행사한다. 건강에 대한 과도한 집착과 관심의 밑바닥에는 사실 늙음의 유예와 젊음의 끝없는 지속이라는 불로장생에의 기복이 웅크리고 있다. 그래서 그것은 심하게 말하자면 자연의 흐름을 거스리겠다는 발상과도 통한다. 현대 의학은 그런 기복과 욕망의 뒷배를 자임하기도 한다. 물론 건강에의 희구를 마냥 탓할 수는 없다. 특히 인간의 자연스러운 상태를 급속히 파괴해 가고 있는 이즈음 자연과 생태계의 오염 상태를 생각해 보면 건강에의 집착은 일견 인간의 방어본능일지도 모른다.

하지만 문제는 바로 그래서 제대로 보아야 한다. 인간의 몸을 비건강의 상태로 몰아가는 생태계 혹은 자연의 오염은 인간의 무한 욕망이 그 원인이거니와 때문에 인간의 건강에 대한 관심과 고려는 응당 자연의 건강과 동시에 이루어져야 한다. 그 고려는 단지 육체의 한 속성에 대한 한정된 관심으로만 성립되지는 않는다. 생태계와 인간의 관계를 깊이 사색할 줄 아는 정신의 건강이 가능할 때 비로소 그것이 가능해지는 것이다. 하지만 건강 신드롬은 몸의 속성 중 한 측면일 뿐인 물리적 건강에만 열중하는 데에서 발생한다. 거기에는 몸의 속성 중 중요한 다른 측면인, 즉 사유의 건강, 정신의 건강은 부재하는 것으로 인식하게끔 하는 중대한 오인효과가 도사리고 있는 것이다. 신바람 신드롬 같은 건강 신드롬은 그래서 우리 사회의 정신적 부박함 혹은 두께의 얄팍함을 정확히 중좌하는 일이 된다. 그래서 다시 말하면 애인 신드롬이든 신바람 건강신드롬이든 결국 수많은 신드롬의 계속되는 발발은 우리 사회의 문제적 영역이 얼마나 많이 상존, 산개해 있는가를 증거하는 지표가 되기도 한다.

하지만 문제는 또 있다. 신드롬이 자생적으로만 등장하는 것이 아니라 자본의 상품전략에 의해 만들어진다는 점이 그 중에 하나이다. 언론자본이든 제조업자본이든 의학자본이든 신드롬의 발생은 자본의 이윤증식에 맞춤한 거점이 된다. 언론의 과잉보도와 해설, 광고의 이미지 조작 등은 현대에 들어 신드롬 발발의 초기 조건이 얼마든지 될 수 있다. 특히 사회적 담론의 신경망 역할을 하는 언론은 특히 그렇다. 모든 신드롬이 언론에 의해 생산되거나 아니면 적어도 확장, 증폭되는 것에서 그 실례를 얼마든지 목격할 수 있다. 그럴 때 문제는 신드롬의 정체가 실재하는 것에서 출발하는 것이 아니라 내용이 텅 빈, 말하자면 지시대상을 가지지 못하는 이미지로만 포장되고 전언된다는 데에 있다. 그래서 신드롬은 그 자체로 사회적 문제를 일러주는 지표가 되기도 하지만 동시에 신드롬을 무작정 생산하고자 하는 또다른 신드롬 생산 욕망에 시달리는 사회, 이를테면 신드롬을 상복해야만 버틸 수 있는 한 사회의 체질과 병리현상을 증거하는 영역이기도 하다. (1997년)

휴대폰, 때와 장소를 가리지 않다

　휴대폰 사용이 얼마되지 않던 시절 '난데 족(族)'이라는 사람들이 있었다. 버스를 타고 가다 집에 전화를 한다. 부인이 받는다. "아! 난데, 뭐하고 있어? 알았어 나중에 들어 가게." 큰 소리로 주고받은 전화 용건의 전부이다. 그리고는 휴대폰을 한번 다시 눈앞에로 끌어 당겨 그것의 자태를 확인한 후 주머니에 집어넣는다. 문명의 신묘한 기물을 소유하고 있음을 새삼 확인해 보는 순간이며 한편으로는 주위 사람들에 대한 현시의 순간이기도 하다. 물론 같이 버스를 탄 사람들이 그것을 봐주기를 기대하는 현시의 욕망도 그런 행동 유발의 동기가 된다. 휴대폰 보급 초반기에 있던 일인만큼 그도 그러려니 하고 넘어가기도 했다. 하지만 여기서 눈여겨 보아야 할 점은 이때부터 버스라는 공공의 장소가 난데없이 휴대폰 소지자의 사적 장소로 전환되어 버린다는 점이다.

　"때와 장소를 가리지 않습니다." 모 휴대폰 제작업체의 광고 문안을 위와 같은 식으로 번역하면 "세상의 모든 장소를 언제

어디서든 당신만의 공간으로 만들어 드립니다"이다. 자사의 휴대폰을 소지하면 일종의 특권을 부여하겠다는 언사이다. 당연히 그런 특권을 부여한 사람은 그 누구도 아니다. 개인적인 일로 대학 도서관을 자주 드나든다. 정말 때와 장소를 가리지 않고 휴대폰은 '터진다'. 그곳이 조용히 독서하는 다수를 위한 공부방인지 아니면 전화방인지 그 구분이 완전히 해체된다. 휴대폰 사용의 특권은 이처럼 공공사회의 예의를 얼마든지 제압한다는 데 있다.

후기산업사회가 이룩한 과학기술의 발전은 무엇보다 시공간의 압축기술을 더 없이 발전시켰다. 증기기관이 발명된 산업혁명 이후의 역사는 몇 달, 며칠 걸리던 거리를 며칠, 몇 시간으로 압축시켜 놓은 과학적 '축지법'의 역사이기도 했다. 문명의 이기를 통한 공간의 압축은, 따라서 그것의 동시적 병행물인 시간의 압축을 가능케 했다. 그런 축지법의 기술은 후기산업사회에 들어와 한층 발전되는 동시에 이전과는 다른 양상을 만들어 냈다. 전에는 압축기구(기차, 비행기, 선박 등)를 통한다 하더라도 '내'가 목적하는 곳까지 가기 위해서는 최소한의 수고를 지불했어야 했지만 현대의 그 기술은 전과 달리, 가야 할 그 목적지를 거꾸로 '내'가 있는 곳으로 순식간에 잡아당길 수 있게 되었다. 유선전화나 인공위성을 통한 TV 중계 혹은 인터넷 등이 그런 것일 터이다. 자기가 원하는 목적지에 직접 가지 않아도 그 곳을 자신의 장소로 잡아당겨, 볼일을 보는 셈이다. 인터넷 같은 경우는 이른바 '가상공간'이 실제 공간을 대체하면서 축지하는 방법인 것이다. 그런데 휴대폰은 거기에 더해 소위 '이

이동성이 야기하는 현상
과 그에 연루된 시공간
성질 변화의 특이성은 아
주 많지만 무엇보다 도드
라지는 대목은 위에서 말
한 것처럼 모든 공간의
사적 점유가 가능하다는
점이다. 지하철에서, 버
스에서, 길거리에서, 건
물 안에서 무수히 목격되
는 휴대폰 사용자들의
'무례한' 행동도 그런 사
적 점유 의식의 자연스로
운 발로이다.

동성'(mobility)이라는 새로운 성질을 부가하면서 시공간과 인간의 관계에 대한 형질변화를 가속하는 숙주가 되었다. 이 이동성이 야기하는 현상과 그에 연루된 시공간 성질 변화의 특이성은 아주 많지만 무엇보다 도드라지는 대목은 위에서 말한 것처럼 모든 공간의 사적 점유가 가능하다는 점이다. 지하철에서, 버스에서, 길거리에서, 건물 안에서 무수히 목격되는 휴대폰 사용자들의 '무례한' 행동도 그런 사적 점유 의식의 자연스러운 발로이다.

공간의 성질 변화는 시간의 성질 변화를 동반한다고 했다. 전통적인 관점으로 볼 때 시간의 성질은 공간의 성질 및 쓸모와 조응하는 것으로 여겨졌다. 노동의 공간에는 그에 조응하는 시간에의 태도와 이해방식이 존재했고, 휴식의 공간 혹은 다른 일이 수행되는 공간에는 또 그에 적절한 그것이 시간에의 태도와 이해가 관류했다. 말하자면 시간은 복수의 개념으로 주어졌던 것이다. 하지만 이동성 휴대폰의 국면에서는 전혀 그렇지 않다. 시간은 단일한, 단수의 성질로 강요된다. 그것은 시간과 공간에 대한 최소의 투자로 최대의 효과를 겨냥하는 가차없는 경제 논리로서의 시간이며 이는 생산력 제일주의의 뒷배를 통해 완성된다. 시공간에 대한 그런 태도가 이제 우리의 일상생활 전반을 지배하는 것이다. 때와 장소를 가릴 줄 모르는 휴대폰 사용의 무례함에 대한 비난은 예의 생산력제일주의 시간관에의 일대 문명적인 성찰이 없는 한 한갓 공소한 일이 될는지 모른다. (1998년)

공주병 전성시대

작년 늙다리 언니 김자옥에게 공주 이상의 대접을 받게 한 이른바 '공주병' 증후군은 정말 공주병의 증후군일까? 아니면 다른 병인(病因)이 그런 형태로 전치되어 나타난 것일까?

사실 공주병은 김자옥의 창조물이 아니다. 가까이는 80년대에도 회자되던 이야기이고 아주 멀리 찾아가 보면 희랍신화에 그 공주병의 비조가 기다리고 있다. 자신의 모습에 반해서 연못에 몸을 던지고 말았다는, 즉 나르시시즘이라는 말을 만들어낸 나르시스가 그이다. 그 시대를 알 수 없는 까마득한 시기에서부터 몇 년 전까지 계속 회자되던 이 전래의 공주병이 왜 하필이면 근자에 들어 그렇게 창궐하게 되었냐는, 그 전염의 시기성 때문에라도 그것은 궁금한 대목이 된다.

사람이면 누구나 이 공주병 혹은 나르시시즘을 어느 정도 상복하고 있기는 하지만 그럼에도 그것은 아무나 걸릴 수 있는 병이 아니었다. 자격이 있어야 가능했다. 가령 미모가 남다르다든가, 다른 것은 떨어져도 사람들의 머리를 조아리게 할 수 있

116

는 권력자 혹은 그 주변 사람이라든가 그도 아니면 돈이라도 있어야 그 자격을 얻을 수 있었다. 바꿔 말해 그 병은 말 그대로 공주거나 아니면 공주와 비슷한 위치에 있어야만 발병이 허용되는 특수한 병이었지 이즈음처럼 아무나 걸릴 수 있는 병이 아니었다. 아무튼 이제 공주병은 병의 대중화, 민주화를 이룬 특이한 경력까지 갖추게 되었다.

이 공주병의 대중화는 먼저 핵가족이라는 현대의 가족 형태를 통해 실현된다. 전통적인 대가족 혹은 중가족 형태에서는 알다시피 자녀가 많다. 그중 장자가 가장 우대받는 존재이기는 하다. 하지만 그 우대는 공짜가 아니었다. 가족이나 가계 나아가 가문에 대한 막중한 책임이 장자에게 주어지기 때문에 그에 준하는 당연한 대우를 하는 것으로 여겨졌다. 그렇기에 장자를 예외로 하면 형제 중에 특별히 우대받는 위치가 따로 있는 것은 아니었다. 하지만 자녀가 하나 아니면 둘이 대개인 이즈막 가족형태에서는 그 본래 성격 때문에 자녀는 어떤 희소성의 가치에 놓이게 된다. 또한 장자 개념도 불투명해진다. 그런 맥락에서 장자에 대한 대우와 그에 준하는 책임이라는 조화는 희석되기 마련이다. 누구나 장자인 동시에 막내이고 동시에 하나밖에 없는 '내 새끼'라는 희소성이 막강한 대우를 하게 만드는 요인이 되는 셈이다.

여기서 아이는 가족이 자신을 중심으로 해서 돌아가게 됨을 배우고 확신한다. 여기까지는 그렇다 치더라도 정작 문제는 그 아이가 사회적 관계에 들어설 때이다. 가족 공동체에서는 모든 아이가 희소성을 가진 존재이기는 하지만 가족보다 더 큰 사회

공동체에 들어가는 순간 그 희소성은 사라진다. 수요보다 공급이 많아지기에 그것은 당연한 일이다. 하지만 희소성에 따른 막강한 대우에 익숙하던 아이들이 그런 달라진 환경에 제대로 적응하지 못하는 사례가 빈번히 발생한다. 여전히 자신을 중심으로 해서 사회가 돌아가야 한다는 유아 고착증이나 퇴행성을 보이기 쉬운 것이다. 공주병 혹은 왕자병은 거기서 그렇게 나타난다.

사회가 또는 세계가 나를 중심으로 해서 돌아가야 한다는 강박은 바로 나르시시즘이다. 나르시스에게 자신을 모습을 보고 반하게 했다는 그 연못은 단순한 연못이 아니라 현실이나 세계의 은유이다. 나르시스가 그 연못은 자신의 미모를 확인시켜 주는 거울로서만 존재한다고 생각한 것처럼 공주병은 세상이 단지 자신의 공주됨을 비쳐주는 거울이라고 생각하는 것이다.

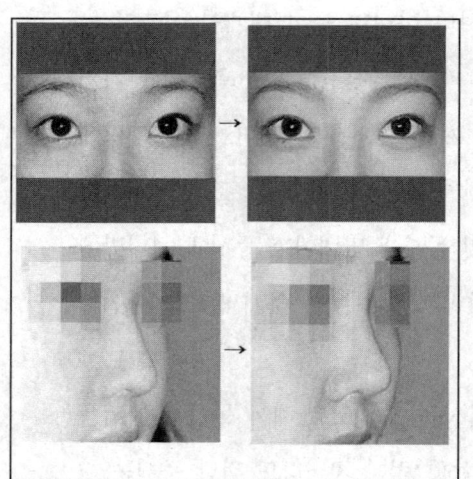

그러나 앞에서 말했다시피 나르시스적 공주병은 아무나 걸릴 수 있는 것이 아니었다. 하지만 자본주의는 그것을 누구나 걸릴 수 있게끔 하는 방법을 제공하게 된다. 공주병에 걸리고 싶어 환장한 사람들에게 자본주의는 다양한 방식으로, 그것도 가장 지름길로 가르쳐 주는 것이다. '똥배'와 흐물거리는 허벅지는 몇백만원 정도의 지방 흡입술로 간단히 매끄럽게 해준다. 째진 눈 역시 얼마 안되는 돈으로 '재봉질'해 주면서 반짝거리는 눈망울로 만들어 주며 인공 썬탠은 섹시한 피부로 다듬어 준다. 거기다 웬만한 사람들은 다 아는 브랜드의 옷과 장신구 일습을 그 빛나는 몸에 탑재하면 거의 공주에 버금가는 외관을 완성한다. 결국 자본주의는 소비 능력만 있으면 누구나 공주가 될 수 있는 노하우를 제공하는 셈이다. 자본주의 사회는 '연출하는 자아'를 대량생산한다는 진단이 딱 맞아떨어지는 현장이다.

돈을 들인 만큼 기대하는 것을 뽑아내야 한다. 다른 사람들이 모두 자신을 주목하고 있고 자신이 걸어가는 곳마다 공주의 행차지가 되어야 하는 것이다. 이런 심리적 보상이 없다면 투자할 이유를 느끼지 못할 터. 이렇게 해서 자본주의는 공주병을 완벽히 대중화시키는 것이다. 물론 그 대중화는 오인의 대중화일 뿐이다.

공주병은 다양한 증후군을 드러내지만 그 중 사고의 유아화 경향은 자못 치명적이다. 그 치명성은 공주병의 대중화가 확산되면 될수록 우리 사회의 문화적 수준이 '애들' 수준으로 진행된다는 데에서 온다. 공주병의 본질은 자아 도취, 바꿔 말해 성찰 없는, 혹은 객관적인 것에 대한 반성의 부재이다. 자아 그리고 사회에 대한 성찰 등이 결여된 존재는 불가피하게 모든 관심과 이해를 자신에게로 돌린다. 처음과 끝이, 원인과 결과가 '자아'에서 출발하고 매듭지어진다. 그렇기에 자신과 다른 사람 및 사회와 맺어지는 관계의 다양성에 대한 고려는 대단히 부박해진다.

이런 유아화는 복잡하고 엄정한 현실에 비추어 보면 현실에 대한 문맹에 다름 아니다. 사실 어린아이가 공주병에 걸리는 것은 큰 문제가 아닐 수 있다. 성장과정에서 치유책을 얻을 수도 있기에 그렇다. 그러나 성인들의 공주병은 큰 문제가 아닐 수 없다. 사실 이 공주병이 발병하게 되는 원인도 자본주의의 현혹에 대한 반성 없는 과정에 있는 것이기에 자승자박일 수도 있다. 하지만 그렇다고 이 공주병 바이러스가 창궐하여 우리 사회가 유아나 지진아로 추락해 가는 것을 보고만 있기에는 너무 심각하다.

대중매체에서 한 때의 유행처럼 지나가는 현상을 두고 지나치게 확대해석하는 것이 아니냐는 반문이 있을 수 있다. 그러나 그게 아니다. 오늘 계속 이야기하는 공주병 증후군의 병인(病因)은 심각한 사회적 문제이기 때문이다. 그 병인은 앞에서 말했다시피 소비에 대한 신경질적이고 강박적인 증상이다. 그래서 말하자면 공주병은 소비증후군이 진행된 2차 증후라는 것이다.

모든 소비는 선(善)이라는 현대 자본주의의 모토는 모든 것이 시작과 끝을 소비욕망 그리고 그것이 약속하는 효과를 보장한다고 한다. 그 누구도 어찌할 수 없는 자신의 육체마저 그런 소비의 율법에 포박당하고 나아가 소비적 인간이 되지 않고서는 존재 이유를 찾아보기 힘들게 만드는 소비 자본주의의 막강한 권력은 오늘도 우리를 단지 소비 욕망에 빨려 들어가는 부나비로 만들어 가고 있기 때문이다. 또한 현실의 많은 사람들은 자본주의의 그런 요구에 대단히 순응한다.

소비하라 그러면 공주가 될 것이라는 이 강력한 권고는, 다른 말로 하면 소비하라 그러면 세상 걱정하지 않는 어린아이로 되돌아 갈 수 있을 것이라는 주술과 다를 바 없다. 어린아이로 돌아간다 하더라도, 그것이 현실적으로 가당치도 않지만, 결국 해결되는 문제는 하나도 없다. 공주병이 약속하는 심리적 보상은 현실적으로는 아무런 문제해결 능력도 갖지 못하기 때문이다. 메피스토펠레스와 파우스트의 거래 방식처럼 소비와 상품의 거래일 뿐이다. 그러나 파우스트는 다행히 현실과 영혼의 비밀을 알아가지만 공주를 자처하는 수많은 자본주의의 착실한 신민들은 그 비밀을 알지 못한 채 일상을 보내는 것이다.

현실의 비밀은 성찰을 통해 벗겨진다. 중세의 주술이나 맹신적 신앙이 씌워 놓은 비밀의 포장을 자본주의의 합리성이 벗김으로 인해 우리의 일상과 의식은 한 단계 올라섰다. 그러나 현대 자본주의의 무한 탐욕의 비밀을 벗기지 못하는 한 우리는 두 단계 올라서는 것이 문제가 아니라 역사적 유아 단계로 퇴행할 수밖에 없는 처지에 빠지기 십상이다. 공주병은 단순한 유행이 아니다! (2000년)

섹슈얼리티의 공포

작년 한해를 돌아보면 흥미로운 맥락 하나를 발견하게 된다. 연초에 이른바 'O양 비디오'라는 게 세상을 한번 휘젓고 나더니 조금 있다 영화 〈거짓말〉에 대한 이런저런 소문이 슬금슬금 피

어났고 급기야 영화 상영에 대한 고발조치가 있었다. 비슷한 시기에 탤런트 서갑숙씨의 '성 체험기'가 책으로 발간되어 세간의 주목을 한껏 끌었고 이어 김강자 종암경찰서장이 취임하자마자 '미아리 텍사스'에 대한 일제 단속이 절대적인 지지를 뒷배로 얻으면서 실행되었다. 이 맥락을 보면 겉도 그렇거니와 그 속을 관통하는 핵심 동인은 아다시피 '성적인 것'이라는 그 무엇이다. 한데 이 맥락에 관련된 이런저런 논의를 좀더 깊이 주시해보면 예사롭지 않은 측면을 확인하게

된다. 그렇게 사회적 논란이 되고 그것이 번연히 성에 관련된 것임을 분명히 공유하고 있음에도 불구하고 정작 문제의 핵심인 '성이라는 것'에 대한 진지하고 본격적인 '사회적' 논의는 아예 등장조차 하지 않았다는 점이다.

물론 위의 일들이 꼭 성적인 문제로만 환원되는 것은 아니다. 사이버스페이스에서의 폭력, 표현의 수위 문제 혹은 미성년자에 대한 성적 착취 등의 문제가 예의 사건들의 한 축임에는 분명하다. 그에 대한 논란은 아연 왕성해 보이기도 했다. 그러나 부언컨대 그 모든 사건의 뿌리는 성이라는 문제이다. 그럼에도 이 뿌리에 대한 논의는 외면되었다는 말이다. 왜 문제의 핵심을 이루는 성이라는 것이 사회적 의제로 집중되지 않았는지 혹은 왜 고의로 회피되었는지 궁금하지 않을 수 없다. 그에 대한 내 생각은 간단하다. (너무 간단해서 설득력이 없을 수도 있지만.) 성의 진실이 무섭고 그 진실의 맨 얼굴을 만나는 것이 두렵기 때문이다. 누구에게 두렵느냐고? 지배세력에게는 더 하지만 모든 사람에게도 그렇다.

성이 혹은 성적인 욕망이 두려운 까닭은 이중적이다. 하나는 성적 욕망의 속성 때문이고 다른 하나는 그 속성을 정색하고 만나는 일이 곧 자기의 급소를 노출시킬지도 모를 일이기에 그렇다. 진부한 이야기지만 성적인 욕망의 속성은 금기의 위반이

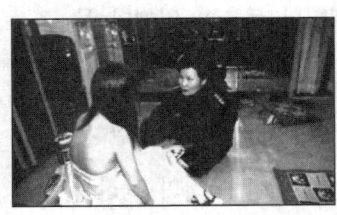

다. 이 위반은 이미 세워져 있는 무엇에 대한 파괴와 해체의 작업이기도 하다. 물론 그 금기의 경계를 허물고 밖으로 나가려는 힘들은 많다. 계급적 억압을, 남성지배의 억압상황을 벗어나려는 힘

도 그 억압기제의 다른 말인 금기의 경계를 벗어나려는 사회적 역동이다. 한데 계급운동이든 여성운동이든 아니면 다른 어떤 운동이든 전통적으로 그것은 대개 이성의 합목적성을 유념하기 마련이었다. 하지만 이 성적이라는 것은 그 이성의 얼굴을 모른다. 오로지 자신의 갈 길만 가고자 한다. 그것의 끝이 해방이 아니라 죽음이라도 그렇다. 요컨대 성적 욕망은 자신의 갈 길을 방해하는 모든 것에 대해서는 용서 없이 녹여버리는 거대한 에너지 덩어리인 것이다.

한 사회의 지배권력을 장악하려는 세력들에게 이것만큼 감당하기 힘든 것도 없다. 성적 해방이 곧 사회적 해방의 지름길이라 주장하던 빌헬름 라이히(Wilhelm Reich, 1887-1957) 같은 사람이 자본주의자뿐만 아니라 공상주의자들로부터도 극력 비난 받은 것은 때문에 당연하다. 그렇기에 지배의 달콤함을 즐기고 있는 세력의 입장으로 보아 성적 욕망은 골치 아프고 두렵지 않을 수 없다. 성적 욕망의 빈번한 돌출은 안정적 사회시스템의 균열과 동요를 뜻하는 것이고 그 동요는 지배의 효력을 파먹어가기 때문이다. 우리 사회의 경우 이 성적인 문제만큼 완벽히 합의, 통제, 관리되고 있는 것도 없다. 물론 외관상 그리고 봉건적 방식으로 그렇다. 그 합의에 참여하는 세력은 단지 정치적 권력만이 아니다. 아마 당신과 나도 그 세력 중에 하나일지 모른다. 성적 욕망에 관한 문제제기와 돌출이 언제나 묵살이나 따돌림으로 정리되곤 했던 것도 그에 연유한다. 사정이 그렇기에 우리 앞에 간단없이 돌출하는 성적인 문제에 대한 본격적인 논의와 의제화는 불가피하게 성에 대한 우리의 관리시스템 그리고 태도나 행동양식 등의 문제를 불거지게 만들고 그 것은 이어 우리의 급소를 백일하에 드러나게 하는 일로 귀결되는 사업일 수도 있다. 급소를 드러내 당황하는 것보다 그것을 가리면서 편히 살려는 게 생존의 법칙일지 모른다. 하지만 그런 생존방식은 미구에 자신의 목 끝을 찌르는 비수로 변할지 모를 일이다. 그러기보다는 그런 게 급소가 아닌 다른 삶을 궁리해 보는 것이 더 낫지 않을까. (2000년)

체 게바라의 징후

97년 여름, 유럽에 가 보았을 때 파리의 뽕삐두 센터 앞을 비롯해 각국 처처에서는 체 게바라의 대형 포스터, 그의 얼굴을 새긴 셔츠, 배지 등이 범람 중이었다. 맥락을 모르고 보면 인기 상승의 연예인이 그렇게 대접받고 있는 게 아닌가 할 정도였다. 더듬어 보니 그때가 바로 게릴라 투쟁을 하던 게바라가 미국의 지시를 받은 정부군에

의해 사형당한 지 30주년이 되는 해였다. 유럽 특히 프랑스에서 게바라가 그렇게 기념되는 까닭은 이해될 만도 했다. 프랑스 68혁명 당시 게바라는 젊은 세대들에게 베트남의 호지명과 더불어 하나의 교사이자 형이며 동시에 이념적 동료로까지 받아들여졌기 때문이다. 그런데 프랑스 특유의 공화주의적 전통은 이해한다 하더라도 게바라가 세상을 놓을 때 태어나지도 않은 세대들이 그리고 60년대말처럼 격동적인 사회 분위기도 아닌 터에 게바라가 그렇게 무슨 유행의 표상처럼 유럽의 신세대들을 열광시킨다는 게 쉽게 이해되는 일은 아니었다.

1981년께라면 전두환 정권의 흉포함이 극에 달하던 때였다. 그 무렵 친구 하나가 부산의 모 대학 앞에 주점 하나를 열고는 상호를 '체'라고 달았다. 의미인즉 '체 게바라'의 이름이었다. 체 게바라로 하면 정보과 요원들에게 들통날 것이고 그러면 당장 고문대 앞으로 끌려갈 것이기에 나름대로 머리를 쓴 게 '체'라는 표기였다. 정보과 형사들이 무지해서인지 아니면 섬세하지 못해서인지 그 주점은 문을 닫을 때까지 아무일 없이 장사를 할 수 있었다. 이후 다른 근사한 이유도 아닌 단지 파리하고 실랑이하는 날만 계속되는 이유 때문에 문을 닫게 되었다. 그때 그 80년대의 한국 청년들은 세계의 모든 진보주의자들이 주목하던 가장 급진적인 세력이었다. 그러나 그들에게도 체 게바라는 별로 존경받지 못하던 인물이었고, 그 면모가 세세히 알려지지도 않았다.

80년대의 뜨거운 용암이 서서히 식어가고 바야흐로 시절은 변혁과는 무관한 경쾌한 개인주의의 활주로를 타고 있다는 세평이 나온 지 이미 오래되었다. 그런데 난데없이 생을 혁명과 게릴라 투쟁으로 일관했던 체 게바라에 대한 평전이 베스트셀러가 되고 있다. 생각해보면 게바라는 같은 남자가 보아도 매혹적이지 않을래야 않을 수 없다. 부유한 집안에서 태어난 의과대학을 다닌 배경도 예사가 아니다. 인물 또한 수려하다. 같은 라틴계 중 영화배우 반젤라스가 섹시하다고는 하지만 게바라에 비하면 몇 길 아래임을 부인할 수 없다. 베레모와 시가를 문 입 그리고 강인한 턱이 그려내는 그 특유의 이미지. 하루의 전투가 끝나면 혼자서 조용히 괴테를 읽는 사색가. 게다가 쿠바 혁명을 성공시킨 후, 권력의 자리에서 남루하게 늙어가는 다른 혁명가들과는 달리 권력을 박차고 또다시 게릴라 투쟁을 위해 거친 밀림 속으로 뛰어 들어갔던 권력에의 무욕과 박력은 혁명가와 로맨티스트로서의 면모를 남김없이 갖춘 인물형이 된다. 사정이 그러하니 서양여성들이 그에게 반하지 않을 도리가 없다는 말이 이해될 법도 한 것이다. 하지만 그를 장식하고 있는 모든 이미지를 다 빼고 나면 결국 남는 것은 그가 자유와 평등을 위해 싸웠던 혁명가라는 사실이다. 그가 꿈꾸었던 세계를 공상이라 하던, 현실에서 이루어질 수 있는 것이었다고 하던, 여하튼 그 모든 판단의 정당성 여부를 일단 배제하고 보면 그렇다.

　그런 그가 우리 사회에서 베스트셀러가 되고 있다. 기실 일류대학, 얼마간의 미모, 평범한 여성 생활의 관점으로 보아서

는 다소 파격이 있는 여성 등의 요소가 합쳐지면 베스트셀러 작가가 되기 쉬운 게 우리 출판계이다. 글의 품격과 솜씨 여하를 떠나 그런 요소가 곧 베스트셀러 제작 요소가 된다는 말이다. 만약 게바라 평전의 베스트셀러 현상이 그런 맥락이라

면? 굳이 비교하자면 지금 멕시코에서 게릴라 투쟁을 하고 있는 마르코스의 개인적 면모는 게바라와 비슷하다. 하지만 게바라를 사서 읽는 사람들에게 그는 관심 밖이다. 이미 죽은 게바라에 대한 관심은 안전하지만 살아있는 마르코스에게서는 어떤 위험을 느낀다. 게바라 사상의 시조가 되는 칼 맑스에 대해서도 마찬가지이다. 물론 그에 대한 평전 읽기가 그의 생애와 생각에 대해 동의를 전제해야만 가능한 것이 아니다. 읽는 방식은 여러 가지이다. 하지만 그럼에도 게바라의 생이 드라마틱한 영화배우의 이미지로 '소비'되는 것 같은 느낌을 쉽게 지울 수는 없다. 그러고 보면 자본주의 시장은 차도살인의 고수임이 틀림없다. (2000년)

동성애와 인권

고대 그리스의 위대한 철학자들이 21세기 한국에서 살았더라면 그들은 모조리 철학자 직업에서 쫓겨나야 했을 터이다. 플라톤의 철인정치 주장도 있거니와 그 시절 그리스인들이 생각하는 철학자들은 명징한 이성 사리밝은 분별력 그리고 그것에서 나오는 윤리-도덕의 정화로서 범인들의 사표이자 어린이들의 스승이었다. 그러나 그런 그들도 다시 말하건대 새천년한국당에서 살았더라면 그들의 덕목은 모두 추문이 되어 압수당하고 추방명령을 기다리고 있어야 할 말종의 인간일 뿐이다. 왜냐고? 두루 알려져 있다시피 그 철학자들 대개는 동성애 애호자였기 때문이다.

도달할 수 있는 가장 높은 정신과 윤리의 경합을 위해 그들이 모여들 때, 그들은 대체로 향기 좋은 포도주와 그리고 미소년을 동반했다. 미소년이 그들의 육체적 정념의 직접적 대상이었는지 아니었는지는 관심없다. 그러나 지혜가 마땅히 그들의 사랑의 대상(철학, 즉 필로소피는 지혜에 대한 사랑의 뜻이다)

130

이듯이 미소년 또한 사랑의 상대인 것이 하등 이상할 것이 없었다. 그런 것을 일러 이즈음 말로 하자면 요컨대 성적 취향과 선택의 문제이다. 그런데 그런 성적 취향과 선택의 차이 때문에 그들이 철학자 직에서 추방되었다는, 다시 말해 온 나라를 다스릴 자격을 지닌 지도자급의 그들이 쫓겨났다는 혹은 그들에 대한 사람들의 경모가 철회되었다는 소식은 적어도 아직까지는 전해지지 않는다.

지금 자랑스러운 우리 사회의 공통감각 혹은 상식의 이름으로 더듬어 보면 국가지도자급 인사들이 동성애라는 사실, 나아가 그런 그들을 번연히 그냥 놓아두고 게다가 그들을 정신적 사표로 추앙한 고대 그리스인들은 바보가 아니면 그들 모두가 변태 성애자 집단이었음이 틀림없다. 하지만 어찌된 일인가? 그 변태들의 덩어리인 고대 그리스의 지적 전통과 사유의 도저한 강물이 크게 한번 회돌이치는 근대 서양 앞에 우리는 언제나 왜소함과 자격지심 콤플렉스에 시달리고 있고 우리가 쫓아가고자 애달캐달 했던 그 근대 서구 사회의 선조가 바로 동성애자들이니.

홍석천이라는 한 연예인이 자기에게 가해올 유무언의 압박과 냉대 그리고 구체적으로는 생계의 위협을 무릅쓰고 자신의 성적 취향을 밝힌 것 또 그 와중에 깊은 고뇌의 시간을 보냈다는 것은 자기 정체에 관한 고뇌라고는 아예 머나먼 나라의 외국어처럼 생각하는 지도자급 정치가, 경제인 관료 등보다 훨씬 진실하다. 그러므로 그는 어린이들에게 인간적 고뇌와 진실이 무엇인가를 충분히 가르칠만한 자격이 있고 따라서 그만큼 어린

이 프로그램에 적절한 사람은 없다. 그런 그를 쫓아내는 우리 사회는 아직 고뇌와 진실의 두 글자와는 인연이 없다는 점을 우리 스스로 고백하고 있는 셈이다.

한데 동성애를 하면 왜 안되는지 그 까닭은 묘연하다. 동성애를 유전결과로 보기도 하고 또 후천적인 선택의 결과로 보기도 한다. 아직 과학적으로 그 이유가 밝혀진 바는 없다. 그러나 설혹 과학이 문제없다는 판결을 내려도 우리의 오랜 이유없는 신념과 이데올로기는 그런 과학적 판결마저 천역처럼 여길 것이 틀림없다.

각설하고 동성애를 유전 탓이라 해보자. 그럼 이런 이야기가 나올 수 있다. 200·400미터 달리기 세계기록보유자인 마이클 존슨은 노력의 요소도 있지만 그에게는 빨리 달리기에 유리한 유전자가 애초에 심어져 있었다. 그러나 우리는 그에게 너는 왜 그리 빨리 달리느냐고 힐난하지 않는다. 또 그가 그렇게 빨리 달리는 것을 비도덕적 비윤리적이라 하지도 않는다. 대머리도 유전성이 있다고 들었다. 요컨대 유전인자의 작용이 어떤 이에게는 세수할 때 손놀림의 공간을 좀더 넓게 만들어 놓는 것이다. 하지만 우리는 설운도(설운도 선생, 선생의 이름을 거론한 것을 용서하시길!) 이덕화 혹은 숀 코넬리를 비도덕적 비윤리적으로 비난하지도 않으며 그를 연예계에서 추방하지도 않는다. 도리어 그들은 그 대머리가 그들의 연예활동에 득이 되기도 한다. 심지어 숀 코넬리는 20세기 최고의 섹시가이로 선발되고 기사 작위까지 받았다. 그런데 왜 같은 유전자의 결과로 드러나는 동성애자에게만 좁혀서

말하면 홍석천에게만 저주받을 징벌을 가하는가

동성애가 후천적인 선택의 결과인 경우에도 사정은 다르지 않다. 한 개인의 취향이나 행위가 타자의 권리를 파괴하지 않을 경우 그것은 그 누구도 어떤 절대권력도 침해할 수 없는, 요컨대 우리가 학창시절 그토록 강조해서 배웠던 천부적 권리이다. 예상되는 심각한 피해가 있다고 주장하는 이도 있다. 모두 동성애자가 되면 출산정지로 인해 인류 종의 파멸이 온다는 걱정이다. 기우라는 말이 딱 쓰기 좋은 경우가 이럴 때이다. 전국민이 한끼 먹을 때 한 숟갈씩 절약하면 쌀 몇십만톤을 절약할 수 있다는 캠페인이 있었다. 그러나 인류역사상 모든 사람들이 똑 같은 날 똑 같은 때 똑같이 한 숟갈씩 절약해 본 적은 없다. 즉 현실화된 적은 한번도 없는 것이다. 그것은 다만 은유어법을 빌린 캠페인일 뿐이다. 형식논리에서 나오는 해답으로 현실에 적용하려는 그런 순진함은 이제 막 산수를 배우기 시작한 아이의 귀여운 상상력일 뿐이다.

그러나 동성애의 원인이 무엇인가를 가려보고자 하는 일 또한 헛된 일이고 엄밀히 말하면 비인간적인 일이다. 이성애의 원인이 무엇인가를 가려보는 일이 과제가 아니듯이, 동성애의 원인이 무엇인가를 가려보는 것이 아예 문제가 안 되는 것이 제대로 된 사회이다. 해서 이성애든 동성애든 아니면 양성애든 적어도 그것이 타자에게 해를 주지 않는 한 그냥 자연스러운 것으로 보면 된다. 천부인권은 하늘이 부여한 권리이다. 여기서 하늘은 자연스러움의 비유적 표현이다. 인간의 권리는 자연스러움에서 나온다는?

지금 홍석천씨를 둘러싼 문제는 우리 사회의 인권의 수준을 가늠하는 척도이다. 홍석천은 자신의 깊은 고뇌와 정직함을 통해 우리에게 마찬가지의 태도를 권하고 있다. 우리가 그에게 대답을 해야 하면 우리에게 그런 기회를 준 그에게 고마워해야 한다. (2000년)

3장,

20세기
문화이미지:
23개의
아이콘

1 · 새로운 정복자

　근대의 정신은 타자에 대한 정복의 논리를 기초로 삼는다. 엘도라도로 향하던 콜럼부스는 그 근대 정신의 선각이었던 셈이다. 이후 서양의 근대 정신은 지구상의 모든 땅을 정복하고 약탈하는 데에 전조등이 되었고, 그 양상은 20세기 초 들어 더 이상 정복할 땅이 없는 지경에까지 이르게 된다. 미지의 땅의 발견이 곧 부의 축적을 약속하고, 부의 축적을 곧 인간 욕망의 극처로 여기는 근대 자본주의의 습속에서 더 이상 정복하고 이윤을 채굴할 땅이 없다는 것은 심각한 금단증세를 낳았다. 금단증상에 시달리고 있을 때 새로운 대안이 나타난다. 현실의 땅이 아닌 가상의 땅, 즉 사이버스페이스가 출현하게 된 것이다. 사이버스페이스는 컴퓨터라는 문을 통해 들어가면 만나게 되는 실로 광대무변한 땅이다.

　그 평수와 지가(地價)는 컴퓨터에 의해 결정된다. 컴퓨터가 찍어내는 사이버스페이스는 가히 새로운 신대륙을 방불하는 새로운 엘도라도라 할 만했다. 더구나 사이버스페이는 평수에 있어 한계가 없는 무한의 땅이 아닌가. 즉 바닥이 드러나지 않는 황금의 땅이다. 신대륙의 황금의 땅으로 향한 콜럼버스 일행은, 지금에 빗대면 벤처 정신에 충만한 존재들이다. 지리상의

발견이 벤처 정신을 요구한 것처럼 사이버 스페이스 역시 벤처 정신을 요구한다. 그렇기에 20세기의 주역을 꿈꾸는 젊은 영혼들은 컴퓨터와 사이버스페이스에 '벤처'를 떠난다. 가장 유망한 벤처 기업이 컴퓨터 산업에 연관되는 것은 그 때문이다.

새로운 땅으로 모험을 떠나는 그 배의 돛대에 우리는 마이크로소프트(MS)사의 엠블렘이 펄럭임을 본다. 그 배의 선장은 빌 게이츠이다. 그는 그 이전의 선배들이 그랬듯이 미지의 땅에서 노다지를 캐내고, 일순 그는 천하 제일의 갑부가 되어 버렸다. 컴퓨터가 '지구 위에 쳐 놓은 그물'(World Wide Web)을 통해 MS사는 마르지 않는 노다지를 길어 올리고 있는 셈이다. 그런 점에서 콜롬버스가 세계사를 바꿔 놓은 벤처기업가라면 MS사의 사장 빌게이츠 역시 그렇다. 타산지석이기에 새로운 정복의 '벤처'를 떠나는 자에게, 뉘라 할 것 없이 MS는 좌우서(座右書)가 되고 비본(秘本)이 되었다.

벤처를 감행하는 자에게 이 땅은 가치가 없다. 신기원을 여는 땅으로 가야 한다. 그 땅으로 가고자 하는 이 모두는 MS를 경유해야 한다. MS의 엠블렘을 보라. 그것은 돛대 모양이기에 우리를 모험의 땅에 싣고 가는 범선이다. 'window'라는 것이 곧 창의 의미이거니와 MS는 새로운 땅과 연결되는 창문이다. 그 창문을 통하지 않고서는 '저 땅'에 당도할 수 없다. 그 창문 저편의 세계는 서기(西紀), 즉 서력기원의 표기법이 지배하는 땅이 아니다. 'windows 95', 'windows 96, 97, 98'이라는 역사의 새로운 기원 표기법이 지배하는 곳이다. 부팅의 시작과 끝은 MS 엠블럼으로 시종한다. MS는 새로운 땅의 창조와 운행을 주관하는 알파요 오메가가 된다.

콜럼버스의 모험으로 대변되는 근대의 정신 및 가치관은 정복과 계발을 생명의 활력으로 삼았다. 그들에게 다른 대륙도, 다른 인종도, 자연의 모든 물상도 오로지 정복과 계발의 대상일 뿐이었다. 그런 논리와 역사적 실천의 병적 징후가 20세기에 극단적으로 집약되어 나타났다. 컴퓨터의 등장으로 새로운 땅이 열렸다. 하지만 객관적 조건이 바뀌었음에도 그것에 관계하는 사람들의 태도는 여전히 정복, 계발, 채굴, 독점 등으로 이루어지는 재래의 '벤처 마인드'에 꽁꽁 묶여 있다. MS는 그런 측면을 가장 여실히 보여준다. 21세기가 불안한 것은 그 때문이다.

2
· 반 란 또 는 길 들 여 진 야 성

60년대 초의 영화 〈맨발의 청춘〉이 눈길을 끄는 이유 중 하나는 당시 젊은 세대들의 '라이프스타일'을 잘 보여주기 때문이다. 뒷골목 문화를 대변하는 신성일의 패션과 트위스트 춤 그리고 고급한 문화를 대변하는 엄앵란의 이브닝 드레스와 베토벤 교향곡 등이 맛보기로 영사되고 있는 화면은 막 움트기 시작하는 도시형 신세대문화의 향방을 미리 예감케 하는 것이기도 했다. 이 영화에서 신성일과 트위스트 김은, 일견 고급문화를 야유하는 인물로 그 성격을 배당받고 있는데, 야유의 방법으로 차용

된 장치가 둘이 입고
있는 청바지이다. 고
급문화나 기성문화에
대한 야유와 반항의
코드로 청바지가 발탁
되는 맥락은 이미 제
임스 딘의 〈이유없는
반항〉이나 말론 브란
도의 〈와일드 원〉 등
에서 제시된 바 있다. 이 영화들에서 청바지는 지배문화의 패
션과 유니폼에 각인되어 있는 기성질서와 가치 등에 대한 전복
의 감수성을 표상하는 코드였다. 요컨대 반패션, 반유니폼의
정서와 태도를 선동하는 깃발이었던 셈이다.

그런 청바지가, 한국의 경우 60년대부터 청춘들을 서서히 유
혹하면서 그들의 엉덩이와 허벅지를 팽팽히 감싸기 시작했다.
청바지가 귀중품이던 시절 청바지 대신 젊은이들이 자신의 세
대적 정체성을 표시하는 패션 기호품으로 애용한 것은 미군복
을 검게 염색해 팔던 이른바 '스몰'이라는 바지이다. '스몰'이라
는 이름은 미군복의 여러 사이즈 중 가장 작은 사이즈, 즉 '스
몰' 사이즈에서 유래했거니와, 바로 그 사이즈 수치가 우리에게
는 하나의 브랜드로 정착한 것이다. '스몰' 바지의 광범한 착용
은, 오래 신는다는 이유로 워커를 애용하던 맥락과 마찬가지로
옷이 귀하던 시절의 산물이다. 그럼에도 거기에는 나름의 패션
적 의미가 관류하고 있었다. 전후의 황막한 사회분위기가 자연

스럽게 개연되어 있었고 거기에 젊은 세대 특유의 치기와 거칠음에 대한 동경의 정서 등이 포개져 있었던 것이다. 이 '스몰' 바지의 애용은 대개 70년대 말까지 지속되었다.

청바지의 등장은 한편으로 이 '스몰' 바지를 대체하는 과정이었다. 동시에 그 바지에 묻어 있던 감수성 역시 대체되어 갔다. 청바지는 '스몰'이 조형하는 거칠음 혹은 야성의 질감 위에 세련과 서구지향성이라는 새로운 감수성에의 열망을 덧포갠 것이다. 이는 70년대 초 소위 '한국적 청년문화'가 부풀어오르기 시작할 때 청바지를 통기타, 생맥주와 더불어 청년문화의 '3대지표'로 내세웠던 점에서 확연해진다.

청바지는 본래 19세기의 작업복이었다. 데님이라는 튼튼한 직물로 만든 이 바지는 1850년대 이후 광부나 선원 혹은 미국 서부의 '골드러쉬'에 몰려든 노동자들이 입던 일꾼의 복장이었다. 해서 청바지에는 숙명적으로 계급적 갈등의 풍정이 가로지르고 있다. 노동의 땀과 피의 흔적을 그 태생의 호적으로 삼고 있다는 말이다. 1950년대 이후 서구에서 청바지가 반지배질서의 정치적 의미를 강하게 발출하고 반패션, 반유니폼의 기표로 자리하게 된 점도 사실은 그런 청바지의 태생적 조건에 긴밀하게 연결되어서이다.

우리에게도 서구에서도 청바지의 그런 역사적 이력에서 발원하는 고유한 이미지는 이제 삭제되어 있다. 단지 성적 매력과 길들여진 야성의 이미지로만 도색되어 거리를 활보하고 있다. 하지만 양의 동서 나아가 계급과 신분을 불문하고 누구에게나 아낌을 받은 옷이라는 점에서, 그래서 20세기의 특징인 대중

민주주의(populism)를 패션의 영역에서 증거하는 이미지라는 점에서, 그것은 20세기의 타임캡슐에 꼭 들어가는 요소인 것이다.

---

3. 축구공은 세계를 찬다

인간은 환각의 동물이다. 환각 없이는 살 수가 없다. 당신이 영화에 빠져들고, 아이들이 10대 힙합 그룹의 노래와 춤에 목을 매는 것 모두 나름의 환각체험의 한 형태이다. 잠도 자지 않고 먹지도 않은 채 오로지 컴퓨터에 광적으로 집중하는 것, 그때 그 광기는 환각의 다른 말일 뿐이다. 이런 게 의미하는 바는 간단하다. 인간은 원래 이성만으로 살 수 없게 생겨 먹은 존재라는 말이다. 아니 섬세한 이성이 총동원되는 독서삼매경도 어찌 보면 환각의 경지일지 모른다. 하여간 삶에서 명징한 이성이 필수불가결한 것이기는 하지만 그것만이 사람을 압도할 때 각종 신경망에는 장애가 발생하고 혈관에는 울혈이 자리잡는다. 인간은 지혜롭게도 그런 예상되는 문제에 대한 각종 해결책을 개인적으로든 사회적으로든 만들어 왔다. 무엇에의 몰입에서 오는 카타르시스가 전자와 관련된다면 카니발 등은 후자와 관련된다. 물론 둘다 환각체험을 기반으로 한다.

환각은 환각을 불러일으키는 게 있어야 성립된다. 신화, 영웅 등이 그런 것들이다. 열렬한 경배를 해도 모자라지 않을 영웅만이, 그리고 지루한 일상의 저편에 있는 신화의 '환타스틱'한 세계만이 대중에게 환각을 공급하는 것이다. 그러나 그 신화와 영웅은 애초부터 존재하는 것이 아니라 인간의 환각 수요

142

가 찾아내는, 요컨대 발명품이기 십상이다. 그런 점에서 월드컵은 20세기 인류가 스스로의 환각체험을 위해 고안해낸 최대의 발명품이다. 축구공 하나 때문에 일어난 엘살바도르와 온두라스의 전쟁이나 자책골을 차 넣은 선수를 사살하는 일 따위는 그 환각의 강렬도를 일러주고도 남는다. 월드컵은 환각체험에 필요한 요소를 모두 갖추었다. 펠레, 보비찰튼, 요한 크루이프, 마라도나 등은 가히 영웅호걸에 다름 아니었으며 그들의 불꽃 쨍쨍 튀는 각축은 보는 이로 하여금 환각의 한 극처를 체험케 하기에 충분했다. 더구나 그들은 '일반 영웅'이 아니었다. 그들은 축구황제, 그라운드의 강철전사, 예술가, 축구신동이라는 영웅 이상의 작위를 얻는 존재들이었다.

그들이 벌이는 그라운드 위의 쟁패는 매체의 발전 덕분에 전 세계인의 눈앞에서 생생히 이루어지게 되었다. 이전의 신화와 환각체험이 세계 각 지역 저마다의 고유한 모양을 띠고 있는 체험이었다면 월드컵은 그 지역적, 개별적 한계를 뛰어넘고 통합하는, 요컨대 '세계적 신화'가 되어 버렸다. 60년대말부터 가능해진 TV 위성중계 때문이었다. 그로부터 영웅, 돈, 스타, 마술적 묘기, 스펙터클 등으로 뭉쳐진 월드컵은 4년에 한번씩 전세계인을 거대한 주기적 집단환각에 몰아넣었다. 인류 역사상 처음으로 시공간의 한계를 월장해 버리는 최초의, '세계적' 그리고 동시적 환각체험이 바로 20세기 중반에 출현한 것이다.

우리의 20세기에도 그 신화가 필요했다. 대중들이 자생적 환각욕구를 위해서든 아니면 정치적 목적을 위해서든 말이다. 해서 우리도 이회택, 이세연, 차범근, 최순호, 최용수 등의 기사를 그 신화의 제의에 출마시켰다. 북한 역시. 런던월드컵에서 북한이 말 그대로 8강 '신화'를 이루자 그것은 곧 남한과 북한의 체제 비교우위에 연결되었다. 98년에 오자 월드컵 8강 진출 여부는 구제금융사태라는 국가의 일대 위난에 대한 해결 가능성의 가늠자로 여겨졌다. 실제 실력 이상의 성취를 욕망하는 것, 사실 그것도 환각의 산물이다. 그리고 보면 우리에게 월드컵은 아직 순수한 환각체험의 대상이 아닌가 보다. 여전히 정치적 짐이 과도하게 부가되니 말이다.

4. 금발 콤플렉스의 거푸집

보이지 않는 베스트셀러가 있다. 소위 '빨간 책'이라는 것이 그것이다. 섹슈얼리티에 관한 한 노골적이고 적나라한 수준으로 독자들의 각종 욕망의 해결책을 공급하는 이 책은 예나제나 여전히 베스트셀러이다. 왜 하필 빨간 색을 끌어 들였는지는 누구도 모른다. 서양의 경우 선정적인 내용으로 일관하는 책이나 잡지를 '옐로우 페이퍼'라 한다. 18세기 초 활자매체가 대중화, 상업화되기 시작하면서, 선정적인 내용으로 대중을 유혹하던 그런 책의 표지가 대개 황색으로 만들어진 것에서 유래한다. 우리는 황색 대신 빨간 색이다. 아마도 '홍등'에 연루되는 오랜 집단적 상상력의 산물이 아닌가 싶기도 하다.

『플레이보이』지는 1950년대 말 이후 우리에게 아니 만국민 모두에게 '빨간 책'의 코드가 되었다. 『플레이보이』는 섹슈얼리티가 곧 바로 산업의 일부가 된다는 사실을 증명해 주었다. 하지만 그때 섹슈얼리티 산업은 우리에게 가당치 않은 소리였다. 공식적으로는 지금도 그러하지만. 그러나 우리라고 왜 섹슈얼리티에 대한 욕망이 없었겠는가.

다만 금욕을 지선의 미덕으로 찬송하는 장구한 유교 이데올로기의 그물망을 벗어날 수 없는 현실 때문에 웅크리고 있었을 뿐, 비공식적 혹은 내부적으로는 성에의 억압체계를 비켜가면서 자생적인 충족의 대상과 '노하우'를 체득하고 있었음은 당연하다.

『플레이보이』지는 그 노하우와 대상의 반열에서 단연 압권이었다. 압권이 되는 까닭은 우리의 유별난 사연, 말하자면 '금발 콤플렉스' 때문이기도 했다. '금발콤플렉스'는 양가적인 것이었다. 하나는 개항 이후 한 세기 동안 시종일관한 서구에의 동경과 지향의 감수성이 성적인 것을 통해 표현되는 것이었으며 다른 하나는 서양에의 열등감을 서양여성에 대한 소유와 정복으로 보상받고자 하는 가상적 보상심리의 산물이었다. 이런 진단은 일본의 경우도 우리와 다르지 않다는 점에서 알리바이를 얻는다. 김동인의 소설에서도 금발 소녀와의 연애 욕망이 줄기차게 가로지르고 있는 바, 그것은 김동인 한 개인의 개성이라기보다 한국 남자들의 무의식에 깊숙이 들어앉아 있던 일반정서 같은 것이었을는지 모른다.

그런 점에서 『플레이보이』는 또 이중적 의미체로 작용했다. 하나는 비록 암시장으로 통해 유통될 수밖에 없었지만, 그런 조건에서나마 한국인의 억압된 성적 욕망을 위안해 주는 역할을 하는 것이었다면 다른 하나는 서양에 대한 한국인 혹은 동양인의 독특한 역사적 정서의 응결물로 자리했다는 점이다. 요컨대 서양인에게는 시시껄렁한 '빨간 책'이 우리에게는 그렇게 '역사적'이라는 언사까지도 얹어 놓게 하는 물건으로 과잉의미화되었던 셈이다. 60년대 말부터 전국의 도로망이 확장되고 그에 따라 유통망이 확충되자 1969년, 한국판 『플레이보이』를 표방하고 나선, 그리고 실제로 잡지 편집체계에 있어 『플레이보이』에 원적을 두고 있는 『선데이 서울』이 창간된다. 전국의 내무반, 기차간, 입원실 그리고 수많은 장소에서 성적인 것을 매개로 삼은 주간지 『선데이서울』의 전성시대가 개창된 것이다. 생각해 보면 60년대 말에서 유신 이전까지가 한반도 역사상 성담론이 가장 자유롭고 미만해 있던 시절이 아니었을까 싶다.

이미지라는 단어의 뜻이 신의 그림자(imago dei)라는 라틴 말에서 유래한다는 설도 있다. 이미지는, 그래서 곧 실제가 아닌 그림자 혹은 가상적인 것이라 해석된다. 헛것이라 하기도 하고 이미지를 믿지 못할 상대로 생각하는 것도 그런 연유이다. 하지만 그 가상이나 그림자의 파편 하나가 그 어떤 실체적 진실보다 더한 진실의 순도를 떠올릴 때가 있다. 우리는 그런 이미지 앞에서 일순 숨을 멈추기도 한다. 그것은 역사나 현실의 전체가 이미지 하나를 프리즘으로 삼아 자신의 모든 색깔을 분광하는 광경을 만나기 때문이다. 이미지 이면에 있는 역사의 진실과 장려함이 순간적인 파노라마로 펼쳐질 때 그런 느낌을 받지 않은 사람은 별로 없을 듯싶다.

이 사진을 보자. 한 청년이 눈을 조용히 내리 감은 채 모로 쓰려져 가고 있고 다른 청년 하나가 너무나 안타까운 표정으로 쓰려져 가는 청년을 부축하고 있다. 우리는 이 사진에서 80년대를 읽는다. 80년대를 혹자는 얼음왕국이라 비유했고 혹자는 화염불의 시대라 상징했다. 우리의 현대사, 즉 20세기를 상기할 경우 비교적 안온한 시절을 보낸 90년대(그것도 물론 끝물에 와서 참혹한 붕괴로 귀결되었지만)를 빼면 그 곡절이 구절양장 같지 않은 연대가 어디 있으랴마는 그래도 80년대는, 예의 얼음과 화염불이라는 사뭇 반대의 비유가 환기하는 것처럼

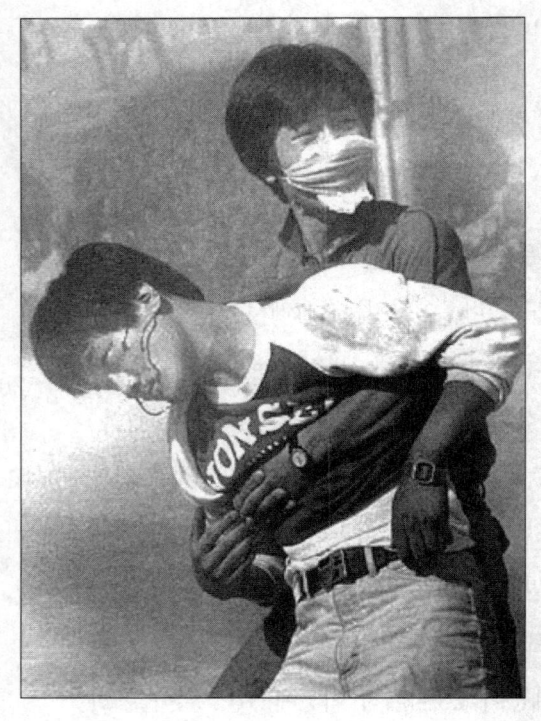

그 사연의 폭이 아주 넓다. 지금 살아 있는 우리들에게 여전히 만 가지 간난의 기억을 품고 있는 시절로 남아 있다. 그런 80년대를 집약하는 언사는 한량 없을 것이며, 묘사하는 문장은 마르지 않을 것이다. 하지만 그 모든 언사와 문장이 이 사진 한 장에 모두 녹아 들어가 있다.

복잡다단하고 중층적인 역사현실이 하나의 이미지로 집중된다는 것, 그것은 강한 충격의 효과는 주지만 다른 한켠 추상화의 숙명을 비켜 갈 수 없다. 이 사진은 그런 의미에서 우리가 겪은 80년대에 역사를 최고의 순도로 추상화한 장면이다. 하지만 추상성은 누구에게나 자의적인 해석의 지평을 개방해 놓고 있다. 다시 말해 그 추상에 자기 식대로의 의미를 갖다 붙여 구체적인 이야기의 메시지로 만들어도 말못하기 십상이라는 것이다.

해석의 지평이 열려있다는 점은 종종 최악의 상황을 유발하는 요인이 되기도 한다. 역사의 진실을 응결해 놓은 추상적 이미지가 모종의 이익을 채굴하는 금광으로 전락하는 국면이 바로 그것이다. 80년대에 청춘을 보낸 것이 무슨 위세 좋은 '완장'인지는 모르겠으나 어쨌든 이른바 '386세대'의 선봉이었음을 자처하는 자들은 이 사진 한 장을 자신의 엠블렘으로 삼고 있다.

시류는 바야흐로 '386 세대'라는 젊은 피가 정치권을 살려야 한다는 화두로 들떠 있다. 그리고 이 사진의 청년이 존경했던 선배들은 이제 자신의 정치권 진출 여부에 한국의 미래가 좌우된다고 확신한다. 이 사진이 출현한 이래 13년 간은 그 사진의 이미지가 던진 최초의 충격이 점차 무디어져 가는 시간이었다. 급기야 그 이미지가 상징하는 맥락은 이제 추문이 되어 가고 있다. 나는 오늘 이 사진의 이면에 응결되어 있는 '80년대적 진실'을 '386 정치인'을 꿈꾸는 이들에게 빠른 우편으로 보내고 싶어진다.

6 · 키치의 리얼리즘

때는 60년대쯤이라 치자. 삐걱거리는 낡은 의자의 등받이를 뒤로 젖히고 세상에서 가장 편안한 품새로 비스듬히 누우면, 이발사 김씨는 뜨거운 김이 색색거리는 난로 위 들통에서 꺼낸 얇은 수건을 얼굴에 조심스럽게 올려놓는다. 하루의 일과에 지친 버석거리는 얼굴 위에 훈훈한 얇은 증기가 촉촉이 덮일 때 하루의 양식을 위해 시달리던 고단한 육신도 조금은 위로 받는 것 같았다. 그러면 왠지 그악스럽던 마음도 녹어지는 듯했고 고생 끝의 낙이 이런 게 아닐까 하는 뜬금없는 생각이 속을 가득히 메우기도 했다.

그런 생각을 하다 색경 위를 쳐다보면 거기에는 액자그림 하나가 걸려 있었다. 원경으로 넉넉한 덩치의 산들이 자리잡고 있고 앞으로는 물레방아, 흐르는 내, 그 내 위에 물을 지치는

오리 등속이다. 그리고 오른쪽에는 흘림체의 글씨가 세로로 내려온다. "삶이 그대를 속일지라도 노여워하거나 슬퍼하지 말라… 슬픔의 날 참고 견디면 행복은 오리니…" 푸쉬킨이라는 이름이 적혀 있으니 그 사람이 쓴 것 같기는 한데, 그가 어떤 사람인지 알 수는 없었다. 하지만 그 사람은 몰라도 그 말은 맞는 말인 것 같았다. 다른 이발소에는 때로 흑돼지 가족과 '家和萬事成'의 글이 박힌 그림이 대신 걸려 있기도 했다. 이런 그림들은 이발소만이 아니라 신혼부부의 단칸방을 비롯해 전국 처처히 보통사람들이 사는 곳이라면 거의 다 걸려 있었다.

세간에서는 '이발소 그림'이라 통칭되고, 지극히 한국적인 토착 장르로 이해되는 그런 그림들을 예술론에서는 소위 키치(Kitsch)라 이름한다. 키치는 사실 불명예의 징표이다. 예술을 흉내내는 대중문화생산물로 보았기에 그것은 꼭 백로를 흉내내는 까마귀처럼 여겨졌다. 아무려나 그런 사정은 우리의 '이발소 그림'에 대해서 별로 적절한 설명이 되지는 못했다. 당시 사람들은 그런 그림을 보고 고진감래라는 소박한 잠언을 떠올리기도 했다. 말하자면 그런 유형의 그림에서 자신이 믿는 일단의 생활의 진실을 투사해보기도 한 것이다. 하지만 가만 생각해보면 그때 사람들은 거기서 진실을 투사하거나 발견하기보다 오히려 어떤 위안을 얻었다고 보는 편이 옳다. 궁핍, 떠돎 그리고 남루 등이 생활의 세목이었을 무렵, 사람들은 하여간 그 무엇에서든 위안 한 토막을 얻고 싶어했다. 이발소 그림이 예술품에 대한 '비겁한' 시늉이라는 점을 알 수도 없었고, 알 필요도 없었다. 그림 자체의 심미적 높이가 여하하든지 간에 그러나 그것은 당시의 사람들에게 만만찮은 정서적 반응을 촉발하고 가끔은 고양의 경지까지도 제공했다는 점에서 어찌 보면 싼 제 몸 값에 비해 그 이상의 몫을 한 셈이었다.

'뽕짝의 리얼리즘'이라는 것이 바로 그런 것이다. 공부 높은 30대 음악이론가가 '뽕짝'을 형식미학적으로 난도질할 수는 있다. 그러나 그에게 여즉 부산 국제 시장의 장사치로 남아있는 서북 노인네가 왜 〈굳세어라 금순아〉에 일순 허물어지는지에 대해서는 요령부득이다. 그 까닭이야 간단한 것. 새파란 젊은 나이로는 그 '비속한' 노래 하나에 단단히 결합되어 있는, 요컨대 예술보다 더 높거나 넓은 일흔 살 생애의 파란 많은 삶의 리얼리티를 파고들어 갈 수 없기 때문이다. '뽕짝'에 리얼리즘이 연결되는 게, 다름 아니라 그런 노래가 우리 현대사의 한 곳을 고유한 자기 자리로 삼고 있기 때문이라면 '이발소 그림' 역시 바로 그런 것이었다.

7.

미
국
은

지
선
극
미

하
나

니

서로 손을 움켜쥐는 장면은 비장감이나 아니면 어떤 뜨거움의 느낌을 전해준다. 서로 맞잡은 팔은 따로 서 있던 존재의 혈

관이 서로 이어지는 이미지로 확장된다. 동시에, 이어진 혈관을 통해 피가 서로 넘나드는 착각이 나타나며 급기야 두 존재가 한 몸이 되는 것처럼 여겨진다. 이런 걸 두고 피를 나눈 사이라 하나?

50년대 미국의 구호물자가 부산항 등에 하역되면서 전쟁 이후 더욱 피폐해진 우리 사회는 얼마간 윤기를 체험한다. 구호물자가 잉여농산물에 대한 미국의 처리방식일 뿐이고, 또 그것은 톰 아저씨의 인심이 아니라 미국의 세계경제 지배정책의 일환일 뿐이었지만, 사정이야 어쨌든 구호물자는 남루한 우리 살림에 조금은 핏기가 돌게 하는 '캠플 주사' 같은 것이었다. 구호물자가 매판자본을 낳고 그것이 곧 우리의 왜곡된 경제구조를 낳는 원천적 요인이 되기도 했지만, 아무려나 궁기에서 벗어나지 못하던 그 시절, 원조 농산물로 만든 식빵과 가루 우유는 배고픈 우리 아이들의 배를 채워주는 고마운 것이다. 해서 구호물자 포대에 찍혀 있던 손을 맞잡은 그림은 그때 사람들의 뇌리에 시혜와 구원이라는 글자를 깊이 박아 놓는 이미지로 작용했다. 그 이미지를 통해 미국은 우리에게 피를 나눈 형제 국가로 그리고 단순한 우방 정도가 아니라 '혈맹'이나 '맹방'으로 이해되었다. 그 모든 것은 미국이 우리에게 구원자이자 시혜자라는 이해 방식 하에 탄생된 신화였다.

구호물자 포대를 통해 다시 한번 확인된, 미국의 구원자 신화는 사실 오래된 신화였다. 1882년 한국과 미국의 통상조약이 있을 때부터 당시 고종과 조정대신들은 미국만이 위난에 빠진 조선을 구원해 줄 존재로 믿었다. '밀크와 부가 넘쳐흐르고, 길거리는 금으로 포장된' 나라로 알고 있는 미국이 조선을 욕심낼 리 없다고 믿었던 것이다. 초대 주한 미국 공사가 한성에 도착했다는 소식을 듣고 너무나 반가워 '예의지방'(禮意之邦)의 주상인 고종이 망극하게 버선발로 뛰어나간 것도 미국이 구세주라는 생각, 바로 그 때문이었다.

　　미국은 우리 역사 속에서 언제나 지선지미한 존재로 자리했다. 우리 근대 문학의 비조격인 이인직의 『혈의 누』나 이광수의 『무정』은 조선을 야만과 어둠으로, 미국을 광명과 풍요의 상징으로 규정한다. 30년대 식민지 조선의 여학생들은 자신의 방에 미국 남자 배우 사진을 붙여 놓고 미국에의 가없는 동경에 빠진다. 식민지 조선의 백성들은 미국 선교사들의 풍요로운 생활에 넋을 앗겨 신(神)도 '미제 신'을 믿어야 잘 살 수 있다는 강철같은 믿음을 가지게 된다. 이와 같은 오랜 미국에 대한 신화가 구호물자 포대 그림에 이르러 더욱 강고해진 것이다. 20세기 내내 우리에게 수호자, 큰형, 구세주 등의 이미지로 존재했던 미국 이미지는 80년대 전격적인 반미의 기운에 따라 잠시 동요하기는 했다. 해서 이 그림의 맞잡은 양 손 사이에 균열의 금이 가는 것 같기도 했다. 그러나 20세기 마지막 해에 미국은 다시 화려하게 귀환했다. 국가부도 위기라는, 새로운 위난에 빠진 한국은 이제 오직 미국식 경제체제만을 지선한 모델로 삼고 있기에 그렇다. 지난 한세기 동안 미국은 우리에게 무엇이었는가? 이 문제를 비켜가서는 우리의 20세기가 설명되지 않는다. 구호물자 포대그림의 이미지는 바로 우리의 집단 무의식에 문신처럼 새겨져 있는 미국 그 자체인 것이다.

8
·
나
라
를
구
한
어
린
이

60년대 말에 초등학교를 다닌 세대라면 그들에게 주어진 새로운 경험이 있었다. 군사쿠데타 집단의 혁명강령을 외던 이전 세대와 달리, 국민교육헌장을 외어야 했으며 국기에 대한 맹세를 목울대 높여 외쳐야 했다. 그리고 다른 하나. 어린이 반공글짓기 대회나 웅변대회에서는 언제나 '이승복 어린이'를 거론해야 하는, 그것이었다. 그때 초등학교 교과서에는 이런 게 실렸다. 육지가 해수면보다 낮은 네덜란드의 한 어린이가 구멍이 뚫린 둑을 발견하고는 자신의 작은 주먹으로 그 구멍을 밤새 막다가 정신을 잃고, 그렇지만 그 어린이의 용감한 행동 때문에 나라가 위험을 면하고 등등. 그 아이는 나라를 구한 어린이 영웅이었다. 대한민국의 어린이들은 네덜란드의 그 어린이를 본받아야 했다. 하지만 우리에게도 그런 영웅이 있었으니 바로 '영월·울진 무장공비' 사건 때, '공비에 의해 무참히 죽임 당했다고' 보도되던 이승복 어린이였다. 죽음도 무서워하지 않고 "나는 공산당이 싫어요"라고 외치며 죽어갔다던 그 어린이는 당시 초등학생들에게 '유관순 누나'와 하등 다를 바 없는 존재였다. 아이들은 이승복 어린이를 당연히 본받아야 했다. 아니 그

나는 공산당이 싫어요

런 동일화를 요구하는 국가이데올로기의 간섭을 넘어서 아이들은 자발적으로 이승복을 본받고자 열망했다. 북한 쪽을 바라보고 애국가를 한 번 부르면 '북괴군' 한명이 죽는다는 말을 굳게 믿고 있던 어떤 아이는 그 사건 이후 하루에 열번 이상씩 애국가를 불렀다고 한다. 이후 전국의 초등학교 곳곳에는 이승복 어린이의 동상이 세워졌다. 60년대 말 이후 우리의 어린이들은 그 동상을 보면서 소년 영웅의 무용담을 기려야 했고 그로부터 수십년이 지난 지금도 그 동상은 시골 초등학교 처처에 남아있다.

이승복 사건의 전말은 투명하게 알려져 있지 않다. 이 사건의 오보 여부를 둘러싼 시비 발생은 그런 이유 때문이다. 사건의 사실성에 관해서는 이 자리에서 거론할 게 못된다. '히스토리'(역사)가 한편으로는 '스토리'(지어낸 이야기)라는 뜻을 지니고 있음을, 때문에 역사는 특정 사건을 둘러싼 특정한 관점의 해석과 기록의 투쟁이자 산물이라는 점을 많은 사람이 모르지는 않는다. 이승복 동상은 하나의 '히스토리'가 구체적인 이미지로 육화되어 있는, 그러나 아주 부도덕한 맥락이 개연되어 있는 한국의 20세기 이미지 가운데 하나이다. 부도덕 운운하는 까닭은 이승복 사건이 군사정권의 목적을 위한 '히스토리'로 각색되고 그 속에서 한 어린이의 가여운 죽음이 '레드 콤플렉스'의 증폭기 역할을 하는 것으로 오염되었던 저간의 사정 때문이다. 당시의 어린이들은 그 '소년 영웅' 동상 아래서 '적개심'을 불태워야 했다. 예의 '히스토리'의 작가가 겨냥했던 목표가 훌륭히 수행되는 국면이었다.

40대 초반 전의 사람들은 일상의 고단함 속에서도 간간이 행복했던 유년기를 떠올려 본다. 초등학교 교정, 그리고 운동장에서 깔깔거리며 뛰어 놀던 아이들의 머리 위에 끝없이 펼쳐지던 넓고 푸르른 하늘—. 그러다 교정 한 켠에 이승복 어린이 동상이 눈에 잡힌다. 경배의 대상이었던 그 동상. 이제 그것은 무의미한 무기물로만 남아 있을까? 아니면 우리의 무의식 심부에 여전히 또아리를 틀고 있어, 광폭한 메카시즘의 징후만 엿보이면 그것을 격렬히 점화시키는 플러그로 남아 있을까? 다음 세기의 우리 생에 있어 교정 위 푸른 하늘의 기억이 힘이 셀까, '어린 영웅'의 동상의 힘이 셀까?

9
· 높이에의 경배

20세기 초 미국으로 유학을 간 조선의 지식인들이 가장 놀란 것 중에 하나가 고층 빌딩이다. 그렇다고 그 빌딩이 수십층 짜리였던 것은 아니다. 높아야 5-6층? 그럼에도 조선의 유학생은 한동안 벌린 입을 다물지 못했다. 그리고 속으로 저런 빌딩이야말로 계몽과 개화, 나아가 근대의 징표라고 굳게 믿었다. 이런 사정은 조선의 지식인들에게만 해당되는 게 아니다. 한국에도 잘 알려진 러시아의 시인 마야코프스키나 독일의 극작가 브레히트 같은 이의 경험도 유사하다. 이를테면 미국을 경험함에 있어 그들에게 가장 경이롭게 다가왔던 것은 마천루였던 것이다. 그들 역시 그 경이로운 마천루를 근대의 갈데 없는 상징으로 보았던 셈이다.

　5-60년대 초등학교나 중학교 교과서에 실렸던 뉴욕의 엠파이어스테이츠빌딩이나 무역센터 같은 마천루는 당시의 학동들에게 경배의 대상이었다. 근대에 들어 가장 우월한 가치는 속도와 집적으로 합의되었다. 생산속도의 가속은 곧 생산물의 대량 집적을 가능하게 해주고 그것은 곧 잉여가치의 무한축적에 이르게 하는 직선로였기 때문이다. 그런 까닭에 속도와 집적은 누구도 훼손하지 못하는 지선의 가치로 간주되었다. 누백년에 걸친 가난을 벗어나고자 하던 전국민적 합의에 주마가편을 더하던 60년대에 무엇보다 절박한 것은 그 속도와 집적이었다. 경부고속도로와 3.1빌딩은 그 절박함이 얻은 구체적 상징물이었다. 경부고속도로는 속도혁명의 증거였고 그 고속도로의 건설 기간마저 불과 2년 5개월이라는, 세계에 유례없는 속도전의 성공작으로 우리에게 제시되었다. 시인 박목월은 경부고속도로 개통을 두고 이렇게 노래하기도 했다. "우리는/어둡고/미련한/낡은 껍질과 인습을 벗고/태만과 타성을 벗고/신선한 근대의/속도를 경험한다/…/우리는 고속도로를 달린다/달리는 새벽의 하늘에/열리는 장미빛 새벽/새벽을 우리는 달린다." 박정희 정권의 '중단없는 전진'과 발전의 모티프는 고속도로만이 아니라 3.1빌딩 같은 높이의 집적물로도 제시되었다. 뉴욕 마천루에서

© A.v.Westenbrugge

근대의 경이로운 발전상을 읽어내던 우리들에게 3.1빌딩은 우리도 그런 발전을 미구에 이루게 되리라는 강한 암시를 제공하는 조형물이었다. 말하자면 그것은 단지 공간적 기능과 용도를 가진 빌딩만이 아닌 일종의 엄숙한 경배의 제단이었다.

그럼으로써 3.1빌딩은 남대문의 자리를 대체하게 되었다. 서울 나들이 온 촌사람이 3.1빌딩을 꼭 구경해야만 서울 구경을 완수한 것으로 치는 태도가 그 이유를 일러준다. 그 촌사람이 3.1빌딩을 올려다보는 것, 그것을 카메라 각도에 비유하면 앙각이라 할 수 있다. 이 앙각의 시선구조는 대개 무엇엔가에 대한 앙모, 즉 경배의 심리구조를 낳는다. 요컨대 당시의 장삼이사에게 3.1빌딩은 그런 경배의 대상이었고 그 경배의 실제 내용은 곧 근대화였던 바이다. 70년대 들어 고속성장에 따른 거대한 오피스타운이 형성되면서 3.1빌딩 이상의 마천루들도 등장했다. 1985년에 63빌딩, 1987년에는 트윈빌딩이 솟아났다. 그럼에도 불구하고 3.1빌딩은 우리 뇌리 속에 근대화에 대한 전국민적 경배의 이미지로 뚜렷이 인화되어 있다.

10 · 쾌락과 금기의 양날

TV 카메라가 뭔가를 덮치듯이 마구 흔들리면서 뛰어가면 일군의 여성들이 소스라치게 놀라 모두 한 구석으로 몰려든다. 옷을 뒤집어 쓴 여자, 고개를 파 묻은 여자. 카메라 앵글은 여자들의 허리 아래만을 비추고 프로그램 진행자는 교훈조의 말을 잊지 않는다. 그들은 춤을 추었다. 춤을 추는 게 실정법 위반과 무슨 관계인지 몰라도, 어쨌든 그런 사정과는 별개로 TV 화면을 보는 사람들에게 그들은 일단의 죄를 범한 자로 '사료'된다. TV 화면을 통해 우리가 익숙하게 경험하는 이런 장면은 예나제나 계속 반복된다. 30여년 전의 〈대한 늬우스〉 필름에서도 춤을 추다 들켜 그들을 압송할 트럭 위에 굴비 두름처럼 줄줄이 엮여있는 우리의 '누이'를 만날 수 있다.

춤은 한국사회에서 즐거움과 금기에의 명령이 한데 섞여 있는 양가적인 그 무엇이었다. 그런 까닭에 춤은 쾌락을 공급하는 동시에 금기를 위반하는 데서 오는 무서운 처벌을 동반하도록 했다. 54년 『서울신문』에 연재된 정비석의 소설 『자유부인』을 둘러싼 논쟁을 그런 문맥의 연장이다. 서울대 법학과의 황

 산덕 교수는 『자유
부인』을 "저속 유치
한 에로작문을 희롱
하는 문화의 적이
요…중공군 50만명
에 해당하는 조국의 적"이라고 선고했다. 선고자인 황산덕 교수
는 당대 한국사회의 남성을 대변하는 존재였다. 그리고 그 존
재는 금기의 위반자, 즉 '춤추는 여인'들에 대한 처벌권리를 소
유하고 있었다. 그들에게 '춤을 추는 여성'은 유구한 가부장 이
데올로기를 위협하는 적이었다. 까닭에 황교수의 선고는 곧 춤
바람에 기울어지는 여성들에 대한 강력 경고가 되었다. 아무려
나 당시 유행한 '체리핑크 맘보'라는 음악은 사람들에게, 특히
나 여성들에게 자유로운 공기 같은 것으로 여겨졌다. '아르바이
트 홀'이라 불리기도 했고, 비밀 댄스홀이라 불리기도 했던 '춤
방'에서는 숱한 남녀의 무리들이 연일 이 음악에 맞춰 몸을 팽
이처럼 돌렸다. 56년 영화화된 〈자유부인〉은 애초 '사회통념 상'
용납되지 않는, 교수부인의 키스신과 포옹신 때문에 상영허가
를 받지 못했다. 그 장면이 담긴 1백 피트의 필름을 자르는 조
건으로 상영허가가 난 것이다. 그 와중에 소위 '박인수 사건'이
돌출한다. 이 사건과 '춤추는 여인'과는 직접적인 관계가 없다.
하지만 '내가 만난 여대생 중에 처녀는 단 한명도 없더라'라는
그의 법정 진술은 '춤추는 여인'들을 특정한 유형의 인물로 '메
이크 업' 하는 데 충분한 요소가 되었다. 그 여인들의 '춤'에서
가부장 질서의 균열 징후를 느끼던 남성들은 춤과 타락의 관계

를 강한 인과율로 맺어 놓고자 했던 것이다.

만약 춤이 타락과 연결된다면, 그것은 한국전쟁이 격렬하던, 그런 만큼 젊은 생명들이 쉽게 죽어가던 1952년, 피난수도 부산에서 매일 밤 소위 '댄스파티'를 즐기던 권력자들에게나 어울린다. 수많은 금기와 검열의 행렬에 다름 아니었던 우리의 20세기 춤 역시 그 행렬에 섞여 있었다. 그리고 새로운 세기의 목전인 지금. 그러나 춤은, 특히 유부녀들에게 춤은 여전히 금기의 주홍글씨이다. 맘보, 자유부인, 댄스홀 등이 춤을 잉태하고 춤은 불륜, 타락, 방종을 낳는다고 보았던 그때의 이미지 연상은 그 형식만 달리한 채 아직도 왕성히 활동하고 있는 것이다.

11 · 검열은 자연이다

'최대다수의 최대행복'을 지미한 목표로 삼은 18세기 영국의 철학자 제레미 벤덤은 인류역사 상 대단히 획기적인 발명품을 만들어 낸다. 이른바 원형감옥이다. 그것이 획기적인 까닭은 감옥의 건축구조 때문이다. 감시탑에서는 모든 감방 안 죄수들의 일거수일투족이 다 보이는데 감방에서는 감시탑 안이 보이지 않는다. 그런 까닭에 죄수들은 그 감시탑 안에서 간수가 자신의 방을 계속 감시하고 있는지 아닌지를 알 도리가 없다. 하지만 그 감시탑은 24시간 내내 자신을 감시하는 눈길로 존재한다. 그런 상황에서 죄수는 간수가 실제로 감시하든 안 하든, 알아서 기게 될 수밖에 없다. 요컨대 원형감옥 감시탑 속의 보이지 않는 간수는 죄수들의 머리꼭지 뒤에서, 위에서 일일이 그

들의 수형생활을 감시하고 검열하는 존재였던 것이다. 여기서 발생하는 효과는 간수의 실제 감시 여부와 상관없이 그 감시 시스템이 죄수들의 심리에 내면화되어 스스로를 감시하게 만드는 점이다.

보이지는 않지만 그것을 의식하지 않을 수 없게 하고 그를 통해 일종의 검열과 감시의 효과를 낳는 원형감옥 시스템은 현대 사회에서도 가감없이 적용된다는 것이 사회과학자들의 통찰이다. 이는 우리의 현대사에서도 유감없이 그 효과를 발휘해 왔다. 70년대까지만 해도 이 극장, 저 극장 할 것 없이 그 안의 풍경은 크게 다르지 않았다. 무대 왼쪽에는 탈모, 오른쪽에는 정숙 등의 글자가 박혀 있고 출입문 위에는 녹색 불빛을 내는 아크릴 비상구 안내판이 달려 있었다. 그리고 또 하나. 관객석 뒤에, 관객석보다는 몇 계단 높이 만든 좌석이 있었다. 그 좌석 위 빨간 불빛을 내는 아크릴판에는 '임검석'이라는 글자가 또박또박 새겨져 있었다. 일제 때 만들어진 그 임검석의 목적은 말할 것도 없이 상영되는 영화의 내용과 관객의 동태를 감시하는 일이었다. 그러나 순경이나 '기관원'이 앉아 있게 되어 있는 그 자리는 대개 비어 있었다. 실제로 감시하는 자는 없었던 셈이다. 하지만 그럼에도 불구하고 그 자리 그리고 '임검석'이라는 세 글자는 관객의 머리 위에서 검열과 감시의 보이지 않는 눈길로 군림했다. 관객들은 '기

162

관원'이 보이지 않는다 하더라도 그 '임검'의 글자에 투영되는 국가권력을 치지도외할 수는 없었다. 이 극장 안의 구조와 풍경은 전국민, 전사회 차원으로 당연히 확장된다. 우리들은 언제나 일상생활, 생각, 행동 바로 곁에서 작동하는 국가권력의 '임검'을 의식하지 않을 수 없었다. 임검석은 수십년 동안 극장 안에서만이 아니라 우리 의식, 무의식에 또 하나의 자리를 차지하고 앉아서는 국민들이 '알아서 기기'를 강요해 온 것이다. 60년대, 공보국의 한 관리는 어떤 영화감독에게 이렇게 주문했다. 싸우면서 건설하고 건설하면서 싸우는 때에 영화도 반공투사가 되어야 한다, 이 정책에 위배되는 영화 장면은 자를 수밖에 없다 운운. 이에 대한 영화감독의 비아냥 조 대답은 간단했다. 걱정하지 말라. 우리가 먼저 알아서 다 검열하고 자른다라고. 시장의 보이지 않는 손은 시장의 참여자들에게 삶의 활력을 준다. 하지만 감시와 검열의 보이지 않는 손은 사람들을 황폐함과 비겁함으로 몰아간다. 한국의 20세기에서 우리가 인간적 품위를 지키고 살아가기가 그토록 힘들었다면, 임검석으로 상징되는 감시와 검열의 일상화가 그것의 중대 요인 중 하나였음은 꼭 상기할 필요가 있다.

12
·
냉
전
의
영
웅

타이틀 백이 화면 위로 스물스물 올라오면 그 화면에는 완만한 윤곽선의 여자 나신이 실루엣 상태로 또한 흐물거리며 화면을 유영한다. 그리고 허스키 보이스의 여가수의 노래가 겹쳐진

다. 뭔지 모르게 미끈덩하고, 들척지근하고 한편으로는 저릿한 감으로 피부의 미세한 돌기들이 팽팽히 곤두서 있는 관객들 앞에 사내가 나타난다. 연이어 관객 쪽을 향해 총을 쏜다. 화면에 박히는 아이콘은 *007* 이었다.

60년대 이안 플레밍 원작의 소설을 영화화한 007 시리즈가 제작되자 이 영화는 한국만이 아니라 전세계적으로 히트작이 되었다. 하지만 이 007이라는 단어는 우리에게 유별난 의미로 번역되었다. 그 영화의 재미에 매료된 것은 어느 나라 사람도 다 마찬가지였지만 그것이 한국 국민에게 또다른 의미작용의 이미지가 되었던 것은 한국의 '특수 상황'에 기인하다. 그것은 60년대의 지구를 지배하고 있던 냉전 체제였고, 한반도는 그런 냉전의 긴장이 가장 집중적으로 응결되어 있던 지역이었다. 당연히 한국 국민의 일상 위로는 냉전의 유령이 차양처럼 드리워져 있었다.

007의 적수는 대개 공산주의자들이었다. 007이 수행하는 공산권과의 스파이 전쟁, 그것은 우리에게 특히나 실감나는 대목이 아닐 수 없었다. 냉전 이데올로기에 의해 나날의 곤경을 치루는 것이 우리의 실제였지만, 승공, 반공 등으로 요약되는 슬로건에 저도 모르게 흡수되어 가던 국민들은 공산주의로 표상되는 각종 악당들을 해치우는 007을 '자유 국가'의 보루로 여겼을 법하다. 007은 합법적인 살인면허 번호이다. 007이 적들을, 재미난 게임하듯이 해치우는 장면은 당연히 합법적이었고, 그것을 보고 즐거워하는 우리의 태도도 합법성에 의해 보증되는 것처럼 여겨졌기에 도덕적으로 문제될 게 없었다. 이데올로기 차원에서 보면 우리는 007에 대한 동일시의 자세가 단단히 준비되어 있었던 셈이다.

007은 이념전쟁의 영웅으로만 자리하는 게 아니었다. 그는 관객들의 처지에서 보면 보통인간 이상의 '과잉인간'이었다. 농염한 '본드 걸'들을 여럿 거느리고 있는 그의 위치는 한국 남자들로서는 영원히 도달하지 못할 그러나 언젠가는 도달하고 싶은, 위대한 성적 에너지와 능력을 가진 영웅이었다. 게다가 그는 어떤 위기도 헤쳐 나올 수 있는 비방(秘方)의 소유자였다. 일상이 곧 위기의 연속이었던 60년대의 우리들에게 그런 그의 모습은 도무지 매력적이지 않을래야 않을 수 없었다.

기술의 빈국에 살던 우리로서는, 그래서 기술만이 살 길이라는 점을 전 국민적으로 합의하고 있던 시절이었음을 상기하면, 만년필이 총이 되고, 자동차가 느닷없이 잠수정이 되는, 007 신무기 기술은 우리에게 경이로운 일이 아닐 수 없었다. 우리에게는 결정적으로 결핍된 것이, 007 영화에는 사사로이 등장했다. 007 영화가 우리에게 보여 주었던 첨단의 과학기술은 그래서 우리의 넋을 흔들어 놓기에 충분했던 것이다. 그러나 무엇보다 007이 우리에게 매혹이었던 것은 또다른 데서 왔다. 냉전의 스파이 전쟁 와중에도 언제나 유머와 능청맞음을 잊지 않던 007의 캐릭터는, 냉전하면 언제나 살벌함과 뻣뻣함의 이미지를 떠올리고 그것에 공포스러워하던 우리들의 마음 속에 조그마한 여유의 틈을 제공해 주는 것이었기 때문이다. 풍요의 시대를 구가하던 구라파의 60년대, 007은 그런 풍요가 만들어낸 '즐거운' 게임이자 가상의 존재였다. 하지만 우리에게 007의 '문맥'은 그렇게 현실적인 실감의 세목으로 들어앉아 있었던 것이다.

13
·
일
사
불
란
의
강
박

올림픽도 월드컵도 범상해질 정도로 국제간 운동경기가 흔해진 시절이 이즈음이기에 국내 선수끼리의 경기는 그다지 흥미를 끌지 못하는 것이 사실이다. 하지만 수 십년 전만 해도 '전국체전'은 전 국민의 시선을 모아 놓는 대단한 잔치이자 구경거리였다. 그러다 보니 전기절약을 강조하던 시절이었음도 불구하고 매일 생방송을 하다시피 했다. 뿐인가 전 국민의 관심과 시선이 집중되는 이벤트이다 보니 그것에 모종의 정치적 의도가 끼어들지 않을 수 없었다. 전국체전을 국민통합, 그러나 정확히 말하면 정권 이데올로기로의 통합을 다지는 교두보로 삼고자 하는 생각이 그것이다. 물론 이런 것은 베를린 올림픽을 아리안 민족주의의 쇼윈도우로 만들고자 했던 히틀러의 나치 정권이 선배 격이다. 그러고 보면 나치의 수법은 우리의 독재자들에게 훌륭한 수범이었다. 군사쿠데타의 허물을 희석시키기 위해 광주에서의 피냄새가 채 가시기도 전인 1981년, 난데없이 여의도 벌판에 난장을 차려 놓았던 '국풍 81' 같은 것도 정치의 미학화를 도모했던 나치의 '불의 축제'를 그대로 베껴온 것이니 말이다.

어쨌든 전국체전은 권력자들에게 국민통합의 이데올로기를 권유, 강요하기에 적당한 행사였다. 일사불란과 국민총화는 그 이데올로기를 집약한 슬로건이었다. 대를 위해서 어느 정도의 소는 희생될 수 있다는, 혹은 한치의 오차와 일탈도 허용되어서는 안 된다는, 그렇기에 정권의 반대자나 이견자는 용납될 수 없다는 국민통합용 이데올로기는, 구구한 설명 없이 확실한 몇 가지 이미지로 웅변되었다. 입장식 때 모든 선수들은 열과 오를 정확히 맞추어 입장해야 했다. 도별 선수단이 같은 모양의 유니폼을 입고 손과 발의 간격을 기계같이 맞추어 입장하는 대목은 멀리서 보면 가히 삼군 의장대를 방불케 하는 질서의 극치였다. 체육인은 군인이 아님에도 불구하고 말이다. 선수단이 입장하면 대통령이 참석해 있는 본부석의 맞은 편에는 원색의 카드섹션이 펼쳐졌다. 대통령의 초상이나 무궁화 그림 혹은 국민총화 등의 글귀가 새겨지는 그 카드섹션은 얼마나 많은 시간과 공력을 들였는지 완벽하기가 이를 데 없었다. 그리고 식전 행사로서 각종 매스게임이 뒤를 이었다.

매스게임, 카드섹션이 보여주는 그 장면은 국민들에게 어떤 메시지를 강하게 발신하고 있는 장면이었다. "어찌 저리 한 사

람도 틀리지 않고 딱딱 맞지?" 국민들의 감탄 밑에는 저런 대단한 장면이 만들어지기 위해서는 일사불란함이 꼭 필요하다는, 그래서 실 끝 하나(一絲)라도 밖으로 삐져 나오면 안된다는 생각이 깊이 가로 놓여 있었다. 예의 장면은 군사적 상상력에 침윤되어 있는 권력자들이 보기에는 눈부신 화엄의 광경에 다를 바 없었다. 소아(小我)들이 계획된 거대한 질서 속에서 오차와 균열 없이 움직거리는 장면은 화엄 그 자체 같아 보였기 때문이다. 그러나 이후 우리는 아주 낯선 장면을 목격해야 했다. 올림픽 개회식 장면이었다. 각국 선수단이 입장하는데 소위 선진국이라는 나라의 선수들이 오와 열도 제대로 맞추지 않고 제 맘대로 걸어 나오는 것이었다. "저런 불상놈들이 다 있나." 많은 사람들이 이런 반응을 보였던 것으로 기억된다. 일사불란이라는, 다시 말해 전체적인 것의 반듯한 질서에 익숙해있고 그것을 최상의 미덕으로 믿고 있던 우리들에게 제 흥대로 '방정'을 떠는 구라파의 선수들이 도무지 마뜩찮았던 것이다.

카드섹션에서 카드 하나를 들고 있는 한 개인은 단지 전체의 기계적 메커니즘을 위해서만 제 의의를 인정받는 존재이다. 카드섹션이 수많은 카드의 조립으로 완성되는 것이라면 거기에 참가하고 있는 한 개인은 단지 조립요소로만 자신의 존재의의

168

를 얻을 뿐이다. 한때 우리의 눈을 앗아갔던 그 카드섹션에서 우리는 섬찟한 전체주의의 모습을 본다. 개인의 추방 위에 성립하는 전체주의, 그것의 한국적 상징이었던 카드섹션에 우리가 왜 그리 감탄을 보냈는지?

---

14 · 내 주 를 가 까 이

한국에 처음 오는 외국인이 밤중에 하늘에서 서울을 내려다 볼 경우 서울을 거대한 공동묘지로 착각한다는 이야기가 있다. 수많은 십자가 네온사인 때문일 터이다. 그 말이 한국 선교 역사의 이적을 찬양하는 조크이든 아니면 팽창 위주의 한국 기독교에 대한 뼈 있는 풍자이든 서울에 십자가가 엄청나게 많은 것은 사실이다. 기독교의 본향이랄 수 있는 구라파나 미국에도 그렇게 많은 십자가는 보기 힘들다. 개신교 신자의 처지로 보면 하나님의 말씀을 땅 끝까지 전해야 하는 마당에 십자가가 많으면 많을수록, 그것은 다다익선의 미덕을 증거하는 것이기도 하여 흐뭇한 일일 수도 있다.

아무려나 지난 100년 동안 십자가는 우리에게 다양한 의미망을 거느린 이미지로 작용했다. 어린 아이들에게는 탄일종이 울리는 날 맛있는 빵을 주는 고마운 마음씨의 아저씨로, 세상의 무거운 짐이 어깨를 짓누르는 지치고 힘든 자들에게 위안의 상징으로, 의에 주리고 신심에 갈급해 하는 자에게는 깊은 영성의 표상으로 혹은 발복을 비는 자에게는 또 그것에 알맞은 징표로 십자가는 늘상 우리 곁에 있었다.

우리의 20세기는 한편으로 유사 이래 최초로 서구와의 조우를 통해 열리기 시작했다. 근대적 서구 문명이 들어오기 시작하면서 특히 개신교는 우리에게 각별한 의미로 작용했다. 우리 눈에 비친 십자가 그리고 그 십자가를 경배하는 서구인은 풍요의 화신으로 보였던 것이다. 당시 선교 상황에 관련된 문건 하나를 보면 이렇다. "(선교사들은) 크고 인상적인 정원이 딸린 호화주택에 살고 있었다…언제나 친절하면서도 자신의 가치와 이념을 전파하는 데에 있어서는 엄격하고 확고했다…성직자로서 외교관 역할을 담당하는 사람이라고 할 수 있었다."

당시 조선 사람들에게 십자가는 두 가지를 의미했다. 엄격한 신분사회에서 천대받던 자신의 궁핍한 영혼을 위안해 줄 수 있는 것이 하나였다면, 다른 하나는 현세의 풍요와 안락을 보장해 준다는 것이었다. 십자가를 영접하면 나도 미국 사람처럼 잘 살 수 있다는 소박한 기복의식이 그런 것인 셈이었다. 그런 토대 위에서 조선에서의 선교 과정은 당시 '이 시대 선교의 불가사의'가 되었다. 1907년경에는 전도의 당사자들인 선교사들조차 조선 선교의 놀라운 가속성과 증폭현상에 대해 충격을 받았다고 술회한다. 20세기 전반 조선에서는 전세계의 기독교 관련자들의 경탄을 불러일으킨 '부흥회 붐'이 절정에 달한다. 이 모든 것이 결국 앞에서 말한 십자가의 두 가지 의미가 작용한 결과였다. 식민지 조선에서 십자가의 놀라운 이적이 계시된 것이다.

지난 수십년 동안 그 이적은 멈추지 않고 계속되었다. 조그만 초대교회에서 시작해서 교인 수 1만명 이상의 큰 교회로 성장하고 그리해서 그 1만명의 가슴 속에, 스스로를 낮추는 겸손과 이웃에 대한 배려의 상징인 십자가를 새겨 놓는 일은 어렵지 않게 볼 수 있는 사건들이다. 아파트 단지의 상가가 들어서면 교회 역시 어김없이 들어섰다. 그리고 2층 창에 십자가가 새겨지고 또 5층 창에도 십자가가 새겨진다. 아파트 단지를 오고 가는 사람들은 각각의 층에 새겨진 십자가가 같은 것인지 다른 것인지 이해부득이다. 요컨대 한국에서 개신교의 기적은 여전히 진행 중이다. 그런데, 도저히 멈추어지지 않는 물음 역시 계속된다. 교회 수로 그리고 십자가 수로 보면 주의 역사하심으로 인한 은혜충만이 확실한데, 게다가 각 교회가 발표하는 교인 수를 다 보태면 전체 인구를 웃돈다는데, 그럼에도 불구하고 과거도 지금도 우리 사회는 왜 이리 탐욕과 부패의 공동묘지처럼 되어갈까? 검찰청 포토라인 앞에서 언론의 카메라 공세를 받는 그 많은 사회 지도자층 대개는 왜 하필 우리의 교우들일까? 죄짐 받은 우리들의 대속자인 그리스도의 표상이자 엄정한 자기 성찰의 지표인 십자가가 20세기의 우리 사회에서는 뭔가 오해의 방식으로 해석되어서인가?

15
·
형
그
리
정
신

1966년 6월 25일은 6. 25 전쟁 16주년이라는 의미와는 또다르게 한국 국민들에게 '역사적' 의미를 깊이 새겨 놓은 날이다. 그

날 전 국민의 이목은 모두 장충체육관에 모여들었다. 한국의 김기수가 WBA주니어미들급 챔피언인 이탈리아의 니노 벤베누티와 타이틀 매치를 벌이고 있었다. 사람들은 그날 승부를 마치 국가의 명운이 걸려 있는 국책사업처럼 여기는 듯했다. 까닭에 '일개(!)' 권투 시합 하나가 일거에 국운의 향방에 대한 가늠자의 역할을 맡아야 했다. 오랫동안 외래의 세력에 시달려만 온 우리들에게 정복이라는 말은 잊혀진 단어였다. 그러나 그 단어는 김기수를 통해 다시 복원되었다. 김기수가 마침내 '홈 어드밴티지'의 뒷심을 받아 세계 권투계를 정복하자 그것은 순식간에 '대한남아'의 세계정복이라는 의미로 확장되었다.

스포츠가 강력한 대리만족 기제라는 점은 익히 알려진 사실이다. 현실에서 구멍나고 결핍된 부분을 혹은 현실에서 자행되는 억압에 대한 반발의 에너지와 욕망 등등을 스포츠의 대리체험을 통해 가상적으로 해결하고자 하는 메커니즘에 스포츠의 사회적, 정치적 함의가 내포되어 있다는 점 등이 그것일 터이다. 역도산이 패전 콤플렉스에 시달리던 일본인들에게 재활의 기력을 공급하고, 일본 콤플렉스에 시달리던 우리들에게 박치기 한방으로 일본선수들을 족족이 넘어뜨리던 김일의 형상은 스포츠가 도대체 어떤 사회심리적 역할을 하는가를 여실히 증거하는 대목인 셈이다.

한국전쟁 이후 쑥대밭이 된 사회경제적 상황, 그런 연유로 인해 남 앞에 변변히 내놓을 것 하나 없던 5-60년대의 우리들에게 어떤 영역이든지 간에 '세계적 수준'이라는 언사는 도저히 도달 불가능한 아득한 경지로 여겨졌던 그런 때에 김기수가 세계 챔피언이 되었다는 사실은 한국 국민 모두에게 초유의 경험을 제공하는 일이 아닐 수 없었다. 어떤 초유의 경험? 세계 정상에 선다는 것이 도시 가능치 않게 여겨지던 때에 바로 그런 일이 벌어진 것이다. 바로 그렇기에 김기수의 챔피언 등극은 김기수 개인의 감개와 체험에 관련되는 일만이 아니라 한국인 모두의 그것으로 간주되었다. 원하든 원치 않던 김기수는 제 의사와 상관없이 전국적 욕망의 대리인 역할을 한 셈이다.

두 번째 세계챔피언 홍수환이 나오고, 세 번째 세계챔피언 유제두가 나왔다. 그리고 이후 세계 챔피언은 강가의 자갈처럼 흔한 것이 되었다. 이제 세계챔피언 타이틀 매치가 벌어져도 사람들은 관심을 기울이지 않는다. 지난 세기 권투가 맡았던 대리체험과 가상적 해결사 노릇의 '약발'은 더 이상 유효하지 못하게 된 것이다. 그렇다면 우리 사회는 이제 억압도 불만도 별로 없는 사회가 되었는지? 아니면 종목만 달라졌을 뿐 스포츠를 통한 가상적 해결이 없으면 위험한 사회라는 성격은 여전한지?

16.
꿈의 공장 할리우드

할리우드가 꿈의 공장이라는 별칭을 얻고 있음은 익히 알려진 사실이다. 지금도 크게 달라지지 않았지만 오랫동안 한국영화는 외국 영화 특히 할리우드 영화보다 한참 아랫길이라는 통념이 상식으로 받아들여졌다. 그도 그럴 만했다. 우선 화면 색깔만 해도 방화와 할리우드 영화는 그 차이가 상당했거니와 구성, 볼거리 등등을 견주어 보더라도 그러했으니 말이다. 그래서 사람들은 같은 값이면 할리우드 영화를 보러 갔다. 그 미국 영화가 우리들에게 꿈을 열어주는 방식은 독특했다. 영화가 시작되면서 먼저 우리 눈에 들어오는 것은 20이라는 숫자가 부조된 큰 조형물 위에 설치된 서치라이트가 고개를 하늘로 들고 그 불빛을 빙빙 돌리는 혹은 떡대 좋은 사자가 기품 있게 앉아서 한번 으르렁거리거나 그도 아니면 문자로 만든 띠가 지구를 둘러싸고 돌아가는 장면 등등이 영화의 문을 여는 것이었다. 그런 화면들이 20세기 폭스, 파라마운트, 워너브라더스, 유나이티드아티스트, 유니버설 등 메이저급 영화 제작·배급 회사들의 상징적 그림이라는 사실을 굳이 알 필요는 없었다. 단지 한국 관객들에게 그 그림은 '이제 꿈의 세계가 열립니다'라는 공고와 같은 것이었다. 마치 조건반사처럼 그 그림이 열리면 우리는 자연스럽게 꿈을 꿀 채비를 했다.

이런 풍정은 근래의 일이 아니다. 1920년대 중반부터 영화관이 조금씩 많아지면서 영화는 점차 대중적인 오락거리로 정착되어 갔다. 그 후 약 10년간 영화는 가속적인 성장속도를 보인다. 그 중에 사람이 가장 몰리는 영화는 단연 미국 영화였다. 특히 외래문화에 대한 강한 호기심으로 그 문화를 스폰지가 물 빨아들이는 것보다 더하게 빨아들이는 청소년들에게 미국의 할리우드 영화는 꿈과 동경이 흘러 넘치는 계곡이었다. "感傷의 美姬 리리안키쉬孃 主演, 世界的 明星 로널드콜맨氏助演 百日에 알은 愛人의 幻想을 月夜에 求 하여가며…사랑으로 因한 狂想曲이 아니고 무엇이랴!"(『동아일보』, 1928년 9월 4일 광고)

174

이런 광고의 유혹으로 인해서만이 아니라 여학생, 남학생들은 할리우드의 스타를 말그대로 '밝은 별'(明星)로 믿고, 강한 동일시의 열망 속으로 잠수해 들어갔던 것이다. 20년대에 벌써 청소년들은 제 방에 할리우드 스타들의 브로마이드 사진들을 붙여 놓고 가없는 동경의 눈길로 스타의 자태를 바라보는 광경을 연출하니, 그것은 기실 예나제나 그리 달라지지 않은 모습이다. 그런 풍경을 당시의 한 어른은 이렇게 보고하고 있다. "小學生의 입에서 '샤리템플'의 일흠(이름)이 나오고 여학생의 책상 머리에는 '듸아나드-빙'의 푸로마이드(브로마이드)가 걸려 있으며 '테-리'의 사진이 웃고 있는 오늘의 학생들의 내적 생활" 운운.

'내적생활'이라는 말이 무엇보다 의미심장하니, 그것은 곧 할리우드 스타에 대한 동경을 디딤판으로 해서 미국적 삶에 대한 판타지를 키워가는 심리구조를 이르는 말로 들리기 때문이다. 20년대부터 시작된 이 '내적생활'은 금세기가 마감하는 이즈막까지 지속되고 있다. 그리고 할리우드 영화사들의 상징적 그림들은 여전히 우리들의 심상에 미국적 '라이프스타일'에 대한 동경과 꿈을 불어넣는 주문의 역할을 하고 있다. 영화 〈할리우드 키드〉의 주인공이 막판에 확인하는 것은 자기 삶이 가짜였다는 것이다. 자기의 일생은 할리우드의 이미지를 먹으면서 그것을 복제한 삶이었을 뿐이라는 것이다. 우리도 이제 격난의 세기 끝자리에 와 있다. 그러할 때 할리우드 영화를 통해 우리가 꾸었던 백일몽의 역사에 대해 새삼 저작해 보아야 할 대목은 무엇일지?

17
·
맑
스
라
는
이
름

사람들은 그를 프로메테우스라 하기도 했다. 없는 자 눌린 자들에게 그 억압과 궁핍에서 벗어날 수 있을 듯한 지혜를 전해 준 그는 신국(神國)에서 불을 훔쳐와 인간에게 전한 프로메테우스와 한치 다를 바 없는 것 같았기 때문이었다. 다른 한쪽에서는 그를 희대의 악당으로 여겼다. 스파르타쿠스가 노예들에게는 영웅이었지만 로마의 지배자들에게는 털끝만치의 관용도 베풀수 없는 역도로 간주되었던 것처럼 그 역시 사회의 안전과 행복을 파괴하는 무도한 자와 다를 바 없었던 것이다.

20세기 초 '아라사'에서는 그 맑스를 따르는 자들이 역사상 최초의 사회주의 국가 건설에 성공한다. 일본에 의한 반식민지 상태에 놓여 있던 중국에서는 맑스주의자들의 세포가 나날이 늘어갔고, 그들은 이른바 '장정'까지 수행하고 있었다. 일본에서는 '주의자'가 아니면 제대로 행세조차 할 수 없는 것 같은 분위기가 미만했다. 식민지 조선을 둘러싼 이들 세 나라에서는 이처럼 맑스라는 독일의 털보 이미지 하나가 자력 센 지남철이 되어 새로운 세대들을 끌어당기고 있는 중이었다. 식민지 조선도 그에 합류해 갔다. 계급해방과 민족해방을 강령으로 내세우고 있는 맑스주의는, 잘 모르긴 해도 민족 독립에 대단히 쓸모 있는 것처럼 여겨졌고, 해서 이러저러한 민족주의자들도 점차

KARL MARX

맑스에게 기울어 갔던 것이다. 그리고 1925년 드디어 조선공산당이 창당된다.

그러나 그때부터 맑스라는 이름은 우리들에게 만악의 근원이자 불행의 씨앗으로 환유된다. 적게는 멀쩡히 잘 성장하던 청년을 돌연 '주의자'로 바꾸어 놓아 그의 인생을 도주와 피신의 가시밭길로 만들어 놓을 뿐 아니라 한 집안까지도 풍비박산 내놓는 일이나, 크게는 수 백만명의 목숨을 앗아간 민족전쟁의 비극이 다 맑스주의 때문인 것으로 간주되어 갔다. 그런 상황에서 맑스라는 이름이 우리 현대사의 집단적 멘탈리티에 있어 무엇보다 강력한 금기의 표상이 되는 것은 아주 자연스러운 귀결일 법도 하다.

하지만 금기는 언제나 위반을 요청한다. 십수년간 내내 완강하고도 철저한 반공교육과 군사교육을 받고 자라온 80년대의 청년들이 그 절대 금기의 맑스에게 영혼을 앗겨 갔다. 그리고 맑스를 나날의 양식으로 삼아갔다. 도로교통법 위반은 겁을 내도 국가보안법은 우습게 생각했다. 부도덕한 현실에 대한 환멸과 절망은 곧 절대희망으로 바뀌었다. 맑스주의의 신탁이 희망의 유토피아를 밝혀 보여주는 것이었기에 그랬다.

격란의 80년대가 지나고 금세기가 노루꼬리만큼 남아 있는 90년대 말미인 지금, 맑스는 더 이상 금기가 아니다. 생각해보면 지난 한 세기 맑스는 누구에게는 희망과 약속의 땅이라는 이미지로 다른 이에게는 파괴와 증오의 이미지로 응고되어 있었다. 그러나 그것은 대개 맑스에 대한 관용과 과잉반응의 결과였다. 어쩌면 맑스에 대한 '덤덤한' 반응을 보일 수 있게 된 지금에야 우리는 맑스를 제대로 볼 수 있는 마음의 여변이 생긴 것 같다. 그림자의 이미지를 통해서가 아니라 실체에 직면해서 말이다.

18 · 서구식 라이프스타일을 좇아

아파트가 우리 땅에 나타난 것은 꽤 오래되었다. 일제 시대 경성에 소규모 아파트로 그 모습을 드러낸 기록이 있기도 하다. 60년대는 서민들의 막바지 주거지로 출현했다. 그러나 아파트가 본격적으로 우리의 주거형태로 결정되기 시작한 연대는 아무래도 70년대이다. 작은 땅덩어리에 인구는 많고, 그러하니 한 덩어리 건물에 사람을 대량으로 집어 넣는 아파트는 우리의 도시정책 관련자들에게 가장 매혹적인 주거방식으로 다가왔을지 모른다. 그런 경제적인 이유도 이유지만 당시 우리들에게 아파트 생활은 가장 현대적인 '라이프스타일'을 보장하는 공간으로 여겨졌다. 아파트의 매혹은 바로 거기에 있었다. 추운 겨울 여전히 찬 물에 세수를 하고, 설거지를 해야 하던 때에 수도

만 틀면 따뜻한 물이 콸콸 나오는 데가 아파트라니, 그것은 긴 말 할 것 없이 이미 신화화될 준비가 단단히 되어 있었다. 거기에 목욕탕에 갈 필요 없이 이른바 '샤워'라는 것을 할 수 있었으니 그것 또한 영락없이 오랫동안 꿈꾸던 서구식 생활이 가능한 공간이 아닐 수 없었다.

1970년 서울의 운명을 결정짓는 중대 발표가 있었다. 이른바 남서울, 즉 강남 개발 계획이다. 압구정, 청담, 논현, 대치 등 영동지구 365만평과 167만 평의 잠실지구 개발이 착공되고 대규모 아파트들이 지어진다. 아파트 대단지 건설을 포함한 남서울 개발계획은 한편으로 배추밭에서 똥장군 지던 박서방이 졸지에 억대 졸부가 되는 전형적인 후진형 사회변화를 일으켜 놓았다. '복부인', '프리미엄'이라는 한국 현대어 사전에 중요항목으로 들어갈 말들이 이때 양산되었다. 속칭 한 건으로 '대박'터지는 일이 어렵지 않은 일이 되었다. 아파트 건설 현장은 한국판 엘도라도이자 골드러쉬의 현장으로 용도변경되었던 셈이다. 78년에는 아파트 분양 하루만에 1,000만원의 프리미엄 붙기도 했으니, 당시 도시근로자 월평균 소득이 16만 9,300원이었음을 감안하면 금밭도 그런 금밭이 없었다.

강북의 중산층들은 대거 그 아파트로 몰려갔다. 안락, 풍요, 번영, 화사한 일상 등으로 상징되는 강남 아파트에서의 삶이 그들에게는 강한 유인요소였던 것이다. 그때부터 우리의 주거 공간은 살풍경해진다. 아파트 공간은 전통적인 공간적 삶의 특징과 정반대이다. 전통적인 마을 공동체에서는 물리적 공간은 서로 산개, 분산되어 있지만 정서적 공간은 서로 밀착, 연대해 있다. 그러나 아파트는 정반대이다. 물리적 공간은 촘촘히 밀집해 있지만 정서적 공간은 태평양을 사이에 둔 만큼이나 산개, 분리되어 있는 것이다. 거기서 우리의 전통적인 삶의 양상들은 하나하나 균열되어 갔다. 이웃은 이웃이 아니라 익명의 타자로 다가왔다. 그런 양상을 야기하는 것이 아파트 공간의 논리였다. 서로 얼굴을 마주보는 대면문화에서 얼굴도 모르는 익명의 문화로 추동해 간 것이 아파트였다. 인간관계의 단절을 요구하고 칸막이 정서를 대량생산해 놓은 아파트가 한편으로 점차 가중되어 가는 개체주의적 세계관의 공간적 기초로 작용함은 부인할 수 없다. '인간적 삶'에 대한 일대 반성과 자연적 삶에 대한 깊은 천착이 다음 세기의 피할 수 없는 화두라면 우리는 바로 이 아파트에 대한 성찰에서부터 시작해야 할지 모른다.

19
·
근
대
화
의
꿈

새마을 기는 20세기 우리들의 집단적 내면 그 심부에 태극기 다음으로 깊이 뿌리 박혀 있다. 유치환은 깃발을 "소리없는 아우성"이라 했지만 새마을 깃발은 세상의 가장 깊은 골까지 굉음

을 울리며 달려갔다. 전국의 관공서, 학교 등을 비롯해 새마을 깃발은 어디라 할 것 없이 우리 모두의 머리 위에서 펄럭이며 우리를 내려다보는 영도자였다. 태극기 달리지 않은 곳은 있

어도 새마을 기가 걸리지 않은 곳은 없었다. 국기에 대한 경례를 하면서 태극기를 바라보면 그 옆에는 항상 새마을 기가 동시에 경배 받는 자의 모습을 갖추고 있었다. 새마을 기가 마을을 내려다 보는 아침이 되면 미처 잠에서 깨지 못한 우리를 새벽종과 새아침을 찬양하는 노래가 깨우면서 우리의 게으름을 나무랐다. 그 새마을의 노래 앞에서 전국민은 모두 게으른 자여야만 했고 그 노래는 나태한 자에게 청신함과 활력을 환기시키는 선구자여야만 했다. 그런 구도가, 어쨌든 강요되었다.

새마을운동은 그 공과 여부를 떠나 70년대 정치의 본질인 전국민 동원체제의 완성본이었다. 새마을운동을 착안하던 그 시점에서의 농촌은 피폐에 시달리고, 그로 인해 수많은 사람들이 도시로 이농하던 때였다. 농촌에서 희망을 찾기 힘들던 시절이라는 말이다. 70년대 초 농촌인구를 전 인구에 대비해보면 60% 수준이었으며 더욱이 그 수는 점점 줄어갔다. 농민들은 도시적 삶에 대한 동경 속에서 머리를 자꾸 도시 쪽으만 돌렸

다. 저임금을 통한 고도성장 신화를 채근하던 그때, 농민은 그 저임금을 위해 자신의 생산물을 저곡가로 희생시켜야 했다. 새마을운동은 농민들의 그런 박탈감과 소외감을 비집고 들어간 것이다.

남아도는 시멘트를 소비하기 위해 전래의 담벽을 허물고 시멘트 담을 쌓기 시작했다. 벽돌, 슬레이트, 시멘트가 농촌을 뒤덮기 시작한 것이다. 그 담벽을 때려 부시고 시멘트 반죽을 덮은 현장 위에는 언제나 새마을 기가 의무감 가득한 인도자의 표정으로 휘날리고 있었다. 전국의 농촌들은 획일적인 '시멘트 문화'에 복속되어 갔다. 지역의 특성을 고려해 본다는 생각은 언감생심이었다. 주택개량, 환경정비, 근대화의 이름 하에 각 지역의 문화적, 지역적, 지리적 특성은 모두 벽돌공장 속으로 쓸려 들어갔고 그 공장에서 나오는 똑 같은 모양의 집, 지붕, 신작로들이 온 나라를 도배해 갔다. 전 농촌지역이 거대한 콘크리트 구조물 덩어리가 된 것이다. 초가 혹은 전통적 주거양식은 야만, 양옥은 곧 근대화라는 웃지 못할 알레고리가 아무런 회의 없이 현실화되어 우리의 농촌은 서도 동도 아닌, 비유컨대 반인반수의 공간으로 변형되어 갔다. 문화적 유전인자가 외부의 조작에 의해 돌연변이한 것이다.

새마을운동은 우리 근대의 특징인 속도주의, 압축성장주의의 완벽한 표본이다. 그렇기에 외형 상 새마을운동이 우리의 물질적 축적에 기여한 점은 부인할 수 없다. 몇몇 제3세계 국가에서 새마을운동의 이데올로기와 방법을 연구하고 모델로 삼고자 하는 것도 그런 압축성장이 가져다주는 매력 때문이다. 하지만 생각컨대 그것은 또한 어떤 끔찍한 느낌을 준다. 유전자 조작을 통해 태어난 농축산물이 막강한 생산력은 보장하지만 그것의 기형성이 우리에게 끔직스러움을 주는 맥락은 비슷하기 때문이다.

20
·
여
객
에
서
러
버
로

사전용과 시정에서 쓰이는 실전용으로 그 의미가 다르게 쓰이는 말들이 많다. 국회의원이 사전용으로는 국사의 핵심을 관장하는 직위의 뜻을 지니지만 보통 우리들에게는 국민 세금이나 축내는 인사로 여겨진다. 80년대 초 비디오 소프트웨어가 그리 많지 않을 때 비디오는 그 뜻과 달리 남자들 사이에서는 포르노 테이프로 통했다. 우리에게 여관이라는 말도 그러하다. 얼마 전부터 교외에 느는 것은 가든이고, 솟는 것은 러브호텔이라 했거니와, 그 러브호텔과 사용가치를 같이하는 여관 혹은 무슨 무슨 장(莊)은 사실 교외만이 아니라 도심 곳곳에 이미 깊숙이 포진해 있다. '러브'하고는 생판 상관없을 것 같은 얌전한 주택가에 어느 날 난데없이 여관이 들어선다. 동종업체는 같은 장소에 있어야 한다는 경제학 개론에 발 맞추려는지 여관 하나가 들어서면 이후 그 곳은 여관들이 도열해 있는 하나의 '여관 콤플렉스'가 된다. 밤이 되면 여관의 아크릴 간판은 십자가의 뻘건 빛만큼이나 우리의 망막을 점령한다.

그 여관이 우리에게 던지는 이미지는 이제 더 이상 피곤한 몸을 누이고 잠시 쉬어가는 여객의 자리와 연결되지 않는다. 거기는 이제 말 못할 욕망 또는 은밀한 사연을 위해 잠시 잠깐

필요한, 은혜로운 공
간일 뿐이다. 70년대
이전만 해도 여관은
잠시 쉬어 가는 곳만
이 아니었다. 온돌
위에 깔려 있는 뽀송
뽀송한 풀 먹인 이부
자리, 거기에서 하루
밤 몸을 지지고 나면
세숫물과 소찬의 아침이 나오는 요컨대, 가정(home)을 대신하
는 공간이었다. 30년대 정신적 유랑자와 다를 바 없던 문인들
이 여관에 모여들어 다소라도 몸과 마음을 뉘이고자 했던 것도
그런 사유와 닿아 있다. 문인 이야기가 나왔으니 하는 말이지
만 여관은 또한 스스로를 외부와 차단시키고 징역의 심정으로
하루종일 원고지를 메꾸고 기안서를 작성하던 노동의 현장이기
도 했다.

국가권력이 개인의 운신을 밀착감시 하던 통행금지는 여관의
성업과 깊이 관계했다. 하지만 그런 문제를 오히려 호기로 삼
고자 했던 사람도 무진장이었으니, 그때 그 시절 오직 통금만
넘기고자 '그녀'의 발목을 잡고 늘어지던 사내가 그러할 터이다.
그 사내의 전략과는 반대로 통금 이전에는 불문곡직 집 대문 앞
에 도착해야 했던 여자! 그 두 남녀의 팽팽한 긴장을 마지막으
로 접수하던 곳이 여관 아니었는가. 한 여성이 온 존재성이 곧
두서는 생애 최대의 결심을 할 때, 그 심리의 공간적 치환이 여

관 간판 앞에서 머뭇거리는 장면이고, 그것은 또한 순결한 사랑이냐 욕망이냐라는 명제 앞에서 스스로를 대개 후자 쪽으로 밀어놓던 남성들에게도 마찬가지로 적용되었다. 그러하니 우리의 여관은 백년 동안 수천만 명의 연애사를 간증할 수 있는 유일한 증거자로 보아도 무방할 터이다.

모든 것은 사회적 필요에 따라 그 용도가 바뀌어 가게 마련이다. 우리에게 여관이 이제 아주 특별한 목적을 위해 존재하는 대단히 일반적인 공간이 되었다면 그것 또한 우리 사회사의 반영이다. 하지만 그럼에도 불구하고 같은 뿌리에서 시작한 여관이 일본에서는 여전히 전통의 흥취와 별경을 공급하는, 그런 만큼 오늘날에도 '여관'의 아우라가 살아 있는 공간으로 사랑받고 있는 반면 왜 우리의 여관은 유독 '러브'하고만 인연을 맺고 있는지 참으로 요령부득이다.

21
.
이
번
에
인
천
부
두
에
배
만
들
어
오
면

근대의 징표인 대도시의 가속화는 시계의 개인화를 낳았다. 마을 중앙광장에 높이 세워진 큰 시계를 통해 시간을 확인하던 근대 이전의 작은 공동체의 방식은 거대한 혼란을 특징으로 하는 대도시에서는 더 이상 가능하지 않았다. 그 혼란을 질서로 바꾸는 데에 필요한 것이 마을 시계가 보이지 않더라도 시각을 확인할 수 있는 개인용 시계였다. 회중시계의 출현은 바로 그런 사회적 배경을 통해서였다. 그런데 그때 회중시계의 의미는 단지 시각 확인 장치에 머무르지 않았다. 시간을 관리, 통제한

다는 것은 가장 첨단의 근대인으로 여겨질 수 있었기에, 요컨대 회중시계는 특정한 사회적 지위를 상징하는 기호로 작용하기도 했다.

그런 버릇이 우리에게도 이어졌다. 개화기, 세월의 대세가 개화로 물꼬를 틀자 너도 나도 개화꾼임을 자처하고 나섰다. 그때 단발, 양복, 회중시계 등속은 개화인임을 증거하는 상징물이었다. 생각과 가치관의 변화는 요지부동이면서 겉으로만 개화에 발을 담근 자 혹은 개화를 무슨 유행처럼 생각하는 자들을 그때 '얼개화꾼'(얼치기 개화꾼)이라 불렀는데, 그런 자일수록 회중시계를 애용했다. 회중시계가 자신이 개화꾼임을 보장해 주는 알리바이라고 생각했던 것이다. 얼개화꾼에게 시계는 시각확인 장치의 사용가치보다 상징가치의 지표일 뿐이었다. 물건의 사용가치보다 상징적 가치가 더 중요시되는 것은 다른 것에도 그러하지만 시계는 이처럼 우리의 20세기에서 대단히 중요한 상징적 가치의 거푸집이었다. 70년대 초등학교에서의 풍경도 그랬다. 미키마우스나 도날드 덕 같은 디즈니랜드의 캐릭터가 새겨진 만화시계를 차고 있는 아이에게 그 시계는 다른 아이들과의 신분 차이를 확인시켜 주는 장치였다. 중고등학교 때 처음 팔뚝에 시계를 차면서 아이들은 그 시계가 17석이냐 21석이냐, 수동이냐 자동이냐 놓고 비교하곤 했는데 그 비교는 시계를 넘어서 계급과 신분에 대한 비교였던 셈이다.

우리에게 있어 시계를 신분 및 계급의 대리물로 상상하는 맥락을 가장 여실하게 드러내는 것은 아마 롤렉스 혹은 오메가 상표일 듯싶다. 모든 상품에 최고급 브랜드가 있듯이 우리에게도 어떤 상표들은 최상급임을 보증하는 것으로 여겨졌다. 만년필 하면 파커, 선글라스하면 '나이방'(특정 상표 레이반을 그렇게 불렀다) 등등. 그런 스트레오타입의 상상력 속에 롤렉스는 단연 발군이었다. 신혼은 단칸방에서 시작한다 해도 결혼예물은 단연코 롤렉스여야 했다. 상류계급의 정원은 한정되어 있는데, 모든 사람들은 롤렉스를 통해 (상징적) 상류계급생활을 하고자 했으니 공급이 딸리는 것은 당연하다. 롤렉스, 오메가가 밀수품의 국가대표가 되어야 했던 것도 그런 까닭이다.

물건의 상징적 가치를 통해 가상적으로나마 계급상승을 꿈꾸던 맥락에 이제 시계는 끼지 못한다. 대신 그 자리에 자동차의 배기량이 들어앉은 바 있다. 하지만 자동차 역시 '약발'이 조금씩 떨어져 간다. 다음 세기에는 그 자리에 무엇이 앉을까? 혹은 그런 허망한 상상력의 자리가 더 이상 배당되지 않는 괜찮은 사회가 될까?

22
·
권
력
의
엘
리
베
이
터

국회의원 금배지는 비난과 선망을 동시에 짊어지고 있다. 비난과 선망의 양가성은 물론 권력을 움켜쥔 자에 대한 부러움과 다른 한편으로는 국민대중의 삶을 쥐락펴락하는 위치에 있는

자가 오로지 자신의 치부와 영달만 쫓는 것에 대한 분개심이
중첩된 현상일 터이다. 비난과 질시가 왕왕 여우와 신포도의
우화처럼 자기가 가질 수 없는 것에 대한 타박의 심리에서 비
롯되기는 하지만 그럼에도 국회의원의 반질반질 잘 닦인 금배
지는 존경과 권위를 반사하는 것이 아니라 비아냥과 적폐의 이
미지를 반사한다고 보는 것이 지난 세기 금배지에 대한 일반적
이해이다.

이 비아냥은 어쩌면 일련의 불행한 출발이 이미 준비해 놓은
것인지 모른다. 1948년 5월 10일 한반도 역사상, 말 그대로 민
(民)이 주인 행세를 하는 총선이 최초로 시행되고 제헌국회라
고도 부르는 초대국회의 금배지들이 양산되었다. 문제는 이것
이 남북 분단의 또다른 계기가 된 점이다. 김구는 1948년 4월19
일 남북연석회의를 통해서라도 온전한 전국적 선량과 정부를
만들어보려 애쓴다. 반면 이승만은 남한 총선과 단독정부 수립
을 밀어붙인다. 그의 최대 관심사는 정권의 장악 여부였기 때
문이다. 이승만을 초대 국회의장으로 뽑은 것도 그를 또 초대
대통령으로 뽑은 것도 금배지들이었다. 이승만은 그 초대 금배
지로부터 180표를 얻었고 출마를 하지 않은 김구는 13표, 안재
홍은 2표를 얻었다. 그 초대 대통령은 그리고 희대의 독재자가
되었다. 독재자를 옹립하고 경배했으며, 그 독재자의 떡고물
속에서 서식하던 자들이 바로 금배지였다. 반면에 국민에 대해
서는 오만과 허세로 일관하는 자들도 그들이었다.

시작이 불행했으면 과정이라도 좋아야 욕을 덜 먹는다. 그러
나 과정도 진흙탕이었으니 어쩌랴. 다른 것은 제쳐놓자. 1972

년 유신헌법이라는 총통제 체제가 출범하자 73년 3월에는 '민족적 민주주의'와 박정희식 애국심이 연출한 희극이 올려진다. 대통령이 낙점하는 금배지 73개가 등장한 것이다. 유정회라 약칭하던 유신정우회를 비롯해 그 총통의 은혜에 의해 금배지를 단 수많은 선량들이 용비어천가를 매일매일의 양식으로 삼은 것은 당연했다. 20세기의 끝물에 다다른 이즈음 금배지는 이제 만악의 근원처럼 묘사된다. 가장 부패한 집단으로 선발되는 영광은 언제나 금배지에게 돌려진다. 돈 챙기는 일 사이사이에 금배지가 하는 일이란, 폭탄주 돌리기, 주례선생님 그리고 국회 해당 회기 마감 때 무거운 서류 보따리 실어 나르는 배달부로 국민들에게 이해된다. 단 TV 카메라가 있을 때만.

순금은 원석을 용광하고 용광해서 뜻 그대로 이물질 없는 순수한 금의 요소만 적출해낸 것을 이른다. 금배지가 순금인지 18금인 줄은 모르겠으나 그 순금을 뽑아내는 과정이 적어도 형식상으로는 국회의원 뽑는 일과 다르지 않다. 선량(選良)이라는 말이 그렇지 않은가. 수십만명의 지역구민 중에서 가려내고 가려내서 한 사람을 뽑는 것이다. 문제는 뜨거운 용광을 통해 적출된 순금이 영원히 변색할 줄 모르는 순정의 존재로 남는 반면 국회의원은 선출 이후 새로운 용광 과정을 거쳐 아주 다른 존재로 변해간다는 점이다. 평소에는 멀쩡하고 괜찮던 사람이 국회라는 곳에 들어가면 아연 달라지는 것을 어렵지 않게 목격한다. 국회는 그 멀쩡함과 괜찮은 구석을 다 녹여서 흘려 보내고 오로지 '금배지형 인간', 다시 말해 '순수한 부패'로 주형되는 인간을 만들어 내는 것이다. 국회의원 배지가 금으로 된 것은 그 금의 눈부심이 숨기 좋은 곳이 되어서 그런가? 그렇다면 21세기에는 부패가 금빛 뒤에 숨지 못하게 국회의원 배지를 투명한 유리로 만들 일이다.

---

23 · 계몽의 풍경

굵직한 운동장에 학생들이 열과 오를 반듯하게 맞추고 서 있다. 운동장 앞쪽의 단 위에 가슴을 내밀고 서 있는 체육 선생님이 힘찬 구령을 외친다. 거기에 맞춰 수백 명의 아이들은 동작하나 틀리지 않는 국민체조를 보기에도 매끈하게 해댄다. 그 그림을 원경의 구도로 처리할 경우 한 점의 조정에 따라 수많은 점들이 일사불란하게 움직이는 이미지가 된다. 오전 11시 50분이 되면 전국의 학교와 직장에서는 스피커에서 흘러나오는 경쾌한 음악소리에 맞추어 '일제히' 국민보건체조를 실시하던 때가 있었다. 어떻게 그런 일이 일어날 수 있는지 이즈음 감각으로서는 요령부득이지만 어쨌든 같은 시간에 수백만의 사람들이 똑같은 동작을 반복했었다. 국민체조 혹은 국민보건체조라 이름하던 일이었다.

그러나 그 까닭을 알아보는 것은 어렵지 않다. 우리에게 잘 알려진 심훈의 『상록수』라는 소설이 있었다. 세련된 생활감각과 미의식에 익숙해진 지금의 관점으로 보면 순진하고 투박한 소설로 여겨지지만 불과 얼마 전까지만 해도 상당한 평가를 받던 작품이다. 오늘의 주제를 궁글리면서 이 작품을 읽다 보면 우리는 흥미로운 풍정 하나를 조우하게 된다. 주인공 동혁이

190

고향마을의 미개의 허울을 벗겨내기 위해 첫 번째로 하는 작업이 조기체조라는 사실이다. 기상나팔을 불러대고 청년들을 끌어모아 우렁찬 구령소리로 미개한 마을의 원주민들을 독려하는 대목이다. 이유는? 물론 계몽을 위해서이다. 1930년대의 이 소설은 1870년대 러시아 지식인들의 나로드니키주의를 사상적 기반으로 한다고 평가되고 있다. 그런데 『상록수』나 나로드니키 운동에서 공통된 구도를 발견할 수 있으니, 그것은 목자와 길 잃은 양의 구도이다. 길 잃은 양은 말 그대로 계몽과 근대의 입구로 가는 길을 찾지 못해 헤매는 민중들이거니와 그럴 경우 목자는 동혁이나 러시아 지식인 같은 선각자 역할 모델이 된다. 이런 구도를 앞의 국민체조 광경과 포개놓으면 수백명 학생 혹은 수백만의 국민의 국민체조를 지휘하고 향도하는 한 점 혹은 스피커 소리는 동혁이 되고 체조를 하는 사람들은 양의 무리로 정확히 겹쳐진다.

이런 게 뭘 의미할까? 국민보건체조는 엄밀히 말해 어떤 이념의 표현방식이다. 그 이념이 겉으로는 건전한 정신은 건전한 육체에서 나온다는 격률의 마스크를 쓰고 있지만 속으로는 전

국민을 특정한 이념으로 재단되는 질서와 규율로 묶어내겠다는 의도를 품고 있다. 박정희의 5. 16 군사쿠데타 이후 전국민 동원체제와 군기 잡기의 일환으로 '재건체조'(그때는 옷도 '재건복' 인사말도 "재건합시다!"로 통일되어야 했다)가 무조건적으로 강요된 경험만 상기해 보아도 국민체조와 예의 이념의 관계성을 어렵지 않게 알 수 있다. 요컨대 국민체조는 국민에 대한 전형적인 규율과 훈육(discipline) 시스템, 바꿔 말해 길들이기의 일환으로 집행되었던 것이다. 국민을 오로지 훈육대상으로 삼는 이념의 신봉자들에게, 국민 개개인을 합리적 개인, 공리적 개인의 하나로 보려는 시각이 있을 리는 당연히 없다. 아니 애당초 그런 것을 기대할 계제가 못 된다. 지난 20세기의 한 시절 오전 11시 50분이면 어김없이 스피커를 통해 흘러 나오던 국민체조 음악소리의 청각이미지는 내게 자꾸 피리부는 남자와 그 피리소리를 따라 가다 강물에 빠져 죽는 쥐떼들의 이야기를 그린 동화를 연상시킨다. (1999년)

4장,

매니아

메뉴페스토 :

영화,

그리고

축구이야기

대중영화 속의 과학기술

1. 문제제기

100여년 전 영화가 처음 대중 앞에 공개된 이래로, 영화와 과학기술은 여러 가지 측면에서 서로 관계맺어 왔다. 이는 영화라는 매체의 등장과 그 변천이 20세기의 과학기술의 발전상을 꿰뚫고 있다는 점에서 그러하다. 영화가 오늘날의 모습을 갖추는 데에는 수많은 관련 기술의 발전이 그 가능성을 제공해 왔고, 반면에 영화는 그 속에 다양한 과학기술의 모습을 지속적으로 반영해 왔다. 이 글에서는 이 중에서 '영화 속에 반영된 과학기술'의 측면에 초점을 맞추어 이 둘간의 관계에 대해서 다루려 한다.

영화 속에 나타난 과학기술의 모습에 대해서는 (그것이 비록 SF영화들에 초점이 맞추어져 있던 것이긴 하지만) 지금까지 여러 가지로 분석이 이루어져 왔다. 서로 다루는 대상의 초점이 달라서 직접적인 비교가 어렵긴 하지만, 굳이 그것을 몇 가지 유형으로 분류해 본다면 다음과 같이 할 수 있으리라 생각된다. ① 우선 영화 속에 나타난 '첨단' 과학기술—예를 들어 냉동인간이나 앤드로이드, 가상현실, 심지어 타임머신에 이르기까지—소개하고 그 과학기술의 현황과 앞으로의 전망 등등을 조망하는 유형. 예컨대, 〈론머맨〉에서 가상현실의 가능성을 보고, 〈블레이드 러너〉에서 안드로이드의 가능성과 발생할 수 있는 문제점을 탐색하며, 〈데몰리션 맨〉으로부터 냉동인간에 대한 논의를 끄집어내는 경우 등등이 이에 속한다. ② 영화들이 그 속에 나타난 과학기술과 그것이 구현된 미래상에 대해 양가적인 태도를 견지한다고 보는 유형. 'SF'라는 장르에 대한 분석이 대체로 이러한 유형에 속한다. 즉, 영화들에 나타난 과학기술의 모습과 미래상이 긍정적인 일단을 보여주기도 하지만 그것의 부정적인 측면도 역시 보여주며, 이러한 긍정·부정 양극단이 영화 속에서 긴장관계를 유지하고 있다는 분석. ③ 영화들이 그럴싸한 볼거리를 제공하여 이윤을 챙기기 위한 영화산업의 이해관계를 그대로 반영하게 되면서 영화 속에 나타난 과학기술과 과학기술자의 모습이 철저하게 왜곡되었다고 보는 유형. 이러한 분석은 대체로 과학기술자들의 시각과 이해관계를 대변하고 있으며, 분명 진실의 일단을 담고 있다.

이 세 가지 유형의 글들에 대해서 나의 입장은 이러하다. 우선 ①의 경우, 이러한 유형의 글들은 특정한 기술의 전망을 탐색하면서 그것이 사회적으로 가져올 수 있는 영향에 대해서 언급하기도 하지만 그것을 깊이 고민하기보다는 대체로 '구색을 맞추는' 정도에 머물고 있다. ②의 시각은 얼핏 균형잡힌 것처럼 보인다. 하지만 실제로 영화들을 살펴본다면 과학기술과 미래상에 대한 긍정적인 시각보다 부정적인 시각이 압도적임을 충분히 납득할 수 있을 것으로 생각한다. 그리고 2절의 ③에서 언급하겠지만, 많은 영화들에서 과학기술의 '긍정적인' 성과들조차도 종종 쓸모없거나 치명적인 결함을 안고 있는 것으로 묘사됨을 잊어서는 안된다. ③의 시각에 나는 부분적으로 동의한다. 특히 영화 속에 나타나는 과학기술과 과학기술자의 모습이 지나치게 결정론적으로(즉, 주체적인 요인이 끼어들 자리가 없는 것으로) 등장한다는 점에는 전적으로 동의한다. 하지만 영화 속의 과학기술상이 전적으로 '왜곡된' 것이라는 주장에는 동의하기 어렵다. 나는 영화 속에 묘사된 과학기술의 모습, 기술자의 모습, 그것이 구현된 미래세계의 모습에는 20세기 들어 과학기술이 걸어온 길과 그것이 앞으로 걸어갈 길에 대해 대중들이 갖고 있는 우려와 공포—"과연 새로운 과학기술은 진정으로 인간의 존재조건을 향상시킬 것인가"라는—가 잘 반영되어 있다고 생각한다. 이러한 우려와 공포를 '전문가적'인 시각에서 '비과학적'이라고 재단해 버린다면 그것은 원자력발전소 찬반 논의에서 보이는 '전문가 신화'—한마디로 말해 원전에 대한 반대를 '뭘 잘 모르는' 것으로 간단히 치부해 버리는 것—의 또다른 형태에 다름아닐 것이다.

이상의 논의를 바탕으로 하여 나는 이제 대중영화들 속에 나타난 미래상과 과학기술자, 과학기술의 모습을 순서대로 3가지 유형—① 디스토피아적인 미래상, ② '미친 과학자'(mad scientist)와 자율성을 상실한 과학자/엔지니어, ③ 과학기술의 무용성과 그것의 치명적 결함—에 넣어 살펴보고, 20세기의 과학기술 발전과정에서 그 근거가 될만한 몇 가지 사건들을 생각해 볼 것이다. 그리고 마지막으로 대중영화 속의 이러한 과학기술상이 함의하는 바를 간략히 생각해 보면서 앞으로의 강의에 여운을 남기려 한다.

2. 대중영화 속의 과학기술의 이미지

1) 디스토피아적인 미래상

영화 속의 과학기술의 모습 중에서 지금껏 가장 많이 언급되어 온 것이 바로 SF영화가 그려온 디스토피아적인 미래상의 측면이다. 이 미래상의 묘사는 과학기술의 발전이 궁극에 있어 정치적, 환경적으로 재앙을 가져오거나 반(反)민주적인 가치들과 필연적으로 연결된다는 사고를 밑바닥에 깔고 있다. 미래사회에는 현재의 사회가 갖고 있는 각종의 모순들(특히 과학기술의 발전과 관련된)이 극대화된 모습으로 보여진다. 주요한 SF영화들이 그리는 미래상의 예를 몇 가지 들어보자. ① 현재의 계급모순은 과학기술의 발전으로 말미암아 심화되며 심한 경우 극단에 위치한 두 계급으로 나뉜다.(메트로폴리스, 블레이드 러너) ② 사회의 관료적 지배와 정치적 억압은 더욱더 강화되어 극단적인 관료주의적 관리사회가 나타난다. 그리고 첨단과학기술의 구현물인 컴퓨터 등등이 관료적 지배의 매개가 된다(THX 1138, 1984, 트론, 브라질). ③ 이에 따라 대상(과학기술)에 의한 주체(인간)의 소외가 강하게 나타난다(예컨대, 거

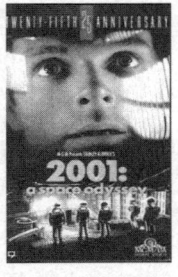

의 모든 SF영화에서 나타나는, 거대한 구조물과 왜소한 인간의 대비, 혹은 자동화된 무기시스템에 대한 인간의 무기력함을 묘사한 영화들, 즉 닥터 스트레인지러브, 위험한 게임 등). 이 테마는 미래사회를 극단적으로 폭력이 가득찬 사회로 묘사하는 것으로 변형되기도 하고(시계장치 오렌지, 아끼라), 또 '자기정체성을 찾아 헤매는 인간의 이야기'와 연결되기도 한다(블레이드 러너, 토탈 리콜, 코드명 J). ④ ③이 극단적인 쪽으로 치달으면 주체에 의해 통제되지 않고 독자적으로 물화된 대상에 의해 주체가 지배되는 경우가 등장한다(알파빌, 2001 스페이스 오딧세이, 터미네이터 1&2). ⑤ 과학기술은 일상생활의 질을 높이기보다는 특정한 부문(예를 들어 군수산업)에 집중되어 발전하며, 이 역시 극단으로 치달으면 핵전쟁(혹은 유사한 파멸적인 전쟁)으로 이어져 인류가 거의 멸망하는 지경에 이른다 (일종의 가상적인 다큐멘터리에 가까운 〈그날 이후〉가 가장 먼저 떠오르며, 이 외에도 SF영화 속의 소장르로 존재하는 수많은 '재앙 이후'[post-catastrophe] 영화들을 예로 들 수 있다. 예컨대 자도즈, 매드 맥스 2&3, 아끼라, 터미네이터, 탱크 걸 등등). ⑥ 현재 진행되고 있는 환경오염은 더욱 극단적으로 진행된다. 예를 들어 보면, 대기오염으로 인한 스모그 때문에 햇빛이 지구상에 거의 도달하지 못해 언제나 어둡고 산성비가 계속해서 내린다(블레이드 러너). 지구온난화로 극지방의 빙하가 녹아 지구가 모두 물에 잠긴다(워터월드). 오존층의 파괴로 결국 지구에 거대한 지붕이 덮여야 하는 상황이 된다(토탈 리콜). 지구 전체에 물이 고갈되어 사막으로 변한다(탱크 걸). 환경오

염으로 말미암아 임신능력을 지닌 여성들의 수가 급격히 줄어
들고, 가임능력을 지닌 여성들이 전체주의적인 국가체제의 통
제하에 놓인다. (핸드메이즈 테일 등등)

이러한 미래상의 묘사는 한마디로 '압도적'이다. 그리고 이러
한 미래상이 과학기술의 발전과 직접적으로 관련된 것으로 묘
사되는—혹은 적어도 과학기술의 발전이 인간의 실질적인 복
지나 자유의 증진에 별반 도움이 못되는 것으로 묘사되는—것
은 만일 우리가 그것을 '당연한' 것으로 받아들이지만 않는다면
사실 놀랍기 이를 데 없다. 우리 시대에 대중적으로 널리 퍼져
있는 과학기술만능주의적인 주장들이나 테크노피아적인 신화
를 고려해 본다면 많은 사람들이 즐기는 이러한 대중영화들을
위에서 묘사한 것과 같은 이미지가 점령하고 있다는 사실은 대
단히 이상하게 여겨질 수 있다. 그 이유는 3절에서 설명하기로
한다.

2) '미친 과학자'와 '자율성을 상실한 과학자/엔지니어'
그러면 이제 영화 속의 과학기술자의 이미지는 어떠한지를
살펴보자. 여기에는 한마디로 묘사할 수 있는 용어가 아예 정
립되어 있다. 즉, '미친 과학자'의 이미지가 그것이다. 영화 속
에서 묘사되는 과학자/엔지니어들은 종종 ① 냉혹하고 무자비
하며('하얀 가운'이 바로 그 상징이다), ② 과학기술적인 문제
그 자체에만 지나치게 매몰되어 있어서 자신이 하고 있는 작업
의 도덕적·정치적인 함의를 미처 고려해 보지 못하며, ③ 프
로젝트 그 자체의 성공을 위한 것이라면 무엇이든지 하며(예컨

대, 부도덕한 정치권력에 복종하고 대기업의 이해관계에 무조건 순응하여 프로젝트 유지를 위한 지원을 받아내는 등), ④ 자신의 과오를 결코 반성하려 들지 않고 고집불통이며 그러면서도 자신의 작업이 인류 전체의 복지를 위한 것이라고 혼자서 믿는, 그런 사람들로 그려진다. 예로 들 수 있는 경우들을 보자. 자본가와 노동자계급의 대립 속에서 자본가쪽을 편들며 노동계급의 지도자를 닮은 로봇을 만들어 노동자들을 현혹시키고, 궁극에는 (말썽많은) 노동자들을 로봇로 대체하려는 계획을 짠다(메트로폴리스). 도덕적·정치적 책임보다는 원자폭탄 개발이라는 '기술적'인 문제에만 매달린다(멸망의 창조). 스키너적(Skinnerian)인 행동공학 원리에 입각하여 비행을 저지른 사람을 사회에 순응적인 인간으로 '개조시켜' 버린다(시계장치 오렌지). 남아메리카의 오지에 열역학 원리만을 이용한 냉장고를 만들고 스스로가 '문명'의 전달자라고 자부하나 불의의 사고에 의해 모든 것을 잃는다(모스키토 코스트), 물체 전송기를 발명하나 그것으로 스스로를 전송시키다가 파리의 유전인자와 합성되어 버린다(플라이). 새로운 실험대상이 나타나기만 하면 불문곡직하고 무조건 잡아들여 실험하고 싶어하며 그것의 도덕적인 함의는 전혀 고려하지 않는다(E.T., 스플래쉬). 이러한 예들은 위에서 든 특징들과 적어도 두 가지 이상에서 겹치는 것들이다. 이러한 이미지는 종종 여러 가지 형태로 변형되기도 한다. 예컨대 과학기술자는 많은 영화들에서 '배신하는'

역할을 맡거나(에일리언 2), 궁극적인 악역으로 등장한다 (Dr. No). 그리고 많은 코미디영화들에서 과학기술자의 이러한 이미지는 희화화되어 웃음을 자아내는 대상이 되기도 한다(스플래쉬, 백 투 더 퓨처). 여기서 한 가지 흥미로운 것은 '미친 과학자'의 이미지가 미래에 대해(혹은 과학기술에 대해) 어두운 전망을 던지는 영화들에서뿐만 아니라 대중영화 전반에 걸쳐서 광범하게 나타난다는 사실이다(예컨대, 해피엔딩을 갖는 스필버그류의 '흐뭇한' 영화에서조차 '미친 과학자'의 이미지가 나타나고 있음을 상기하라).

그런데 앞에서 간과한 것이 한 가지 있다. 그것은 '미친 과학자'의 이미지가 (반드시 그런 것은 아니지만) 종종 '자율성을 상실한 과학자/엔지니어'의 이미지와 병치되어 나타난다는 사실이다. 서로 모순된다고? 그렇지 않다. '미친 과학자'가 자신의 작업이 갖는 도덕적, 정치적 함의를 깨닫는 순간부터 그는 '자율성을 잃은 과학자'가 되는 것이다(과학기술자가 아예 처음부터 자율성이 없는, 외부의 권력에 의해 위협받는 존재로 그려지는 경우도 많이 있다). 여기서 영화 속에서 묘사되는 과학기술자의 전형적인 한 가지 유형이 드러난다. "그는 처음에는 오로지 기술적인 작업에만 매달린다. 자신에게는 너무나 중요한 그것의 성취를 위해서는 어떠한 타협이나 굴복도 마다하지 않는다. 하지만 그것을 실제로 성취했을 때 그는 자신이 그 결과물에 대한 통제능력이 없음을 깨닫는다. 왜냐하면 그 프로젝트의 성취를 위해서 그가 끌어온 돈이나 사용한 장비 등등이 모두 그의 것이 아니기 때문이다. 그는 사실상 자신을 고용한 대기업이나 정부조직에 예속된 존재이다. 이러한 사실은 그를 궁극적인 파멸로 몰고 간다." 여기에 해당되는 예는 대단히 많다. 가장 최근의 예를 들자면 〈터미네이터 2〉도 있고, 조금만 거슬러 올라가면 〈멸망의 창조〉, 〈차이나 신드롬〉, 〈드림스케이프〉 등등의 예를 들 수 있다.

3) 과학기술의 무용성과 치명적인 결함, 반인간

첨단과학기술(또는 그것이 담고 있는 가치)의 묘사에 있어 영화가 취하고 있는 태도의 문제로 넘어가자. 이것 역시 대단히 흥미로운데, 왜냐하면 상당수의 영화들이 과학기술의 성과를 긍정하면서도 그것의 결함이나 결정적인 상황에서의 무용성을 말하고 있기 때문이다.

먼저 과학기술의 무용성을 얘기하는 예를 들어보자. 전투에 있어서 첨단과학기술의 장비들은 결정적인 순간에 이르면 종종 믿을 수 없거나 불필요한 것이 되며, 오히려 일종의 '감'에 의존하는 것이 더욱 정확하다(스타 워즈). 사용법이 대단히 복잡한 첨단의 장비들은 종종 그것을 '두들겨팸'으로써 더 잘 동작한다(구체적인 예를 드는 것이 무의미할 정도로 많음). 과학기술의 발달로 가능하게 된 새로운 현상이나 상황들은 종종 전통적인 가치를 그대로 유지하려는 사람들에 의해 거부된다(대표적인 예로 데몰리션 맨의 사이버섹스). 과학기술의 발전은 종종 쓸모없이 보이는 쪽으로 향하는 경우가 많게 나타난다(미래사회를 다소 밝게 묘사하는 영화들에서 보이는 동화 같은 배경들과 이상하게 생긴 집들, 이상한 옷차림과 타고 내리기에 더 불편

하게 보이는 탈것들 등등).
과학기술을 거부하고 자연친
화적인 가치를 유지하려는 경
우도 심심찮게 볼 수 있다(미
야자끼 하야오의 애니메이션
들, 대표적으로 바람계곡의
나우시카). 하지만 다소 소극
적으로 보이는 이러한 예보다

과학기술을 더욱 치명적인 것으로 묘사하는 예도 많다. 복잡
한 대규모의 과학기술은 종종 내부에 미처 예상하지 못한 치
명적인 결함을 내포하고 있어서 미처 예상하지 못했던 사태에
서 엄청난 재앙을 불러오게 된다. 이는 그것의 개발을 담당한
과학기술자가 자신감을 가지고 큰소리를 치면 칠수록 더욱 그
러하다. 예상치 못한 우주선의 폭발(아폴로13), 우연히 끼어
든 '파리'라는 요인(플라이, 브라질), 냉전체제 하에서 피해의
식을 보이는 장군(닥터 스트레인지러브), 원한을 품은 컴퓨터
기술자(쥐라기 공원), 엉뚱하게 끼어든 해커 소년(위험한 게
임) 등 위험요인은 언제나 예상하지 못했던 곳으로부터, 아주
사소한 것으로부터 나타난다. 이는 거대과학기술체계 전반에
관한 일종의 불신감의 표현으로 볼 수 있다.

그러면 이제 위의 세 가지를 전체적으로 정리해 보자. 과학
기술자는 종종 도덕적·정치적 함의를 잊고 오로지 기술개발에
만 '미친' 사람으로 그려지며, 대기업, 정부 등등의 거대조직에
속해 자율성을 잃고 있다. 이들이 개발한 과학기술은 언뜻 보

기에는 그럴싸하지만 인간의 실질적인 복지 증진에는 아무런 도움을 주지 못하는 것들이며, 대부분 내부적으로 치명적인 결함을 안고 있어 궁극적인 파멸로 치닫는다. 그 결과 미래사회는 암울한 전망으로 뒤덮이게 되며, 무분별한 과학기술의 남용으로 환경은 오염되고, 과학기술자는 지배계급의 노예로 전락하며, 사회는 관료적 지배로 이어지고 과학기술은 이 지배를 실질적으로 돕거나 최소한 방조한다. 다소 어두운 전망일지는 모르겠으나, 우리가 보는 대다수의 영화들에서 나타나는 전망들을 합치면 이러한 결과가 나옴을 부인할 수는 없을 것이다.

3. 대중영화 속의 과학기술의 이미지의 근원 탐구

그러면 이제 '왜?'를 물을 차례이다. 20세기와 같이 과학기술의 성과들이 광범위하게 응용되고 있고, 과학기술의 전망에 대한 낙관적인 해석들이 대중들 속에 널리 퍼져 있는 시기에, 왜 유독 많은 사람들이 즐겨 보는 대중영화 속에서는 이렇게 부정적이고 어두운 이미지들이 넘쳐나고 있단 말인가? 왜 그럴까?

이것을 심각하게 해석하기를 거부하는 사람들, 특히 영화매체의 기능을 순전히 기분전환에만 한정하려는 사람들은 아마도 대부분 그 원인을 영화의 장르적인 특성에 돌릴 것이다. 즉, 미래를 어둡게 묘사하는 것은 SF라는 영화장르의 특성이며 따라서 그것에 굳이 '사회적'인 어떤 이유를 갖다 붙일 필요가 없다는 주장이 그것이다. 마찬가지로 '미친 과학자'의 이미지 역시 영화에서의 극적 전개를 위한 장치이며(갈등구조를 갖춘 이야기를 만들려면 누군가가 '나쁜 놈'이 되어야 하니까), 과학기술의 치명적인 결함 역시 서스펜스를 불러일으키기 위한 장치로 파악할 수도 있다.

나는 이러한 주장이 전적으로 틀렸다고 말하고 싶지는 않다. 이런 주장은 상당부분 옳다. 아무런 생각 없이 만들어진 '쓰레기같은' 영화들에서도 앞서 말한 특징들이 드러나는 것을 보면 이런 주장이 어느 정도 설득력을 갖는 것처럼 보이기까지 한다 (그런 영화들에서는 분명히 그 이미지를 일종의 '장르적 관습'으로 차용한 것임이 분명할 테니까). 하지만 이러한 주장이 모든 것을 설명해 내지는 못한다. 왜 하필이면 과학자가 '나쁜 놈'이 되어야 하는가? 왜 하필이면 과학기술의 치명적인 결함이 서스펜스를 불러일으켜야 하는가? 이에 대한 답변은 오로지 사회와의 관련을 통해서야만 찾을 수 있다는 것이 나의 생각이다.

다른 한편으로 앞서 언급한 바와 같이, 이러한 과학기술의 이미지들이 전적으로 영화산업의 이해관계에 의해 생겨난 것이며 그 결과 과학기술에 대한 대중들의 이미지를 호도하고 있다는 주장도 가능하다. 하지만 이러한 주장 역시 진실의 일단을 담고 있긴 하지만, 앞서의 이미지 전체에 대한 설명으로는 불충분하다. 나는 오히려 영화산업이 과학기술에 대해 대중들이 갖고 있는 이미지에 편승한 측면이 많다고 생각한다. 물론 이 둘간에 선후관계를 따진다는 것이 무의미하긴 하지만(이 둘은 끊임없는 상승작용으로 과학기술에 대한 이미지를 재생산해 왔다고 보는 것이 정확할 것이다).

그럼 이제 과학기술에 대한 앞서의 이미지의 근원을 생각해

보도록 하자. 과학자에 대한 이미지, 즉 '미친 과학자'의 이미지에서 시작하는 것이 가장 적절할 것 같다. 사실 이러한 이미지는 그 기원을 18세기 말-19세기 초까지 거슬러 올라갈 수 있다. 그 대표적인 예가 1818년에 발표된 메리 셸리의 소설 『프랑켄슈타인』이다. 따지고 보면 오늘날의 과학기술자의 이미지는 거의 프랑켄슈타인의 이미지의 변형이라고 볼 수 있다. 호기심에 이끌려 자신의 행위의 도덕적 결과를 고려하지 않고 미친 듯이 연구에만 몰두하며, 결국에는 자신의 피조물에 의해 파멸하는 프랑켄슈타인의 이미지는 오늘날 과학기술과 과학기술자의 이미지의 선구라고 볼 수 있을 것이다.

하지만 당시에는 이러한 생각이 단지 놀라운 상상력의 수준에 머물렀으며 아직 그것의 현실적인 함의는 나타나지 않고 있었다. 물론 프랑켄슈타인의 이미지가 당대의 과학자들의 모습과 그에 대한 대중들의 태도를 어느 정도 반영했을 수도 있다. 무언지 잘 알 수 없는 주제에 대해서 이상한 기구들을 늘어놓고 실험을 수행하는 사람들, 즉 과학자들에 대한 당대의 대중들(즉, 과학에 무지한 사람들)의 반응이 여기에 어느 정도 나타나 있는 것이다. 하지만 그것은 오늘날과 같이 전면적인 것은 아니었다.

오늘날의 과학자의 이미지가 형성된 것에는 크게 두 가지 계기가 존재한다고 볼 수 있다. 그 중 하나는 20세기 초에 본격적으로 부상한 양자역학과 상대성이론의 출현이다. 이 둘은 그 이전의 과학들과는 확실히 선을 긋는 것으로서, 일반적인 상식으로는 '도저히' 이해할 수가 없는 것이기만 하는, 사회와는 격리된 집단으로서의 '과학자'의 이미지가 대중들의 뇌리에 깊이 박혔다. 그리고 이러한 이미지는 2차대전 말미에 원자폭탄이 완성되면서 과학자들에게 덧씌워진 파우스트적인 이미지와 결합하였다. 과학기술에 무지한 대부분의 대중들로서는 자신들이 전혀 이해할 수가 없는 원리—E=mc2라고 상징적으로 표현되는—에 기반하여 그토록 막강한 파괴력을 지닌 무기를 개발할 수 있었다는 사실 자체가 공포감으로 다가가고, 이러한 공포감은 원자폭탄에 대한 대중매체의 호들갑으로 말미암아 더욱 증폭되었다. 그 결과 대중들은 막연히 사회로부터 격리되어 나름대로 뭔가를 하는 집단으로서의 과학자가 아니라 사회에 엄청난 실질적인 영향(주로 악영향)을 끼칠 수 있는 위협적인 집단으로서의 과학자들을 인지하기 시작하였다. 이러한 이미지는 2차대전 이후의 과학기술 발전을 바라보는 대중들의 뇌리에 계속 잠재하고 있다는 것이 필자의 생각이다.

한편, 이와는 약간 거리를 두어 존재해온 엔지니어들의 경우를 생각해 보자. 19세기로 거슬러 올라가게 되면 과학자와 엔지니어(혹은 발명가)는 분명히 서로 구분된 영역에 존재하였다. 이때까지만 해도 과학자들의 대사회적 영향력은 미미한 것으로 생각되고 있었다. 하지만 엔지니어나 발명가들은 19세기를 통해서 여러 모로 유용한 인공물들을 만들어내고 사회 건설에 반드시 필요한 토목공사 등을 관리하는 등 스스로가 사회적으로 유용함을 증명해 왔다. 따라서 이들에 대한 대중들의 이미지는 대단히 우호적인 것이었으며, 새로운 사회를 만들어 나가는 주된 동력으로서 이들을 찬양하는 것이 보통이었다(에디

슨 같은 발명가-엔지니어에 대한 신화화가 대표적인 예이다).

하지만 19세기 말-20세기 초를 거치면서 그동안 독립적으로 활동하던 발명가와 엔지니어들이 대기업이나 정부기관에 예속되는 상황이 전개되었다. 이들은 20세기 초부터 본격적으로 등장하기 시작한 산업체 연구소에 소속되거나 전쟁 기간에는 정부로부터 직접 요청을 받고 군수물자의 생산에 동원되었다. 이러한 상황에 대해 많은 사람들은 우려의 시각을 표명하였는데, 사회 전체의 자산이 되어야 할 과학기술의 개발이 결국에는 몇몇 소수의 대기업 수중에 떨어짐으로써 그 성과가 악용되지는 않을지 하는 것이 그 우려의 주된 근거였다. 이러한 우려는 20세기를 관통하면서 과학자와 엔지니어 사이의 간격이 조금씩 좁아지고 이 둘 모두가 거대한 조직들에 예속되는 상황이 전개되면서 정도를 더해 갔다.

따라서 이러한 상황을 종합하면 앞서의 이미지들의 근저에 깔려 있는 대중들의 정서를 미루어 짐작할 수 있다. 그들은 과학기술이 인간의 복지를 궁극적으로 증진시킬 것이라는 주장을 믿고 싶어하면서도 과학기술과 과학기술자들이 지금까지 걸어온 길을 반추하면서 그것이 악용되지는 않을지, 과학기술의 발전으로 말미암아 가능해진 막대한 생산력 발전의 성과물이 자신들을 배제하는 것은 아닌지, 자신은 그것에 거의 기여한 바가 없는 과학기술의 발전이 자신을 소외시키지는 않을지에 대해서 우려하고 있는 것이다. 이러한 정서는 많은 사람들이 보는 대중 영화들 속에서 시각적인 형태로 나타나고 있다는 것이 나의 생각이다(이것을 단순한 반영론으로 보지는 말아주기 바란다).

4. 함의

이상에서 대중영화들 속의 과학기술의 이미지를 살펴보고 그러한 이미지가 나타나게 된 원인과 배경을 분석해 보았다. 나는 이러한 분석을 통해서 한두 가지 함의가 도출될 수 있으리라 생각한다. 우선 나는 대중영화 속의 과학기술의 부정적인 이미지가 앞서 1절에서 내가 예로 들었던 것처럼 단순하게 파악되어서는 안된다고 생각한다. 그리고 나는 과학기술의 통제에 있어서 '무지한' 대중들을 배제하고 과학기술자들만이 주체가 되어야 한다는 발상은 대단히 위험한 것이라고 경고하고자 한다. 궁극에 있어서 과학기술의 성과나 그것의 문제점들을 겪어야 하는 것은 바로 다름 아닌 대중들 자신이다. 따라서 그들이 과학기술에 대해 갖고 있는 생각들은 의당 존중되어야 한다. 과학기술의 통제 문제에서 널리 유포되고 있는 '전문가 신화'는 타파되어야 할 것이다. (1996년)

문학과 영화, '따로 또 같이?'

1

새삼스러운 이야기지만 90년대는 이른바 영상의 시대를 개창했다는 점에서도 훗날 특별한 연대로 기록될 만하다. 미래 산업을 향도한다는 문화산업이 무엇보다 영상매체를 자신의 엔진으로 삼고 있는 형국에서도 그렇거니와 소위 이마골로기(imago-logy)라는 새로운 개념의 유통이 예시하는 것처럼 수용주체의 감성 및 인식틀 전반에 영상언어가 강력한 준거로 작용하고 있다는 진단이 일반적 정서로 되어가고 있으니 그럴 만도 하다. 새로운 권력에 몰려가는 것이 세상 인심의 대개이듯이 영상매체의 상한가 경향이 가속되자 사람들은 영상매체가 자체 영역의 심화에 그치지 않고 문자매체 특히 그간 문학이 해온 일 그리고 여전히 문학이 해야 할 임무조차 대체할 수 있을 것이라는 확신 아닌 확신에 들떠 있기도 했다. 문자기표에 대한 영상기표의 대체성 여부를 여기서 깊이 논할 바는 아니지만 그런 일련의 문화적 정세가 문학의 효용성과 가치를 믿고 있는 사람들에게는 뭔가 심히 불편한 일임은 사실이다. 통속적으로 말해, 무엇보다 문학의 단골손님들이 점차 영상쪽으로 넘어간다는, 말하자면 영상매체가 문학 쪽의 '영업권'을 월장하고 있는 것처럼 여겨질 수도 있고, 그런 판단은 당연히 문학의 존립성을 근본적으로 다시 타진해 보지 않을 수 없는 요인으로 작용하기에 그렇다. 그런 점에서 90년대의 주요 흐름인 영상매체의 득세는, 여하튼 문학으로 하여금 여러 가지 고민과 대응을 하지 않을 수 없는 국면을 야기한 셈이다.

그런 시세의 반영인지 급기야 젊은 소설가들 사이에서는 자신들의 소설이 영화제작을 전제로 씌여진다는 발언까지 서슴없이 나오게 되었다. 만약 정황이 그렇다면 소설적 글쓰기는 영화를 위한 반제품 정도가 되어 버리기 마련이며, 따라서 소설의 건축공법은 영화의 '콘티' 혹은 시나리오로 각색하기에 용이한가 그렇지 않은가 하는 점에 의해 자신의 존재근거를 구해야 할 처지에 놓이게 된다. 그럴 경우 '순수한' 소설 서사의 구조화가 막대한 변형을 겪지 않을 수 없는 운명에 처함은 물론이다. 다시 말해 영화적 효과인 시각적 만족을 위해 시각성의 불필요한 남발이 범람할 수 있으며 그로 인해 사건의 서술과 대상에 대한 묘사로 구성되는 소설공학의 토대적 요소와 방법들이 심각하게 굴절되거나 파행으로 치달을 수 있다는 것이다. 그런데 소설문학에서의 영화화 경향은 그런 식의 목적의식적인 영화적 소설창작에만 해당되는 사정이 아니다. 예의 작가들처럼 노골적인 목적성에 복속하는 것은 아니지만 이른바 '신세대' 작가라

지칭되는 젊은 작가들의 소설에서는 영화적 요소 혹은 시각적 요소가 무시로 삽입되고 변주된다. 여기서 문제는 시각적 요소의 차용이나 이미지의 시퀀스 애용 그 자체라기보다 소설서사적 개연성이나 필연성 없이 '외삽'된다는 데에 있다. 그 까닭에 대한 해석이야 수다히 제출되었다. 새로운 작가들의 문화적 정체성이 영상 혹은 이미지에 의해 구성된다는 것이나 우리의 현대적 환경과 일상이 인공자연 그리고 스펙터클의 불연속적・연속적 연쇄 과정으로 구조화되어 있기에 그들의 그런 정체성과 감수성 그리고 그것을 통한 현실의 시각적 제시는 당연하다는 언급 등이 그런 해석 가운데 하나일 터이다. 이런 경향은 백민석, 배수아, 김영하 등을 비롯해 90년대에 등장한 새로운 작가들의 작품에 공통적으로 관류하는데 그들의 장면묘사의 적지 않은 경우가 묘사 대신 그림이나 사진을 언어기호로 전사(轉寫)해 놓은 듯한 방식을 택한다.

그래서 그런지 90년대 최고의 독서가는 충무로의 영화기획 관련자라는 뼈있는 말이 나돌게 된 것 같다. 물론 그들이 최고의 독해를 한다는 것은 아니다. 소설을 최고 먼저, 최고 많이 읽는다는 뜻이다. 왜 그럴까? 당연한 대답은 영화화하기 위한 재료를 찾기 위해서이다. 그러나 대답을 거기에 그치는 사람은 문화의 흐름이 어떤지 물색 모르는 자로 몰리기 십상이다. 소설의 영화화는 영화의 발명 이래 중단된 적이 없는 일이다. 하지만 이전에는 소설에 각색이라는 가공과정을 거쳤다. 한데 그 각색과정이라는 것이 소설 생산 못지 않

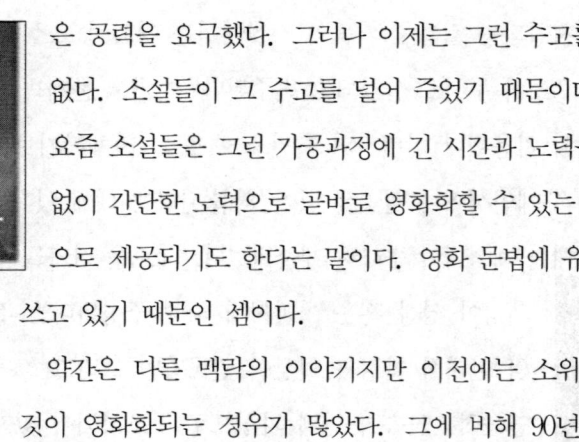

은 공력을 요구했다. 그러나 이제는 그런 수고를 할 필요가 없다. 소설들이 그 수고를 덜어 주었기 때문이다. 말하자면 요즘 소설들은 그런 가공과정에 긴 시간과 노력을 들일 필요 없이 간단한 노력으로 곧바로 영화화할 수 있는 반제품 자격으로 제공되기도 한다는 말이다. 영화 문법에 유사한 소설을 쓰고 있기 때문인 셈이다.

약간은 다른 맥락의 이야기지만 이전에는 소위 정전이라는 것이 영화화되는 경우가 많았다. 그에 비해 90년대 할리우드 영화에서 정전의 영화화는 상대적으로 무척 희소하다. 대신 마이클 클라이튼이나 존 그리샴 같은 작가들의 대중소설들이 영화에서 가장 환영받는 소설 텍스트가 되었다. 정전의 영화화를 기피하는 이유는 전에 제작된 것의 반복위험을 피하려는 고심의 산물이기도 하겠지만 무엇보다 중요한 이유는 예의 대중소설들이 영화문법을 자체 내에 내장하고 있기에 영화와 친연성이 아주 강력하다는 점에서 온다.

어쨌든 문학과 영화의 새로운 상관성을 상기할 때 우리 문학사는 이전에도 그런 경향이 두드러진 적이 있었음을 보여준다. 말하자면 영화가 문학에 꽤 심각한 고민덩어리를 안겨주고 혹은 문학의 새로운 방법을 채굴할 수 있는 공활지로 여겨진 것은 90년대만의 일이 아니라는 점이다. 30년대에도 김기림이나 박태원, 이상 등을 비롯해 많은 작가들이 영화에 지대한 관심을 표명하고 영화적 기법을 자신의 창작방법에 원용해 보고자 애를 썼던 것이다. 다음과 같은 박태원의 발언이 그런 사실을 일러준다.

214

여기서 우리는 영화수법의 효과적인 응용이라는 것에 관하야 생각하여보기로 하겠다. 이 새로운 예술영화는 그 역사가 지극히 새로운 것임에도 불구하고 짧은 시간에 그러케도 비상한 진보를 우리에게 보였다. 그와 함께 그것은 우리가 배울 제접 만흔 물건을—특히 그 수법, 그 기교에 얻어 가지고 있다. 나는 작품에 잇서 그것을 시험하여 보았다. 물론 그것은 나만이 생각할 수 잇엇든 것은 아니엿슬게다. 최근에 '율리시즈'를 일고 '제임스 조이스'도 그가튼 시험을 한 것을 알엇다.

영상예술 그 중에서도 플롯과 동적 이미지의 복합으로 건축되는 영화는 당대 문학인들에게도 신기하고도 여간 매혹적인 서사장치로 여겨지지 않았을 수 없었을 터이다. 지각에 어떤 매개 없이 활착하는 그 직접성은 언어적 매개를 필수로 하는 문학에 견주어 볼 때, 적어도 그 재현적 투명성의 효과에 관한 한 매력적으로 받아들여졌으리라는 사실은 능히 짐작된다. 물론 30년대 작가들이 영화를 대하는 태도가 지금처럼 문학의 위기의식에서 연원하지는 않았다. 5-60년대 김수영, 최인훈 등이 영화평론을 썼던 사실이나 김승옥, 김지하 등이 영화제작에 직접 참여한 이유가 그랬듯이, 영화매체가 문학에 상보적이거나 어떤 결핍을 채워줄 수 있으리라는 기대 때문이었다고 보는 편이 온당하다. 하지만 앞에서 말한 것처럼 문화예술 지형에서 문학의 위상이 점차 평가절하되고 더 나아가 영상매체가 그 자리를 대체하는 듯한 이즈막 일련의 흐름은 알게 모르게 문자매체 특히 문학적 서사나 문학언어가 발견한 가치나 그 미적, 인식적 효용 등을 왜소한 것으로 치부하는 태도로 연장되기에 문제적 상황임에는 틀림없다. 그러나 문학과 영화는 대체나 서열적 구도로 그 관계가 성립할 수 있는 것이 아니라 단지 매체언어의 속성이 다르고 그래서 그 감동의 종류가 다를 뿐 한쪽의 가능성이 다른 쪽의 그것을 대신할 수 있는 것은 결코 아니다. 예의 대체성의 주장은 대개 문학언어와 서사구조의 자질에 대한 무지에서 비롯된다고 보아도 무방하다.

2

영화 메커니즘을 생각해 볼 경우 우선 그것은 상당히 강제적인 성격을 지닌 매체임을 알게 된다. 요컨대 강제적인 보여주기(showing)를 메커니즘의 원리로 내장하고 있다는 말이다. 이를테면 영화는 극장에서 틀어지는 순간부터 관객에게 일방적으로 보게끔 하는 구조로 되어 있다. 그런 구조에서 관객은 영화 상영시간을 군말 없이 따라가야 한다. 잠시 화장실에라도 갔다 오면 더 이상 영화를 쫓아가기 힘들다. 하지만 소설은 화장실 정도가 아니라 몇시간을 놀다 와 다시 책을 들어도 그 연속성은 단절되지 않는다. 영화서사는 문학서사와 서로 성질이 다르기 때문이다. 이 성질의 다름이 내포하는 의미는 상당히 막중하다. 시각성이라는 것이 우리 감각 중 가장 강력한 것이고 그래서 외부의 시각대상은 그 어떤 감각기관보다 시각기관을 먼저 잡아끄는 것은 물론이다. 이 점은 분명 그 감응의 우선성과 강렬도에 있어 문학언어와 차이지는 것인 동시에 영화의 우세한 성질이다. 그러나 같은 시각매체라 해도 만화 및 다른 시각매체와 영화 메커니즘은 또한 다른데, 그 측면을 살펴보면 문학

과 영화 메커니즘의 원리적 다름과 효과의 변별성 역시 선명해
진다. 가령 만화만 하더라도 그것이 한 컷짜리 만평이든 장면
의 연쇄가 이어지는 극화이든 독자는, 보는 행위의 가장 기초
적인 조건인 시간성을 주관적, 능동적으로 활용할 수 있다. 무
슨 말인가 하니, 자기 의지에 따라 정지시킬 수도 있고 지연시
킬 수도 있으며 또한 사건의 시간을 그대로 쫓아갈 수도 있다는
것이다. 시간을 중지시킨다는 것은 매체 감응과정에서 대단히
중요한 의미를 산출하는 행위로 작용한다. 즉 시간을 멈추게
하는 행위는 그 정지된 시간 위에 머무르는 행위를 연이어 낳기
때문이다. 이때 머무름은 휴식의 시간과 공간이 아니다. 그 머
무름은 감응대상(의 일반적 과정, 특수한 국면 등)에 대한 섬
세한 반성적 성찰을 가능케 하는 조건이 된다. 요컨대 그 머무
름은, 다름 아니라 자신이 방금 시각적으로 체험한 대상 및 현
실에 대한 반성의 공간과 시간을 독자가 확보한다는 뜻이다.
이 반성 가능성의 시간은 매체와 수용자 사이의 탄력적인 되먹
임(feed-back)을 위해서 중요한 요소가 아닐 수 없다. 우리는
만화를 볼 때 관습적으로 한 칸, 다음칸 그리고 다다음칸으로,
연속적으로 눈을 이동시킨다. (눈앞의 칸이 이동되는 것이 아니
라 눈이 이동하는 것이다. 즉 능동성의 수행이다.) 한데 그 이
동이 일어나는 그 시간의 사이에는 동시에 공간의 사이(틈)가
있다. 한칸과 다음 칸 사이의 여백 혹은 선이 그것이다. 앞 페
이지에서 다음 페이지로 넘어가는 과정도 마찬가지의 맥락이
다. 그런데 주목할 것은 우리의 눈이 다음 칸으로 바로 넘어가
지 않고, 칸 사이(틈)에 머물러 있어도 만화 자체의 전개 그리

고 만화와 수용주체 사이의 관계에는 아무런 영향과 손해가 발생하지 않는다. 그 틈은 물론 물리적 면적으로 보면 아주 작은 공간이다. 그러나 그 작은 공간은 동시에 아주 광활한 공간이다. 그렇게 역설적인 공간이 되는 까닭은 그 공간이 머무름의 시간이 안착하는 공간이기에 그렇다. 머무름, 즉 반성적 성찰은 그때까지 본 서사나 사건의 전체 혹은 각 대목을 다시 반추하고 그 의미를 저작하며 때로는 그것을 위해 시간을 역진해 나가기도 한다. 그런 과정은 수용주체의 상상력과 지성과 심미성을 무한대로 넓힐 수 있는 개연성을 포함하게 되는데, 그것은 바로 예의 틈에서 발생하며 그렇기에 그런 측면을 그 작은 사이(틈)가 모두 담을 수 있다는 점에서 그 틈은 순식간에 광활한 공간으로 용도변경된다는 것이다. 소설은 더 말할 나위 없다. 문장과 문장 사이가 바로 그러하고, 나아가 단어와 단어 사이의 공백이 바로 그런 지점이 된다. 소설은 물론 만화와 같은 정(靜)영상에도 이처럼, 영화같은 동(動)영상과 달리 예의 머무름의 시간, 즉 반성과 반추의 시공간이 무한히 펼쳐진다는 것이다.

그러나 영화는 그렇지 않다. 물론 영화에도 시간의 역진이 가능하며 쇼트와 쇼트 사이의 틈이 있을 수 있다. 그러나 영화는 상영되는 순간 이후는 우리 눈앞에 1초에 24프레임을 계속 난사한다(100분짜리 영화일 경우 우리 눈에는 10만 4천 프레임이 난사된다). 런닝머쉰이, 스위치를 끄지 않는 한 올라탄 사람의 사정을 일일이 봐주지 않는 것처럼 영화 역시 영사기를 멈추지 않는 한 쇼트 사이의 틈은 쇼트의 질주처럼 우리 눈앞을

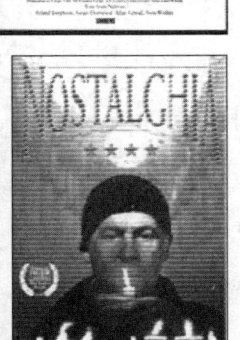

거의 음속의 속도로 지나가 버리는 것이다. 거기서 어떤 머무름도 가능치 않다. 말하자면 상영 중에 혼자서 그 영사의 시간(소설의 시간)을 멈추고 한 컷과 다른 컷을 일일이 비교해 보면서 일련의 저작을 해볼 수는 없는 노릇이라는 것이다. 영화가 반성의 시간과 아예 무관하다는 불순한 데마고기를 퍼트리려는 것이 아니다. 하지만 영화에서의 반성적 성찰은 일단 영화 한편이 다 끝난 다음이라는 조건을 넘어서기 곤란하다. 그런 과정에의 반성은 문학이나 만화같이 중간, 중간 시간 정지를 통한 반성적 성찰로 감동과 수용의 문맥을 계속 고양, 확장시켜나가는 과정과 상당히 차이지는 것은 어쩔 수 없는 점인 셈이다(영화 종영 후의 반추가 장면 하나 하나를 대상으로 하기는 힘들다. 그러기에는 우리의 기억용량이 지나치게 부실하다). 그렇기에 오로지 전진, 직진만 수행하게 된다. 물론 근자에 한국 관객들이 선호하는 이란의 영화감독 키아스트로타미나 또는 영상의 시인이라는 별호를 얻은 러시아의 타르코프스키 등의 영화는 길게찍기나 멀리찍기 등의 형식을 통해 관조의 시간을 공급한다고 하지만 그럼에도 그것이 곧 영화의 메커니즘을 반역하면서까지 시간 정지의 효과를 제공하는 것은 아니다.

개인적 경험에 국한되는 일이지만 움베르토 에코의 소설『장미의 이름』을 영화로 보고 나서 기대 이하의 느낌을 받았던 것도 아마 예의 문맥에 연루되기 때문이 아닌가 싶었다. 물론 매체언어의 성질이 다르기에 기대지평 역시 다를 수 있다는 점은 부인할 수 없지만 그래도 소설에서의 감응과

는 그 다름이 컸다는 기억은 아주 깊게 남아있다. 〈장미의 이름〉은 그 구성적 특징상 각 사건들이나 플롯의 개연성을 머무름, 되새김, 추리적, 논리적 사유를 통해 재구성하는 노력을 요구한다. 그 노력은 소설 『장미의 이름』이 공급하는 심미적 쾌감과 지성적 쾌감의 추수를 위해 독자가 지불해야 할 경비이다. 하지만 영화는 무엇보다 지성적 쾌감이 호출하는 재미를 공급해주지 못한 것이다. 그 영화에 대한 나의 섭섭함을 감독에게만 돌릴 일이 아님은 자명하다. 시각성을 중요시하는 영상매체의 원리가 수용과정에서 동반될 수 있는 논리적, 추리적 범역과 기능까지 모두 포괄해야 할 필연적인 의무는 없기 때문이다. 여기서 다시 확인할 수 있는 사실은, 소설의 영화화가 대개 실망을 안겨주는 것이 앞에서 말한 것처럼 문학에서 받을 수 있는 감동과 영화에서 받을 수 있는 감동의 종류가 다른 것이고 그것은 매체언어의 차이 때문이라고 하더라도 그 차이가 얼마나 중요한가 하는 점이다.

영상문법은 어차피 대상의 시각적 직접성을 겨냥한 재현이다. 그러나 문학은 바로 이 직접성을 경계하는 언어체계이다. 그것도 심히 그러하다. 문학예술 비평의 비조라 할 수 있는 아리스토텔레스는 『시학』에서 그 경계의 이유를 이렇게 밝힌다.

공포와 연민의 장경(場景)에 의하여 환기될 수도 있고, 사건의 구성 그 자체에 의하여 환기될 수도 있으나, 후자가 더 훌륭한 법이다. 더 훌륭한 시인만이 할 수 있는 일이다. 왜냐하면 플롯은 눈으로 보지 않고, 사건의 경과를 듣기만 하여도 그 사건에 전율과 연민이 감정을 느낄 수 있게끔 구성되어야 한다. 바로 이것이 오이디푸스의 이야기를 듣기만 하여도 느끼게 되는 감정인 것이다.

인용문이 강조하는 점은 결국 보여지는 것보다 보여지지 않은 것이 오히려 더 강력한 심미적 효과를 낳는다는 사실이다. 예의 우려와 경계는 그런 의미에서, 한편으로는 심미적 효과의 극성화에 대한 요청인 동시에 다른 한편으로는 눈앞에 직접적으로 현전되는 것에 대해 강하게 이끌리는 일, 요컨대 시각적인 것에의 함몰(commitment)이 수용주체의 다른 감상능력, 특히 지성적인 영역을 원초적인 정념에 복속시키는 결과를 낳게 된다는 점에의 경고이다. 사실 오이디프스 왕의 비극에서 오이디프스가 자기 눈을 찌르는 장면은 시각적으로 직접 재현되지 않는다. 아니 일부러 비시각적 재현방식을 택한다. 까닭은 비시각적 재현이 오히려 전율과 고통 그리고 연민 등을 두루 포함하는 심미적 쾌감을 극대화할 수 있다고 보았기 때문이다. 그런 비시각적 재현이 더 효과적이라고 보는 태도는 시각화되는 장면이 감각적 몰입의 강렬도를 더 올려놓을지는 모르나, 그것은 돌아서면 잊혀지는, 말하자면 단발적이고 일회적인 감성의 반응에 지나지 않는 한갓진 것으로 간주하는 것이다. 반면 관객들이 오이디프스 왕의 비극에서 느끼는 전율과 고통은 그런 류의 몰입에서 오는 것이 아니라 인간의 어쩔 수 없는 운명적 한계에 대한 지성의 작동과 성찰에서 오는 것이라 본 것이다. 말하자면 최고의 전율은 지성적 상상력을 최대의 경지로 끌어올리는 그리고 지속성을 유지하는 과정을 통해 완성된다고 간

파한 것이다. 적절한 예일는지는 모르겠으니 보이지 않는 현전 방식이 더 효과적이라는 사실은 예컨대 우리의 일상적 경험을 통해서도 알 수 있다. 공포영화에서 우리는 공포를 불러일으키는 것이 눈에 보일 때보다, 보이지 않을 때 더 전율하거나 공포스러워 한다. 눈에 보일 경우 그 윤곽과 형태는 곧 눈에 익숙해지고 고정되지만 보이지 않는 대상에 대해서는 우리가 사고할 수 있는 최대의 공포, 그 극한적 순간까지 상상해야 하고, 그것은 따라서 우리 자신에게 지상최대 강렬도의 공포가 되는 것이다.

앞의 이야기는 결국 시각적 재현과 비시각적 재현 방식이 원칙적으로 서로 다르게 존재해야 함을 예시한다. 이런 점은 소설의 영화화 혹은 소설 같은 영화 등을 통해 문학언어와 영화언어의 호환성을 즐거이 노래하는 이즈음 사람들에게 호환성보다 호환의 불가능성 혹은 호환을 굳이 거부해야 할 까닭과 문맥을 주지시킨다. 예의 거부의 필요성은 기본적인 문학이론에서도 충분히 논증된다. 비시각적 언어체계인 문학담론은 근본적으로 언어의 내포성에 그 표현방법의 근간을 둔다. 비유의 방법론이 가장 비근한 예이다. '내 마음은 호수'라 할 때 그 호수는 어떤 구체적인, 다시 말해 시각적 체험으로 확인할 수 있는 특정한 호수가 아니다. '꽃과 같이'라는 표현을 통해 언어로 꽃을 제시한다 해서 그것이 구체적인 특정의 꽃, 즉 어떤 장미꽃이나 백합이라는 단칭을 이르는 말은 아니다. 무엇 무엇 같다(…ness)라고 할 때 그것은 무수한 내포적 의미의 사슬로 이어지는 무한한 과정인 것이다. 물론 영상적 은유가 없는 것은 아니다. 하지만 시각적으로 직접 꽃을 보여줄 때 화면에 제시되는 꽃은 바로 '그 꽃'이다. 관객의 시선이 그 꽃에 도착할 때 관객은 거개 특정한 '그 꽃만'의 성질과 형태에 시선과 상상력을 작동할 뿐이지, '꽃 일반', '호수 일반'이 머금을 수 있는 의미의 거대한 스펙트럼까지 상상하지는 않는다. 그것은 수용주체의 문제가 아니라 영상메커니즘이 본래 그런 것이다. 요약하면 영화적 은유에서의 꽃이나 호수는 '단칭(單稱) 판단'의 대상으로 제한될 소지가 다분한 반면 문학적 은유에서의 그것은 '범칭(汎稱) 판단'의 대상이 되는 것이기에 거기서 촉발되는 상상력의 크기는 범은유적 세계 모두를 포괄할 수 있을 정도이다.

예컨대 이제하의 『나그네는 길에서도 쉬지 않는다』와 이장호 감독의 동명 영화는 이런 점을 여실히 보여준다. 형태의 외견으로만 볼 경우 소설과 영화는 동일하게 '길'을 중심으로 편제된다. 그래서 전자는 로드로망으로, 후자는 로드무비로 읽혀질 수도 있다. 그러나 그 '로드'라는 것이 양 매체에 작용하는 방식과 그것의 제시(representation) 효과는 문자기표와 영상기표의 차이를 전형적으로 드러낸다. 각색의 가공과정을 거쳤기에 당연한 일이지만 영화의 도입부는 소설과 달리 곧바로 남자 주인공과 간호사가 걸어오는 원경의 길이 제시된다. 길이, 말하자면 길이라는 단어의 외연적 의미로 즉각 제시된다는 것이다. 그 즉각적 시각성은 영화의 어떤 의도를 아주 또렷하게 부각시키기는 하지만, 그러나 바로 거기까지가 그런 표현방식의 임계점이다. 길에 대한 의미화 방식이 그렇게 노골적으로 뚜렷한 것은 한편으로는 그에 상응하는 선명한 의미를 제공하지만 동시에 그것은 그 선명함 뒤의 그늘이 머금고 있는 선명성 너머의 의미에 대해서는 스스로 봉인해버리는 기능을 하는 것이다. 사실 소설에서 '길'은 고도의 추상적 은유로서 일종의 범칭(汎稱) 범주로 작용한다. 인생, 여정, 만남 등의 일상언어로 표현되는 범박한 의미에서부터 어떤 불확실성, 운명의 전개 방식 등에 이르기까지 그 단어, 즉 기표가 거느리고 있는 기의의 계열과 연쇄성은 예의 임계점 이상으로 훨씬 더 멀리 확장된다. 하지만 위에서 말한 것처럼 그 확장의 가능성이 시각적 제시 앞에서는 언제나 제한되기 쉬운 법이다.

3

다시 말하거니와 문자기표와 영상기표는 서로 대립적이지도 대칭적이지도 않다. 앞에서의 논의 역시 그런 대립성을 강조하기 위해서가 아니라 '길'에 대한 예에서처럼 두 매체의 재현 방식은 나름의 고유한 특장과 효과를 지니고 있고 그 때문에라도 그 고유성은 쉽게 호환되지 않는다는 점을 재삼 상기할 필요가 있어서 제출되는 것이다. 결국 두 매체의 언어적 속성이 다르다는 사실은 호환의 관점이 아니라 상보의 관점을 요구하게 된다. 그 상보성의 '시너지 효과'는 사실 현실의 여러 부분에서 확인 가능하다. 사물에 대한 지각반응에 있어 영상은 그 직접성을 기초로 한다 할 때, 그 기제의 원리가 오히려 상상력에 제한을 가할 소지가 있음은 앞에서도 언급했다. 다른 경우를 통해서도 그런 측면을 생각해 볼 수 있다. 예컨대 우리 눈에 들어오는 구상적 세계가 구체적이고 엄밀한 현실인 듯하지만 그것을 마이크로 렌즈로 들여다보았을 때 그 안에 잡히는 미세한 세계는 우리의 눈으로 본 현실의 구상성이 단지 대강의 윤곽에 지나지 않는다는 점을 인식하게 해준다. 물론 마이크로 영상을 통해 그것을 본다는 사실은 그 미세한 세계를 다시 구상적으로 인식할 수 있게 해준다고 할 수도 있다. 그러나 그것은 또 더 작은 극미세한 세계의 윤곽일 뿐이다(그 극미한 세계의 마지막 종착지가 어디인지는 경험과학으로는 아직 해명하지 못하고 있다). 그런 만큼 우리 눈에 맺히는 영상이 허구적일 가능성은 엄존한다. 경험과학이나 철학이 '시각적 봄'의 확실함을 자기 토대로 삼는 패러다임이라 할 때, 예술이 철학적 진리 너머의 진리를 탐조하는 전등이 된다고 갈파한 고대 이후의 수많은 통찰은 바로 그런 점에서 아직도 유용한 것이다(이때 예술은 주로 고전 시문학을 이른다). 문자언어 혹은 문학예술은 또한 그래서 필요한 것이다. 영상적 스펙트럼에 잡히지 않는, 다시 말해 시각적인 확실성, 감각적 확실성의 세계에 잡히지 않는 여변의 진실을 문학적 상상력이 길어오고 그것을 인간의 삶에 전도함으로써 보이는 진리와 보이지 않는 진리를 총체적으로 사고하고 대면할 수 있게 해 준다는 점에서 그렇다.

그러나 이것이 가시성을 근간으로 하는 영상 혹은 영화적 매체가 문학에 빚지고 있거나 문학보다 열등하다는 것을 역설하기 위한 증거가 될 수는 없다. 영상의 한계가 문학적 통찰에 도움을 입기도 하지만 그 역도 성립하는 법이다. 문학이 상상의 세계에서만 형태화시키던 것을 그래서 아직 객관적이고 확실한 지식, 진리의 형태로 주장될 수 없는 가설 수준의 대상세계를, 발전된 테크놀로지로 무장한 영상은 명석판명하게 확인시켜 준다. 예의 극미 세계 혹은 그 반대로 우주 같은 거대한 세계에 대한 것이 그럴 터이다. 그것이 인식론의 크나큰 전회 가능성을 탑재하고 있음은 현대의 새로운 인식이론의 토대가 되고 있는 생물학이나 카오스 이론들이 빈번히 예증하고 있다.

영상의 범람은 한편으로 우리의 감각과 감수성을 복합화하고 확장시키기도 하지만 불가피하게 여러 질환과 문제점을 가져오기도 한다. 그 중 특히 지성적 능력의 약화는 대단히 우려할만한 상황이 아닐 수 없다. 문학이 영화 혹은 영상과 무작정 만나는 일이 능사가 아님은 그 때문이다. 따로 살아야 하는 필연적인 이유가 있는 것이다. 그러나 동시에 각종 문화예술 장치와 재현방식의 복합화 경향은 양자가 같이 놀지 않으면 안되는 상황을 요청하고 있다. 문화예술이 당대성을 방기하지 않기 위해서는 그런 요청을 적극적으로 받아들여야 할 필요가 얼마든지 있다는 말이다. 문자기표와 영화를 포함하는 영상기표가 서로의 역능을 강화시켜 주는 보완재임을 다시 한번 강조해야 할 이유는 '따로 또 같이'만이 예의 질환을 치유하고 해독하는 데에만 아니라 새로운 문화예술 과정을 창조해 나가는 데에도 필수적이기에 그렇다. (1998년)

의리만이 살길이다!:
영화 〈친구〉에 관하여

1. 새로운 전염병

100만년 뒤 인류가 여전히 생존해 있고, 그때 사람들이 21세기 한국의 유적을 발굴할 경우, 모르긴 몰라도 2001년에 한국에 '친구' 바이러스에 의한 대규모 돌림병이 있었던 것으로 확신할 것 같다. 아닌게 아니라 한달 여만에 500~600만 명 이상의 사람을(정확하지 않은 관객수를 보도하는 매스컴을 인용한다면) 감염시킨 '친구'를 전염병이라 부르지 않으면 그 어떤 단어가 그런 현상을 감당할 수 있을지 말이다. 제작 당사자들도 자기들이 만든 영화의 예상치 못한 감염력을 두고 분석 회의를 해 본다고 하지만 아직 그 까닭을 풀이해 내고 있지는 못하다는 전언이다. 하기야 그런 정상성의 경계 이상으로 확대되어 버린 관객 동원 현상을 쉽게 분석할 도리는 별반 없다고 보아야 할 듯싶다. 프리 프러덕트(pre-product) — 프러덕트(product) — 포

유오성   장동건

함께 있을 때,
우린 아무것도 두려울 것이 없었다!

친구

스트 프러덕트(post-product)의 진행도를 기반으로 제작 관계자들 스스로 평가해 보더라도, 영화의 내용이 탁월한 것도 아니고, 영화 외부에서 예측치 못하던 변수가 발생하여 그것이 강력한 도우미로 돌변한 것도 아니며, 한국 사람들이 갑자기 백열상태에 빠져 집단적 판단정지의 공황에 돌입한 것도 아니니, 요컨대 목하 '친구'의 감염력은 기존의 정상적인 분석 도구의 능력을 한참이나 뛰어넘어 버린, 기이한 현상이 되어버린 셈이다.

현재 한국 영화의 시장 규모로 보아 100만 관객 정도는 기획력 혹은 마케팅 능력 여하에 따라 동원·예상 가능하다. 거기에 영화 자체의 작품성이나 그 외의 유인요소가 어느 정도 탑재된다면 그 이상의 관객 동원을 위한 가속페달을 밟는 게 마냥 어려운 과제는 아니다. 대본용 무협지 수준과 앞뒤를 견주었던 〈단적비연수〉 같은 영화에도 100만 이상이 드는 일을 상기해 보면 될 일이다. 아무려나, 〈친구〉 현상을 두고 매스컴에서는 전문가를 동원해 그 원인의 진단을 의뢰하지만 전문가로 호칭되는 사람들 역시 분석 불능은 매 한가지이다. 이 글 역시 그런 원인의 정곡을 찍어낼 가능성은 물론이거니와 그러고 싶은 욕구 또한 크게 없다. 하지만 그럼에도 그런 거대한 동원 현상에 대해 궁금함이 전혀 일지 않는 것은 아니다.

2. 문화과정의 평균화

우리 사회의 문화과정 전반을 상기할 경우 그런 거대 동원 현상의 이유 및 불가피성의 실마리 몇 가닥쯤은 잡힌다. 현재 우리의 문화과정은 소품종 대량 생산/소품종 대량 소비의 구조를 띠고 있다. 이상적인 문화과정은 다품종 소량 생산과 그에 대한 다양한 접촉경험이다. 다양한 문화 경험은 당연히 다품종을 요청한다. 한데 다양한 문화경험은 필수적으로 다양한 읽기 능력과 감각을 전제로 한다. 그것은 또 당연히 무상으로 되지 않는다. 시간, 경제력 그리고 문화수용의 훈련, 다시 말해 코드 독해나 읽기의 훈련 과정이 투자, 선행되어야 한다. 그런 과정을 통해 수용자는 자신의 취향과 호불호에 대한 판단력을 형성해 간다. 하지만 우리 조건에서 그런 수용력의 구비는 아직 무망한 상태이다. 제도교육을 통해서건 공적 문화인프라를 통해서건 대중에게 공급되는 문화예술의 훈련과 접촉 기회는 21세기가 되어도 여전히 열외의 과제로 남아있기에 그렇다. 그런 환경 속에서 자신의 고유한 취향과 감식안을 가지고 있는 '민감한 대중'을 기대한다는 것은 있을 수 없는 노릇이다.

그에 비해 확장된 문화산업의 시장 규모 그리고 대중들의 심미적 일상에 대한 기대 심리는 문화예술에 대한 욕망의 수준을 한참이나 증폭시켜 놓았다. 그렇기에 문화예술 과정에 대한 참여 욕구는 십수년 전부터 이미 팽팽하게 부풀어 있다. 하지만 실제의 일상은 그런 욕망과 기제를 충족시켜 주지 못한다. 고단한 나날의 반복은 다양한 색깔과 모양의 문화예술에 대한 접촉을 유예시킨다. 심미적 일상을 향한 욕망의 강도는 곤두서 있으되 현실의 조건은 그것을 언제나 조갈의 상태에 묶어둔다. 요약하면, 대중 역시 다양하고 지속적인 문화과정 참여를 욕망한다. 그러나 일상은 그런 욕망을 위한 경제력, 시간여유 등을 허락치 않는다. 그러므로 대중에게 허용된 문화예술과정에의 참여 기회는 지극히 한정적이다. 비유하자면 한 달에 한 번 하는 외식이며 거기다 예산마저 한정되어 있다. 그러니 가장 효과적인, 즉 맛있고 값싼 식당을 찾아야 한다. 문화과정 참여도 마찬가지이다. 하지만 문화예술 생산물에 대한 선택이 쉽지 않다. 자신의 판단에 신뢰를 가지지 못한다. 선택을 위한 감각과 판단의 훈련이 부재하기 때문이다. 결국 기댈 곳은 소문이나 공신력 있는 매스컴이다. 따라서 병목현상처럼 한곳으로 몰리는 것은 일견 부득이한 사태이며 예정된 파생상황이 된다. 대규모 동원은 문화 선택과 수용의 평균화를 강요하는 사회의 귀착점인 것이다.

3. '친구'라는 빠롤

〈친구〉의 작품성이 좋다는 이야기는 아직 들려 오지 않는다. 하지만 그렇다고 사람이 그토록 몰리는데 집객의 또 다른 원인이 없다고는 단정하기 힘들다. 사실 이 영화는 속된 말로 '안전빵' 지향 영화이다. 깡패와 '친구'에 관한 드라마이기 때문이다. 영화든 소설이든 서사물이 재미를 주는 이유는 대개 두 가지로 나뉘어진다. 하나는 소재나 사건 그 자체가 흥미를 돋우는 경

우이고 다른 하나는 소재 및 사건 자체는 별 볼일 없는 것이라도 그것을 조직하는 능력의 출중함 때문에 발생하는 재미이다. 대중영화가 대개 전자에 귀속된다면 근대의 탁발한 소설들은 후자의 기준으로 그 등급을 가린다. 〈걸리버 여행기〉나 60-70년대 세계의 오지 한국에서의 이국취향을 적절히 위무해 주었던 기록 영화 〈몬도가네〉 혹은 '터프가이'들의 마피아 관련 영화가 전자라면, 후자는 근대소설이다. 깡패 영화나 소위 '느와르' 장르들은 먼저 전자의 후광을 입고 우리 앞에 나타난다. 그런 장르의 재미는 영화 속 세계가 범박한 일상인으로서는 경험할 수 없는 일종의 모험의 세계라는 측면에서 유래한다. 그것은 동시에 가상적이나마 수용자들로 하여금 자기 경계의 확장 경험을 제공한다. 19세기, 미지의 세계에 대한 모험담이나 풍운아들의 기록을 묘사한 피카레스크 서사가 인기를 끈 것도 일상인으로서는 도저히 가보지 못할 세계에 대한 호기심과 동경을 대리체험하게 해주기 때문이었다. 텍스트를 통한 미지의 공간에의 경험은 자기 공간 체험의 확장이기도 하다. 물론 그것은 단순한 공간 경험이 아니다. 공간이라는 비유에 응집되어 있는, 자기 이외의 삶의 세목에 대한 경험이다. 남루하고 자잘한 일상의 그물에서 통쾌무비한 삶의 역동성은 당연히 포획되지 않는다. 텍스트를 통해 접속하는 역동성의 감수성은 그런 포획 불가능의 세계를 경험 가능하게 해준다.

그에 반해 근대소설의 자격은 일상성 여부에서 주어지기도 한다. 모험 로망스와 대척되는 맥락만 보아도 알 수 있다. 근대소설의 문제의식은 신비롭고 구경거리가 될만한 것은 일상의 임계점 저 너머에 있는 것이 아니라, 다름 아닌 일상 그 자체라는 것이다. 그 일상이 곧 기이하고, 그러므로 모험을 기다리는 영역이 된다. 장삼이사가 근대소설의 주인공이 된 것도 결국 그 때문이다. 근대소설 서사의 추구주체 격인 문제적 인물은 일상의 밖에 있는 존재라서 문제적인 것이 아니라 지나치게 일상적이라서 문제적인 것이다. 근대소설의 공간과 인물모형들은 기사담이나 피카레스크 혹은 영웅담처럼 과잉인간과 과잉공간의 산물이 아니라 오히려 과소인간에 더 가까운 것이다.

소설 『인간 시장』이나 『밤의 대통령』 등 뒷골목과 '조직' 그리고 완력의 드라마가 수백만권 팔린 까닭도 일상의 지평에서는 경험할 수 없는 뒷골목이라는 이방의 공간이 배경을 이루고 있기 때문이고, 그 세계의 드라마는 범박한 일상인에게 일상 너머에 대한 동경과 호기심을 적당히 충족시켜 주는 대리체험 기제이기에 그렇다. 이 대리체험의 심리 기제는 정상적인 일상인이 왕왕 사창가나 도박장 등 양지 이면의 공간을 들여다보고 싶어하거나 혹은 그곳에서 한번 뒹굴고 싶어하는 욕망의 분비 과정과 유사한 맥락이다. 때문에 마피아 같은 대규모 '조직'에 관한 영화이든 소악배들의 악다구니에 관한 영화이든 범죄 및 깡패와 관련된 영화라면 일단 관객 동원에 유리한 발판 위에서 출발할 수 있다. 〈친구〉는 그렇게 출발한다. 그런데 이 영화는 거기에 '친구'라는 가속기를 하나 더 달고 출발한다.

모든 매스컴은 이 영화의 모티프를 우정 그리고 의리로 잡고 있다. 하기야 겉면으로 보면 틀린 말은 아니다. 그런 보도에 따른다면 깡패라는 역할모형은 단지 의리의 전경화를 위한 후경의 위치로 제한된다. 자칭 '아줌마 평론가'들도 이런저런 글에서 〈친구〉에서 조형되는 남자의 우정과 의리를 부러워하며 여자들에게 그것이 부재함을 안타까워한다. 나아가 한국 여성들의 우정 부재 원인은 지극히 사회적인 현상이라는 통찰을 내놓는다. 말하자면 남성은 의리를 지속시킬 경제력이 있는 반면 여성은 그렇지 못해서 이 영화에서 극화되는 그런 류의 우정이 애당초 생길 수 없다는 등, 사회적 수준의 문제까지 적발한 진단서를 발부하기도 한다.

의리라는 코드는 정말 이 영화가 관객을 잡아당기는 빨판일까. 그럴지도 모른다. 만약 그렇다면 우리는 이 '친구'라는 단어의 울림이 적어도 한국사회에서 아주 강력하고 독특하다는 사실을 기억해야 한다. 요컨대 친구라는 음성기호가 한국사회의 문맥에서 독특한 의미로 울려퍼져 나오는, 즉 빠롤에 주목할 필요가 있다. 의리에 관한 한 경상도 남자들이 더하다고는 하지만(이 또한 아무 근거 없는 풍문일 뿐이다. 부산에서 나고 자란 나는 경상도 사내의 의리가 특별하다는 증거를 아직 확보하고 있지 못하다) 한국 남자들에게 우정, 의리는 다른 그 무엇보다 항상 앞머리에 나서는 게 당연한 미덕으로 간주된다. 이들에게 의리의 덕목을 갖추지 못한 자는 '고환도 없는 놈'으로 매장된다.

의리든 혹은 넓은 문맥으로 형제애든, 여하간 그런 것으로 지시되는 우정의 범주는 우리만 중요시하는 게 물론 아니다.

알렉산더 뒤마의 『삼총사』를 기억할 수도 있지만, 서구에도 형제애 앞에서 죽고 못살던 시절이 있었다. 하지만 그들에게 그런 형제애를 모티프로 한 서사들은 20세기에 들어 거의 흔적을 감추었다. 자본주의적 인간관계의 창궐 때문인지 아니면 인간관계에 대한 새로운 가치관의 출현 때문인지는 몰라도, 여하간 그러하다. 반면에 우리의 경우 우정, 의리의 최상화는 여전히 굳건하다. 믿을 것은 친구 밖에 없다는 견결한 체험적 믿음 때문이다. 그러나 최고도의 순정성을 저장하고 있는 말로 합의되는 우정이라는 말이 한국에서 쓰일 때 그것은 많은 경우 사회의 공적 영역 부재나 오작동의 반증 지표가 된다는 점에서 '친구'는 문제상황의 지수로 전화된다. 사람들은 우리 사회의 공적 시스템은 한 개인('시민')의 삶을 제대로 보호하지 못한다고 생각한다. 해서 공적 시스템은 믿을 수 없다는 강한 체험적 진실을 의심치 않는다. 그렇기에 사람들은 예나 제나 기댈 것은, 그러므로 한시라도 빨리 만들어 놓아야 할 것은 사적관계라는 사실을 확신한다. 인맥, 학맥의 현실 장악력, 그 네트워크의 과잉의미화, 만난 지 한두 시간 만에 상대와 단박 형님 아우 사이가 되는 놀라운 친화력 DNA의 소유자를 마당발의 이름으로 영웅화하는 심리도 그런 까닭이다. 정련된 토론보다는 폭탄주와 벌거벗은 사우나 한번으로 이어지는 코스가 더욱 견고하고 화통한 인간 관계 혹은 의리를 맺어준다는 믿음도 그런 문맥의 소산이다.

사적 관계의 신화는 20세기 그리고 21세기(예전에도 그랬지만)에도 여전히 가동 중이다. 한국을 사는 사람들에게는 예나제나 변하지 않는 꿈이 하나 있으니, 요컨대 일가 중 하나는 판검사, 다른 하나는 의사, 그리고 그 외 하나는 기자였으면 하는 숙원이다. 공교롭게 이 세 자리는 모두 공공성의 영역에 깊이 관련한다. 공공성에 대한 깊은 관심이 그런 숙원을 낳는 것은 물론 아니다. 그들은 일가에서 발생하는 문제의 해결사이다. 그런 해결사를 그토록 희구하는 것은 이 세 자리만 있으면 적어도 한국에서 사는 데 아무 불편이 없다는 그리고 어디서도 불이익을 당하지 않는다는 안전에의 확신 때문이다(교수가 포함되면 좋기는 하지만 꼭 있어야 되는 필요충분의 존재는 아니다. 교수는 있으면 좋지만 없어도 되는 장식물이다). 이 숙원은 자신의 일상에 비정상적인 문제가 발생했을 때에 공적 시스템은 그것을 합리적으로 해결해 주지 못한다는 오랜 믿음의 산물이다. 그렇기에 공공성의 효력을 요청해야 할 곳에 사적관계를 밀어 넣은 오랜 관습을 의심치 않고 반복하는 것이다. 삶의 지혜이다.

그러므로 우리 사회에서 개인은 결여, 결핍의 존재이다. 그 결핍은 친구의 형태든 집단의 형태든 어떤 형태로든 일련의 사적 네트워크로 벌충되어야 한다. 그럴 때에야 비로소 정상적인 사회적 삶이 가능해진다. 사정이 이러할진대 "우리는 친구 아이가?" "친구끼리 미안한 기 어딨노?"라는 말 앞에서 감동을 거절한다는 것은 얼마나 힘든가!

사적 관계에 대한 견고한 믿음과 신화는 친구, 의리라는 형상으로 전형화, 최상화된다. 그렇기에 한국에서 가장 고양된 인간형을 '의리의 싸나이'로 치는 태도는 언제나 진리, '실천적 지혜', '공통감각'(common sense) 등에 대한 공감으로 통한다. 영화 속의 '친구'들도 그러하지만 한국 남자들에게 이 의리는 언제나 자기 생의 문장(紋章)이어야 하고 또 실제 그렇다고 대개 생각한다. 김영삼 전대통령의 집사 격인 박종웅 '국회의원'이 〈친구〉를 두고 다음과 같이 일갈한 것도 그 문장 중요도의 대중성을 뒷받침한다. "YS는 대통령 재임시절 정치인의 덕목으로 가장 중요한 것이 무엇이냐는 질문을 받을 때마다 의리를 강조해 왔다. 이 영화를 보고 사람들이 잊고 있던 의리의 중요성을 당시 한번 깨달을 것 같다."(『시사저널』, 2001. 5. 10) 아마 권력과 멀어진 대통령임에도 불구하고 집사 역을 계속 자임하는 자신을 그런 의리의 분신으로 화장하고 싶어서 한 발언인지 모르겠지만(실은 김영삼에 대한 충성만이 부산에서 가장 확실한 국회의원 당선 보증서라서 그렇겠지만), 의리의 사나이, 의리의 정치인 김영삼 전 '대통령'이 다른 것은 몰라도 악수하는 사람 이름 하나는 '확실하게' 기억하는 재주를 내세우고 그에 대응해 또 자기 이름을 기억해 주는 그런 그에게 감복하는 정치지망자들의 자세 또한 의리의 계보에 들어가는 것이다. 박종웅의 이런 발언은 건조한 이미지의 이회창을 후덕한 의리의 이미지 반대편에 세우는 효과도 거두고 있다.

하지만 김영삼과 박종웅의 의리는 새로운 미담이 아니다. 의리로 치면야 전두환과 장세동의 그것을 넘을 의리가 따로 없다. 김영삼이든 전두환이든 의리의 분신을 자처하는 이들에게서 금방 확인되는 대목 하나는 예의 의리의 획득 형질이 '사내다움'의 형질과 한가지라는 점이다. 사내다움, 수컷다움, 고쳐 말해 마초 이데올로기 혹은 마초맨의 대표선수로 김영삼, 전두환을 치는 이유는 그렇기에 괜한 까닭이 아니다. 영화 〈친구〉에서도 마초 이데올로기의 전형들은 지속적으로 반복된다. 준석이가 의리의 증거물로 자기 애인을 상택에게 장물 양도하듯이 떠넘기는 것이나, "쪽 팔려서" 살인 사주 혐의를 인정하는 대목 등이 그런 것이다. 사실 의리의 사나이들에게 '쪽 팔리는 일'은 궁형보다 더한 모멸이다. 한데 문제는 언제나 그런 신념에 사는 사나이들이 진짜 '쪽 팔리는' 일은 분간하지 못한다는 사실이다.

부언하면 한국에서 친구라는 말의 수행성 또는 빠롤은 대개 자신을 보호해 주는 호민관의 이미지와 겹친다. 그런 이미지가 번성할 때 친구는 사적 관계의 완성이 되고 모든 이해 관계를 초월한 영역이 된다. "우리는 친구 아이가?" "친구끼리 미안한 기 어딨노?"의 울림은 한편으로는 모든 사회적 실용성을 벗어난 인간관계, 혹은 훼손되지 않은 진정성의 세계로 이해될 수도 있다. 하지만 그런 맥락은 왕왕 그 세계의 외부에 대해 맹목적이고 폭력적이다. 의리의 세계 외부는 순정하고 진정한 관계를 훼손하는 적대자로 이해하기 쉽다는 의미에서 그렇다. 그런 적대자에게 '미안'이라는 말이 성립할 수 없다는 점은 그래서 당연하다. 하지만 공동체의 가치를 넘어서는 의리는 사적 이익의 스프링보드 그 이상이 아니다. 그런 의리는 공적 이익을 간단히 뭉개버릴 수 있는 의욕에 충만해 있다는 점에서 위험한 부비트랩이다. '미안해야 할 대목'을 초월한 의리/친구 지상주의가 자기 울타리 밖으로 배타성을 행사하는 것은 그리 어렵지 않다는 점에서 그렇다. 한국 사람들이 일단 안면이 있는 사람들에게는 친절하지만 그렇지 않은 사람들에게는 무배려와 강한 배타성을 드러낸다는 이야기도 넓게 보면 같은 문맥이다.

영화사(映畵史)에서 '미안'이라는 말로 한 몫한 영화는 아무래도 〈러브스토리〉이다. 미안하다는 애인의 말에 사랑은 미안하다는 말을 하는 게 아니라면서 죽어가는 알리 맥그로우의 깊은 눈은 관객들에게 순정성의 한 경지를 보여 주는 듯했다고 영화사는 기록하고 있다. 하기야 우리의 경우도 〈친구〉처럼 고교시대를 배경으로 한 임예진의 〈진짜 진짜 미안해〉라는 70년대 영화가 있었으니, '미안'의 계보가 없는 것도 아니다. 하지만 남녀간 애정의 '미안'에 관계되는 두 영화와 〈친구〉에서 사용되는 '미안'의 수행 맥락은 당연히 다르다. 전자는 대개 당사자 밖을 넘지 않는 관계에 한정된다. 그에 비해 친구 관계 혹은 그 관계와 상동성을 지닌 집단형태는 앞에서 말한 것처럼 자신들의 준칙이 언제나 보편 법칙을 능가한다는 믿음을 전제하고 있다. 때문에 친구에게 미안할 게 없는 일의 결과가 타자에 대한 억압과 배타의 논리로 용도 변경될 수 있다는 사실에 대해서는 무관심할 수 있는 것이다. 우리는 '하나회'의 친구들에게 그 완성본을 목격한 바 있다.

4. 의리의 영웅화

그런 식으로 초법화되는 의리의 당사자인 친구, 이 영화로 치면 깡패친구의 영웅화는 어쩌면 당연한 귀결일는지 모른다. 〈친구〉에서 전면으로 뛰쳐나오는 깡패의 영웅화는 사실 장동

휘, 장혁, 이대엽, 박노식 등으로 대변되는 60년대 액션 영화의 복사본일 뿐이다. 하지만 중간에 〈인간시장〉류의 하급 액션물 등이 있기는 했어도, 80년대 이후 한국 영화에서 깡패, 건달을 영웅, 그것도 장엄비극의 영웅 드라마로 형상화 한 바는 거의 없었다. 오히려 장현수의 〈게임의 법칙〉이나 〈초록물고기〉 〈넘버 3〉 등에서 보이는 것처럼 깡패를 속절없고 비루한 삶으로 투영하는 사례가 주류였던 셈이다. 한국 영화도 분별력이 생겼다는 증거였다.

사실 영웅서사는 대중적 동일화를 가장 강력히 유인해낼 수 있는 서사구조이다. 교과서를 잠시 들추어 보면 영웅서사는 대개 두 유형으로 구분됨을 알 수 있다. 〈슈퍼맨〉 같은 영웅서사가 전형적인 중산층 이데올로기의 전령사라는 점은 이미 잘 알려진 사실이다. 안정/질서 – 무질서·파괴 – 회복/안정의 도식을 갖는 슈퍼맨 서사는 토도로프의 도식대로 플러스 국면과 마이너스 국면의 진자운동으로 구조화된다. 안정에서 파괴로 그리고 재안정으로 회복되는 운동과정을 통해 지배질서의 안정성에 대한 교훈을 획

득하게 된다는 이 서사구조는 이즈음도 할리우드의 상습적인 장르 구조로 안착되어 있다. 반면에 〈임꺽정〉이나 〈장길산〉 같은 영웅서사는 안정이 아니라 무질서·파괴를 추구하는 서사이다. 물론 그 무질서와 파괴에 대한 긍·부정의 태도는 계급적 위치에 따라 달라지게 마련이다. 〈임꺽정〉이나 〈장길산〉 혹은 이국의 영웅서사도 마찬가지이지만 그런 유형의 서사에서 영웅은 대개 유토피아에 대한 대중적 열망의 '수행자'(agent) 역할 모형을 담당한다. 기실 유사 이래 유토피아는 항용 주어진 사회 현실을 초월한다. 그렇기에 유토피아는 이단적, 갈등적 현실의 산물이다. 따라서 '정치적 인간' 예수에 의해서든 노자에 의해서든 혹은 캄파넬라, 베이컨, 토마스 무어에 의해서든 유토피아는 언제나 현실을 넘는 그리하여 새로운 최선의 현실을 겨냥하는 프로젝트였다. 그것의 현실적 실현 정도가 여하하든 근원적인 자리는 그러하다. 그렇기에 만하임도 인간이 유토피아를 포기하는 순간 역사 역시 작동정지 된다는 말을 하는 것이다. 영웅서사에서 영웅은 그런 프로젝트의 희망의 원리이자 선현의 이미지로 제 자리가 주어져 왔으며 또 그렇기에 그들은 유토피아와 대중을 이어주는 미디어가 되어야 했다.

영화 〈친구〉에서 깡패가 영웅화되는 맥락도 무근한 것만은 아니다. 친구 동일성에 대한 초법적인 자세는 친구 내부와 외부로 이분화시키는 태도를 낳게 되며 그 내부는 언제나 훼손되지 않은 순결한 유토피아이다. 특히나 성인 이전의 고교시절이라면 미훼손성이나 순결성의 수준은 일층 더해진다. 그 유토피아를 이루는 인물 중 몇몇이 깡패라는 점에서 보면 친구 유토피아를 조형하는 이 영화에서 깡패가 영웅화되지 않을 수 없다. 실제 유오성은 유약한 친구를 보호하는 힘세고 의리 좋은 수호자 역할을 하고 있다. 하지만 여기서 한 발자국만 더 나가면 이 영화가 제시하는 영웅화의 대상은 깡패가 아니라 '친구관계' 혹은 의리라는 사실을 어렵지 않게 알 수 있다. 하지만 이 영화가 제시하는 '친구 관계', 의리의 영웅화는 결국 한국사회의 문제 상황에 대한 무자각적, 무반성적 추인으로 요약될 뿐이다. 스크린 겉으로는 완력과 거친 숨소리가 넘쳐흘러도 그 본질이 거세와 심약함으로 설명될 수 있는 까닭도 그 때문이다. (2001년)

영화와 속도

60초에 3천발이 튀쳐 나가는 발칸포 같이 빠른 영화, 우리의 시력을 시험하는 그런 영화는 관람자의 미학을 허용치 않는다. 허용하는 것은 '너희가 스피드를 믿느뇨'일 뿐이다. 말하자면 예정된 탄착점을 향해 발사된 발칸포 같이 빠른 영화는 음미와 반추의 시공간을 허락치 않을 뿐만 아니라 영화를 통한 관객의 사회적 상상력의 확대를 허락치 않는 셈이다. 007이나 0011 나 폴레옹 솔로류의 스파이 영화에서부터 〈트루라이즈〉, 〈아웃 브레이크〉, 〈언더시즈〉 등 이즈막 영화까지 그 빠른 영화를 보고 나면 머리통, 아니 우리의 사유체계는 사우나에 들어갔다 온 것처럼 후끈하기만 했거나 혹은 일종의 백열상태를 거친 것처럼 묘한 허탈감에의 체험이 그에 연유할 것이다.

이렇게 빠른 영화에는 대개 스펙터클, 즉 볼거리가 말그대로 '버라이어티'하게 줄지어 있다. 마치 줄줄이 사탕처럼 하나를 숨막히게 보고 나면 연방 또 진땀나는 볼거리가 줄달음친다. 한데 그 볼거리는 언제나 볼거리 그 자체에 우리의 눈을 집중시키지 그 볼거리 밖의 공간, 이를테면 그것을 둘러싸고 있거나 그것과 관계하는 물상들의 움직임에 대해서 눈여겨보는 것은 인정치 않는다. 그것은 보여주되 보이지 않게 하는 마술의 장막이다. 보여주되 보이지 않게 하는 것, 이것이 빠른 영화의 스펙터클이 발휘하는 진가라 할 수 있다. 그 효과는 말 안해도 뻔하다.

속도에 얹혀가다 보니 보아야 할 것을 보지 못하게 되는 빠른 영화에 비해, 느린 영화(장면전환뿐만이 아니라 스토리 라인의 이미지까지를 포함한)는 우리에게 보여주는 것이 두텁고 넓은 편이다. 아니 사실 보여준다기보다 물상을 이모저모로 볼 수 있게 만드는 특정 시각체계를 제공하는 것일 터이다. 이는 사물에 대한 섬세한 관찰과 같은 맥락이다. 그런 점에서 이런 영화는 관객을 만보객(漫步客)으로 분하게 한다. 만보는 공간 경험방식에 있어 특정 공간이 만들어질 때 안배된 그 공간의 경험 방식을 그대로 따라가지 않는다. 요컨대 공간이 조직하는 특정 동선에 자신을 맡기는 것이 아니라 만보객의 기분이나 심상이 그 동선을 조직하는 주요 요인이 된다. 쇼윈도우나 여타 거리의 풍정을 보면서 앞으로 걸어가다가도 아까 본 것이 미심쩍으면 뒤돌아가 다시 보아도, 혹은 가던 길을 멈추고 잠시 묵상의 시간을 가져도 된다. 그것은 특정공간이 유도하는 동선의 논리에는 위배되는 것이기는 해도 자신의 만보의 동선을 위반하는 것은 아니다. 이는 분명히 특정공간이 요구하는 동선의 논리와 자신이 프로그래밍하는 동선의 논리가 충돌하는 지점이기는 하다. 그러나 그 충돌은 만보객에게 자신의 일상 및 만보

의 미학을 가능하게 하는 지점이기에 확장과 사유의 효과를 생성하는 지점이다. 그래서 느린 영화는 만보의 흐름으로 영화를 보게 만든다. 만보적 사유와 행위를 허락하는 것이다. 따라서 느린 영화는 만보영화라 할 만하다. 비유컨대 빠른 영화가 예정된 귀결을 향해 앞으로만 달려가는, 시간 단위 사이의 여백이 전혀 존재하지 않는 기계적 시간 운동 혹은 목적론적 예정설이라면 느린 영화는 비확정적, 비선형적이라 할 수 있다. 때문에 빠른 영화는 우리에게 소비의 이미지를 주는 반면 느린 영화는 저작의 이미지를 주는 것이 아닐까. 짐 자무쉬의 〈천국보다 낯선〉이나 타르코프스키의 〈희생〉 같은 영화가 볼 당시에는 터무니 없이 늘어 터지고 지겹기는(?) 해도, 현장 관람이 끝난 이후에도 저작의 주체를 계속 초대하는 것은 그 때문이 아닐까?

웨인 왕의 〈스모크〉나 〈조이럭 클럽〉 같은 영화는 아무래도 이런 느린 영화의 반열에 들어가야 할 것 같다. 두 영화 모두 다중적인 시점을 택하면서 관객으로 하여금 시간의 선후, 공간의 앞 뒤 그리고 위 아래를, 직선적 과정이 아니라 원형적 과정으로 돌아다닐 수 있게 하는 것이 예의 만보의 형상과 닮아 있어서이다. 그러므로 〈스모크〉는 만보영화이다. 이 영화에 씌워진 베를린 영화제 심사위원특별상이나 국제비평가협회상보다 '관객이뽑은최우수영화상'에 더 관심이 가는 것도 이 영화가 관객에게 영화적 만보의 즐거움을 새삼스럽게 발견하게 해주는 미덕을 듬뿍 담고 있어서 그랬을 것이라는 '예상' 때문이다.

중언해서 〈스모크〉는 전반적으로 느린 영화임에 틀림없다.

그러면 그 느린 행보가 조심스럽게 다가갈 수 있는 곳은 어디일까? 아무래도 가족(가족주의가 아닌!)의 형상이 아 닐까? 영화의 겉면은 분명 거대도시에서 익명으로 살아가 는 '보통사람'들의 일상에 배여 있는 쓸쓸함과 그 쓸쓸함의 동명이인인 인간주의적 따스함에의 그리움 등으로 부드럽 게 감싸여 있다. 하지만 우리가 그 겉면을 지나 그 속으로 걸어들어 가고 싶다면 우리는 그 부드러움 속에 빽빽한 빗 장으로 존재하는 화두를 집어들어야 한다. 그것은 '보통사람'들의 주제로는 버거울 성싶은 가족문제에 대한 '발본적'인 질문이다.

담배가게 주인 오기 렌, 작가인 폴 벤자민, 벤자민을 구해주 는 흑인 청소년 라시드, 애꾸눈 루비, 루비의 딸이자 밑바닥 인 생으로 살아가는 펠리시티 등을 한데 묶고 있는 것은 가족의 형 상이다. 이들의 상처나 결핍은 대개 가족의 불안정성이나 부재 에서 주어진다. 또 그 상처 및 결핍의 해결책은 라시드와 그의 생부 사일러스의 화해, 영화 마지막 부분의 흑백 시퀀스 등에 서 드러나는 것처럼 가족의 복구이다. (그런데 왜 '정상적인' 가 족관계를 복구하는 것은 흑인일 뿐일까?)

그렇다면 여기서 우리는 웨인 왕이 생각하는 가족은 어떤 것 일까 하는 점을 질문해 볼 수 있다. 가족과 '가족주의'는 다르 다. 가족에의 정당한 사유가 군혼 가족 및 사적 소유를 기초로 하는 가부장적 가족에 이르기까지 일련의 가족 형태에 대한 문 제의식을 통해 보다 해방된 사회공동체를 지향하는 것이라면 가족주의는 현세의 가족 형태를 가족 일반으로 환원시키는 일 종의 이데올로기이기에 그렇다.

물론 여기서 웨인 왕의 시선이 현세의 고정된 가족관계만이 아니라 그것을 포함한 현대인의 새로운 유대나 결연의 방식에까지 가있다고 확대해석해 볼 수 있는 여지도 있다. 가령 〈조이럭 클럽〉에서 존재 및 정체성의 기원을 핏줄 이데올로기에 두고, 그 핏줄 이데올로기를 가족 공동체의 근경으로 삼고 있는 데에 비해(쌍동이 언니와의 해후에서 나타나는 핏줄의 그 끈질김!) 〈스모크〉에서는 그것이 상대적으로 도드라지지 않는 측면(오기 렌과 펠리시티의 관계를 모호하게 처리하는 것이 한 예다)에서 그렇다. 그러나 그럼에도 불구하고 다시 질문컨대 웨인 왕의 영화는 예의 '가족주의'에 얼마나 떨어져 나와 있는가? 웨인 왕은 자신의 영화를 통해 관객들에게는 '가족주의' 혹은 가족의 문제를 다시금 되씹어 보게 하는 성찰의 시간을 제공하되 아무래도 작가 자신은 '가족주의'에 더 마음이 가있는 것 같다. (2000년)

왕가위 영화의 미학

호금전, 장철, 서극, 왕우, 깡따위, 이소룡, 성룡, 이들을 꿰는 하나의 줄이 있다. 홍콩 무협영화의 계보이다. 계보학이라는 언사가 이런 맥락에도 어울리는지는 모르겠지만 아무튼 이들의 이름은 우리에게 일종의 무협영화 계보학으로 먼저 달려온다. 60년대 말에 개봉된 장철 감독, 왕우 주연의 〈외팔이〉시리즈는 당시 때마침 비슷한 시기에 개봉하기 시작한 클린트 이스트우드의 〈무법자〉시리즈와 더불어 우리들을 열광적인 액션영화 팬으로 만들어 갔다. 왕우의 무협영화가 보여주는 신묘한 무술도 무술이려니와 극장문을 나설 때 우리가 항상 얻어가지고 나오는 것이 있었다. 그것은 권선징악이라는 강한 교훈이었다. 권선징악이 가능하려면 선과 악의 가늠이 분명해야 하고 선과 악의 정체성 또한 분명하게 이해되어야 한다. 당시 60-70년대의 무협영화는 그런 대립구조를 세상의 원리로 설명해 주었다. 세상은 명명백백한 선과 악으로 만들어져 있고 주인공은 선의 구현자이고 상대편은 악의 화신이었다. 무술 영화를 협객

영화라 불렀던 것도 그 의협을 선과 같은 뿌리로 보았기 때문이었다. 근대의 차원에서 보자면 아직 미성년의 상태에 머무르고 있었던 당시 우리들에게 그런 선과 악의 각진 대립구조는 분명 설득력이 있는 것이었다.

요즈음 새로운 세대들을 알려면 무라카미 하루끼와 왕가위를 알면 된다는 말이 있는 것처럼, 그 신세대들에게 시네아티스트로 열광적 대접을 받고 있는 왕가위의 무협영화 〈동사서독〉은 그런 측면에서 보자면 분명 유다른 영화이다. 여기에는 어디에도 선과 악을 가르는 선명한 분할선이 존재하지 않는다. 단지 이런 저런 무사가 있고 그 무사의 방백이 있을 뿐이다. (여기서 그 무사들은 전통적 무협영화에서의 협객으로 성격화되지 않는다.) 그 방백에 대한 선악 구분으로의 판단은 영화의 엔딩마크가 찍힐 때까지 유보된다. 아니 판단의 시도 조짐조차 없다. 영화는 그저 화면의 '아름다움'으로 일관된다. 그러나 그 아름다움은 이야기의 아름다움이 아니라 빛과 색채의 아름다움일 뿐이다. 단지 빛과 색채의 아름다움! 여기서 시비가 생긴다. 영화라는 것이 빛과 색채의 장르이기 때문에 그 아름

다움은 당연히 장려되어야 할 것이 아니냐는 주장은 옳지 않다. 빛과 색채는 서사구조, 즉 영화의 내러티브 구조와 함께 할 때 자신의 시민권을 인정받는 동시에 시너지 효과의 한 몫을 감당할 수 있기에 그렇다.

여기서 주목해야 할 것은, 이런 문맥이 〈동사

서독〉을 비롯한 〈중경삼림〉, 〈타락천사〉 등 왕가위의 영화가 왜 그리 새로운 세대들에게 환영받고 있는가 하는 점에 대해 해명점을 던져준다는 사실이다. 근대가 시작된 이래 인간과 사회 그리고 현실은 계산 가능한 세계로 여겨졌다. 그 계산은 이성과 합리성으로 산출되는 것이었다. 그러니 이성과 합리성에 대한 믿음이 계산 가능성의 기반인 셈이었다. 계산 가능함이란 달리 말해 인간 자신과 현실에 대한 논리정연한 설명이 가능하다는 말이다. 요컨대 인간과 현실의 정체성에 대한 이해 혹은 자기설명이 가능하다는 것이다. 정체성 해명을 위해 인간에게 가장 익숙하고도 편하게 느껴지는 것이 이원구조이다. 여성과 남성, 개인과 사회, 밤과 낮, 하늘과 땅, 흑과 백 등등이 그것이다. 만약 다른 복잡한 것이 설명되지 않아도 이런 이원적인 측면만은 당연히 설명되는 것이었다. 선과 악의 이원화도 그렇다. 그런데 이 이원화는 단순명료함을 생명으로 한다. 자기정체성에 대한 단순명료한 설명을 위해 가장 편리한 도구가 이 이원적인 단순명료함이다. 자본주의와 사회주의를 기계적인 이원화로 보는 시각도 이와 무관하지 않다. 정리하자면 근대의 인간과 현실은 이원구조를 일용할 양식으로 삼아온 셈이 된다. 근대 동안의 지배적 질서, 윤리, 규범, 미학 등등이 이 이원구조의 장력에서 못 벗어남은 물론이다. 무협영화에서 묘사되는 백도무림(선)과 흑도무림(악)의 이원적 대립은 예의 이원구조에 대한 가장 소박하고도 무지한 표현이지만 그것은 어쨌든 당대의 현실 구조의 반영이기는 했다.

이런 맥락이 이른바 탈근대의 조짐을 보이고 있는 이즈음에

들어와 흔들리기 시작하는 것이다. 그런 명료한 이원구조로는
현실을 설명할 수도 없거니와 그런 설명은 오히려 현실에의 정
당한 이해와 행동을 왜곡, 억제하는 독침이 된다는 식의 생각
이 퍼져가고 있는 것이다. 이것이 만약 현대 세계사의 한 추세
라는 측면에서 보편성의 성격을 띤다면 왕가위의 영화는 홍콩
의 현실과 한국 현실이라는 특수성과 맞물려 제곱화된 효과를
보이고 있는 것이다. 여기서 홍콩의 현실이란 다 아다시피 미
래없는 사회 특유의 신경증이다. 미래가 불투명할 때 그 어떤
규범이나 율법도 무력하기 짝이 없다는 것이며 그렇기에 생각
과 행동을 동기화시키는 현실에 대한 기존의 이원적 설명은 전
혀 쓸모없는 것으로 여겨지기 쉽다는 것이다. '약속없는 세대'
에게 있어 이원구조 같은, 현실 사회를 구성하는 그 어떤 원리
도 더 이상 삶의 거울이 되지 못한다. 현실이 삶의 거울이 되지
못할 때 사람은 대개 세 가지 태도를 취한다. 하나는 과거에의
기억으로 고개를 돌리는 것을 통해 현재의 상실을 메우고 싶어
하는 욕망에 빠진다. 그때 현실에서의 발디딤은 자꾸 미끄러지
기 마련이다. 두 번째는 혼란의 극한까지 밀고 나가면서 새로
운 사회설명법이나 좌표를 찾아 나서는 것이다. 세 번째는 지
극히 신경질적이 되어 자학에서 자폭으로 상승한다. 왕가위의
영화는 첫 번째 범역이다. 세 번째 범역은 그동안 우리가 많이
본 홍콩영화에서 나타난다. 이른바 '홍콩느와르'라 칭해지던 〈영
웅본색〉 류의 것들이다.

　더 이상 이원적이지도 않고 동시에 자신과 현실에 대한 설명
혹은 계산 가능함이 불가능한, 그래서 그 현실의 내용이 삶의

거울이 되지 못할 때 그 현실을 묘사하는 예술이 익숙하게 선택하는, 그러므로 대단히 편안한 방법이 하나 있다. 양식에의 집착이다. 양식에의 집착은 작가가 내용에 자신이 없을 때, 다시 말해 내용을 장악하지 못할 때 선택하는 유일한 비상구이다. 〈동사서독〉과 〈영웅본색〉은 같은 현실기반을 가진 영화다. 다른 점은 〈영웅본색〉류에서의 폭력과 신경증이 마치 울 안에 갇힌 쥐들이 가장 신경질적이 되어 서로를 물어뜯어 죽이는 것처럼 드러나지만 〈동사서독〉에서의 그것은 근사하게 정돈되어 있다. 그것이 날씬한 양식적 미학의 장치이다.

내용을 생각할 틈을 주지 않는 양식으로의 몰려감, 이것은 〈중경삼림〉과 〈타락천사〉에서도 그대로 적용된다. 위 세 영화는 기본적으로 남녀의 연애담으로 이루어지지만 그들의 이야기에는 논리적 일관성이 없다. 대사를 들어 보면 하나의 체계를 통해 자신을 표현하는 것이 아니라, 서로 서로 멀리 떨어져서 단지 문장 하나 단어 하나만을 자신만의 스타일로 발성하는 것이다. 왜 일관성이 없고 논리적이지 못하냐는 타박은 논의의 핵심이 못된다. 선과 악 같은 이원구조적 현실이 더 이상 자기 설명을 해주지 못하는 영화 속 인물 혹은 왕가위에게 있어서는 그런 대사가 오히려 현실적이기에 그렇다. 위 세 영화에 생활의 흔적이 보이지 않기에 삶의 구체성이 보이지 않는 것도 바로 이 분절적이고 상호 배타적인 대사의 반영일 뿐이다.

한국의 새로운 세대들에게 왕가위가 대접받는 것은 이런 점에서 당연하다. 현대사의 가파른 굴곡 하나가 마감된 현실, 심각하고 큰 주제는 회피하는 현상, 삶의 스타일과 '패션'만이 득세하는 풍경, 요약해 삶과 역사의 내용을 자신의 인생에 견주어 보는 것이 박약해진 이 스산한 계절에 내용에의 스트레스가 탈색된 왕가위 영화의 스타일은 그 새로운 세대들에게 자기식대로 보기에 가장 맞춤한 영화가 되는 것이다. 만약 가장 비관적이든, 가장 폭력적이든, 가장 낙관적이든, 여하튼 어떤 방식으로든지 간에 왕가위 영화에 곤혹스러운 현실을 뚫고 나가려는 힘이 있다면 신세대들이 그렇게까지는 좋아하지 않았을 법하다. (2000년)

여성이 원하는 것은 도대체 무엇인가?
—여성주의 영화

　재작년께인가 이른바 페미니즘 영화로 거론되던 〈텔마와 루이스〉를 보러 간 적이 있다. 혼자 간 것이 아니고 소설 쓰는 여자 선배랑 같이 갔다(그는 결혼을 생각치 않으며 39살 먹었다). 그 선배는 온갖 영화를 가리지 않고 잡식하는 나와는 품격이 다른, '고급영화' 애호가다. 듣던 바대로 영화는 그럴 듯했다. 그 영화를 둘러싼 서구에서의 논란이 그 사회의 '성적 차이의 윤리' 문제에 대해 얼마만큼의 효력을 낳았는지는 알 도리 없으나, 어쨌든 〈텔마와 루이스〉는 적어도 그 영화를 보는 남성에게 강한 수준의 '반성문'을 요구하는 것임에는 틀림없었다.

　영화를 보고 나온 후는 이제 품평회 자리. 찻집에서 나는 그 선배에게 내가 조금이라도 '양심적'인 남성임을 과시하기 위하여 말을 질렀다. "선배 꽤 괜찮은 영환데요, 남자들 맹성해야겠지요?" 칭찬을 기다리던 내 얄팍한 기대와는 달리 그 선배는 다소 우울한 얼굴로 단 한마디 하고서는 말문을 더 이상을 열지

않았다. "야 너는 수컷이라서 이 영화 이해 못해." 그때 내게는 "언어의 한계는 세계의 한계"라는 비트겐슈타인의 명제가 난데없이 떠올랐다. 그리고는 그 명제가 '성의 한계는 세계의 한계'로 변신했다.

선배의 말을 가만히 생각해 보건대 그도 그럴 법했다. 내가 영화를 보면서 느꼈던 야비한 남자들에 대한 적대감과 델마와 루이스에 대한 동일시는 인류사에서 팔루스 중심성의 범역 안에 갇혀 있던 한계적 휴머니즘, 그 이상이 아닐 수 있다는 점에서 그랬다. 말하자면 예의 휴머니즘으로는 델마와 루이스라는 여성의 성적 정체성이 당하는 온갖 억압과 간난에 애당초 아무런 처방의 노릇도 할 수 없기 때문이라는 생각이 강하게 들었다는 것이다. 남성이 여성을 이해한다는 것, 혹은 젠더들이 상호 이해의 노력을 기울여야 한다는 '상식적'인 요청에 있어 그 이해의 준거는 과연 어떻게 생산할 수 있을까? 가능한 것일까? 불가능한 것일까? 그 영화가 남겨 준 중대한 화두였다.

70년대 말인가 구라파의 '여걸'에 대한 러브스토리로 소개되었던 베스트셀러가 있다. 기억이 정확한가는 모르겠으나 『나의 누이여, 나의 신부여』라는 제목이었던 것 같다. 당시 광고의 표현법은 당대 최고의 인텔리겐차인 프로이트, 니체, 릴케를 한마디로 '완전히 녹여버린' 루 살로메라는 여성의 이야기라는 것이었다. 물론 이는 왜곡이었다. 루 살로메는 그런 스캔들이나 즐기는 여성이 아니었다. 여성문제를 연구하는 분한테 들은 얘기로는 프로이트의 입론과 이론적 고민을 가장 잘 이해하는 인물이 그녀였다는 것이다. 그녀에 대한 묘사는 이 글의 임무가 아니기에 그만 두자. 두 사람 관계의 말년에 프로이트는 남성과 여성은 상호 이해가능한가라는 최대의 고민에 봉착하게 된다. 그런 연후 그는 그녀에게 물었단다. "나는 당신을 이해하고 싶다. 여자는 정말 무엇을 원하는가?"라고. 에토스적 인간형인 프로이트의 코드와 파토스적인 루 살로메 코드의 상호 엇갈림이 프로이트가 기대하는 방식의 대답을 내놓지 못하는 까닭으로 작용하기도 했지만, 본질적으로 루 살로메는 프로이트의 그런 질문방식에 대답을 원천거부했다고 한다.

프로이트의 문제설정을 계승하는 라캉이 가장 아끼는 여제자가 있었다. 페미니즘 이론가인 뤼스 이리가라이다. 그러나 그는 라캉의 이론을 팔루스-로고스 중심주의라 비판하면서 라캉 학파에서 파문당한다. 라캉은 여제자인 이리가라이에게 프로이트와 똑 같은 질문, 즉 "여성이 원하는 것은 도대체 무엇인가"라고 물었다 한다. 이리가라이 역시 살로메와 마찬가지로 대답을 거부했다. 추측컨대 두 여성의 대답 거부는 프로이트와 라캉의 '성적 차이'에 대한 무지, 그리고 그들의 질문방식에는 벌써 근대체계 안에서 담론화되고 구성화되었던 성적 차이에 대한 선택적 관계로서의 남성과 여성이라는 가상이 반석으로 들어앉아 있기에 그런 문제설정 안에 들어가서 논란할 필요는 전혀 없다는 판단 때문이 아니었을까?

한편으로는 여성문제 영화라 회자되는 〈개같은 날의 오후〉를 보러 가면서 내 머리 속에 동행했던 것은 바로 앞에서 지루하게 늘어놓은 대목과 연관되는 고민이었다. 동일시 메커니즘을 매

질로 하는 영화의 고유문법과 스토리 라인에 관한 이야기는 그만두자. 이 영화에서 내게 가장 눈 깊이 들어 왔던 것은 할머니의 자살과 이른바 '트랜스베스타이트'인 여장 남자였다. 먼저 대다수의 영화평론가들은 농성하는 여자들이 여장남자를 연대의 대상으로 받아들이는 대목에 대해 여성들의 관용의 징표라 상찬한다. 거기서 멈춘다. 그러나 내게 그 여장남자 존재는, 연출자의 의도야 어떻든, 여성의 관용성을 도드라지게 하기 위한 안배라기보다는 성적 차이의 통념을 겨냥한 교란장치로 보였다. 요컨대 그 여장남자는 젠더에 부과되는 정치적, 문화적 의무에서 자유롭다. 그러나 거꾸로 말하면 그는 의무를 수행하고 싶어하지만 그 호출된 의무수행의 욕망조차 실현하지 못하는 방외자인 것이다. 그에 대한 농성여자들의 애당초 거부나 정보석의 조롱은 그 문화적 의무에 대한 자기확신 때문이었다.

이 영화가 적어도 '여성문제' 혹은 '성차이 및 성모순'에 대한 공소장이라면 우리를 포박하고 있는 성 차이에 대한 통념 및 그것에 입각한 완강한 성적 분할선의 고수를 신랄히 제소하는 측면이 있어야 한다. 해서 그 제소는 남성성의 계보에 의해 관리되는 예의 분할 또는 경계에 대한 교란과 탈출의 요소를 지녀야 한다. 전체적으로 '억압된 것의 복수'의 형상이 더 강하게 다가오는 이 영화에서 그래도 기왕의 통념적 성차이에서 말미암는 가상에 강력한 정을 들이대어, 성문제에 대한 발본적이면서,

그래서 괴로운 사고를 촉구하는 대목은 바로 이 여장남자의 애매한 성적 정체성에서 오는 것이다.

할머니의 자살에는 나이차별주의(ageism)과 노인여성성 문제가 교차하면서 또다른 문제를 생산한다. 특히 이 두 문제에 대한 우리 사회의 억압성은 노인공경이라는 공허한 구두선에 의해 더욱 더 일그러진다. 할머니의 여성성은 지극히 재래적인 것이다. 아들이 내던져 박살내는 재봉틀은 할머니의 재래적 여성성을 길러냈던 상징물이자 거푸집이다. 그 재봉틀의 해체는 할머니의 여성성의 해체이다. 아들, 즉 남성은 자신을 양생, 관리해 온 여성성'마저' 폐기처분하는 것이다. ⋯마저라는 표현이 그나마 그것이라도 있는 게 좋다는 뜻이 아니다. 그 재래적 여성성은 해결과 극복의 대상물이자 모순의 은거처이다. 따라서 그 여성성의 폐기는 모순의 원인부재 판결에 다름 아닌 것이다. 해서 그나마의 여성성마저 박탈당한 할머니는 모순 혹은 문제가 없는 존재가 된다. 인간은 모순의 중층결정으로서의 정체성으로 존립한다. 노령이라고 거절당하고 노령이기에 여성성의 의미를 더 이상 가지지 않는다는 맥락은 정체성의 결여로 평결되고 그것은 원인부재의 존재로 간주하게 하는 이유가 되는 것이다. 정체성 없는 존재는 사회구성에 있어 항상 금 밖에 있는 과소인간 혹은 잉여분밖에 안된다. 아무리 나이들어도 남성성의 폐기는 결코 일어나지 않는 남성노인과는 달리, 여성으로서의 노인, 우리 사회에서 무성(無性)적 존재로 취급당하는 바로 그 할머니의 표상은 성정치의 일정에 필수적으로 등재되어야 할 것인 바, 이 영화는 바로 그 문제를 바늘 끝으로 우리에게 들이대는 것이다(여장남자와도 연대하는 농성자들에게 그 할머니는 연대 밖의 존재로 여겨진다).

영화에서 여자들에게 맞아죽는 폭력남편은 가부장적 질서의 피해자이자 수혜자로서 사도-매저키즘적 인물이다. 여성에 관한한 지구에서 가장 싸가지 없는 남자들이 이탈리아와 한국 남자라고 한다. 그 한국적 남성의 풍부한 '혜택'을 한편으로는 즐기면서 다른 한편으로는 그것이 고민되어 나날의 스트레스에 시달리는 나를 비롯한 수많은 한국 남성들, 그리고 '유교적 진보주의자' 남성들은, 어찌 보면 바로 그 사도-마조키즘적 인물과 크게 다르지 않을는지 모른다. 나의 그리고 우리 남성의 그 완강한 수혜욕망을 부수어 달라는, 그래서 맞고 싶다는 의미에서 그렇다. 〈개같은 날의 오후〉에서 '유쾌한' 폭행을 당한 느낌은 그 때문이다. (1995년)

축구마니아에게

1

오늘 이야기해야 하는 마니아에 대해서, 사실을 말하자면 마뜩찮다. 물론 마니아의 사회적 가능성이나 순기능을 상찬하는 사람들의 이야기, 이를테면 마니아는 대중문화의 지배력에 대한 항체이며 문화 민주주의의 유격대이자 참호 역할을 한다는 변론 소견을 들어 보면, 그도 그럴 듯해 내 태도의 지나침을 반성해 보기도 한다. 그렇지만 그렇다가도 예컨대 이런 대목에 마주치면 또 예의 삐딱한 태도가 반복된다. 오디오 마니아의 종국적 관심은 과연 무엇일까? 음악일까? 기기일까? 아니면 둘 다일까? 등등.

모든 마니아의 속성대로 오디오 마니아 역시 기기 같은 것에 대단히 열중을 보인다. 수제품 진공관식 앰프리파이어에서 우드 혼 스피커에 이르기까지 그들이 가지고 있는 음(악)의 재현 도구들은 호화롭기 그지없고 더욱이 더 좋은 새로운 기기가 나왔다면 과감히 그것을 다시 사들이는 그들의 헌신적 투자는 경외의 경지이기도 하다. 그렇기에 미니오디오로 음악을 듣는 사람들은 그들이 보기에 적어도 음에 관한 한 원시인임에 틀림없을 듯하다.

그러나 그들에게 있어 음이나 소리, 또 그것으로 구성되는 음악은 철저히 기계적 완벽성에 종속된다는 측면이 동시에 병존한다. 물론 그들의 기기 수집열은 원음에 더욱 가까운 음질에의 열망이 추동하는 것이라는 사실을 모르는 바 아니다. 그러나 원음적 음질로 치면야 현장 음이 더 생생하다. 하지만 어찌 보면 오디오 마니아들은 현실에서의 원음을 원치 않는 듯하다. 생생한 음을 기대하는 그들이 거꾸로 가장 생생하지 못한 음들로 생생함을 추구한다는 것이다.

이런 까닭으로 인해서이다. 새로운 이야기는 아니지만 음악적 표현이란 사회적 관계의 산물이 아닌가. 어떤 이의 교향곡 실연이나 또 어떤 밴드의 라이브 음악이라는 것은 이벤트적 성격을 가지며 그 이벤트는 당대의 사회적 조건과 사람이 만나서 만들어 내는 산물이다. 그러므로 생생한 음악으로서의 원음이란 살아있는 인간적 관계로서의 음악이다. 예컨대 연주회장에서는 당연히 원음 그 자체가 연주된다. 그 어떤 고도의 오디오 재생음도 일단은 그 원음보다 한치 아래다. 그러나 연주회라는 인간적 이벤트가 실연되는 순간 거기서 원음은 부스럭거리는 소리, 기침소리, 엉덩이 옮기는 소리 등 인간적 잡음을 배음으로 깔면서야 우리 귀에 들어오고 '사회적 원음'으로 성립된다.

말하자면 원음의 사회적 성격은 이 소음의 수반상태이다. 그러나 그 소음 역시 음악의 사회적 요소이다. 물론 오디오 마니아가 라이브 앨범을 들을 때는 그런 것까지 허용한다. 그러나 그들에게 있어 가장 완벽한 음은 그런 소음이 완벽히 소독된, 우리 식의 어법으로 말하면 음의 사회적, 인간적 요소가 완벽히 박멸된, 즉 진공상태의 음(악)을 무한 추구하는 것이다. 이는 음(악)의 질적 제고를 통해 이루어지는 것이 아니다. 소음이 완벽히 차단된 녹음기제, 소음이 끼여들 여지없는 음반제작 기술, 그리고 그 어떤 잡티의 접근도 허용치 않는 투명한 재현 도구로서의 오디오 등의 기술적 제고를 통해 가능해지는 것이다. 결국 오디오 마니아에게 가장 극한적 관심은 음(악)이라기보다 테크놀로지이다. 그때 음(악)은 그들에게 단지 테크놀로지의 놀라운 재현성을 확인시켜 주는 투명한 도구일 뿐이다. 그러므로 음(악)의 사회성은 당연히 함몰되어 버리는 것이다. 극적인 도착이 발생한다.

열광, 열중, 집중 등을 표상으로 하는 마니아의 특질을 여러 갈래로 설명할 수야 있겠지만 예의 논박도 그것 중의 하나로 인정된다면 결국 마니아는 대상의 주체적 전유에서 시작하기는 하지만 종래는 대상에의 신탁 혹은 의탁 상태에 빠진다는 가설이 성립된다. 대상에 대한 장악이나 이해를 통해 그 대상의 사회적 성격 및 위상에 대한 이해 그리고 실천으로 나아가는 경로가 막혀 있다는 점에서 그렇다. 물론 마니아는 일종의 자유의

지의 다른 표현이기에 그들의 편집광적 쾌락이나 수용방식을 억압할 수는 없다. 하지만 강한 물신성의 몰핀 주사를 맞지 않고서는 그 쾌락이 가열하지 않을 것이라는 사실 또한 부인할 수 없다.

2

축구 마니아의 순기능에 대해 말하기를 바라는 편집자의 은근한 압력을 느끼지 못하는 것은 아니지만 내친 김에 마니아에 대한 편집자에 대한 기대와 다소 다른, 평소의 생각을 좀더 발설해 보자. 사람들은 누구나 어떤 예상치 못한 특정한 순간을 직면할 때 일순 머리 속이 백열 상태에 빠질 때가 있다. 나의 경우 마니아를 만났을 때가 그런 맥락이다. 가령 문화예술 관련 강의를 하고 있는데 어떤 학생 하나가 질문을 한다. 누구누구가 언제 어떤 영화에 출연했는데 그 영화와 그 배우의 연기는 어떻게 평가되고 있나요? 언제 어떤 영화는 물론이고 그 영화 배우 이름도 처음 들어보는 나로서는 잠시 당황 그리고 일순 백열상태에 돌입한다. 잠시 뒤 그 질문이 자리하고 있는 앞뒤 맥락의 사정을 알아차린 다음, 선생 체면이고 뭐고 간단히 답한다. "모르겠다." 그리고는 왕년의 노선생이 잘 써먹는 방법을 도용해 이렇게 대답한다. "너는 한학기 동안 내가 아는 것만 배우고 익히기에도 벅찰텐데 그런 것은 뭐 하러 물어보냐?" 선생으로서는 극히 불량하고, 해서 건달 같은 태도이기조차 하다. 하지만 나는 안다. 그 학생에게 그 영화를 해석하기 위해 동원되어야 할 개념이나 이론틀을 되물어 보면 영락없이 '모르쇠'로 일관한다는 사실을. 요컨대 그 학생은 영화관련 정보에 관한 한 거대한 수집창고와 같고 또 그 일에 열렬히 빠져들지만 정작 자신이 하는 일이나 그 정보들의 사회적, 역사적 의미 등에 대해서는 백열상태라는 사실을. 영화에 관한 그 학생의 집중열이나 각종 정보의 편집은 가히 광적일 수 있다. 그리고 그 열정은 존중받아 마땅하다. 하지만 그럼에도 불구하고 걱정된다. 혹시 그 친구는 영화를 알고 영화를 즐기는 것이 아니라 영화'정보'를 아는 것이고 '정보'의 소비를 즐기는 형국이 아닌가 하는.

3

마니아에 대한 주의사항은 웬만큼 이야기한 셈이니 이제는 마니아의 다른 면모에 대한 이야기를 해 보자. 축구에 직결되는 이야기는 아니지만 그것을 우회적으로 연결되는 맥락을 타면 이런 말을 할 수 있다. 영국이 비틀즈나 롤링스톤즈를 낳을 수 있고, 영국만이 아니라 소위 문화선진국에서 내노라 하는 세계의 뮤지션을 낳을 수 있는 이유는 의외로 간단하다. 수많

은 클럽과 거기에 드나드는 열중 팬들 때문이었다. 비틀즈가 영국에 산재해 있는 그런 클럽에서 무명시절을 보내면서 자신들의 기량과 음악적 취향을 길러온 것은 잘 알려져 있는 사실이다. 또 그런 무명 밴드

의 음악을 들으며 격려하고 열광해 주는 사람들이 있었기에 그런 클럽이나 비틀즈가 존재할 수 있었다는 점 역시 마찬가지이다. 여기서 우리가 주목할 점은 그런 클럽과 들고나는 많은 사람 그리고 그들의 열정이 하나의 문화적 토대가 된다는 사실이다. 그리고 그 '토대'가 단단하면 할수록 그 토대를 딛고 점프할 수 있는 조건은 더욱 양호해 진다는 사실이다.

소재를 잠시 이동해 브라질을 생각해 보면, 브라질이 영원한 월드컵 우승 후보국 0순위로 간주되는 것 혹은 유럽이 그렇게 축구를 잘하는 이유도 더듬어보면 비틀즈의 사례와 다르지 않다. 수많은 유소년 축구클럽, 열광적인 팬들이 있기 때문이다. 그런 요소들이 축구를 잘 할 수 있는 환경 구축의 초기 조건들인 것이다. 한국에 판판이 지기만 하던 일본 축구가 어느날 난데없이 한국과 백중세를 이루고 나아가 한국보다 더 발전 가능성이 있게 된 까닭도, 우리의 감각으로나 난데없는 것이지 거기에는 유소년 축구, 축구 팬들의 확장과 심화 등등 가장 기본적인 요소들의 장기간 성숙에서 온다. 일본 사회의 문화적 저력이 탄탄한 이유 중의 하나로 '벤쿄가이(勉強會)'라는 아마추어 공부모임을 들기도 한다. 말하자면 자신의 취향에 따라 특정한 주제를 가지고 공부를 하는 모임의 수많은 산재가 일본 문화의 역량을 떠받치고 있는 기둥이라는 말이다. 자신의 취향과 욕구에 따라 움직이는 이런 존재들은 그런 것을 자신의 업으로 삼는 것이 아니기에 분명 '프로'는 아니다. 단지 아마추어적인 존재들일 뿐이다. 그런데 이 아마추어들이 모여 단단한 토대를 만들어내고 그 토대는 프로들이 제대로 일을 할 수 있는 지반으로 작용하는 것이다.

4

축구마니아는 무엇으로 사는가? 위에서 든 사례의 연장선 상으로 생각해볼 수 있다. 모든 것이 그렇지만 축구나 문화에서도 기초, 토대 그리고 아마추어의 열정이 관건이다. 비유컨대 프로가 동맥이나 정맥이라면 아마추어는 실핏줄이다. 그러나 손가락 끝 발가락 끝 그리고 뇌의 표면까지 가는 것은 실핏줄이고, 해서 그 실핏줄이야말로 신체 전부를 연결하는 기초적인 에너지의 통신망이 된다. 문화? 축구? 다를 바 없다. 예를 들어보자. 한국의 대중음악을 비롯해 대중문화는 오래 전부터 일본 혹은 미국 등을 계속 복사해 왔다. 표절로 지적되는 이런 일이 계속될 수 있었던 것은 아다시피 표절의 원본을 잘 알 수 없다는 사실 그리고 그것을 가려볼 수 있는 대중의 음악적, 문화적 수용력이 취약했기 때문이다. 그러나 언젠가부터 그런 표절은 수시로 적발되었다. 그것을 적발한 사람은 프로도 아닌 단지 아마추어 혹은 자기 취향에 따라 음악을 즐기던 사람이었다. 이런 일이 한국 대중음악의 발전에 작용하는 측면은 자명하다. 이전에는 표절이나 하던 안이하고 상투적인 음악 능력으로는 더 이상 살아 남을 수 없게 된 점 그리고 새로운 창작을 위해 감투를 해야 한다는 점 등이었다. 수용자의 수용, 감식 능력의 상향은 이처럼 생산과 창작의 능력제고에 이모저모의 영향력으로 존재하게 되는 것이다. 앞의 비유를 반복하자면 대중음악이라는 신체의 건강함은 준전문가적인 혹은 열정적인 아마추어의 존재로 인해 자기 건강을 되찾을 수 있다는 말이다.

마니아를 대중문화를 포함하는 문화 전반의 항체라고도 한
다. 문화가 만약 고여서 부패해 가고 안이한 주류의 흐름에 갇
히고 그래서 잡균이 창궐할 때 그 질환 상태를 막아내는 것이
마니아라는 의미에서이다. 까닭이야 간단하다. 마니아는 직업
을 이르는 말이 아니다. 자기가 좋아서, 요컨대 자기의 순정에
서 출발하여 좋아하는 대상에 무조건 몸과 마음을 바치는 존재
이다. 거기에는 어떤 정치성, 상업성, 모략, 잔머리 등등이 끼
어들지 못한다. 오로지 자기가 좋아하는 것에 대한 경배와 헌
신만이 있을 뿐이다. 재미와 쾌감이 헌신으로 이어지는 국면이
다. 그런 점에서 마니아는 축복의 일단을 움켜쥐고 있는 존재
인 셈이다.

마니아의 희랍어 어원을 따지면 광조(狂躁症)라는 의미였다.
광조증이란 말 그대로 어딘가에 미친 상태이다. 그러나 당시
그리스인들은 이 상태를 축복받은 상태라고 보았다. 왜냐하면
그 광조의 상태는 아무에게나 허용되는 것이 아니기 때문이었
다. 광조는 특별한 사람들에게만 가능했다. 광조를 신의 영감
이 충만한 상태 그리고 신과 연결되어 있는 상태라고 보았기 때
문이다. 예술은 신의 영감이 인간의 몸을 빌려 지상에 표현되
는 것으로 보았던 당시로 보아서는, 마니아는 그 신의 영감의
에너지를 통해 보통사람이 표현하지 못하는 것을 표현하는 선
택받은 존재였던 셈이다. 신의 영감은 인간의 세속의 규칙에
합류하지 않는다. 자기만의 비세속적 규칙으로 운동한다. 이
비세속성이라는 말이 위에서 언급한 마니아를 문화의 항체로

보는 관점과 통하는 것이다. 축구에 광조하는 존재들, 요컨대 축구마니아는 그런 비세속성을 상기해 볼 필요가 있다. 대상에 대한 헌신과 열정 그것만이 자기를 존재하게 하는 근원적이고 결정적인 조건이라는 점 등을. 수많은 동호회, 마니아 아마추어들은 한 사회의 건강한 토대를 형성할 수 있는 힘이 되는 것도 예의 건강한 광조가 전제될 때라는 것 등을. (2000년)

월드컵, 카니발, 니폰
—일본에서 본 2002 한·일 월드컵 관전기

이상하게 돌아가는 일본축제

일본도 비등점에 서서히 다가가기 시작한다. 거대한 쇼, 열광적인 카니발이 시작된 것이다. 그동안 좀처럼 달아오르지 않던 일본의 월드컵 분위기가 가열되기 시작했다는 점은 여러 모로 감지된다.

관심의 집중도나 게임의 무게로 치자면 일본 월드컵은 아르헨티나-나이지리아전에서부터 시작됐다고 해도 과언이 아니다. 그런 만큼 이 게임은 이른바 죽음의 조라는 F조 게임에 있어 한 치 물러설 수 없는 백병전이 예상된 게임이었다.

나이지리아의 검은 독수리들과 아르헨티나 초원의 카우보이들이 이바라키 경기장으로 모여들면서 본격적인 카니발은 막을 올리는 셈이다. 관객석은 거

268

아르헨티나-나이지리아 전

가고시마 구장

의 다 들어찼다. 축제에 합류하려는 무리들이었다.

월드컵 풍경을 이모저모 뜯어보면 그 축제라는 게 이상하게 돌아가는 것 같다. 이번 게임이 벌어진 가고시마 구장은 시내에서 걸어 30분, 버스로 10분이 걸리는 공지에 자리잡고 있다. 뭔가 '뚝 떨어져 있다'는 느낌을 강하게 받는다.

카니발은 일상이 정지되는 순간이다. 일상의 질서를 무시한, 달리 말하면 비일상, 비정상, 비이성이 혼재되어 달아오르는 것이 축제다. 인간은 그것이 없으면 살지 못하기에 억지로라도 그런 축제를 만들어 내는 것이다.

월드컵은 그런 점에서 지구 최대 규모로 일상이 정지되는 순간이 된다. 한데 가고시마 구장의 느낌, 즉 멀리 뚝 떨어진 느낌은, 일상의 공간과는 격절된, 요컨대 어디 외진 곳을 만들어 놓고 거기서만 놀아야 한다는 보이지 않는 명령과 메시지의 느낌의 너울로 덮여 있는 듯했다.

게다가 축제를 통제하고 관리하는 방식은 왜 그리 빡빡한지. 축제가 여유와 늘어짐 혹은 다소간의 일탈이 있어야 제맛일진대, 그러나 경기장에는 삼엄한 통제와 관리의 시스템이 사람들을 위축시킨다. '삼엄한 축제'라는 말은 형용모순임에도 불구하고 현실의 월드컵은 그렇게 '삼엄한 축제'가 돼버렸다. 그러다보니 훌리건들을 이해하고픈 생각이 아니 드는 것도 아니다.

아무려나 게임은 시작되었다. 게임 전 나이지리아 감독은 "우리는 어느 팀도 두려워하지 않는다"고 했다. 근자의 나이지리아 전력을 보면 허풍만이 아니다. 킥 오프가 되자마자 게임은 그 감독의 희망을 배반했다. 아르헨티나는 실로 강력한 우승후보다웠다. 베론의 부드럽고 정밀한 볼 배급은 아르헨티나의 역동성을 더욱 왕성하게 부풀려 놓았다. 그에 응답하듯 바티스투타는 시쳇말로 터미네이터 같은 활약을 보여주었다. 머리면 머리, 발이면 발 그의 몸에 닿는 공은 모두 날카로운 직진성 운동 물체가 되어 나이지리아 골문을 향했으며, 후반 18분, 드디어 나이지리아 골문을 갈랐다.

약자를 응원하는 관례와 달리 일본 관중은 아르헨티나를 응원했다. '바티'를 외치고 오르테가를 목메어 불렀다. 옆에서 보기에 그 일본 팬들이 매몰차 보이기도 했고, 반면에 나이지리아 선수들이 측은해 보이기도 했다. 그러나 생각건대, 내가 측은하게 생각하는 그 나이지리아 선수들은 내가 평생 만져보지 못할 돈을 쉽게 만지는 선수들이다. 이미 돈맛을 깊숙이 안 나이지리아 선수들이 남은 경기에 얼마나 투지있게 뛸 것인가는 그리 낙관적이지 않다.

축구로 뜨거워진 雪國

니가타 구장

일본 니가타. 노벨문학상을 받은 가와바다 야스나리의 『설국』(雪國)의 무대이다. 외국인에게 일본의 서늘한 서정의 고향으로 알려진 니가타가 오늘은 뜨거운 축구의 도가니로 변모했다. 크로아티아와 멕시코의 쟁패가 벌어진 것이다.

크로아티아는 첫 출전한 월드컵 무대인 98년 프랑스 대회에

서 누구도 예상치 않은 3번째의 자리에 단숨에 치고 올라갔다. 그러나 왕년의 축구 강국 유고의 '성분'을 알고 있던 사람이라면 크로아티아의 은근한 실력이 예외가 아님을 안다. 16강전에서 '발칸반도의 마라도나' 슈케르(그는 정말 생김새, 기량뿐 아니라 성깔도 마라도나와 흡사하다)가 이끄는 루마니아를 제압했을 뿐 아니라 8강전에서는 독일을 3 대 0으로 간단히 무너뜨렸다. 사정이 그러니 크로아티아는 준비된 축구 강국이었던 셈이다.

그에 비해 멕시코는 외형상으로는 축구 강국 중 하나로 이미 지화되어 있다. 그 수치가 항상 의문에 부쳐지지만, 월드컵 직전 국제축구연맹(FIFA) 랭킹이 7위인 팀이다. 그 외형상의 강력함은 협회 등록 선수가 400만명이 넘으며 월드컵 통산 11회 출전, 2회 개최, 두 차례 6위 입상 등의 수치로 더해진다. 하지만 그것은 수치의 마술일 뿐 멕시코 축구가 세계 순위 7위에 버금가는 실력이 있는 것은 결코 아니다.

2번의 8강 진출도 요즘과 달리 그 효용성이 확실했던 과거의 홈그라운드 이점에 힘입은 바 크다. 또 11회 출전도 멕시코가 속해 있던 북중미 지역이 비교적 약체들이 모였기 때문이다. 이처럼 쉽게 통과할 수 있는 지역 예선을 이번에는 문자 그대로 겨우 통과했다. 그만큼 예선 성적이 신통치 않았다. 지역 예선에서 탈락 위기에 빠진 멕시코를 구한 '판초빌라'는 블랑코다. 지난 98년 대회 한

크로아티아-멕시코 전

국전에서 공을 발 사이에 끼고 깡충거리는 '개구리 점프'로 한국 축구 팬에게 강한 인상을 남긴 그는 이전의 영웅 에르난데스로부터 왕관을 물려받았다. 금발의 에르난데스 대신 하얀 축구화의 블랑코가 멕시코의 새 함장이 된 것이다.

그 블랑코가 일반적인 예상을 뒤엎는 새로운 위업을 하나 보탰다. 크로아티아의 승리를 점치던 일반적인 예상을 그의 중앙 돌파 하나가 무효화시킨 것이다. 두 나라 모두 그리 잘사는 나라가 아님에도 불구하고 경기장에 모인 양국 서포터의 기세는 만만치 않았다.

특히 크로아티아 국기를 형상화한 사각 무늬 유니폼을 큰 보자기로 만들어 흔드는 크로아티아의 서포터는 지난 대회의 광영이 재현되리라 믿어 의심치 않는 표정이었다. 그래서인지 그들이 흔드는 거대한 보자기는 월드컵의 종장까지 항해하는 크로아티아호의 거대한 돛처럼 보였다.

하지만 멕시코의 블랑코는 그 큰 보자기 한가운데를 가르고 조국 멕시코에 환희의 소식을 타전하는 영웅이 되면서 크로아티아를 한숨 속에 빠뜨렸다. "접경의 긴 터널을 빠져 나오니 그곳은 설국이었다"라는 문장으로 시작하는 소설로.

아일랜드 망치 독일 강타

이바라키 경기장을 가는 길목은 온통 녹색이다. 아일랜드 서포터스들이 그 길목을 다 점령하고 있다. 셔틀버스에 올라타자 아일랜드 서포터스들이 노래를 합창한다. 그리고 버스 천장,

바닥 할 것 없이 발을 구르고 목 울대를 세운다. 같이 탄 일본인들은 자기 땅임에도 불구하고 오히려 주눅들어 있다. 서양인들의 '거침없음'은 이런 대목에서도 여실히 드러났다. 좋은 의미에서든 나쁜 의미에서든.

예쁘장하게 생긴 여성도 제법 '터프'하게 손을 내흔든다. 한손에는 커다란 망치 풍선을 들고 있고 거기에는 '아이리시의 해머를 받아라'고 적혀있다. 뭐냐고 물어보았다. 큰소리로, 오늘 독일의 머리를 내려칠 거대한 망치라고 씩씩하게 대답한다.

아트사커의 중시조쯤 되는 왕년의 프랑스 스타 미셸 플라티니가 점잖게 보고 있는 가운데 게임은 시작되었다. 구라파 땅에서 거칠기로 호가 난 켈트족과 게르만족의 일대 쟁패가 시작된 것이다. 왕년의 명가 독일은 이제 '낡은 전차' 취급을 받고 있다. 예선에서도 잉글랜드에 치욕적인 대패를 당한 이력이 짙은 얼룩이다.

아일랜드-독일 전

그에 비해 아일랜드는 자랑스러운 전과로 예선을 통과했다. 상대가 네덜란드, 포르투갈이기에 그렇다. 본선의 F조처럼 유럽 예선에서의 '죽음의 조'는 포르투갈, 네덜란드, 아일랜드가 몰린 그 조였다. 사람들은 당연히 신흥강국 포르투갈과 영원한 4강 후보 네덜란드로 정해질 줄 알았다. 아일랜드는 그런 일반적 예상을 뒤집었다. 네덜란드의 화끈한 공격축구를 좋아하는 팬들로서는 섭섭하기 짝이 없는 노릇이나, 아일랜드는 그 네덜란드를 제압하고 올라온 것이다. 그러나 네덜란드의 공격축구를 좋아하는 팬들이 실망할 필요는 없다. 아일랜드는 네덜란드에 못지 않은 뜨거운 팀이란 것을 독일전에서 유감없이 보여주었기 때문이다.

독일-아일랜드전에서 전반 12분 민대머리 양커가 뒷머리 헤딩을 한다. 사실 그는 축구화보다 돌도끼가 어울리는 것 같은 거한이지만 상대 골키퍼를 공포스럽게 하는 점에서 돌도끼 효과를 실상 보고 있는지 모른다. 그의 뒷머리 헤딩을 보니 얼른 우베 젤러가 떠올랐다. 1960년대 독일팀의 골잡이인 그는 양커와 마찬가지로 대머리였으며 득의의 놀라운 뒷머리 헤딩골로 월드컵 역사를 풍요롭게 하는 추억의 올스타이다.

양국의 경기는 실로 투지의 경합장이었다. 아일랜드가 거친 투지라면 독일은 냉정한 투지였다. 독일이 1점을 리드하고 있었지만 아일랜드 열혈 청년들의 투지는 전혀 눅어들지 않았다. 그리고 마침내 경기 종료직전 드라마틱한 동점골을 따냈다.

로비 킨의 그 골은 아일랜드 서포터들을 거꾸로 뒤집어 놓았다. 다른 관중들 역시 아일랜드 팀에 감동하고 있었다. 열심히 또 열심히 하는 것이 승패를 떠나 얼마나 아름다운 일인가를 온몸으로 보여주었기 때문이다. 결과는 무승부지만 마치 아일랜드가 대승한 듯한 분위기로 마감한 것 역시 그런 연유였다.

마치 요 며칠 전 한국의 청년들이 보여준 것처럼.

공석 분노에 중계방송은 생략?

일본에서도 경기장 공석 때문에 연일 난리다. 바이롬사는 물론 국제축구연맹(FIFA), 일본월드컵조직위원회 모두 도매금으로 비난을 면치 못하고 있다. 한국에서는 입장권 판매와 여행 숙박 대행을 맡았던 바이롬사가 입장권은 입장권대로 팔지 못하고 숙박대행은 60-70% 이상을 취소하는 일로 인해 월드컵 특수를 노렸던 관련업체가 거의 빈사 직전에 몰리고 있다는 보도가 줄을 잇는다.

일개 '구멍가게'에 불과하다는 바이롬사가 어떤 곡절로 거대한 세계적 이벤트의 핵심적인 사업을 맡게 되었는지 알 수는 없지만, 이런 저런 분석가들에 따르면 현재 FIFA의 극도의 상업주의와 일련의 부패가 곪아 터져 나오고 있는 중이라고 한다.

그래서 그런지 표를 사지 못한 일본인들은 이제 서서히 분노를 몸으로 드러내기 시작했다. 심지어 일본-벨기에 전에서도 공석이 나오자 분노한 청년이 입장권 판매 관련 사무소 기물을 부수고 관련자를 폭행한 것이다. 그 청년은 현장에서 체포됐다. 그리고 유리창을 깨는 장면은 고스란히 TV 화면에 담겨 전국에 송출됐다.

이런 분노의 수준과 일본-벨기에 전에 나타난 일본 열도의 열기를 생각하면 일본의 월드컵 분위기는 당연히 비등점을 넘어섰다고 예상할 터이다.

그런데 그게 아니다. 뭔가 이상하다. 오늘 카메룬과 사우디

독일-사우디아라비아 전

아라비아 전에는 관중석의 공터가 너무 많이 보인다. 물론 사우디아라비아가 독일에 8 대 0으로 대패하자 이 게임의 기대는 당연히 가라앉을 수밖에 없는 사정이 있다. 그럼에도 불구하고 이 경기가 열린 오늘의 사이타마 경기장만 보면 여기가 월드컵이 열리는 곳인지 애매해진다.

이뿐 아니다. 이 경기는 일본에서 열리는 경기임에도 불구하고 신문의 TV 프로그램표를 보면 어느 방송국에서도 중계를 해준다는 표시가 없다. 다시 한번 신문을 보아도 분명히 일본 신문이다. 그러니 한국에서 벌어지는 덴마크-세네갈 경기를 중계로 보고자 하는 꿈은 언감생심이다.

오늘만이 아니다. 어제도 그저께도 중계방송되지 않는 게임이 줄이었다. 심지어 예선 최대의 빅매치 중의 하나인 브라질-터키 전도 중계를 하지 않았다. 10일로 예정된 한국-미국의 경기도 중계방송하지 않는다. 녹화방송도 없다. 단지 매일 저녁 그날 게임들을 게임당 10분 정도로 압축한 프로그램만 보내고 있을 뿐이다.

사정이 이러니 여기가 월드컵 개최지인지 아니면 개최지의 지구 반대편에 있는 나라인지 알 수가 없다. 물론 유료채널에서는 중계를 하지만 그것은 돈 있는 사람만을 배려한 조치일 뿐이다. 좋게 볼 수도 있다. 월드컵 기간에도 일상은 계속되기에, 그러므로 월드컵에만 편향되지 않는 어른스러운 사회의 징표로 봐줄 수 있다.

하지만 아무리 생각해도 그렇게 보이지는 않는다. 경기장 공석에 대한 비난과 연일 이어지는 심각한 보도, 입장권 관리 문제로 인한 분노 폭발 맞은편에 있는 이런 중계방송 생략이라는 '이상한' 상황을 조우하게 되면 '이상한 나라의 월드컵'을 보는 것 같다. 여기 일본에서는.

'첫승'에 취해 손님 경기 무관심

일본-러시아전이 있은 지난 9일. 일본 열도는 문자 그대로 작열상태였다. '역사적인 첫승리'라는 그들의 표현대로 이날 게임은 여러 가지 '역사적인 사건'을 만들어 냈다.

그 중 하나가 TV 시청률이다. 이날 최고로 올라간 시청률은 81. 9%이다. 평소에는 상상할 수 없는 수치이다. 나카야마가 교체 멤버로 등장할 때는 80. 7% 그리고 평균 시청률은 66. 1%에 이른다. 이 시청률은 일본 TV 시청률 사상 2번째에 해당된다. 1966년 도쿄 올림픽 때 일본이 여자배구 결승전에서 옛 소련과 금메달을 다툴 때가 66. 8%였으니 그 다음 자리에 해당되

는 셈이다.

다음날 10일. 이번에는 도쿄의 한국인들이 그 열광을 이어나갔다. 이날 오전부터 도쿄의 한국인촌이라 할 수 있는 신오구보나 쇼칸도리에는 한국 사람들이 수없이 모여들었다. 각종 음

식점이나 술집에는 모두 문 앞에 '3시30분 한국-미국전 위성 중계 결정' 등의 게시문을 내걸었다. 이렇게 한국인들이 운집한 것은 한국-미국전을 일본에서는 TV 중계하지 않기 때문이다. 그러니 유료 위성채널을 달아 놓은 음식점이나 술집으로 모여들 수밖에 없었다.

주최 당사자들은 그렇게 열광하는 사이에 일본의 다른 게임에 대한 관심은 월드컵 이전이나 지금이나 크게 차이가 없다.

그러는 와중에 독일과 카메룬의 경기가 열린 것이다. 하지만 현재 일본은 "1억인이 취했다"라는 스포츠 신문의 헤드라인처럼 여전히 9일의 러시아전 승리감에 취해 있기에 이 경기에 관심을 돌릴 만한 감정 상태가 아닌 듯 보였다.

독일-카메룬 경기는 경고카드의 숫자가 증명하듯이 극히 격렬한 경기였다. 어쩌면 스포츠의 부정적인 모습만이 부각된 경기였는지 모른다. 모든 게 승부지상주의가 되다보니 경기 과정이나 선수들 사이의 '프렌드쉽' 혹은 '동업자 의식'에 대한 아름다운 이미지는 폐기처분되어 버린 셈이다. 이 승부지상주의의 격렬함은 FIFA의 상업주의의 격렬함과 병행해 어쩌면 앞으로의 월드컵 향방에 어두운 그늘로 작용할지 모르겠다.

경기보다는 스타가 좋다?

'죽음의 F조'에서 '철조망 통과'를 무사히 끝낸 팀은 잉글랜드와 스웨덴이다. 세계에서 몇 안되는 징병제 국가로, 군대 정서가 널리 펴져 있는 한국에서 F조의 16강 진출과정을 예의 '철조

망 통과'라는 말보다 더 잘 어울리게 표현할 수는 없을 듯하다. 프리미어 리그 경기에서 아르헨티나 선수와의 충돌로 다리 부상을 입은 베컴. 그의 부상으로 노심초사하던 잉글랜드가 아르헨티나를 꺾은 덕분에 16강에 오른 것은 그들로서는 기쁨의 배가가 아닐 수 없다.

12일 잉글랜드-나이지리아전은 맥빠진 경기가 되고 말았지만 월드컵이 시작하기 전에는 심각한 '빅매치'로 예상됐다. 나이지리아의 초기 예선탈락 결정을 생각하지 않았기 때문이다. 그래서 같은 시각 열린 아르헨티나-스웨덴전보다 이 경기에 세간의 관심이 더 쏠렸고, 각국의 기자들 역시 이 경기로 몰렸다. 그러나 승패의 의미가 없어지자 일본 사람들의 관전 초점은 경기 자체보다 베컴이라는 스타에게 맞춰졌다. 말만 하지 않으면 더욱 근사해 보일 베컴(실제 그의 목소리는 생긴 허우대와 달리 변성기 소년의 목소리 같다)은 이제 프랑스의 지단과 아르헨티나의 바티스투타의 조기 귀국으로 인해 더욱 독점적인 관심과 초점의 인물이 될 것이다.

일본축구가 나날이 상승하고 있지만, 많은 사람들의 축구를 대하는 방식은 축구 그 자체보다 '스타'를 통해 축구를 '봐주는' 식이다. 베컴에 대한 유별난 관심은 그런 데서 온다. 따라서 일본 대중들에게 프랑스와 아르헨티나의 탈락, 아니 지단과 바티스투타의 강판은 실로 아쉽기 짝이 없다. 아마 일본이 16강에 진출하지 못하고 잉글랜드가 8강, 4강에 들지 못하면 일본의 월드컵 분위기는 순식간 하강할지 모른다.

우승후보로 꼽히는 이유는 당연히 근사한 축구를 구사하고

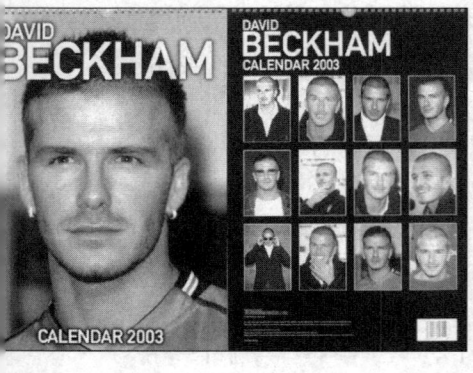

그것이 관중을 즐겁게 하기 때문이다. 따라서 우승 후보의 탈락은 곧 그런 훌륭한 축구를 더 이상 볼 수 없는 일이고 섭섭한 것은 사실이다. 그러나 그 후보들의 탈락을 지나치게 과장하는 것도 악습이다. 그들의 탈락은 그들보다 잘 한 새로운 팀이 존재하기 때문에 일어난 사건이다. 축구의 건강함을 지키고자 하는 사람이라면 당연히 새롭게 부각하는 팀을 칭찬해야 한다. 우승후보를 한번 이기기 위해 오랫동안 그늘에서 보냈을 그들의 인고의 세월과 노력에 찬사를 보내야 공평하다. 우승후보의 탈락을 지나치게 아쉬워하는 태도는 '축구 변방의 팀들은 언제나 우승후보의 휘광을 위한 제물로 준비되어 있어야 한다'는 못된 생각과 다를 바 없다. '좋은 오래된 것보다는, 나쁜 새로운 것'이 더 좋다는 서양의 속담이 축구에도 적용될 필요가 있는 것이다.

동네축구에 패한 사무라이 축구

'쇼'는 끝났다. 그리고 문은 내렸다. 일본 열도를 거대한 용광로로 만들었던 터키와의 16강전은 그렇게 마무리됐다. 일본은 터키전을 앞두고 평소의 그들답지 않게 지나치게 흥분해 있었다. 조예선에서 보여준 경기력만 발휘한다면 터키를 충분히 제압할 수 있으며, 그 이후 맞붙게 될 세네갈도 크게 걱정되지 않는 상대라고 진단했다. 그러면 그 다음은? 물론 4강전이다.

일본-터키 전

이처럼 일본의 언론들은 4강 진출도 불가능한 것은 아니라는 기대를 갖고 있었다.

이날 게임을 앞두고 전국의 중·고등학교 강당에, 양로원에, 행정관서에도 사람들은 8강 진출을 자축하기 위해 꾸역꾸역 몰려들었다. 그들 표현을 빌려 "가두(街頭)의 기적"이 벌어지고 있었다. '가두의 기적'은 50년대 레슬러 역도산이 득의의 '당수 촙'으로 미국을 상징하는 거한들을 잠재울 때 그 장면을 거리의 TV 앞에 모여 보면서 열광하던 광경을 이르는 말이다. 그 광경의 재현인 양 북쪽의 홋카이도부터 남쪽의 오키나와까지 긴 열도의 가두에는 일본-터키전을 보려는 인파가 운집했다.

경기 내용만 보자면 일본의 희망은 적중하는 듯했다. 공 점유율 자체로는 일본이 압도했기 때문이다. 하지만 이 경기는 일본인들에겐 극히 조마조마한 경기였지만 다른 나라 사람이 보기에는 너무 지루한 경기였다. 일본은 조별 예선에서 보여준 날카로움과 스피드를 보여주지 못했다. 특히 터키는 거의 조기축구회 멤버 같은 동네축구를 했다. 후반전 들어 그들은 축구가 하프라인의 반만 사용하는 게임인 줄 아는지 도무지 중앙선 이상을 넘어가지 않으려 했다. 후반전에만 한정하면 하칸 쉬퀴르는 비오는 날의 우산대 같았고, 전사 이미지의 하산 사슈 역시 열심히 뛰기는 했지만 단지 그뿐이었다.

경기가 끝나자 일본 선수들의 반응은 두 광경으로 나뉘었다. 영락없는 '촌부'처럼 생긴 나카타는 세련된 표정이었지만 다카유키 스즈키를 비롯한 많은 선수들은 눈물을 쏟아냈다. 일본 선수들이 허탈함에 눈물을 감추지 못하는 그 시간, 스타디움 밖에서는 소수의 터키 응원단이 거대한 터키 국기를 펴고 승전 퍼레이드를 하고 있었다. 트루시에 감독의 향후 향방은 아직 모른다. 마지막 인터뷰가 될지 모르는 자리에서 그는 "이런 상태로 계속 진전한다면 일본 축구는 10년 후 세계 정상급이 될 것"이라고 말했다. 실로 그렇게 되었으면 좋겠다. 그럴 경우 일본과 라이벌 의식이 강한 한국도 필시 그에 준하는 수준에 올라 있을 것이기 때문이다.

승패 갈라놓은 '토킥' 한 방

벗은 브라질과 입은 터키? 브라질 게임이 있는 곳은 어디나 흥겹다. 경기 시작 오래 전부터 브라질 응원단은 삼바에 맞추어 경기가 있는 사이타마 경기장을 코파카바나로 바꾸어 놓았다. 브라질 응원단에는 절대로 빠지지 않는 비키니 차림의 여성들이 자기 몸을 못살게 군다. 그리고 그 옆에서 깃털로 장식한 머리를 흔드는 사내와 그녀들의 섞인 광경은 언제나처럼 월드컵의 작은 '스펙터클'이 되어 TV 카메라를 모은다. 최소한으로만 가린 육신으로 삼바에 몸을 맡긴 여성 앞에는 수많은 관객 또한 몰려든다.

춤이라면 터키 역시 뒤지지 않는다. 『천일야화』 곳곳에 나오는 이들이 무희들이고 그들의 '발리 댄스'는 관능적인 면에 있어서나, 전통에 있어서나 삼바보다 훨씬 윗길이다. 하지만 터키 응원단에 그런 모습은 보이지 않는다. 터키 여성들은 벗은 브라질 여성에 비해 머플러를 뒤집어쓰고 되도록 가리는 쪽으로 신경을 쓰고 있다.

그런 와중, 또 하나의 준결승은 시작되었다. 어제 한국-독일전을 중계하던 일본 아나운서는 연방 '하게시이'(격렬하다)라는 말을 반복했다. 오늘 터키와 브라질의 경기 역시 똑같은 어휘가 반복되었다. 다른 단어로는 이 경기를 담을 수 없기 때문이었다.

예선전에서 되로 준 것을 말로 갚으려 나온 '투르크의 전사'들은 눈빛부터 달랐다. 오스만투르크의 후예임을 자랑하듯 그들의 눈은 이글거렸고 특히나 골키퍼 루스트와 공격수 하산 사슈의 눈매는 삼엄하기까지 했다.

48년만에 두 번째 월드컵에 출현하는 터키이지만 이번 월드컵에서 보여준 것도 그렇고 오늘의 경기력 또한 4강에 올라오기에 전혀 손색이 없음을 보여 주었다. 한국이 어느 날 난데없는 봉우리로 솟았다면 터키는 알다시피 몇 해 전부터 그 징조를 강하게 예시했다. 1954년 스위스월드컵 이후 오랫동안 변경으로 지내오다, 국내리그 우승팀 갈라타사라이가 99-2000유럽축구연맹(UEFA)컵에서 정상을 차지했고 유로2000대회에서는 8강에 진출, 명실상부하게 중심으로 진격했기 때문이다. 비록 루마니아의 하지가 맹활약하기는 했지만, 갈라타사라이의 전력은 유럽의 최강 대표팀에 못지 않았다.

경기는 내내 격렬한 공방이었지만 결국 호나우두의 동물적인 감각 하나가 승패의 진운을 바꿔 놓았다. 팽팽한 풍선을 날카로운 바늘 하나가 터트려 놓듯 그의 '뾰족한' 토킥 하나가 면도날 같은 긴장의 공방을 갈라놓은 것이다. 그것이 결국 실력차이다. 한국과 터키는 참으로 성실한 축구를 했지만 호나우두와 발라크의 결정력이 그것을 뛰어 넘은 것이다. 경기가 끝나고 30분이 지나도 관중석의 브라질 삼바는 멈출 줄을 모른다.

브라질의 승리는 '퓨전축구'의 완성

한달 내내 지구를 달구던 거대한 축제는 끝났다. 20세기가 낳은 세계종교라는 월드컵. 새로운 세기, 축구의 신은 브라질의 머리 위에 내렸다. 브라질 선수들이 우승의 제단에 올라 환호작약하는 동안 게르만 전사들은 허탈함 속에서 FIFA컵을 멀리 바라만 보고 있다. 일본에서는 흔히 독일 축구를 '게르만 타마시이'라 부른다. 게르만의 혼이라는 뜻이다. 일본, 그들이 자랑하는 '야마토 타

마시이(대화혼)'과 비교해 그렇게 부르는 것이다. 그 말에는 근대화 초기부터 독일을 닮고 싶어하던 일본의 내심이 묻어 있는 것이기는 하지만, 동시에 끈질기고 승부욕 강한 독일인들의 태도를 상찬하는 의미도 깃들어 있다.

전반전은 예상 외로 그 '게르만 타마시이'가 발휘되는 듯했다. 기실 베켄바워 말대로 독일은 이번 월드컵에서 8강 정도면 알맞은 제 자리였다. 이웃 잘 만난 덕에 결승까지 올라온 셈이니. 그들보다 윗길인 유럽 동향배들이 모두 일찍 귀가한 것에 비해 봐도 그렇다. 사정이 그러하니 브라질이 수월하게 우승할 것이라는 예상이 일반적이었다. 하지만 전반적 킥 오프가 되자 준결승까지의 독일이 아니었다. 묵은 된장의 짠맛 3년은 간다고, 독일은 역시 독일이었다.

그에 비해 브라질 선수들은 호나우두의 '새가슴' 현상에 모두 감염되었는지, 호기 있게 뛰지를 못했다. 허벅지 근육통이 '심인성'이라는 의사의 진단은, 98년 월드컵 결승에서의 호나우두의 부진이 결국 '새가슴' 때문이었다는 사실을 공포한 격이고, 그 고질은 오늘에도 도지는 것 같았다. 하프 타임, 라커 룸에서 분명 무슨 일이 있었던 게 틀림없었다. 팀 전체가 손에 손을 잡고 강력한 통성 기도를 했는지, 후반의 브라질은 전반전과 전혀 다른 팀이었다. 특히 호나우두와 히바우두는 투톱의 진실이 뭔지를 오롯이 보여주면서 칸을 고개 숙이게 했다. 오늘 브라질은 그렇게 유럽 축구와 남미축구를 섞은 '퓨전 축구'의 한 경지를 완성해 놓았다. 그래서인지 시상대에 올라 선수들을 격려하는 펠레와 베컨바워의 동석은 향후 축구가 더욱 강화된 퓨전 축구의 양상으로 이어질 것이라는 징조를 예고하는 듯했다. 결국 2006년 독일 월드컵이 와야만 그 징조의 현시화 여부를 확인할 수 있으니, 어떻게 또 월드컵 없이 4년을 인내하나! (2002. 6. 1-7. 1)

5장,
일상
으로부터의
글쓰기

고
교
동
창
회
에
간
날

　졸업 이후 20년이 넘게 한번도 나가지 않던 고교 동창모임에
갔다. 동창회 참석에 그토록 오랜 시간이 걸린 까닭은 이런 저
런 모임에 드나드는 일을 즐기지 않기도 해서이고 또 모교 사랑
이 남다른 바도 아니어서였다. 생각해 보면 우리 사회만큼 각
종 모임에 많은 곳도 없지 싶다. △△전우회, △△동문회, △△
향우회는 저승에 가서도 그 모임이 유지될 정도라는 명성을 얻
고 있을 정도이니 각종 모임에 대한 우리 사회의 집착은 가히
열광적이다. 그러나 이런 모임에 대한 애착을 한번 뒤집어 생
각해 보면 우리의 서글픈 자화상이 영사된다.

　사람과 뿌리에 대한 각별한 애정이 그런 모임에 대한 애착
요인의 한 부분이라는 점을 부인할 생각은 없지만, 그것보다
오히려 불안과 공포가 각종 모임에 대한 열성적 참여를 낳게 되
는 중요 요인일 듯하다. 각종 모임의 모태가 되는 인연, 지연,
학연에 대한 집착은 그런 것과 연결된 끈이 떨어지면 한국사회
에서 살아가기 힘들다는 공포와 불안에서 온다. 그런 공포는
우리 사회에서는 혼자 살아가기 힘들다는 것, 혹은 우리 사회
는 한 개인의 개별적 삶을 정당하게 보호해 주지 않는다는 점을
잘 알고 있는 것에서 유래한다. 아무리 '준법시민'으로 살아가

도 부당한 일을 수시로 당한다. 그런 문제가 발생해도 우리 사회의 운영 시스템이 그것을 공정하게 해결해 주지 않는다. 해결책은 결국 사사로운 방법, 요컨대 학연, 지연 등과 관련된 각종 '빽'을 동원하는 데서 찾아진다. 무리 속에 기어이 파고 들어가 그 무리의 힘을 빌려야만 살아갈 수 있는 사회, 그래야만 비로소 안심이 되는 사회가 바로 우리 사회인 셈이다. 이는 물론 지식인 사회에도 여지없이 적중한다.

서로의 근황을 전하는 시간이다. 반 별로 나와 자기가 하는 일을 말한다. 10개 반 중에 한 반은 소위 서울대, 연고대 반이었다. 나머지는 자연스럽게 기타등등 반이었다. 성적이 좋은 아이들을 따로 모아 만든 반에서 특공대처럼 훈련받은 우등반 아이들의 현재는? 학교의 기대대로 혹은 우리 사회의 규칙대로 대개 '하이 소사이어티'에 속하는 직업군이었다. 뒤에서 두 번째 반이었던 우리 반 아이들은? 그 역시 예상대로 대개 '블루칼라' 군이었다. 20여년이 지나도 아니 50여년이 지나도 학벌에 따라 평생의 운명이 배정되는 한국사회의 카스트 제도는 이렇게 안녕한 것이다. 부모의 계급에 따라 일류대학 진학률이 결정되고 있다는 소식을 접한 와중에 만난 옛친구들, 그 만남의 반가움을 우울함이 덮어버린다.

20여년 만에 만난 친구들. 그 친구들이 내게 하는 인사말은, 가감 없이 말하면 이렇게 한결같았다. "어이! 이성욱이 니 신문에 나오고 텔레비전에도 나오데. 카 출세했네", "야! 니 같은 놈이 어째 신문에 글을 쓰노? 희한하데이", "임마, 니한테 배우는 학생들은 볼짱 다 봤겠다. 니한테 못된 것만 배울 거 아이가", "니가 글을 써? 공부를 해? 캬 참말로 세상 오래 살 일이데이", "니 요새도 싸움질하고 다이나?" 친구들의 머리 속에 인화되어 있는 나라는 인사는, 물론 20여년 전의 것이고 그것과 지금의 나를 비교해 보려니 그런 말 일색이 될 수밖에 없을 터이다. 게다가 친구들에게 그런 인상을 남긴 책임은 전적으로 내게 있으니 말이다. 세상은 변한다. 사람도 변한다. 우리는 그렇게 믿고 있다. 하지만 정작 우리는 그 변화를 잘 받아들이지 못한다. 어떤 대상에 대한 이미지와 판단은 우리 머리 속에 숙변처럼 눌어붙어 있다. 나부터도 그렇다. 우리는 그렇게 굳어 있는 것이다.

다음 주에는 초등학교 동창들을 만난다. 두 갈래 땋은 머리 나풀거리던 계집아이들은 이제는 허리 두툼한 아줌마들이 되어 있을 것이고 코피 흘리며 치고 받던 동무들 중 몇몇은 머리도 벗겨져 있을 터이다. 한데 그 동무들 날 보고 뭐라 그럴까? 고등학교 동창들처럼 또 그럴까? '니 아직도 못된 짓 하나?' 속절없이 불안해진다. (2001년)

혹 느지막한 저녁에 이번 호를 읽고 계신 분이 있다면 조금 비겁한 일이긴 하되, 소리 안 나게 아들 방 문을 열어 보시라! 잠겨 있을 경우, 십중팔구 당신 아들은 포르노 사이트를 서핑하고 있는 중이다. 아직 집에 돌아오지 않았다면 아들 컴퓨터의 '즐겨 찾기' 항목을 검색해 보시라! 모르긴 몰라도 열에 서넛은 역시 포르노 사이트가 찍혀 나올 것이다. 그럼 이제 당신은 어쩔 셈인가? 스스로를 '이해심' 많은 아버지로 위로하는 분이라면 자식이 어느덧 성 문제를 고민하게 된 나이가 된 데에, 자신의 청소년기를 회상하면서 색다른 감개에 빠져들 수도 있을 것이다.

하지만 그 감개는 아주 자족적일 가능성이 짙다. 당신이 청소년기에 접촉한 성 관련 매체는 마분지 소설이었고 영상 춘화라는 것도 기껏해야 여자 나체 정도거나 소위 '하드코어' 포르노의 경우에도 그 조악한 영상처럼 마찬가지로 유치한 것이었다. 또 당시 그런 매체와 접촉하는 아이들은 수적으로 소수였고 나아가 그런 접촉은 아이들에게 비일상적인 모험이었다. 그러나 이즈음 청소년들의 성적 매체는 그 표현에 있어 당신의 경험 이력 수십 길 위이며 또 성은 아이들에게 모험도 비일상적인 것도 혹은 동경과 신비스러움의 거처도 무엇도 아니다.

일전 14-15세 아이들이 불법 포르노사이트를 운영하면서 그 콘텐츠를 '팔아먹다가' 구속되었다는 보도가 있었다. 그런 보도는 처음이 아니다. 근데 문제는 그 아이들이 유별난 아이들이 아니라는 사실이다. 이미 포르노사이트와 청소년들의 접촉 빈도는 막대한 시장 형성력이 되어가고 있다. 아이들은 애나 재나 포르노 사이트 관련 아르바이트를 한다. 구속된 아이들처럼 사이트 하나를 개설해 포르노 콘텐츠를 올려놓으면 조회수에 따라 돈을 벌 수 있는 구멍은 산재해 있다. 더 많은 호객을 위

www.XXX.co.kr

해서, 더 세고, 더 화끈하고, 더 엽기적인 텍스트를 올려놓는다. 여기도 전형적인 시장의 논리가 적용된다. 그렇기에 바로 14살 밖에 안된 아이가 화간, 계간, 수간, 강간, 딜도어 SM, 본디지, 컴셧, 로리타, 헨타이 등등(이런 용어들이 대체 '어디에 쓰는 물건'인지 모르는 당신이라면 문제는 바로 거기서부터 출발한다. 당신의 아이들은 이 용어를 오래 전부터 일상의 양식으로 살아가기 때문이다)을 사이버 쇼윈도에 올려놓고 오늘도 또래의 아이들을 호객하는 것이다.

채팅 사이트에서 청소년들의 커뮤니케이션은, 아줌마·아저씨들의 전화방 폰 섹스처럼 촌스럽지 않다. 과감함과 용맹스러움의 강박에 시달리는 청소년기 특유의 치기대로 아이들은 컴퓨터 카메라 앞에서 옷을 걷어 부친다. 그리고 카메라 저쪽에 앉아 있는 파트너에게 온 몸 구석구석을 심지어 자신들의 성행위를 보여주는 라이브 쇼를 예사로 하고 있다.

청소년들의 성은 이미 한국 성인들의 손을 떠나 있는 독립조계지이이다. 식구들 먹여 살리느라 고단한 일상의 나날을 보내던 당신, 문득 아들이 나날이 서핑하는 그 포르노 사이트에 들어가 보면, 소시 적 춘화 속을 헤엄쳤다고 자부하던 당신도 그 표현의 노골성이나 엽기성에 경악할지 모른다. 하지만 당신의 아이에게 그런 표현물은 이미 덤덤한 기호 그 이상이 아니다. 그런 기호로 표시되는 성은 다만 '사용'하면 될 뿐인 어떤 것이다. 마치 거리 농구 한판 하듯이.

사태의 심각성을 망각한 당신이 포르노사이트를 소탕하자며 아무리 목울대를 세워도 그 소탕은 현실적으로 완전 불가능하다. 그렇기에 아이들이 보기에 음란물로부터 청소년을 보호해야 한다는 일부 어른들의 주장은 세상 물정 모르는 불출의 행동인 것이다. 아이들은 진공관에 가두지 않는 한 포르노로부터 아이들을 보호할 방도는 이제 전혀 없다. 그러면? 답은 나와 있다. 성을 모두 포르노와 동의어로 생각하는 청소년 정서의 이 가속적 황폐성 앞에서 어른들이 절박하게 해야 할 일은 다른 게 아니다. 차단과 금지가 아니라 아이들에게 성과 포르노 혹은 포르노적 성과 비 포르노적 성 사이의 분별력 그리고 그 환경에서의 생존력을 키워주는 것이다. 순수는 모든 것에서 차단된 티 없는 멸균 정서가 아니라 비순수를 이길 수 있는 힘이라는 잠언이 여기에도 해당되는 셈이다. (2001년)

보신탕 문명충돌

먹을 때는 개도 안 건드린다는 선현들의 강조는 인간의 생에서 먹는 일이 얼마나 중대한 일인가에 대한 담론의 고전이다. 이 잠언에는 먹는 일이 단지 육체의 보존을 위한 영양공급의 의미로만 한정되지 않는다는 통찰의 예지가 있다. 먹는 일은 육체의 유지와 더불어 인격의 문제와 함수 관계에 있다는 메시지를 품고 있기 때문이다. 인격은 곧 정체성이라는 범주와 다른 말이 아니고 그 정체성은 언제나 그렇듯이 긴 세월 동안 누적되어온 문화적 선택의 결과이다. 해서 먹는 일은 한 인간 혹은 그 집단을 인간으로 있게 만드는 문화적 총체의 응결이기도 하다.

멀리 갈 것도 없이 각종 다큐멘터리나 책의 보고를 상기해 보는 것으로 족하다. 고금이든 동서양이든 한 지역의 사람과 이방의 사람들의 관계와 조우는 간략한 2가지 형식으로 정리된다. 친구냐 친구가 아니냐 하는 것뿐이다. 그것은 인상이나 선물의 양이나 무력의 높낮이로 가리는 게 아니다. 거기에는 항상 특별한 시험 절차가 준비되어 있다. 그 시험의 통과 여부는 대저 '먹는 일'로 판별된다. 이역에서 찾아온 사람에게 음식을 대접해서, 만약 이방인이 그 음식을 먹으면 친구로, 내치면 친구 아닌 심지어 적으로 간주된다.

뚱뚱한 바퀴벌레를 갖은 양념으로 정성껏 볶아서 내놓을 때, 투명 구더기를 하얀 천의 보쌈으로 내놓을 때, 그것을 목구멍으로 넘기느냐 넘기지 않느냐에 따라 친소관계가 결정되는 것이다. 그런 음식이 손님에게 고역일 것이라는 사실을 접대 측이 예상 못하는 것은 아니다. 그럼에도 고역의 관문을 넘어 자기들 고유의 음식을 먹어 주는 것은 자신들의 존재를 인정해 준다는 표시로 여긴다. 그 자발적 고통 수락에 대한 고마움의 표현이 친구 관계의 인정으로 나아간다. 요즘 말로 타자와 차이를 인정해 주는 데에 대한 반응이, '당신이 날 친구로 받아주니 나 역시 당신을 고맙게 생각합니다'이다. 그에 비해 그 음식을 내치는 행위는 곧 자신을 경멸하는 일에 해당되고, 그 이후의 상호관계는 당연히 그에 준해 성립된다. 바퀴벌레나 구더기의 식용이 언제나 옳다는 이야기는 아니다. 다만 여기서 중요한 점은 그 식용행위의 정당성 여부에 대한 양쪽의 토론은 일단, 그것을 먹는 해당 문화의 고유성을 이해해 보려는 태도 이

후에야 비로소 제 값을 갖는다는 사실이다.

월드컵과 관련된 이번 보신탕 논란은 그런 점에서 이슬람권과 서구와의 문명 충돌에 이은 또 하나의 문명 충돌이다. 이번 일의 핵심은 다른 데에 있는 것이.아니다. 서구의 문화적 '취향'이 스스로를 하나의 법정으로 자칭하면서 한국의 특정 문화에 출두 명령을 내렸다는 점이다. 그러나 그들의 전통적 논리대로 이야기해 본다 하더라도 보신탕이든 그 무엇이든 입맛과 취향은 보편이념으로 환원되지도 않거니와 언제나 그 보편이념의 경계 밖으로 흘러 넘치기 마련이다. 그러므로 예의 법정출두는 그 시초부터 성립하기 힘든 사안이 되는 셈이다.

보신탕 선용에 대한 토론과 정당성 여부를 따져보는 일이나 혹은 그 이전에 그것을 이해해 보려는 태도가 완벽하게 결여되어 있다는 점 또한 자극적인 문제이지만 이 사안의 더 큰 문제성은 한국과 서구의 상호 구도가 예의 법정 구조라는 점이다. 법정의 궁극적인 목적은 금지와 통제 그리고 처벌이다. 판결자와 피의자는 토론의 상대도 우정의 대상도 아니다. 단지 법대 위에서 내려다보면서 범법 사실 여부를 통고만 해주면 되는 대상일 뿐이다.

보신탕이 인류의 유대와 우정에 문제로 등장한다면 우리는 그것을 진지하게 재고해 보는 태도를 가질 필요도 있다. 그러나 그 진지한 성찰은 대화의 구조에서 제 가치를 갖는 것이지 금지, 검열, 관리의 구도 속에서 성립되지는 않는 법이다. 우리의 식탁을 단지 통제, 관리만 하겠다는 서구의 태도는 과거에도 언제나 그랬듯이 서구를 능동적인 판단 주체, 비서구를 피동적인 판단대상으로 결정해 놓는 악습의 반복이 아닐 수 없다.

그 오만과 편견의 분비물 앞에서 광우병이 떠오른다. 휴머니즘 가득한 동물 보호자로 자처하는 그들이 어찌해서 소에게 자신의 동족을 먹이는 놀라운 야만과 자연 파괴 행동을 서슴없이 해치우는지. 한국의 견공들에게 제 친구들의 산물인 보신탕을 먹이면 문제가 없는 것인지. 아무려나, 점점 더 자기 성찰의 겸손함을 잃어가면서 노망기만 부리는, 한때 성숙한 문명의 장형이었던 그들이 오늘 더 측은해 보인다. (2001년)

황수정 최음제 그리고 스포츠신문

산스타(70년대의 안약)는 눈에만 넣는 게 아니고, 타이밍(역시 70년대의 각성제) 또한 잠 오지 말라고 먹는 것만이 아니며, 마찬가지로 미원이 조미료만이 아니던 때가 있었다. 사이다에 미원을 타서 소주에 넣거나 산스타에 타이밍을 섞어서 막걸리나 약주에 타서 먹이게 되면 그녀는 순식간 성(聖)처녀에서 성(性)처녀 돌변한다는 비전(秘傳) 때문이었다. 이른바 '뽕가리'로 불리던 그것은 정확히 말해 '최음제'의 민간요법 제조술이었다.

이처럼 최음제는 그제나 이제나 사람들에게 그 힘이 아주 센 지남철이었다. 최음제 발명의 역사는 모르긴 해도 인간이 암수로 무리 지어 살기 시작한 역사와 발을 맞출 터이며 그것은 지금까지 계속되고 있는 것이다. 까닭에 예의 산스타 등의 에피소드는 단순히 웃고 넘길 일이 아니다. 그것은 산출 대상이 황금의 만족에서 성의 그것으로만 바뀌었을 뿐이지 그 본질은 욕망의 충족을 터로 삼는 연금술과 하등 다를 바 없다는 점에서 그렇다. 성의 연금술이라 할 수 있는 이 최음제는, 그러므로 인간이면 누구나 가지고 있는 욕망 충족의 한 방편일 뿐이다. 그 효력의 완급만 다를 뿐이지 많은 사람들이 선용하는 정력제 또한 넓은 의미의 최음제이며 욕망 충족의 사다리 가운데 하나가 아닌가.

최음제든 연금술이든 인간이 거기에 쏟는 노력은 결국 욕망의 실현, 바꿔 말해 자신의 지극한 행복을 위해 들이는 공력이다. 그렇기에 산스타이든 최음제이든 그것은 모두 인간의 천부적인 행복추구권에 관련되는 일이기에, 적어도 공공 영역에 대한 파괴의 결과가 없는 한 다른 사람이 간섭할 일이 아닌 것이다. 물론 말이 여기에 오면 행복이라는 것의 정체나 혹은 그 자격 여부에 대해 논란이 생길 수 있겠지만, 청정한 금욕주의 또한 욕망을 금압해야만 미칠 듯이 행복해지는 욕망의 한 표현이라는 점만 확인하고 넘어가자.

이야기가 최음제로 시작된 것은 황수정에 관련된 이번 일의 핵심이 결국 최음제이기 때문이다. 평소 스포츠 신문 연예부 기자들 대접을 소홀히 했는지 이번 일로 황수정은 그 기자들의 어금니에 처절하게 물어뜯기고 있다. 그들의 너저분한 수사에 의해 그녀는 로마군 일개 군단을 상대했다는 메살리나보다 더 음란한(상스러운?) 음녀로 승진된다. 기자들의 새디스트적인 가학성 흥분은 가속되어 평소 술 한잔 못한다고 술자리에서는 음료수만 마시던 그녀가, 옷 벗는 장면의 촬영은 필사적으로

거부하던 그녀가, 알고 보니 최음제를 애용하던 놀라운 '내숭녀'였다는 식의 비난을 퍼붓는다.

문화산업의 핵심인 스타시스템이 한창일 때 청순한 이미지를 팔던 미국의 일급 여자 배우는 하루 종일 어머니하고만 다녀야 했다. 또 음울한 이미지를 밑천으로 삼던 남자배우는 다른 사람 앞에서 절대 웃으면 안되었다. 남자와 다니거나 웃으면 위약금을 무는 계약을 영화사와 했기 때문이다. 스크린 이미지의 판매술이 일상으로까지 연장된 경우이다. 그런 점에서 보자면 황수정이 원래는 폭탄주 상용자이든 취하면 스타킹 머리에 묶고 테이블 위에 올라가 난장을 치는 주사가 있든, 혹은 하루에 남자를 몇 명 만나든 말든, 그녀는 스타산업의 알곡을 챙길 줄 알았던 훌륭한 연예인이었던 셈이다. 따라서 술자리에서든, 벗는 연기에서든 그가 부리던 내숭은 철저한 자기 관리라는 측면에서 칭찬 받아 마땅한 프로급 마케팅이다. 상찬해야 할 일을 오히려 비난의 근거로 보는 기자들의 무지는 참으로 측은하다. 그런 풍경 앞에서 해학 문학의 으뜸인 채만식의 다음과 같은 말이 떠오른다. "난 개 하구 무식한 사람 하구가 제일 무서워. 대체 경우가 없단 말이야."

하기야 일을 둘러싼 경과를 보면 '뽕'을 한 이들은 도리어 스포츠 신문 기자들인 듯하다. 그렇지 않고서는 엊그제 황수정의 이마에다 주홍글자 부쳐대기를 서슴지 않다가. 다음날 "황수정 돌팔매질 위험수위, 황수정에 대한 비난의 수위? 범죄 수준?을 넘어서…(2001. 11. 20, 모 스포츠 신문)" 등의 이야기를 할까. '뽕'을 하고 긁어 대다가 약 기운이 떨어지고 나서 보니 제가 쓴 것인 줄 모르고 그렇게 음전한 척 하는 기사를 다시 쓰는 게 아닌가.

물론 문제가 마약과 관련된다는 점에서 이번 일의 민감성이 상존한다. 하지만 대마초 건으로 몇 번 잡혀갔던 가수 전인권이 모 계간지 대담에서 한 다음과 같은 요지의 발언은 경청할 가치가 있다. '남한테 피해 안 주면서, 내 한 몸 내가 좀 마음대로 하겠다는 데 왜 국가가 나서서 챙겨 주겠다고 그러는지 모르겠다.' 그러므로 황수정이 최음제를 먹던 대병 짜리 소주를 마시든 남자관계가 거미줄 관계이든, 도대체 그게 무슨 문제인지 나도 모르겠다. (2001년)

교회 터부의 쌍방향 대화

예배당에를 갔다. 친구들은 고개를 갸우뚱하며 끌탕을 친다. '안 하든 짓을 하는 걸 보니, 저 친구에게 무슨 일이 생긴 게 틀림없는 게야….' 그러나 친구들이여 놀라지 말라. 비록 내가 천둥벌거숭이긴 하되, 한때는 신학과를 지망했고, 주님을 뱃속에도 모셨지만, 마음 깊은 곳에도 오롯이 모신 적이 있으며, 더구나 청년회 회장이라는 권력의 자리에 군림해 본 바도 있음을.

아무려나, 목사님의 설교와 기도가 이어진다. 한데 그 설교가 이상해지기 시작한다. 뉴욕 무역센터 사건을 이야기하는 것은 좋은데, 결론이 이슬람 세력에 대한 기독교 세력의 우위 운운으로 모아진다. 연달아 간곡한 기도. '주여! 이슬람의 한 복판에 주의 승리가 임할 때까지….' 그때부터 슬슬 회가 꼬이기 시작한다. 손을 들고 물어 보고 싶었다. '목사, 당신 지금 무슨 그런 폭력적인 선동을 하고 있어요, 나하고 그 문제를 놓고 이야기 좀 해 봅시다.' 바꿔 말해 토론과 대화의 요청이다. 한데, 가만히 보니 그런 요청의 실현은 애당초 불가능한 구조 속에 놓여 있다. 내 앞에 보이는 목사는 큰 모니터 속에 비쳐지는 목사일 뿐이다. 그와 직접 이야기하자면 내가 있던 3층에서 2층 설교 강대 앞까지 뛰어가야 한다. 목사와 토론을 하기에는 그와 나 사이의 물리적 거리조차 너무 멀었던 것이다.

이런 경험으로 새삼 생각해 보니 교회는 참 이상한 구조이다. 예배시간에 목회자가 말을 떼기 시작하면 신도는 침묵 속에서 꼼짝없이 그 이야기를 들어야 한다. 누구도 목회자의 말에 대한 대화나 토론의 요청 혹은 이견 여부를 발설하지 못한다. 적어도 설교시간만큼은 모두 선생님 말씀 잘 듣는 착한 초등학생이 되어야 한다. 그런 구조가 언제부터 시작되었는지 아무도 궁금해하지 않으며, 더구나 이제는 왜 그래야 되는지, 그것은 물음의 대상조차 되지 못하는 것이 되어버렸다. 요약하면 한쪽에서 다른 한쪽으로 화살표가 일방적으로 그어지는 구조이다. 이즈음 키워드인 이른바 쌍방향 커뮤니케이션이 교회에서만큼은 금기인 셈이다.

한데 성서를 보면 예수는 지독한 쌍방향적 대화주의자였음을 확인할 수 있다. 진리를 결코 일방적으로 선포하지 않았다. 제자들 혹은 당대 민중들과 끊임없는 대화와 토론을 즐겨 했고, 그것을 통해 묻는 자 스스로 진리를 묵상하고 성찰하게끔 했

다. 복음서 전체에 가득한 예수의 비유법도 비근한 예를 통한 진리의 모습을 탐구하는 대화의 기법이다. 그런 까닭에 신약 복음서는 질문과 대화의 기록이라 해도 과언이 아니다. 제자가 묻고, 이교도가 묻고, 바리새인이 묻고 거지가 묻고, 소경이 묻는다. 그리고 예수는 또 열심히 대답한다. 예수의 위대한 점은, 진리를 일방적으로 선포하는 진리 독점권자로서가 아니라, 개방된 대화의 장에 낮은 자의 모습으로 즐겨 참여했다는 사실이다. 성서에 기록된 바, 스스로를 낮추는 자가 진복자라 했으니, 교회의 강대처럼 높은 곳이 아닌, 사람들과 키 높이 같은 자리에서 흔연히 대화에 참여한 예수는 바로 그런 모습의 구현자였던 셈이다. 나아가 대화의 형태 또한 기억해야 하거니와 그 대화는 상대방 얼굴 바로 앞에서 서로의 얼굴 주름살과 눈동자와 입술을 마주보면서 했다. 대화를 통한 진리에의 갈구는 예수만 그랬던 것이 아니다. 알다시피 싯달타도, 소크라테스도 모두 쌍방향적인 대화를 진리에 이르는 사다리로 삼았다.

하기야 교회는 생긴 것부터가 목회자와 신도 사이의 일방향적인 구조로 되어 있다. 신자들보다 높이 서있는 설교 강대, 혹은 수많은 신자들의 눈동자가 오직 한 곳으로만 집중되도록 만들어 놓은 교회의 공간 구조는 양자 사이의 심리적, 물리적 거리를 한참 떼어놓는다. 이는 대형 교회일수록 더하다. 때문에 교회가 클수록 대화의 봉쇄구조는 더욱 단단해진다. 2층, 3층, 지하 곳곳에서 모니터를 통해 목사의 설교를 듣는다. 목사는 자기 말을 듣는 사람들의 얼굴을 보지도 못한다. 목사와 더불어 수천, 수만의 교인을 자랑하는 예배당의 '믿음의 형제 자매'

들 또한 자신의 그 '형제 자매'들 얼굴을 제대로 알고나 있을까. 대화는 애당초 불가능하다

대화는 양자 사이의 적극적인 문제의식이 교환되는 장이다. 기독교에서 인간은 창조주의 '주체 의지'를 닮게끔 만들어져 있다. 현대의 교회는 삶과 죽음이라는 인간의 일대 사건을 지극히 소극적으로 사고하고 맹종하도록 만드는 일방적인 전달 구조이다. 창조주의 거룩한 뜻에 주먹감자를 먹이는 배덕자가 따로 있는 게 아니다. (2001년)

아프간 전쟁의 편집된 현실

와세다 대학 옆에 있는 다카다노바바 역 앞을 지나가던 길이다. 조그만 마당에서 길거리 공연을 하고 있다. 몇 사람이 거기에 맞춰 춤을 춘다. 서양 친구 셋이 몸을 조각조각 내듯이 춤에 열중해있다. 한데 가만히 보니 온전한 서양인이 아니다. 아시아와 서양 중간쯤에 있는 친구들 같다. 연주가 파장을 맞자 이 친구들도 가려 한다. 말을 걸었다. "야, 너네들 춤 잘 춘다. 특히 여자친구 너는 가히 일품이다. 근데 너희들 어디서 왔냐?" 중동 언저리였다. 그 중 하나는 '탈레반 관련자'란다. "야, 그냥 가지 말고 나하고 한잔 하는 게 어떠냐." 흔쾌한 대답. 우리는 자리를 옮겨 술을 마시기 시작했다.

하나는 동경에 유학 중이고, '탈레반 관련자'는 일본어 배우러 왔다고 한다. "넌 미국하고 안 붙냐?" 자기 친구는 전투 중이란다. 그때부터 나는 이 친구들에게 아부를 하기 시작한다.

"야, 사실은 말이야, 나도 양키가 맘에 안 들어!" 이 말로 일단 점수를 따고 들어갔다. 그리고 더 높은 점수를 따기 위해 내가 아는 중동 관련 지식을 동원했다. "근데 말이야, 난 케말파샤도 좋고, 낫세르도 좋고, 특히 오마르 목타르를 좋아하는데 말이야…" 예상대로 이 친구들의 표정이 흐뭇해졌다. 그 웃음에 고무되어 다득점을 노리고 더 주절거리려는 순간, 중동에 관한 내 앎의 경계가 더 이상 확장되지 않는다는 사실을 확인하게 되었다. '가방끈'이 짧지 않음에도, 그러고 보니 내가 아는 중동, 내가 아는 이슬람, 내가 아는 탈레반은 거의 진공지대와 같은 듯했다. 그러면서 드는 그들에 대한 미안함. 그 날 나는 그 미안함을 술값으로 표시할 수밖에 없었다.

세계의 톱뉴스는 여전히 미국의 탈레반 섬멸전이다. 우리는 그것을 '생생하게' 본다. 그리고 그 상황을 대강 이해한다고 생각한다. 눈으로 보고 귀로 들었으니 그렇지 않은가. 그런데 우리 스스로에게 물어 볼 것이 있으니, 무엇을 '통해서' 보는가. 91년 걸프만 전쟁 때도 그랬지만 모두 영어로 그리고 미국방송을 통해서이다. 한국이든 다른 나라든 그것을 받아서 제 국민에게 보여주는 것이다. 세계의 위기는 영어로 동시중계 되는 풍경이다. 미국이 발견했다는 빈 라덴의 비디오 테이프가 전 세계에 타전되는 것은 그것의 정점이다. 녹화상태가 좋지 않아

본토 아랍 사람도 알아듣기 힘들다는 비디오 속 대화 내용이 영어자막을 통해 자명하게 결정되어 버린다. 그 영어 자막은 제대로 들리지도 않는 말을 번역할 수 있는 기

적의 번역기이다. 모든 번역이 그렇지만, 번역은 언제나 번역하는 측의 의식적, 무의식적 가치관을 전제한다. 그렇다면 우리는 그 특정 가치관의 필터로 한번 걸러진 자막과 기자의 말을 듣는 셈이다.

이를 좀더 확장하면 우리가 듣고 보는 아프가니스탄 전쟁은 언제나 편집된 현실이 된다. 편집된 현실은 현실이 아니거나, 아니면 현실의 한 조각일 뿐이다. 80년대 이전, 한국영화에 그려진 현실은 현실이 아니었다는 말이 그런 맥락에 대한 증거 중 하나이다. 그때의 현실을 온전히 보려면 스크린 안으로 입장하지 못한, 달리 말해 스크린 밖으로 밀려나 있는 것을 호출해야 했기 때문이다. 기술발전에 힘입은 미디어의 현실재생기술은 현실보다 '더욱 현실감' 있게 현실을 보여준다. 여기서 현실과 '더욱 현실감 있는 현실'은 같은 게 아니다. 후자는 당연히 '편집된 현실'이다. 편집은 언제나 선택과 배제를 원칙으로 삼는다.

반복하면, 중동이나 이슬람권에 대해 우리가 아는 것은 별로 없다. 우리가 아는 오늘의 아프가니스탄 전쟁 혹은 이슬람권의 현실은 거의 미국이 소유한 필터로 한번 걸러진 현실이다. 그 필터는 물론 미국의 애국주의이다. 애국주의가 선택하고 배제한 이슬람 이미지 혹은 아프가니스탄 이미지는 우리만이 아니라 전 세계의 시민들에게 공급된다. 어떻게 보면 미국은 그 이미지 생산기술 하나로 제국의 통합을 이루어 나가고 있는지 모를 일이다.

폭탄 테러는 처참한 광경을 눈앞에 제시한다. 그러므로 누구나 공분한다. 영어로 동시중계되는 세계의 위기, 미국 애국주

의로 편집된 그에 대한 화면, 그것이 우리에게는 현실 은폐의
왜곡일 수 있다. 의도적 은폐는 마타도어와 피를 나눈 형제이
며 그 형제의 본업은 현실에 대한 테러이다. 폭탄 테러와 이미
지 테러는 무기만 다를 뿐이지 그 목적은 다르지 않다. 폭탄 테
러 앞에서는 그토록 민감한 우리가, 이미지 테러 앞에서는 오
늘도 안녕하다. (2001년)

'무뢰배' 강준만을 위한 변명

모름지기 문학에 순정을 바친 이들은 그 문학이 자기하고만
연애하는 줄 알고 있다. 또한 자기는 문학에 경배의 제의를 올
리는 제사장이니, 문학은 당연히 자기하고만 특별한 관계에 빠
져야 한다고 믿는다. 그러니 다른 동네에서 놀던 껄렁한 속한
(俗漢)이 문학에 대해 되먹지 못한 소리를 하는 것은 참지 못할
일이 된다. 자기 애인을 이 놈이 주무르고 저 놈이 찝쩍대는
것을 그냥 두는 것은 대죄이다. 손을 봐야 한다. 제 비록 미국
박사학위 '쩡'이 있다 하나, 푸닥진 배운 깜냥으로 문학에 대해
잔소리 늘어놓는 일만은 결코 방기해서는 아니 될 일이다. 그
런 자의 결정적인 문제는 문학에 대해 도시 경배심이 없다는
것이다.

한데 이런 일이 요즘은 제철 따로 없이 사시장철 반복된다.
나아가 문학 '비전공자'가 문학을 이야기하는 방식도 천하에 없
는 무뢰배의 그것이다. 이전에도 문학 '비전공자'가 문학에 대
해 이야기한 적이 없는 것은 아니나, 그럴 때에도 최소한의 법

도는 있었다. '문학의 문외한이 이런 이야기하는 것을 해량하여 주옵소서'라는. 그러나 이제는 그런 예도 없다.

대표적으로 강준만이라는 이가 문학에 대해 쓴 글을 보면 예의 영낙없는 무뢰배이다. 그의 문체는 거칠기 짝이 없고, 문학 됨의 자격을 이루는 중 하나인 은유나 에둘러 가는 문법은 아예 혼수상태이다. 모든 것이 직정적이다. 모르긴 해도 시 한 줄 외어보지 못했음이 자명하다. 그렇듯, 문학에 대해 무지한 그가 문학을 놓고 여사여사 담론을 한다는 것은 문학에 대한 모독 중에서도 상모독이다. 그래서 문학자들은 모두 호통친다. 문학 참견은 그만하고 신문방송학이라는 네 전공구역에서만 놀아라고.

그런데 지난 몇 달 동안의 신문을 한 몫에 들여다보고 있으려면 강준만에게 썩 물러가라고 호령 엄엄하게 꾸짖은 행색의 뒤통수가 조금씩 뜨끈해진다. 거기에는 각종 칼럼을 쓰는 것을 비롯해 문학자가 쓰는 글 수십 개는 좋이 등장한다. 언제 이 사람이 이런 데까지 '전공'이었나 싶게 다루는 영역도 다채룝다. '각종문제연구소'를 방불한다. 게다가 말투는 준절하기까지 해 그 칼칼함이 대단하다. 한데 그것들의 내용을 헤아려 보면, 허공에다 구름 몇 장 깔아 놓고 그 위에서 노는 글이나, 정치적 무뇌아의 칭얼거림 같은 글들이 반절 이상이다. 몇몇은 그게 문학자의 득의인 냥, 아예 내놓고 그런다. 대개 그런 자는, 자기가 쓴 글의 공소함을 비판받으면, 나는 문학자이니까, 문학 '특유'의 글쓰기 방법론을 유념해 달라면서 뒷구멍을 막는다. 엄하게 문학동네 이야기에 끼어 들었다가 내쳐진 강준만으로서는 퍽이나 억울해 할만한 대목이다.

왜 그럴까. 엄밀히 말하면 문학은 연애 차원을 넘어선다. 문학에 경배심이 없는 자들에게 호통치는 일, 문학 '비전공자'의 문학 담론을 단속하는 일, 그러면서 문학자는 '각종문제연구소'의 수석 연구원 노릇을 마다 않는 일은 모두 문학(자)이 다른 어떤 것보다 높은 자리에 있다는 신화와 관련되기 때문이다. 그 신화의 핵심은 문학(자)이 세상의 비밀의 문을 열 수 있는 마스터키이며, 세계의 문제를 해결할 수 있는 지혜의 여왕이라는 인식이다. 이는 그리 오래되지 않은, 근대 이후에나 만들어진 신화이다. 근대 이전에는 그런 생각을 감히 하지 못했다. 물론 그런 때도 있기는 했지만, 그때 플라톤은 자기 깜냥 모르고 '헛소리'만 하는 시인들은 모두 추방해버려야 한다고 서슬을 세우기도 했다.

이즈음, 한국에서 매상을 가장 많이 올린다는 어느 소설가의 신문 칼럼을 놓고 벌어지는 공방이나 소위 '문학권력'의 문제를 놓고 오가는 설전도 그런 맥락의 연장선이다. 한쪽은 스스로를 세상 모든 문제의 감별사이자 해결사로 믿기에, 자신의 말에 의심될 바 없다고 믿는 반면 상대방, 즉 문학에 대한 '비전공자'의 참견은 무지한 자들의 객담으로 평결한다.

세계문학의 흐름을 어느 정도 들을 수 있는 이들이면 예의 신화가 금간 지 제법 오래되었으며, 더불어 문학비전공자들의 문학담론 또한 환영받은 지도 꽤 되었음을 알고 있다. 문학은 문학전공자들만이 이야기해야 한다는 신화의 약효는 우리 사회에만 유독 드센 것 같다. 한데 한국문학은 지금 악성 빈혈이다. 밖으로부터의 영양공급이 없기 때문인지 모르겠다. (2002년)

서울의 남북분단

이즈음처럼 집값 상승이 강남 쪽에만 집중되는 것은, 오래된 독점 이론의 한 예일 뿐이다. 손님을 빨아 당기는 강남의 흡객력은 부동산만이 아니라 교육부분에서도 그 의연함을 과시한다. 지난해 지방 또는 서울 타지역에서 서울 강남 지역으로 학교를 옮긴 인문계 고교생이 전년도에 비해 34% 늘어났다는 서울시 교육청의 발표를 들어보면 그렇다. 강남과 비 강남의 낙차와 균열은 점점 그 폭을 넓혀가고 있는 중이다. 한데 오래 지난 신문을 뒤적이다 보면 그런 일이 새삼스럽지 않다는, 요컨대 유구의 역사를 지니고 있음을 알 수 있다.

작일(昨日)은 양력으로 섯달그믐날이었다…. 남촌 진고개에서는 큰 번창을 이루었다. 검은 옷 입은 남녀 노소의 나막신 소리가 콩볶듯하며, 붉은 빛 분홍빛 푸른 빛으로 무수한 기를 만들어 흰글씨로 '세모대매출'이라 써서 꽂은 것이 개인 하늘에 때 아닌 꽃밭이 된 듯하고…자전차 종을 귀가 솔게 울리면서 번개같이 다라가다가 자전차끼리 마주쳐서 충돌이 자주 이러나는(이곳은) 산 같이 벌려 놓은 각 상점에 물건…. 이와 반대로 북촌에는…적적하여 명절인 듯도 싶지 않으며…물건을 사고 파는 남대문·동대문의 두 시장도 모두 한산하여…신년을 맞는 듯한 기분이 없이 적적하더라.

밤거리에 나타난 서울의 남·북촌은 너무나 그 대조가 우리에게 비참한 충동을 준다. 조선의 불경기를 혼자 도맡은 듯이 웅성거리고 있는 것이 북촌. (그곳의). 정자옥. 미쓰꼬시 백화점(에) 조선 사람들은 문이 메이게 드나드는 것을…목도한다. 진고개로 들어서면 좌우로 벌려있는 뭇상점들은 점두(店頭) 장식이라든지 상품진열…이곳저곳 축음기 상회에서는 새로 나온 유행곡의 선전이 굉장하다…진고개에 사람 사태가 났다니, 진고개의 밤거리는 불야성이라니, 네온싸인과 일류미네슌이 남촌의 한 자랑거리(라고 하지만) 문제는 북촌과의 차이 문제다. 북촌…죽음의거리를 걷는 것 같은 기분이 생긴다. 북촌은 음울하고 어둡고 무기력한 곳, 남촌은 번화하고 밝고 환기 있는 것이라 하겠다.

위는 『동아일보』 1922년 1월 1일자, 아래는 『중앙일보』 1931년 11월 30일자 기사이다. 이 기사들은 이미 80여년 전 서울에 남쪽과 북쪽의 심각한 균열이 있고 그것이 사회적 의제로 등장했음을 타전한다. 당시 경성 사람들에게 남촌은 '모던', 계명, 서구화, 풍요로움으로 반면 북촌은 어둠, 남루, 빈곤의 다른 이름으로 받아들여졌다. 모름지기 경성 사람이라면 남촌(지금의 명동, 소공동, 충무로 일대)의 백화점 옥상 정원에라도 한번 다녀와야 '모던'의 세례를 옳게 받은 셈이 되었다. 그 옥상 정원에서 바라보면 멀리 북촌(지금의 종로일대)이 어두침침하게 가라앉아 천식을 하고 있는 중이었다.

때를 좀 건너뛰어 1970년. 남서울 개발 프로젝트가 발표되면서 한강은 난데없이 강남과 강북의 '국경' 노릇을 떠안게 된다. 압구정, 청담, 논현, 대치 등 영동지구 365만평과 167만 평의 잠실 지구 개발이 착공되면서 배추밭에서 똥장군 지던 박서방이 졸지에 억대 졸부가 되는 신화를 비롯해 하루만에 1,000만원의 프리미엄이 붙는(78년 당시 도시 근로자 월평균 소득은 16만 9천 3백원) 한국형 골드러시와 시대, 요즘 시체말로 '대박' 터지는 사태가 발생한다. 그때부터 강북에 돈 좀 만지는 이들은 강남의 고급 아파트로 대거 이동한다. 매일 집

가락시영아파트 전경.

에서 목욕을 할 수 있고 깨끗한 '키친'으로 꾸며진 강남의 주거는 안락, 풍요, 번영, 화사한 일상의 표정인 반면 강북은 지저분하고 소란스러운 악덕의 동네로 평결되었고, 그리고 버려졌다. 20-30년대의 어김없는 반복.

일전 20여 년만에 만난 초등학교 동창 아줌마는 고등학생 아들을 위해 강북의 좋은 집 놔두고 강남의 전세살이를 들어갔다고 한다. 강남의 학교와 학원에 다녀야만 부의 승계가 보장된다는, 이름하여 종교보다 붉은 신념이었다. 어른들은 몰라도, 강남 아이들은 냄새만 맡아도 저 아이가 강남 아이인지 강북 아이인지를 안다. 강북일 경우 당연히 금 밖으로 밀어낸다. 남북 분단에 이어 지금 남한에는 세대 간 분단, 강남 강북 간 분단이 나날이 가속되고 있다. (2002년)

유승준을 '칼받이'로 내세우려는 현실

군대를 아직 안 갔다온 『시사저널』의 젊은 독자들에게 나는 오늘 한국 주간지 역사상 최대의 감사 보너스를 드리겠다. (다만 자신이 느껴져 군대 가고 싶어 죽을 지경인 말뚝체질 친구들은 보너스 지급 대상에서 제외된다). 우선 신체 검사 70분 전 껌을 한 통 산다. 껌을 싼 은박지를 뜯는다. 그 은박지를 좁쌀 크기로 수십 개를 만들어 삼킨다. 검사장에서 X-레이를 찍는다. 현상된 사진을 판독하는 군의관은 그때부터 초유의 고민에 휩싸일 수밖에 없게 된다. 학교에서 배운 바도 없거니와 임상에서도 본 적 없는 기괴한 징후를 발견했기 때문이다. 사진 속의 식도나 위에서 이상한 작은 천공이 수십 개 보이기에 그렇다. 쉬운 말로 위나 식도에 수십 개의 작은 구멍들이 뻐끔뻐끔 뚫어져 있다는 이야기이다. 뢴트겐선이 좁쌀 모양의 은박지를 통과하지 못했기에 네가티브 필름에는 그렇게 구멍 뚫어진 위장이나 식도 모양으로 현상되는 것이다. 의사 생활 중 처음 보는 중증인 동시에 판정 불능. 재검사 명이 나오면 재검사 때도 물론 동일한 요령으로 반복하면 된다. 결과는 입대 불가. 검사장 대문을 나서기까지 적당한 수준의 우울한 표정을 지어주면 그것으로 끝이다. 그러므로 이제 군대나 가서 부스러지는 그런 20대와도 안녕이다.

임순례 감독의 〈세 친구〉를 보면 군대를 가지 않기 위해, 자기의 어깨뼈를 각목으로 내려치는 친구가 나온다. 위에 제시한 보너스 항목은 세간의 우스개 소리가 아니다. 나의 절친한 친구가 감행한 20년 전의 비전(秘傳)이다. 그 친구가 과연 군대를 갔는지 안 갔는지 알고 싶으면 따로 연락 바란다. 하지만 군대를 가지 않기 위해 벌이는 이런 일은 〈세 친구〉나 '내 친구'에게만 있는 사연이 아니다. 모름지기 대한민국의 모든 군 입대 해당 연령자라면 대개가 절실하게 고민하는 문제이다. 한국의 젊은이는, 해서 일생 한 번씩은 파우스트 박사가 된다.

파우스트가 자신의 욕망을 위해 메피스토펠레스라는 악마에게 영혼의 거래를 흥정했듯, 우리의 젊은이는 군대를 안 가기 위해서라면 오늘도 악마와의 흥정을 불사한다. 제대한 대한민국 성인들이 무덤에 들어갈 때까지 반복해서 꾸는 악몽이 있다. 분명히 제대를 했는데도, 아직 군대에서 '뺑뺑이'를 도는 꿈이다. 그런 꿈이나, 남자들이 모였다 하면 군대 이야기 혹은 군대에서 축구한 이야기를 되돌이하는 것은 기실 그것이 한국 성인남자들에게 지워지지 않는 트라우마 같은 것이기 때문이다. 달리 말해 질기디 질긴 정신적인 외상의 반영이다. 그 외상은 유독 한국 사내들이 공포심 많은 연약한 종자라서 생긴 게 아니다. 적어도 한국사회에서 군대를 가는 일은 당분간 인간의 신분을 차압당하는, 더 정확히 말하면 2년 넘게 짐승으로 살아가야 하는 끔찍한 사태라는 것, 거기서 예의 외상이 발생한다. 국방부 관련자들은 섭섭하게 들리겠지만, 진실을 이야기하면 한국의 군대는 그렇게 야만적이다. 한국사회의 분석을 희망하는 외국인일 경우 이 문제의 중대성을 제대로 이해하지 못하면 그 분석은 바닥 모르는 삽질에 그친다.

미국 시민 '스티브 승준'(가수 유승준)이 지난 2일 공항에서 입국 거부되어 미국으로 되돌려 보내졌다. 유승준에 대한 격렬한 비난의 근저에는 한국사회 심부에 도사리고 있는 야만성과 이어지는 끈이 있다. 야만과 짐승의 시간을 보내야 하는 한국 청년들에게 유독 유승준에게만 그런 사태가 면제된다는 것은 성한 눈으로 그냥 두고 볼 일이 아니게 된다. 물론 그로서도 돈을 더 축적할 수 있는 기회 그리고 미국 시민으로서 받을 수 있는 전지구적 혜택을 짐승의 시간과 교환한다는 것은 상상할 수도 없을 터이다. 하지만 앞뒤가 어찌되었건, 유승준은 군대라는 것이 한국사회에서 자리하고 있는 의미를 너무 쉽게 생각했다.

'스티브 승준'에 대한 숱한 비난과 분노는, 그러나 유승준에게 향한 것이 아니다. 그 비난은 유승준이 가지 않은 곳, 하지만 장삼이사는 어쩔 수 없이 가야 할 곳에서 기다리고 있는 짐승의 눈동자를 향한 것이다. 나아가 지금도 여전한 군대의 야만적인 시스템과 그것을 허용하고 심지어 찬송하고 있는 우리 사회의 비인간성에 겨누어져 있는 것이다. 하나 더, 유승준을 '칼받이'로 내세운 배후는 이야기하지 않고 시종 유승준 개인에게만 초점을 맞추는 언론도 그 분노의 과녁에서 예외는 아니다. (2002년)

김동성은 태극기를 안던졌어야 했다?

이번 동계 올림픽의 '김동성 사태'는 의외로 많은 문제들을 다시 생각하게 한다. 실격처리 되었다는 통보가 전광판에 뜨자, 순간 불같이 분노한 김동성은 손에 쥔 태극기를 내던진다(혹은 손아귀에서 태극기가 미끄러져 나갔다). 다음날 『조선일보』에는 '텃세로 우승 가로채는 짓이나, 그렇다고 태극기 내던지는 짓'이나 모두 인간 말류가 하는 짓이라고 비난하는 만평이 실린다. 그리고 같은 신문 〈미니칼럼〉에도 김동성의 행동을 삼엄하게 나무라는 논조가 게재된다.

그 만평이나 칼럼이 김동성에게 요구하는 율법은 물론 국가주의이다. 말하자면 국가 및 그것의 상징인 국기 앞에서는 어떤 일이 있어도 개인의 감정을 먼저 내세워서는 안되며 더불어 어떤 감정이나 분노도 모두 국가와 민족의 이름으로 완벽히 조절할 줄 알아야 한다는 강철의지에의 요구이다. 그런 맥락에서 보면 김동성은 '국가대표'임에도 불구하고 이 국가주의적 모범생의 행동방식을 취하지 않은 데에 심각한 문제가 있는 셈이다. 국가대표 선발과정에 국가를 위해서라면 감정을 비롯한 개인의 모든 것을 다 헌납할 수 있는, 요컨대 '국가주의 순도 측정치' 검사도 있는지 모르겠으나, 아무려나 김동성이 잘못을 하기는 했다.

일순 눈이 뒤집히는 분노가 치솟아도 우선은 손에 든 태극기를 얌전히 개켜놓은 다음, 그 연후에야 비로소 마빡으로 아이스링크를 다 깨어 버리던지, 주심을 들이받든지 해야 할 일을 그는 너무 순진하게 제 감정에 충실했던 것이다. 아마 태극기를 모셔놓은 다음에 분노의 '액션'이 나왔더라면 아카데미 주연상은, 손 올리는 제스처 하나로 금메달을 가져간 미국의 안톤 오노가 아니라 김동성에게 돌아갔을 터이다.

한데 예의 만평이나 칼럼을 뒤집어 보면 그 이면은 너무 끔찍하다. 그것들의 요구는 한 개인의 감정이나 내면을 너무나 간단히 잘라버리는 국가주의적 '개작두'이기 때문이다. 그것은 '무장공비'가 총을 머리에 대고 위협을 해도, '이승복 어린이'처럼 "나는 공산당이 싫어요"를 외쳐야 한다고 강요하던 반공주의

의 율법을 다시금 떠올리게 한다. 비록 어린이일망정 총구 앞에서 겁을 집어먹거나, 이리저리 갈등을 해서는 안된다는. 반공의 율법 앞에서는 개인의 어떤 감정도 내면도 모두 유예되거나, 소거해야

한다는 광기의 이력이, 지난 역사가 아니라 오늘도 여전히 활보하고 있다는 새삼스러운 사실 앞에서 끔찍함을 보지 않으면 뭘 볼 수 있을까. 난자 당하는 개인성 앞에서 끔찍함을 느끼지 않으면 뭘 느낄 수 있을까.

문제의 심층은 물론 다른 것과 연결되어 있다. 이번 솔트레이크 동계올림픽의 주연은 국가주의, 민족주의, 애국주의 3형제였다. 미국의 선정적인 애국주의가 개막식을 더럽히기 시작하더니, 거기에 러시아의 슬라브 민족주의가 미국 애국주의와 을러대면서 선수단 철수를 러시아 의회 차원에서 결의하는 데에까지 이른다. 거기에 IOC 홈페이지를 폭탄메일로 순식간에 마비시켜 버리고 안톤 오노에게 협박메일을 날리는 우리의 '신세대' 국가주의, 대선 주자를 비롯해 김동성 문제를 초당적으로 대처하자는 우리 국회의원들의 눈물겨운 애국주의 등도 실로 불광동 휘발유처럼 불탄다. 다른 문제도 겹친다. 김동성이 실격을 당한 이유는 반칙 때문이 아니다. 얼굴이 노랗기 때문이다. 전이경이 IOC 위원 선거에서 낙관적이던 전망과 달리 낙선한 까닭도 마찬가지 이유이다. 예의 3형제 옆에 인종주의라는 형제 하나가 더 손을 잡고 있기 때문이다. 보네타 플라워스가 봅슬레이여자 2인승에서 동계올림픽 사상 '첫 흑인' 금메달리스트가 되었다는 점은 바로 그런 인종주의의 오랜 역사를 증거한다.

국가보다는 개인, 성적보다는 참가 그리고 세계평화라는 구호를 걸었던 올림픽은 스스로를 배반해 갔던 배덕자의 역사이자 20세기 최대의 사기 중 하나이다. 거룩한 구호와는 정반대로 국가주의, 민족주의의 전장이 되고, 검은 애들이나 노란 애들은 알리바이용으로 배치될 뿐인 백인들의 동네운동회가 올림픽이었다는 점에서 그러하다. 김동성 문제에 대한 '국가적' 분노가 없으면 올림픽은 지속되지 못한다. 하지만 그런 국가주의나 먹고사는 올림픽에 대해 왜 우리가 이렇게 악을 쓰고, 분노해야 하는지, 또 그 분노의 엔진인 국가와 민족이라는 것은 우리와 대체 무슨 관계인지, 우리는 알 수 없는 늪 위에서 알 수 없는 적을 향해 옆차기를 하고 있는 것은 아닌지 모르겠다. (2002년)

돈 봉투 주고 받기라는 상식

초등학교 때 나는 다른 아이들에 비해 유달리 선생님의 매를 많이 맞았다. 선생님에게는 언제나 요시찰 아동으로 찍혀 있는 듯했다. 물론 내게도 책임의 일단이 있음은 인정한다. 30여 년 만에 만난 초등학교 동창생들이 제각각 꺼내 보이는 기억창고 속의 이미지 중 나에 대한 기억은 거의 동일했다. 사납고, 별나고…등등. 말하자면 담임 선생의 처지로 볼 때 나는 교도와 거세의 대상이었거니와, 내 작은 육신과 뺨 위로 소나기 치던 그 숱한 매질은 결국 그 교도의 프로그램이었다고 볼 수도 있다. 한데 그때 내가 깨달은 진실은 그 매질이 예의 '경건한 교도'의 의무감에서 나온 것이 아니었다는 점이다.

초등학생 고학년의 한때 나는 심한 '쇼크'를 먹는다. 우연히 본 생활기록부에 나는 이렇게 묘사되어 있었다. "영민하기는 하나, 욕을 너무 잘함". 그 말에 진실이 없는 것은 아니다. 나는 전교에서 욕을 가장 많이 알고, '쎄게' 할 줄 알던 학동이었기 때문이다. 그렇긴 하나 생활기록부를 적을 때 특정 학생에 대한 부정적 측면을 기록한다 해도, '주의가 산만함'이나 '명랑하지 못함' 등 완화의 수사법이 일반이던 그때 유독 나에 대한 평가는 지독하게도 직접적이었다. 그때 나는 홀연 '돈오돈수'의 경험을 한다. '모든 게 돈의 문제야'라고.

어쩌자고 나를 사립학교에 집어넣었는지, 부모님은 입학 이후 사립학교가 요구하는 책임에 전혀 부응하지 않으셨다. 사립학교가 그렇듯이, 거의가 부자인 우리 학교 부모님들은 학교에도 자주 오시고, 그리고 봉투를 내놓으시는데, 또 가정방문 때는 돌아가시는 선생님의 주머니 속으로 봉투를 날쌘하게 집어넣곤 하는데, 우리 부모님은 학교에도 한번 안 오시고, 가정방문 온 선생님에게는 차 한잔이 대접의 전부였다. 그런 것을 떠올리면서 이른바 촌지와 나에 대한 선생님의 혐오(생활기록부에서 정점으로 표현되는) 사이의 함수관계를 깨달은 것이다. 나는 이 판단을 아직까지 취소하지 않는다. 돈봉투로 인한 상처는 그때부터, 새털 같이 연약한 아이에게, 돈을 기준으로 세상을 농단하려는 자들은 결코 그냥 두지 않으리라는, 분노의 엔진을 탑재해 놓게 된다.

세월은 흘러, 이제는 돈봉투가 때때로 나를 찾아오는 시절이 되었다. 말류 평론가에게도 가끔 작품을 보아달라는 사람들이 있으니, 게으른 천성으로도 거절 못할 때가 있고, 그래서 읽어보기도 한다. 한번은 현직 교사가 부탁을 했다. 작품을 읽고는 같

318

이 저녁을 먹으면서 이야기를 한 후 헤어질 때이다. 고마움에 조그만 선물을 준비했으니 사양치 말고 받아달라는 곡진한 예의를 표한다. 보기에 정말 조그만 선물이고 거절의 불편도 있을 듯해, 그냥 받아 가지고 왔다. 집에 와서 꺼내보니 그 평범한 선물 속에 봉투가 들어 있었다. 며칠 뒤 만나서 되돌려 주니, 그 분은 무척 불편해 하는 듯했다.

몇 년 전, 모 신문사에 주일마다 영화평을 써야 할 때가 있었다. 일주일에, 많을 때는 열편 이상의 영화를 보고 그 중 하나를 선택해 써야 했다. 또 어떤 때는 문화산업 관련 업체에 대한 글을 써야 할 때가 있었다. 내가 쓰는 글이 어떤 영향의 진원이 되는지 알 수 없거니와, 또 그럴 깜냥도 못되건만, 드물지 않게, 봉투가 건네지곤 했다. 되돌려 받는 그들의 태도는 역시 불편함이었다. 그들의 불편함은 그냥 한번 지어보는 포즈가 아니라, 마음 속에서 우러나오는 그런 것이었다. 그 불편함은 '성의'의 표시라는 지극히 상식적인 자신의 행동이 상대방에 의해 유쾌하지 않은 맥락으로 전락되는 데에 대한 감정의 표현이다. 그렇기에 봉투를 되돌려 주는 일은 그 분들이 믿는 한 공동체의 상식(common sense)을 거슬리는 일이 된다. '상식'이라는 말의 본디 의미는 한 공동체가 지니고 있는 '공통감각'(common+sense)을 가리킨다.

신문사 영화담당 기자들이 촌지와 기사를 '교환'하는 우리 사회의 '공통감각'에 충실했다는 이유로 좌불안석인 이즈음, 어릴 때는 돈봉투를 내미는 상식에 동석하지 않은 이유로, 어른이 되어서는 돈봉투를 점잖게 받아야 하는 상식에 참여하지 않은 이유로, 상대방을 불쾌하게 만든 이력이 떠오른다. 하지만 상식, 다른 말로 공통감각은 경우에 따라 악덕도 심지어는 범죄적 행위도 자신의 얼굴로 삼을 때가 있으니, 생각해 보면 우리 사회의 상식 중 그렇지 않은 것이 몇이나 될지. (2002년)

'3불'이라는 '기형의 원칙'

삶의 전략이라든지 처세술이라든지 하는 게 사람마다 있을 터이니, 내게도 그런 게 있다. 이른바 '3불'(3不) 원칙이다. 묻지도 않고 말하지도 않는다는 원칙이다. 무엇을? 상대방의 고향과 나이 그리고 출신학교를 묻지도 않거니와 나의 그것도 말하지 않는다는 것이다.

일전 6명이 모인 환송식이 있었다. '담소'를 나누던 중 왕년의 '톱 싱어' 나훈아와 남진 중 누가 더 인기가 있었냐는 화제가 이야기의 한 중간에 들어오게 되었다. 한데 그때부터 부드럽던 '담소'의 분위기에 짧은 파장의 긴장감이 돋고, 해서 어딘가 불편한 미세한 균열이 생기는 듯했다. 나를 포함한 세 사람은 경상도, 둘은 전라도, 한 사람은 충청도. 경상도 쪽은 나훈아가, 전라도 쪽은 남진이 우세했다고 주장하고 중간 사람은 확실한 태도 표명이 없었지만, 나훈아 쪽으로 기우는 듯했다. 그 문제에 관한 한, 당시 『선데이 서울』 연예 담당 기자와도 일전을 겨룰 자신이 있다는 엄포와 함께, 나는 역사적 고증 및 수많은 사례를 들어가면서 자리를 정리했다. 지금은 남진이 한참 꿀리지만, 70년대 초에는 나훈아가 가슴 아프게 '넘버 투'였다고. 술자

320

리 안주용에 지나지 않는 화제가 일순 그 자리를 은근히 불편하게 만든 까닭은 역시 출신지역과 관련되기 때문이었다. 판사, 박사, 검사 등, 언론용 공식용어로 하면 '사회지도층'이 모인, 게다가 평소에는 온당한 이야기를 하던 사람들에게서 그런 돌기가 '불쑥' 올라오는 것이다. 경상도 출신인 내가 남진 우세를 증거하지 않았다면, 모르긴 해도 그 자리는 아마 사실과 관계없이 나훈아 우세로 기울었을 터이다. 마치 우리 선거판처럼.

까마득한 옛날, 훈련소에 갔을 때이다. 초면인 훈련병들끼리의 흡연 시간. 그때 한 친구의 말은 아직도 귓등을 기어다닌다. "야 너는 그러면 미팅은 어떻게 하냐?" 이른바 서울의 일류 대학에 다니다 온 그 친구는 옆의 친구가 지방의 무명 대학 출신이라는 사실을 알자 참으로 측은한 표정을 지어 보이며 애도를 표시했다. 그 친구의 대뇌 표면에는 미팅도 대학 서열순이라는 대한민국의 '게임의 법칙'이 깊이 불도장 찍혀 있었다. 하지만 그 친구만이랴. 대한민국의 선량한 시민들은 출신대학으로 사람의 높낮이와 운명을 규정하는 일이 모두 당연하다고 생각한다. 말하자면 예의 일류 대학 친구는 보통사람의 보통생각을 전형적으로 대리하고 있을 뿐이다. 아닌 게 아니라 우리 사회

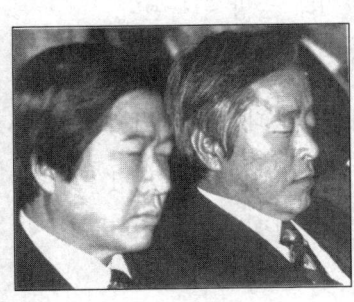

에는 계급으로 사람 위의 사람과 그러므로 사람 밑의 사람이 구분된다는 고전적 시각이 곧바로 적용되기 힘들다. 학벌의 권능이 계급의 자리에 대신 앉아있기 때문이다. 이 학벌의 권능 그리고 학벌 동맹이 만들어 내는 놀라운 응고력과 연대성은 계급모순 철폐를 외쳤던 학생운동권 출신에게서 가장 드라마틱

하게 모습을 드러낸다. 일류대학 동창이라는 끈이 변혁운동의
논리로는 적이었던 상대를 순식간에 서로를 챙겨주는 우정 깊
은 친구로 바꾸어 놓으니 말이다. 학생운동권 출신 국회의원
중 일류대 출신이 많은 것이나, 지방의 '마이너 리그' 대학 운동
권 출신들은 많은 경우 여전히 '마이너' 인생을 살아가는 일, 이
는 우연도 개인의 능력 탓만도 아니다. 학벌의 권능에 의해 갈
라지는 현상일 뿐이다.

나이야 더 말해서 뭐 하는가. 싸움 끝물에 '너 몇 살이나 먹
었어'라고 엄엄히 호령하는 중년이나, '민증'(주민등록증) 까보
자고 을러대는 청년이나, 후배들 '군기' 잡는다고 설쳐대는 대
학생들이나 나아가 1살 많은 이에게 말을 올려야 할지 내려야
할지 깊이 고심하는 한국의 보통 남자들 모두, 나이에 따라 서
열이 정해진다는 우리 사회의 숙변이 여전히 강력 점착해 있다
는 증거물들이 아닌가.

고향, 학벌, 나이, 이 세 가지는 강대한 권력 네트워크가 되
고 그것의 횡포는 자심함조차 넘어선다. 처음 만나는 사람에게
이 세 항목을 조회하는 순간 그 사람의 됨됨이, 수준, 능력 그
리고 이 사람을 어떻게 대해야 하는지, 즉 서열의 관계는 우리
머리 속에 내장되어 있는 자동판독기에 의해 금방 판독된다.
무릇 기계에 입력되는 것은 숫자나 기호이지 사람 그 자체가 아
니다. 예의 권력의 횡포도 두고 못 보겠거니와 내가 상대방에
게 그런 기호가 아닌, 사람의 대접을 받기 위해서라도 상대방
을 기호로 대접하면 안되겠다는 생각, 그것이 '3불'이라는 '기형
의 원칙'을 만들어 놓는다. (2002년)

자고 나니 영웅이 되어 있더라는 바이런도 아니건만, 나는 자고 나니 난데없이 극좌파가 되어 있었다. 사정은 이러하거니와, 현 정부가 출범하자 많은 사람처럼 나 역시 다소간의 기대를 하지 않은 것은 아니었다. 적어도 이전 정권보다는 한치라도 더 나으려니 생각했다. 노동자나 서민들도 마찬가지였다. 하지만 그런 소박한 기대는 곧 철없는 짝사랑의 무참한 좌절로 변했다. 김대중 정권은 이른바 '신자유주의 경제'의 부흥사로 돌변한 것이다. '신자유주의 경제'라는 것을 어렵게 생각할 필요도 없다. 사회적 약자는 간단히 잘릴 수 있는 자유, 그래서 삶의 나락으로 한없이 추락할 수 있는 자유, 반면에 사회적 강자인 자본가들은 누구라도 자를 수 있는 자유, 다시 말해 이윤의 극점으로 거침없이 질주할 수 있는 자유를 최대한으로 보장하는 시스템이 그것이기에 그렇다. 그 후 미국을 비롯한 거대 다국적기업들이 현 정권의 머리를, 기특하다고 한참이나 쓰다듬어 주었음은 다 알고 있는 사실이다. 빈부격차의 심화 또한 김대중 정부의 '순도' 높은 '완전 자본주의' 지향 때문이라는 점 역시 모르는 이 없다. 그때부터 나를 비롯해 많은 사람들은 예의 기대를 회수했다. 그리고 김대중 정부의 무조건적인 자본친화 정책을 비판의 과녁으로 삼았다. 그런 점에서 보면 우리는 김대중 정권보다 왼쪽으로 가있는 셈이다.

그런데 어느 날 이회창씨가 김대중 정권을 좌파라고 폭로한다. 그러면 김대중 정부의 '친자본' 정책을 비판하는 우리는? 당연히 극좌파? 한데 나 같은 극좌파가 여전히 세상을 멀쩡히 돌아다니고 있다. 국가정보원으로부터 어떤 연락도 없다. 좌파라면 맷돌로 갈아 먹으려드는 세계 거대 금융자본이 한국 투자분을 급거 회수한다는 소식도 아직 들려오지 않는다. 아! 너무도 허망하다. 수십년 동안 나름대로 열심히 읽고 공부한 것들이 모두 헛것이었다니. 어떤 경제학, 정치학, 사회학 책을 읽어보아도 그리고 지구상에 좌파가 나타난 이래의 어떤 역사를 더듬어 보아도 현 정부 같은 정권이 '좌파적'이라 하는 데는 어디에도 없던데. 나는 이 나이 먹기까지 그 책이나 역사의 이야기를 참으로 알고 지냈지 않았는가. 그렇다면 비상한 석학들도, 역사의 지혜도, 게다가 눈치 빠르기로는 당할 자가 없는 거대 금융자본도 까맣게 몰랐던 이 놀라운 비밀을 오직 한 사람, 이회창씨만 알고 있었다는 것인데?

근자 세계적 흥행물인 〈반지의 제왕〉이라는 '판타지' 영화를 보면 비밀의 반지를 차지하는 자가 세계를 지배한다고 하던데. 이회창씨도 그 영화를 감동 깊게 보았는가. 아무도 모르는 비밀, 즉 김대중 정부가 '좌파'라는, 그 세계의 비밀을 아는 자만이 한국을 지배할 수 있다고 생각하는 것도 그 영화의 '감화감동 하심' 탓인가? 모를 일이네. 하기야 '제왕'이라는 단어를 보면 그 영화와 이회창씨 사이에 모종의 관계가 있을지도 모르겠

다. 혹시 이회창씨가 그 영화의 실제 제작자? 대선 전략을 위한 원대한 프로젝트 중 일부? (아무도 모르는 비밀…)

아무려나, 그 영화는 '판타지 영화', 우리말로

'환상/공상'의 영화이니 판타지 상상력을 접어주고 들어갈 수 있지만, 한데 누구보다 머리 좋고 현실감각 예리한 이회창씨의 대목에 들어서면 헷갈리기 시작한다. 더구나 논리의 결과로 보면 김종필씨까지 좌파로 평결 받는 마당이니 현실과 환상의 구분은 더욱 난맥이다. 김종필씨의 자민련은 민주당과 함께 집권당의 단물을 즐기던 공동정권이 아니던가. 한데, 합법정부를 군사쿠데타로 처형하고, 십 수년간 군사공포정권의 뇌수로 군림하던 김종필씨 같은 이가 좌파정책의 총리라니, 우리가 판타지 영화를 보고 있는 건가, 현실을 보고 있는 건가. 하기야 좌파든 좌파가 아니든, 여하간 모조리 좌파로 '페인트칠' 해서 고문하고 처형하다 보니, 그 페인트가 튀어 제 자신도 모르게 좌파로 물들었는지 모를 일이지만 말이다.

정치 선동의 최고목적 중 하나는 현실을 현실로 보지 못하게 하는, 다시 말해 현실과 '판타지'의 경계를 애매하게 하는 데 있다. 그 점에서 이회창씨의 '좌파 운운'하는 발언은 성공적이다. 하지만 그는 곧 소송에 대한 준비도 해야 할 것 같다. 자신의 극우정신을 모독했다고 분노하는 김종필씨가 아니면 자신들을 김대중씨나 김종필씨와 같은 반열로 놓았다고 분노하는 진짜 좌파들의 명예훼손 고소가 이어질 게 아닌가. (2002년)

TV 뉴스는 일견, 우리 눈에 보이는 그대로를 찍어 보내는 것이기에, 어떤 사건이 일어날 경우 그 사건은 있는 그대로 우리 눈에 들어올 것이라 생각하기 쉽다. 영상매체를 대하는 많은 사람이 그럴 터이다. 그런 믿음은 카메라 렌즈가 투명한 유리로 만들어졌다는 생각에 따른 바이지만, 그 투명하다는, 말하자면 아무런 잡티가 끼지 않은 상태라는 믿음은 기실 가장 위험한 맹신이다. 화면은 언제나 편집을 통해 만들어진 특정 효과의 구성물이라는 사실이 그런 맹목 휘장에 가려 버리기 때문이다. 어떤 대상을 멀리서 찍은 화면을 볼 때 우리의 감정은 상대적으로 객관성과 냉정함을 유지한다. 반면에 가까이에서, 사고로 크게 다친 사람 등을 클로즈업해서 찍은 화면을 보면, 감정의 변화는 커지고, 그 피사체에 심리적으로 동일감을 느끼기 쉽다. 그래서 멀리찍은 화면은 피사체에 대한 관조와 객관적 거리를 유지하는 효과를 낳으며 가까이 찍은 화면인 클로즈업은 반대로 심리적 일체감의 효과를 낳는다. 그 일체감은 대개 피사체에 대한 성찰의 태도를 생략한다. 영상의 철학자라는 안드레이 타르코프스키 감독이 클로즈업을 극단적으로 피한 것도 피사체에 대한 성찰적 거리의 삭제로 인해 온전한 판단이 어려워질 수 있다는 이유 때문이었다.

뉴스 화면에 나타나는 사건, 사고는 그러므로 사건, 사고의 그 자체가 아니라 화면의 조작을 통해 편집된 사건이다. 바로 그 편집의 효과로 인해 훨씬 박진감, 다시 말해 현실 바로 앞에서 그것을 보는 듯한 느낌에 빠지기도 한다. 편집은 그러므로 어떤 한 사건을 전혀 다른 의미의 사건으로 바꿀 수 있는 연금술의 능력도 있다. 요컨대 악당을 선한 사마리아인으로, 선인을 치한으로 만들 수도 있는 것이 편집의 능력이다. 그래서 TV 뉴스에서 보도되는 사건은, 사건 그 자체로서가 아니라 사후에

다시 이리저리 짜 맞추어져 우리에게 전송된다. 그것을 일러 '구성된 사건'이라 부른다. 물론 누가 구성하느냐, 고쳐 말해 누가 편집하느냐에 따라 뉴스의미의 양상과 귀결점은 달라질 수 있다. 중립적이고 투명한 것 같은 뉴스화면이 실제로는 특정한 가치관과 이데올로기 혹은 취향의 산물이라는 사실은 그 편집하는 주체에 따라 동일한 사건이 전혀 다른 의미의 궤도를 질주할 수 있기 때문이다.

편집은 물론 영상매체만 하는 것이 아니다. '올드 미디어'의 본사 격인 종이 신문 역시 편집을 통해 뉴스 가치의 극대화를 꾀한다. 활자크기, 배치 지면, 인용부호 여부 등등은 예의 화면 편집 방식의 문자화인 셈이다. 그러므로 신문에서 보도되는 사건, 사태 또한 실제 있었던 사건이 지면이라는 새로운 세계 속에서 다시 태어난 '구성된 사건'이다. '뉴 미디어'든 '올드 미디어'든 이 '구성된 사건'의 운명을 피할 수는 없다. 자신들의 몽골반점이기에 그렇다. 하지만 건강한 언론과 사회는 그 '구성된 사건'의 역기능과 문제점을 최소화하고자 노력한다.

한데 이 역기능이 우리 사회에서는 공작꼬리보다 화려하게 만발한다. 아니 말을 고쳐 우리 사회 일반이 아니라 『조선일보』, 『동아일보』에서 그러하다. 예컨대 노무현 후보를 둘러싼, 보도와 사설 등은 그런 역기능이 어디까지 갈 수 있는지, 언론학 교과서에 실릴 만한 완벽한 교범이다. 신문 국유화 발언 공방은 낮잠 자던 강아지도 웃을 일이다. 19세기 행 타임머신을 타지 않는 한, 그런 일이 일어날 수 없음은 양 신문 당사자들이 오히려 더 잘 안다. 아니 신문 국유화 가능성은 양 신문이 '자유

민주주의'의 규칙을 지킬 가능성보다 낮다. 그럼에도 그들은 연일 인용부호를 달아 실제 국유화를 기도한다는 식의 보도와 사설로 신문을 도배한다. 그리고 자신들은 거짓을 행하는 것도 아니며 자신들의 이해와 의견을 거기에 섞지도 않았다는 증거로 그 인용부호(편집기술)를 제시한다. 신라면이 잘 팔리자 어떤 나라에서 신랄라면을 만들어 냈다. 상표의 뜻은 같다. 한데 포장 디자인 역시 똑같다. 다만 '랄'자를, 커다란 '신'자 옆에 아주 작게 붙여 놓았을 뿐이다. 그리고 자신들은 거짓을 행하지 않았다고 아랫배를 내민다. 조선, 동아일보나 복제 라면을 만들어 내는 장사치나 형식 상으로 하자가 없다. 그러나 그 장사치를 닮으려는 양 신문사의 '장사속'은 너무 속보이지 않는가. 나이도 적잖은 사람들이 아직 그런 치사한 '꼼수'를 두고 있다는 게. (2002년)

축구선수 지단의 정치선동

프랑스 대선 1차 투표 결과 극우 파시스트 장 마리 르펭 국민전선(FN) 당수가 사상 처음으로 결선투표에 진출하게 된 사실 앞에 프랑스가 부끄러움에 어쩔 줄 모른다는 기사를 본다. 나는 프랑스 사람들이 느끼는 그 수치심의 깊이를 잘 모른다. 주야장창 사설과 객관적 '팩트'에 대한 보도기사라는 이름으로 우리 사회를 목 조르는 극우 친위대들의 행각에 시달리기에 남의 사정 생각할 짬이 없어서 그런지 모르겠다. '반르펭' 시위 대열의 몸피가 연일 부풀어 간다는 소식도 도착한다. '사회지도층'

에서 르펭 같은 인사가 몇 박스는 되는 우리 사회에서 그런 시위가 있다는 소식은 물론 없다. 아무려나 비루한 나날이다.

한데, 오늘은 기분이 좋다. 지네딘 지단 때문이다. 나는 그가 볼을 차는 것을 보면 행복해진다. 그와는 대개 2주일에 한번씩은 만나는 셈이다. 스페인 프로 축구 경기가 매주 TV에 방영되기 때문이다. 그는 정말 볼을 잘 찬다. 같은 팀의 피구와 더불어 그는 거의 유일하게 '아트사커'를 하는 위인이다. 다른 선수들의 축구는 거친 호흡과 몸의 격돌만을 보여주지만, 그는 다르다. 그가 하는 축구를 보면 숨이 차지도, 몸이 격해지지도 않는다. 칸딘스키 그림의 곡선과 직선을 보듯, 운동장을 거대한 캔버스로 삼아 그 위에 유려한 곡선과 긴장감 있는 직선의 배합을 그려내는 그의 몸을 보면 '아트 사커'라는 게 뭔지 단박 깨칠 수 있다. 그의 축구는 그렇게 아름답게 진화한 예술이다. 그러니 그의 '아트 사커'를 본다는 것은 언제나 행복한 일이 아닐는지.

하지만 이번에는 그 때문에 그런 게 아니다. 그가 반(反)르펭 전선에 동참했다는 소식을 들어서이다. 그는 지난 4월 29일 방송 인터뷰에서 이렇게 이야기했다고 외신은 타전한다. "투표 기권율이 30%에 달하고 시라크와 다른 후보(르펭)가 대결하는 것을 감안할 때 기권하거나 FN을 찍는 것은 매우 심각한 결과를 초래할 것이다… 그 결과에 대해 생각해야 한다"고. 엄중한 경고이다. 축구하는 애가 볼이나 차지 무슨 정치평론가 같은 발언을? 그건 잘못 생각하는 것이다. 그는 가장 우수한 백인 대장(국역 성격에서는 백부장으로 번역되는)이다. 한국에서도

꽤나 팔린 『로마인 이야기』의 저자 시오노 나나미는 이렇게 말한다. "지단이 말하는 것을 듣고 있으면, 이런 남자와 결혼하면 여자는 행복해진다는 생각을 다하게 돼요. 부드러운 유머, 축구를 직업으로 삼는 데 대한 마음가짐의 확실함, 무대가 크면 클수록 더욱 발휘되는 승부 배짱. 미남이 아니건 머리가 벗어졌건 알 바 아니라는 느낌마저 들거든요. 고대 로마의 장군이라면, 서슴없이 그를 백인대장에 임명했을 겁니다. 그것도 제1대대의 제1백인대의 대장으로 말예요. 말하자면, 싸움터에서는 선두에서 돌격해 나가는 중대의 지휘관이지요. 그러기에 백인대장은 로마 군단의 등뼈라는 말을 들었지요." 그런 백인대장이라면 르펜을 '조지겠다'고 나설 만하지 않은가.

'아트'를 하는 사람이 다르긴 다른지, 요한 크루이프도 그랬다. 그 역시 축구의 역사에서 희귀한 '아트 사커' 인종이다. 70년대 네덜란드 축구가 세계를 쥐락펴락할 때 그 화란함대의 함장이던 요한 크루이프는 1978년 아르헨티나 월드컵을 보이코트한다. 1974년 독일(구 서독) 월드컵에서 전력의 우세에도 불구하고, 홈그라운드라는 12번째 선수의 힘에 밀려 서독에게 우승컵을 양도한 그이고 보면, 재도전을 통한 월드컵 우승이 얼마나 눈앞에 아른거렸겠는가. 또 네덜란드는 여전히 우승후보였고. 그렇지만 그는 당시, 제 나라 백성들을 무시로 학살하던, 이른바 '더러운 전쟁'을 벌이고 있던 아르헨티나의 극우에게 침을 뱉으면서 대회참가를 거절한다. 학살자들의 손에 묻은 피를 닦아주러 가지는 않겠다는 코멘트와 함께. 네덜란드는 다시 결승전에서 아르헨티나에게 패했지만 그는 자신의 결정에 어떤 의문도 달지 않았다.

　전 세계 극우의 우열반을 나눈다면, 우등반 상위권마저 독점할 것 같은 한국의 극우들. 그들은 오늘도 '자유 민주주의'의 가치를 사냥하러 나설 것이다. 우리에게도 혹시, 박찬호나 박세리가 '반극우 전선'을 선동하는 일이 벌어지지는 않을까. 아직은 공상인가. 오늘은 아예 신문을 집어들지 말아야 할 일인가 보다. (2002년)

헛것에 감추어진 비밀

　지난 20세기 10년 동안 우리 머리 속에 깊이 인각되어 있고, 또 삶의 뒷잔등을 밀어온 이미지야 수다하지만 이스라엘의 이미지 역시 그것 중에서 앞머리를 다툴 터이다. 이스라엘은 무엇보다 절대자 하나님으로부터 선택된 특별한 민족으로 이해해야만 했다. 성서에 나오는 선민 이스라엘의 의미가 현실의 이스라엘을 한정해서 지칭하는 것이 아니라 해도, 그런 것은 상관없었다. 일제 시대를 포함하여 20세기 내내 지배축의 하나를 이룬 기독교 세력, 거기에 어울리게 세계 기독교 역사에서 전례 없는 부흥의 기적을 보여준 한국사회에서 이스라엘은 무조건 '특별한 어떤 것'이어야 했다.

　거기에 나치의 유태인 학살과 관련된 수난자 이미지가 보태어졌다. 모든 수난자에 대한 이미지가 항용 그렇듯이, 영화나 각종 매체를 통해 우리 머리 속에 심어진 수난자 형상으로서의 이스라엘은 슬픔과 동정, 연민 등으로 환원되는 이미지였다.

유태인들이 그런 수난의 세기 속에서 이스라엘을 만들어 내는 건국의 과정은 20세기 한국인들에게 실로 드라마틱한 '감동'의 서사로 받아들여졌다. 그것은 성서가 증거하는 출애굽의 현대적 '버전'인 셈이었다. 그러나 유태인들이 자신들의 '가나안 땅'이라고 차압딱지 붙이면서 밀고 들어간 그 땅에는 이미 수천년 동안 살고 있던 사람들이 있었다. 그들은 어느 날 난데없이 자기 삶의 터에서 뿌리뽑혀 내동댕이쳐졌다. 그 뿌리 뽑힘의 비극이 이스라엘의 건국 드라마 뒤편에서 동시 상연되고 있었음은 예의 '감동' 먹을 준비가 되어 있는 우리의 시선에는 들어 올 수가 없었다. 탈무드, 키부츠, 6일 전쟁 등으로 연결되는 이미지도 추가되었다. 생선을 주기보다 생선 잡는 법을 가르쳐 준다는 탈무드는 인류의 지혜를 응축한 인생의 경전으로 여겨져야 했으며, 사막을 오렌지가 열리는 '젖과 꿀의 가나안 땅'으로 바꾸어 냈다는 키부츠 협동농장의 전설은 스타하노프 운동이나 천리마 운동 등과는 비교가 안될 살아 있는 기적의 현장으로 이해되어야 했고, 아랍 강국들이 패로 몰려드는 것을 6일만에 진압한 사건은 세계 전쟁사에 다시없을 신화로 기록되어야 했다.

이런 이미지는 물론 사사로운 과정에서 저절로 생기고 생육된 게 아니다. 우리는 학교에 가면 이스라엘을 가장 우수한 선행모델로 삼아야 한다고, 요즘말로 '벤치마킹'의 대상으로 여겨야 한다고 훈육 받아 왔다. '무지한' 선생님은 언제나 가르치길, 전쟁이 나면 미국의 이스라엘 유학생은 곧장 조국으로 달려가지만 아랍 유학생은 징병을 피해 도망 다닌다고 했다. 한편에는 용맹한 '다비드의 별'들이 전사의 이미지로 그려지고, 그 반대편에는 어두운 하수구로 숨어드는 비겁한 쥐의 이미지가 그려졌다. 우리 마음 속에.

그런 이스라엘이 '비열한' 테러와 암살을 반복하는 팔레스타인을 응징한다. 극동의 이스라엘 민족으로 자처하는 한국의 대형 교회 허공에는 무슬림에 대한 멸균작업과 그 과정의 하나인 '정의의 응징'을 지원하는 기도 소리가 난무한다. 그 '응징'이 정확히 말하면 학살이라는 사실의 윤곽은 기독교에 대한 독실한 신앙심과 이스라엘에 대한 그간의 이미지 속에서 흐릿하게 찌그러진다. 무장하지 않은 부녀자를 죽이는 일도 갓난아이의 숨을 끊어 놓는 일도, '수컷'이면 무조건 연행과 폭행부터 하고 보는 일도, 그렇게 사실의 윤곽에 잘 들어가지 않는다. 이 학살의 후방에는 '정의의 보안관'을 자처하는 미국이 뒷배를 받치고 있음은 예나제나 변함없는 일 중에 하나이다.

지난 2달 동안 일어난 팔레스타인에 대한 이스라엘의 학살을 학살로 전언하는 기사나 해설은 물론 적지 않았다. 하지만 그 전언이 철갑을 두른 한국에서의 이스라엘 이미지를 뚫고 지나

가 진실의 과녁에 도착하기란 무척이나 어렵다. 어쩌면 세계 어떤 곳보다 이스라엘＝선/아랍＝악이라는 분할법이 더 완강할지도 모르는 한국이기에 그렇다. 이미지(Image)의 어원인 이마고(Imago)는 '헛 것'이라는 의미를 가지고 있기도 하다. 우리의 현대사에서 이스라엘만큼 '헛 것'의 현실적 효력을 보여주는 사례도 많지 않을 성싶다. (2002년)

일본의 마이니치 신문은 이렇게 전한다. '한국, 월드컵 열기 최고조'. 그런데 정작 개최지의 한쪽 당사자인 자신들의 분위기에 대해서는 애매한 수사로 말꼬리를 흐린다. 월드컵에 대한 일본의 분위기는 예상을 한참이나 넘어 계속 미지근했다. 보다 못한 일왕(日王)까지 나섰다. 축구 국제경기에는 한번도 '친히 관람'하는 일이 없던 일왕이 지난 번 스웨덴과의 친선경기에는 '용안'까지 드러내는 파격을 저지른 것이다. 일왕에 대한 충성과 감읍을 일가의 영광으로 생각하는 일본 보통사람들의 기준으로 보면, 일왕이 월드컵에 관심을 보인다는 제스처는 곧 일본 신민은 무조건 월드컵에 열광해야 한다는 '어명'에 가깝다. 그런데 이번에는 그 '천황폐하'의 '어명'조차 별무신통이다.

5월 31일자 요미우리 신문의 사설은 일본과 달리 높은 월드컵 분위기에 부유하는 한국을 "축구를 좋아하는 사람이나 좋아하지 않는 사람이나 전부 열기에 들떠 있다"고 묘사한다. 이어 월드컵이 열리는 기간에 지방자치제 선거를 동시에 치르는, 다시 말해 중대한 '이벤트'를 한 묶에 해나가는 것은 한국인들의 자신감의 표현이라고 부추기기도 한다. 과거 군사독재 시기와 달리 민주주의를 이룩한 한국에서 정부가 기치를 들고 나아가니 전 국민이 거기에 순종스럽게 따라가는 일사불란함을 보여주고 있다고 부러워하면서, 한편으로 일본의 각성을 요청한다.

그런데 일본 신문의 이런 묘사는 기실 칭찬이 아니라 욕이라고 보아야 한다. 먼저 요미우리 신문이 일본 우파의 선봉장임

을 상기할 필요가 있다. 지구 어디서나 그렇지만, 우파의 핵심 강령은 국가주의이다. 국가(실은 지배계급)가 정하고 국가가 추진하는 일에는 당연히 전국민적 동원이 이루어져야 한다. 그 순간만은 '열심당원'이 되어야 하는 것이다. 한데, 심지어 우파의 태양인 '천황폐하'까지 월드컵 분위기 띠우기에 '옥체'를 내던지시는데, 일본 국민들은 여전히 어제와 다르지 않는 오늘을 보내고 있으니, 우파 신문 요미우리로서는 쾌씸하기 짝이 없는 일이 아닐 수 없다. 그런 눈으로 보자면, 대통령 이하 전 공무원, 전 국민이 총동원되고, 거리의 노점상을 비롯해 거리의 이물질들은 말끔히 '소독'되며, 그래도 별 말이 없는 한국, 월드컵의 '성공'을 위해서라면 노동자들의 생존권도 당연히 유예되어야 한다고 한쪽 신문에서 바람 잡고 다른 신문에서는 입을 막는 여론의 '펀치기'에도 신지무의하고 있는 사람들, 요미우리로서는 참으로 부러운 것이다.

국가적 목표를 위해 전 국민이 동원되는 체제를 '총력전'(Total War) 체제라 부른다. 이 체제는 국민이라 지정되는 사람들은 모두 같은 생각, 취향, 행동방식을 취해야 한다는 신념으로 지탱된다. 그런데 총력전, 혹은 총동원체제를 우리에게 가르쳐 준 쪽은 일본이다. 식민지 시기 동안 일본으로부터 배운 총동원 체제는 20세기 내내 한국사회의 주문(呪文)이 되어 왔고, 드디어 21세기 문턱까지 슬그머니 넘어와 오늘 우리의 잔치를 좌우한다. 하지만 우리에게 그 총력전 체제를 가르쳐준 일본에서는 정작 그 체제가 제대로 작동되지 않고 있다.

월드컵의 성공은 대통령이 개막사에서 발언한 것처럼 세계 평화의 기여도 여부에 달려 있다. 그러나 직시해야 할 일은 그 평화의 기원이 개최국 '밖'에만 해당되는 것이 아니라는 점이다. 잔치를 벌인 개최국 안에도 그 평화는 하나의 혜택으로 주어져야 한다. 노점상이 뒷골목으로 쫓겨난, '소독'된 거리, 월드컵 기간의 노동쟁의를 반역으로 내모는 일, 이 모두는 평화의 이름으로 숨은 폭력을 행사하는, 그러므로 예의 개막사에 정면으로 반하는 일이다.

잔치는 즐기라고 있는 것이다. 게다가 큰 잔치일수록 그 동네의 '이물질'은 모두 모여들고, 그래서 시끄럽기 마련이다. 그런 게 원래 잔치이고 카니발이다. 월드컵을 '위해' 일사불란함과 순종적인 동원체제로 잘 정비된 한국. 외국인이 그것을 보고 한국을 찬송하리라 예상하는 참으로 순진한 착각이다. 생각이 있는 사람이면 그런 모습을 오히려 비웃는다. 여전히 후진국이라고. 그들은 그보다, 월드컵 '임에도 불구하고' 파업과 시위 혹은 이물질의 오물거림이 허용되는 한국을 훨씬 역동적이고 가능성 있는 사회라고 생각하는 법이다. (2002년)

336

일본이 이번 월드컵 조별 예선에서 러시아와 싸우던 날 일본의 TV시청률은 천정부지의 막대 그래프를 그렸다. 66. 1%였다. 이 시청률은 일본 TV 방송 사상 2번째의 고시청률이다. 1

위는 1964년 도쿄 올림픽, 일본 여자배구팀이 결승전에서 옛 소련과 맞붙은 때의 66. 8%이다. 상위 5위 안의 몇 개를 보면 한국에도 잘 알려진 복서 파이팅 하라다가 세계 타이틀 매치를 할 때가 63. 7%(1966년), 레슬러 역도산이 미국의 디스트로이 야와 드잡이를 할 때가 64%(1963년)이다. 일본의 월드컵 열광에 못지 않게 한국에서도 시청 앞 광장이 메워지고 광화문 앞의 넓은 땅이 붉은 색으로 채색되었다.

일본의 경우, 그들 스스로 예의 고 시청률을 관통하는 '키워드 혹은 공통의 요인'을 분석하길, '감바레! 니뽄'(일본 이겨라) 이며 그것의 핵심은 이른바 민족주의나 국가주의라 한다. 근데 60년대의 경우는 그럴지 몰라도 이번 월드컵에 '몸을 태우는' 집단들이 정말 그런 민족주의의 화신들인가 하는 점은 간단히 평결할 수 없다. 혹시 그것이 분석하는 사람들의 선입견 혹은 그들의 희망 피력의 소산일지도 모른다는 혐의 때문이다.

월드컵이 국가 경연장의 역할을 어느 정도 대리함은 부인할 수 없는 사실이다. 그 있는 현실을 부인하는 것은 공소한 관념론자들의 업무연장이다. 하지만 현실이 곧 '선'인 것은 물론 아니다. 우리는 노상 월드컵을 축제, 카니발, 잔치 등의 이미지와 접속시킨다. 인간과 놀이의 관계에 대한 고전 『호모루덴스』(놀이하는 인간)를 쓴 J. 호이징가는 놀이를 일상의 시스템을 단절시키고자 하는 인간 욕망의 산물이라 본다. 인간이 놀이를 할 때는 놀이에만 열중하지 다른 것은 부수의 차원이라고도 한다. 그의 명제가 이제는 구문이기는 하지만, 그럼에도 그 구문에 함축된 진실은 지금도 효력발생 중이다. 월드컵 또한 거대

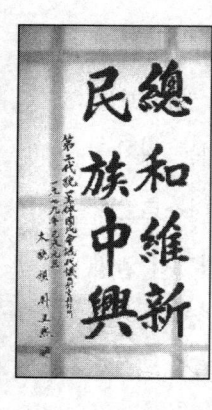

한 놀이, 요컨대 지구 규모의 축제이다. 그러므로 월드컵은 인간 본성에 내재해 있는, 다시 말해 일상에서 눌려왔던 무질서와 비이성의 분출 욕망과 '적절한 관계'를 맺고 있는 발명품이다. 호이징가에 따른다면 민족주의, 국가주의 등은 월드컵의 본질이 아닌 셈이다.

사람은 자기가 보고 싶은 것만 도두 보인다. 일본의 고시청률의 원인을 분석한 그 명석한 '분석관'들은 아마 그 자신들이 원래 강력한 민족주의자였을지 모른다. 왜냐하면 지금 일본에서 월드컵의 난장을 즐기는 집단들은 대개 청년 세대들이며, 그들이 비록 축구와 민족주의를 연결시키지 않으면 일본 '국민'으로 인정받지 못할지도 모른다는 공포에서 완전히 자유롭지는 못하되(일본 국민 교육의 한 효과이다), 그들이 하는 양을 보면 단지 너무 신이 나서 어쩔 줄 모르는 악동들처럼 보이기 때문이다. 그들의 그런 쾌락의 포만감에 민족주의 성분과 순도는 과연 얼마나 포함되어 있을지, 의문이다.

한국의 붉은 악마들도 크게 다르지 않을 듯싶다. 태극기, 붉은 유니폼, 집단적 난무 등은 즐거운 축제의 기호들이지 그것이 '영광스러운 민족'의 기호는 아닌 것 같아서이다. 한데 도리어 지식인들이 그것들을 민족주의와 연결시키지 않으면 도저히 견디질 못하겠다고 덤벼든다. 월드컵이 국가주의에 오염될 경우 그것을 '온 몸'으로 막아야 할 지식인들이 오히려 민족주주의 선무대가 되는 '역전 골'이 터졌다는 말이다. 한국이 연일 선전하자, 극우 신문이든, 진보적이라 자처하던 신문이든 가릴 것 없이 그 지면과 그곳의 지식인들의 글은 '한 결' 같이 '대동 단결'

하고 있는 놀라운 광경을 보여주기 때문이다. 그 지식인들의 글에는 "우리 민족, 세계의 중심에 서다"에서부터 "전 민족의 단결력", "긍지"와 같은 낡은 수사를 경유해, 심지어 집단 흥분 자체를 "사회 자본화하자"는 기발한 '사업제안'에까지 이르는 등 실로 민족지상주의의 기상이 충일하다. 붉은악마들은 골 넣은 선수들을 헹가래 칠 뿐인데, 지식인들은 선수보다 자신의 민족주의를 헹가래 치기에 더 흥분되어 있는 것이다. 나는, 그러해서 훌리건보다 그들 지식인이 더 무섭고 걱정된다. 훌리건이야 본디 제 육신 하나로 사고치는 데에 그치지만, 지식인은 남을 현혹하는 선동의 재주 하나는 탁월하지 않은가. (2002년)

못 잊을 영광 수백만 명 한날 한시에

수백 만 명이 한날 한시에 거리로 쏟아져 나오는 현상은 분명 정상적인 일이 아니다. 게다가 그 수백 만 명이 같은 색으로 칠갑을 하고, 같은 입 모양을 만들어 같은 주문을 내뱉는 일은 더욱 그러하다. 철지난 '엽기' 같기도 했고, 공포스럽기조차 했다. 멀리서 보건대 그것은 흑마술의 주술에 걸려 월드컵 4강으로의 '휴거'(携擧: 예수의 공중 재림 때 허공으로 들려 올라간다는 현상)를 갈구하면서 통성기도 하는 광신의 무리 같기도 했다.

그렇지는 않나? 그러고 보니 그것은 붉게 그르렁거리는 장려한 대양처럼 보이기도 했다. 대양은 바닥이 안 보이는 법. 그래서 사람을 제 속으로 자꾸 끌어당긴다. 그 당기는 힘의 불가사의는 때로 예술가들을 매료시키는 감염력이기도 했다. 프랑스의 빅토르 위고 같은 경우가 그러했거니와, 그는 거대한 군중을 그 깊이를 잴 수 없는 바다로 생각했고 더불어 군중의 바다는 세속의 잡스러운 것들을 한번에 쓸어 삼키는 초인적인 에너지라고 상상했다. 그래서 그의 글쓰기는 때로 그 초인적인 힘이 땅에 내려오기를 간구하는 강신술이기도 했다.

모파상은 그 반대편이다. 그는 투덜대길 "나는 군중을 싫어한다. 군중이 모인 곳은 저항할 수 없는 신비한 영향력과 괴상하고 참을 수 없는 불편함을 준다. 사람이 혼자 있을 때는 지성적이지만 군중과 섞이게 되면 그의 지적인 창의력, 자유의지, 분별 있는 성찰력, 심지어는 통찰력 등이 사라져버린다"고 했다. 때문인지 자신은 축제의 거리에도 극장에도 가지 않는다고 했다.

시인 김수영은 위고와 모파상을 한 몸에 섞어 놓았던 위인이다. 스캔들과 속악한 잔 이득에 무리를 이루는 존재에 매양 냉소적이었지만, 그 무리들이 이룬 1960년 4월 어느 날의 '혁명의 스캔들' 앞에서는 군중노선에 대한 경배자도 되었다.

내게 놀라운 일은 월드컵 4강이 아니라 한달 동안 지속된 한반도에서의 붉은 대양의 조류였다. 광속으로 디지털 기술을 타고 나간다는 이즈음, 해서 낱낱의 개인들은 마치 '나노기술'의 입자처럼 자잘하게 흩어져 눈에 보이지 않는 그물(World Wide Web)을 통해서나 서로 만나게 된다는 이 시대에, 난데없이 가장 아날로그적인 문화,

340

요컨대 맨 얼굴을 마주하는 면대면(面對面) 문화의 응집인 거대한 군중 현상의 장기 범람은 우리를 놀라게 하지 않을 수 없었다. 놀란 것은 물론 우리만이 아니라 세계의 눈 역시 이 기이한 현상을 어떻게 해석해야 할지 몰라 좌고우면하고 있다.

우리 현대사에서 이런 군중 경험은 몇 번이 되지 않는다. 마지막으로는 아마 1987년 6월 항쟁이겠다. 그러고 보면 지방에서 출발해 한달 동안 전국을 돌다가 서울로 최후 입성한 군중 범람현상은 6월 항쟁의 경험과 같은 모양이다. 그래서 그런지, 6월 항쟁에 대한 기억의 인각이 유달리 두터운 사람들은 이번 일을 그때의 경험과 같은 것으로 보고 싶어하는 정치적 상상력을 발휘한다. 물론 외양이 유사하다해서 속까지 그렇다고 할 보증물은 없다. 하지만 두 경험이 내밀하게 통하는 바 없다고도 마냥 장담할 수는 없다.

그것이 난장과 카니발에 대한 억눌린 욕정의 표현이든 아니면 아날로그 시대의 문제조차 여전히 아직 해결하지 못한 우리 사회의 숙질을 넘어서려는 욕망의 증후이든, 여하간 어떤 문제의 징조인 것만은 틀림없는 것 같다. 모르긴 해도 아마 10대, 20대는 전자로, 30대 40대는 후자로 대입될 성도 싶다. 87년 이후, 군중에 대한 지식인들의 태도는 열광에서 냉소로 혹은 무관심으로 이행되어 갔다. 더 이상 거기서 뭔가를 바꾸는 힘을 발견할 수 없다는 이유 때문이었다. 하지만 군중 현상 자체에 대해 비관이나 냉소를 하든, 아니면 맹목의 열광에 빠지든, 지식인들의 그런 태도와 상관없이 엄연한 것은 군중이 움직일 때야 비로소 사회 또한 지층에서 표층까지 꿈틀대고 질주한다는 사실이다. 그것을 다시 이번에 보여주었다. 안타까운 일은 그 질주선이 아름다운 진보로 이어질지 아니면 야만과 퇴행으로 이어질지 누구도 모른다는 점이지만. (2002년)

공무원은 지역에선 탈락감이다

월드컵 기간 내내 일본에 있었다. 월드컵 4강 진출의 잠재력을 사회 전 분야로 확대시키고자 하는 '조국'의 강한 결기가 연일 일본으로 타전되어 왔다. 그 결기의 기운이 한반도 상공에 떠 있던 7월 3일 나는 인천공항에 내렸다. 그 기운에 휘감겼던지, 이제 뭔가 달라지겠지 하는 기대가 내게도 스멀대는 것 같았다. 하지만 월드컵 4강의 '자랑스러운 조국'이 나의 순진한 기대를 아득한 환멸로 바꾸어 놓는 데는 20분도 채 걸리지 않았다. 그리고 그 환멸은 일본으로 다시 떠나는 하루 전날까지 연승가도였다.

입국 심사대 앞. 줄의 맨 뒤에 서 있는 내 앞으로 한 청년이 끼어 들면서 "여기요 여기"를 외친다. 관광객 십 수명이 호탕하게 웃으며 몰려와 내 앞에 섰다. "선생님 지금 뭐 하시는 겁니까"라고 물었다. 관광객 가이드인 듯한 그 청년, 귀찮다는 듯, "앞에 서세요, 앞에 서면 되잖아요." 아! 이 청년을 어떻게 할 것인가. 그러나 그는 여전히 뭐가 문제냐고 대들고, 참을성 없는 내 목소리는 평소보다 커지기 시작했다.

그때 '사건'의 시종을 옆에서 다 지켜보고 있던 공항경찰이 유독 나에게 엄중하게 경고했다. "이봐요. 공공 장소에서 왜 소란 피워요. 외국 사람보고 있는데 부끄럽게 왜 그래요." 그 말을 듣는 순간 나는 깊숙한 절망과 동시에 속된 말로 '뚜껑이 열

342

려 버렸다'. '전선'은 새치기 청년에서 그들에게로 이동되었다. 수양 덜 된 나는 흥분을 감추지 못하고, 내가 낼 수 있는 가장 큰 소리로, 그 공무원들을 향해 메아리 없는 강연을 시작했다. "외국인이 욕하고 우습게 보는 것은, 시비를 가리려는 지금 나 같은 행동이 아니라, 공공장소의 질서를 위반하는 행태다. 또 그 질서를 관리하고 위반자에 대해서는 적절한 조치를 취해야 할 당신들이 '외국인의 눈' 때문에 단지 조용하기만을 바라는 그런 무사안일한 태도이다" 등등의. 하지만 우이독경. 무궁화 네 개 짜리 간부까지 동원된 5명의 그 공무원들이 날 둘러싼 채 반복하는 합창은 '외국인의 눈'이었다. 우리의 생각과 행동의 준법관은 우리 자신이 아니라 '외국인의 눈'인 셈이었다. 월드컵 내내 벌였던 계몽사업, 즉 '외국인 보기에 부끄럽지 않게…' 등도 그런 것의 연장이었나 싶었다. 귀국한 지 1시간. '월드컵 4강 공무원'에게 당한 첫 번째 패배였다.

이번 월드컵이 한국인을 감동시킨 요인 중 하나는 '공정한 규칙'이 승리할 수 있다는 가능성이었다. 많은 한국 사람들은 자신이 학연, 지연 등 온갖 그악스러운 사적 이익과 욕망의 칼날에 계속 희생된다는 생각을 가지고 있다. 그것은 대개의 경우

또 진실이다. 그런 그들이기에 공정한 시스템으로 선수들을 선발, 운영한 히딩크의 원칙에 감동하고, 동일화되기란 순식간이다. 한데 그런 원칙의 정신을 기리겠다고 나선 이명박 서울 시장의 행태는 코미디 중의

상 코미디요, 배신 중의 최악의 배신이었다. 인연, 학연, 지연 등의 '엑기스'는 '내 새끼, 내 가족 먼저주의'이다. 말하자면 인연, 지연, 학연을 챙기는 것은 '내 새끼, 내 가족'이 세상의 어떤 것보다 우선해야 한다는 야만적 욕망의 확장본이다. 이명박 시장은 그런 야만적 "내 새끼 먼저주의"의 극복 사례를 치하하기 위한 자리에서, 오히려 아들과 사위를 먼저 챙기는 일을 몸소 실천해 보였으니, 보통 사람이라면 상상치도 못할 일이다. 필시 그에게 다른 '깊은 뜻'이 있었을 것이다. '나를 밟고 넘어가라'는 살신성인적(!) 공무의 깊은 뜻이. 그렇지 않으면 '공무정신'에 투철하겠다는 시장 취임 선서의 김이 아직 모락거리고 있는 때에 그런 황당한 행동을 할 리 없지 않은가. 그러나 하여간 공무원에게 당한 두 번째 패배였다.

월드컵 4강에 빛나는 이 찬란한 시절에 나는 모종의 일로 인해 공무원의 완벽한 '무사안일 전술'에 3번째 완패하고 만다. 그리고 다시 '조국'을 떠난다. 세 번째 일화의 '전투상보'는 실로 처참하니, 안정제를 먹지 않고는 기술할 수조차 없다. 그리고 나니 슬그머니 걱정이 된다. 월드컵 4강을 자부하는 한국이지만, 공무원들의 행태는 여전히 지역예선 탈락감이라는 사실을 외국인이 알면 어떡하나 하는. 나도 이제 '외국인 눈 공포증'에 감염되었나 보다. (2002년)

여름 휴가를 위한 출국자가 IMF 이전 보다 윗길로 올라섰다는 지난 여름, 줄지어 해외로 나간 그 많은 사람들은 자신의 머리와 마음 속에 그들의 숫자만큼이나 많은 이국의 풍정, 삶의 세목, 역사의 흔적 등을 그득히 촬영해 왔을 것이다. 한데 물어 보고 싶은 게 있으니, 그렇게 찍어 놓은 피사체들이 기억의 인화 속에서 아직도 선명하게 남아서 삶의 자극이 되고 있는지? 모르긴 해도, 많은 경우 관광지에서 찍어 놓은 사진을 들여다 보지 않고서는 휴가의 시간동안 무엇을 보았는지 일일이 기억하기 힘들 터이다. 더욱이 사진 속의 그 건물, 그 풍경 앞에서 자신이 무엇을 생각하고 느끼고 있었는지를 기억해 내기란 더욱 난망할 법하다. 그럼 무엇 하러 거기까지 갔다 왔을까. 사진 찍으러? 사진이야 전문가가 찍어 놓은 엽서나 관광책자의 것이 훨씬 근사하다. 하나라도 더 보기 위해 분주하게 움직거린 여행이었건만 머리에 남는 것은 어딘가 부실하다. 마치 백화점 쇼윈도의 상품 보고온 듯이, 볼 때는 좋았는데 기억 속의 모퉁이에 온전하게 자리잡고 있는 것은 들인 공력에 비해 턱없이 모자란 듯하다?

취미가 무엇이냐 물으면 '여행'이라고 대답하는 사람들. 이번 여름도 아마 '쾌적한 여행'을 다녀왔을 것이다. 그런데 정말 여행이 취미가 될 수 있을까? 여행의 영어 표기인 'travel'이 고생,

노고 등의 뜻을 가진 'trouble'과 같은 뿌리에서 나온 말이라는 사실은 피가학성 쾌락주의자가 아닌 이상 여행이 쾌적한 취미가 되기에 어렵다는 사실을 일러준다. 기실 근대 이전 여행은 한가한 시간 때우기나

삶의 즐거움과는 거리가 아득한 어떤 것이었다. 구도를 위한 성직자든 한 몫을 바라보는 장사치이든, 그들이 떠나는 이방에의 여행은 유언장을 써놓고 출발해야 하는 고난과 모험의 길이었다. 서구 근대 교육에서 여행을 중요한 교과과목으로 두었던 까닭도 고난의 의례를 통과해야만 강력한 국민으로 육성될 수 있다는 이념 때문이었다. 그러니 취미가 여행이라고 말한 사람은 대답을 고쳐야 할 것이다. 즉 '관광'(tour)이라고.

물론 관광이라는 말이 근대 이후에야 생긴 것이기도 하지만 근대의 기술 발전은 여행 자체를 아주 쉬운 일로 바꾸어 놓았다. 걸어서 5백리, 나귀 타고 5백리 가던 길을 기차나 버스가 수 시간만에 해결해 주었기 때문이다. 근대적 교통수단은 여행길을 떠나는 사람의 태도도 근본적으로 바꾸어 놓았다. 근대 이전 여행을 떠나는 사람에게 자연은 공포 그러므로 외경의 대상이었다. 순탄한 여행길은 오로지 자연의 손에 달린 일이고 그런 만큼 자연은 여행자의 생명을 주관하는 거룩한 성소가 아닐 수 없었다. 자연에 대한 외경은 인간의 한계를 묵상하게 하고 겸손을 배우게 했다.

기차여행이 시작되면서 여행객의 길흉화복을 주관하던 자연은 갑자기 하나의 '풍경'으로 전락했다. 차창 밖으로 비치는 자연은 액자 속의 그림과 마찬가지로 편하게 앉아서 감상하는 시각적 즐거움의 대상이 된 것이다. 그때부터 근대인, 즉 우리들이 자연을 바라보는 '버릇'이 결정되어 갔다. 자연을 바라보는 여행자의 시선은 액자 속의 그림 또는 쇼윈도 속에 진열된 사물(상품)을 바라보는 시선과 다르지 않게 되었다.

사태가 그렇게 되면서 티베트의 자연도 동남아시아의 밀림도 백화점 쇼윈도 속의 상품처럼 하나의 진열물이 되었다. '스스로 말미암는'다는 뜻의 자연은 인간의존형의 허약한 사물이 되어 버린 것이다. 자연의 탈자연화인 셈이다. 그러니 자연을 느끼러 간 우리들은 탈자연화된 자연만 실컷 보고 오는 것이다. '볼거리'가 없는 곳, 다시 말해 인간의 손과 눈에 맞춤하게 진열된 자연이 아닌 원생의 자연이 더 이상 여행의 행로가 되지 못하는 것은 그 때문이다. 자연 기갈증에 걸려 떠나는 휴가이고 여행이지만, 거기에 자연은 없는 셈이다. 인간에게 자신의 왜소함, 그러므로 겸손을 느끼게 하는 자연이기를 멈추고 오로지 인간의 눈을 즐겁게 해주는 '스펙터클'로 진화되어 가는 자연. 그 화가 언제 닥칠지 실로 불안하다. (2002년)

등급심사를 꼭 해야겠다면

나는 반성한다! 이미 돌아가신 아버지, 할아버지께. 아버지, 예순일 되는 날 기뻐서 그랬는지 서글퍼서 그랬는지, 술에 취해 춤을 추셨다. 굿거리 장단에 춤사위 음전하게 돌아가는 '노인용' 춤이 아니었다. 60년대 톰 존스의 '터프'한 음악을 틀어놓고 '고고' 춤을 추셨다. 아니 '막춤'을 추셨다는 게 옳다. 속으로 한참 지청구를 했다. "저 분 점잖지 못하게 왜 저러시나." 나이든 어른이면 응당 갖추고 있어야 할 '전통의 이미지'에서 너무 이탈하기 때문이었다. 할아버지, 25년간 홀로 사셨다. 청춘의 한때 평안도 선천 군 씨름대회에 나가 소를 탔다는 전설의 용

사. 그 좋던 힘, 나이 드신다고 마냥 사그라지는 게 아니다. '4
반세기' 세월 동안 홀로 드는 잠자리 얼마나 힘들었을까. 한데
나는 오로지 당신들의 '점잖은 노년'만 강요한 셈이었다.

  씩씩거리는 숨소리 하나만으로도 스크린을 누비던 앤소니
퀸. 그의 자서전 『원 맨 탱고』를 읽었을 때 고개를 주억거렸
다. 과연 앤소니 퀸이군! 일흔이 넘어서도 활발하고도 '주기적'
인, 게다가 대량의 성생활을 한다는 그의 노년에 나는 깊이 찬
동했다. 로망 롤랑의 『괴테와 베토벤』이라는 책은 베티나라는
젊은 여인을 중간에 두고 벌이는 괴테와 베토벤의 '치정극'이다.
한참 어린 베토벤에게 베티나를 빼앗기기 싫어 몸부림치는 늙
은 괴테(의 '성적 욕망') 앞에서도 나는 가장 압축적인 박수 세
번을 쳤다. 짝! 짝! 짝! 그 박수는 아흔이 다 되어서도 '불타는
하룻밤'을 위해 여인의 육향을 찾는다는 세군도 할아버지(영화
〈브에나비스타소셜클럽〉에서의 기타리스트) 앞에서도 반복되
었다.

  나는 반성한다! 아버지 할아버지가 괴테 등등과 전혀 다르지
않는 DNA 구조를 가지고 있다는 사실을 깊이 생각하지 못했음
을. 그 서양 노인들에게 나는 점잖음을 요구하지도 않았고 오
히려 그들의 발랄한 노년에 즐거워했다. 그런데도 유독 아버지
와 할아버지에게만 가혹한 품위와 점잖음으로 노년을 버티라고
강요했으니. 당신들로서는 얼마나 서운했을까. 나의 반성은 난
데없이 터져 나온 게 아니다. 〈죽어도 좋아〉라는, 이미 추방 선
고를 받은 영화가 나의 뒤늦은 반성을 세워 놓은 것이다(한데
이 반성도, 우리 사회의 통념이 이렇게 계속간다면 나의 노년

의 성생활도 억압받고 거세될지 모른다는 두려움, 때문에 그것을 지금부터 문제삼아야 한다는 내 속의 '노후대책반'이 가동되어서 그런지 모르지만…아무려나).

게다가 나는 고마워한다. 천원에 5천원, 만원에 5만원!!! 걸리면 5배 준다는 길거리의 '복걸복' 도박판과 다를 바 없어지는 영화판. 해서 오늘도 '대박'이라는 가당찮은 백일몽으로 몰려가는 한국 영화판에서 감독이 영화 속 노인 부부와 함께 석 달 간 같이 생활하면서, 더욱이 10여명의 스태프와 제작비 2억원만으로 영화를 만들었다는 사실에 대해. 번질거리는 비닐 같은 영화들만이 몸을 감아오는 이 시절, 옥양목 질감의 아우라, 다시 말해 진기(眞氣) 가득하고 잔정 그렁그렁 붙어있는 수공품 같은 영화와 해후하게 해준다는 사실은 얼마나 고마운 일인가.

문제는 그게 아니라고? 성기가 정면으로 나오고 나아가 포르노 혐의를 받을 수도 있는 영화이기 때문이라고? 지금 당장 인터넷에 들어가 Sex, Porno 혹은 Adult라는 철자를 찍어 보라. 정면만이 아니라 위에서, 아래서, 뒤집어서, 온갖 재주를 부려 찍어놓은 성기 영상들이 줄지어 있다. 철자를 찍는 그 시간 전국의 초등학생에서 성인 여러분까지 수십만명이 동시에 그 사이트에 접속하고 있다. 다시 말해 한국은 포르노사이트 접속률이 세계에서 1, 2위를 다투는 사회라는 말이다. 어설픈 무협지 지식을 빌려 말하면 독은 독으로 풀어야 하거니, 해서 포르노 사이트 중독으로 인해 잘못된 성기 사용법에 병들어 있는 사람들을 위해서라도 적절한

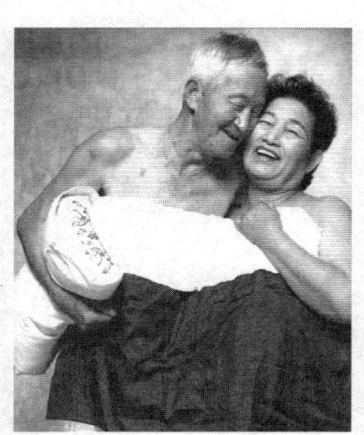

성기 사용법을 보여주어야 한다. 〈죽어도 좋아〉의 관람이 그런 것이다. 그러니 이 고마운 영화를 추방하는 어처구니없는 짓은 하지 말자. 정 등급심사를 해야겠다면 이렇게 하자. 파고다 공원에서 이제는 종묘로 쫓겨간 할머니 할아버지들, 거기 그분들에게 보여드리고 심판을 내려달라고. (2002년)

20세기 문화이미지

지은이 ㅣ이성욱

초판인쇄일 ㅣ2004년 6월 5일
초판발행일 ㅣ2004년 6월 10일

발행인 ㅣ손자희
발행처 ㅣ문화과학사
주소 ㅣ120-012 서울시 서대문구 충정로 2가 5-15
전화 ㅣ335-0461   팩스 ㅣ313-0465
e-mail ㅣtransics@chollian. net

출판등록 ㅣ제1-1902 (1995. 6. 12)
값 15,000원
ISBN 89-86598-63-9 03800

* 이성욱 선생 유족과의 협약에 의해 인지는 생략합니다.